JN300402

ソフィーの世界

上

哲学者からの不思議な手紙

ヨースタイン・ゴルデル＝著　須田 朗＝監修／池田香代子＝訳

Sofies Verden

Roman om filosofiens historie

新装版

NHK出版

装丁
坂川朱音(坂川事務所)
装画
高橋常政

Sofies Verden

by Jostein Gaarder

Copyright © H. Aschehoug & Co. (W.Nygaard), Oslo, 1991
Original title: Sofies Verden
First Published by H. Aschehoug & Co. (W.Nygaard), Oslo, 1991
Published in agreement with H. Aschehoug & Co. (W.Nygaard)
represented by ICBS, Copenhagen and Japan Foreign-Rights Centre, Tokyo

日本の読者のみなさまへ

ヨースタイン・ゴルデル

『ソフィーの世界』はノルウェイで二十年前に出版されました。この本が五十か国語以上に翻訳されるということを執筆中に知っていれば、東洋哲学についての章も含めていたのにとずっと思ってきました。たとえば、長い歴史をもつインドや中国の奥深い哲学、そして日本の禅仏教の背後にあるすばらしい思想などのことです。

さらに時が流れるにつれ、私は、この物語にもう少し倫理的、道徳的な哲学を盛り込めばよかったとも思うようになりました。ですから、新装版の出版を機に、こうしてささやかなまえがきを付け加える機会が与えられたことをとてもうれしく思います。

私がこの文章を書いているのは、日本のみなさんが二〇一一年三月十一日に起きた東日本大震災とそれに引き続いて起こった大きな災害によって、まだ悲しみのさなかにいるときのことです。こうして書いているあいだにも、災禍は続いており、人命を救うため、大地、大気、海の環境を救うため、迅速な行動が求められています。

「なぜ?」というのはとても根源的な人間の言葉です。人間として生きるうえで重要なことは、つねに、物事を理解しようとすることと、その理由を追い求めることです。単純なことばですが「なぜ?」は、宗教、哲学、そして科学のすべての基盤となるものです。

「なぜ巨大地震が起こり、なぜ破壊的な津波が起きたのか?」と問いかけること。

そして、もうひとつの疑問は、もちろんこうです。「たとえ今回の地震が想定をはるかに超える大きさで、想像を絶する規模の津波だったのだとしても、なぜ原子力発電所の原子炉は、このような地震や津波に耐える、環境に甚大な影響を及ぼすことのない設備でなかったのか？」このような、人間の行為に対する批判的な疑問は、技術的な進歩をさらに確実に前進させるようにはたらくかもしれません。

ある人は運命を信じ、またある人は運命など信じないと言います。いずれにせよ、私たちは、命がとても尊いものであり、しかもはかないものであるということを認識し、人間には自然の力をコントロールする力などないのだということを認めなければならないでしょう。日本のみなさんが、大きな災害を体験するさなかにあるいま、世界のすべての人々が、命に対してこれまでよりすこし謙虚になるべきでしょう。いま私たちはおそらく哲学的な問いを発しています。たとえば、「世界とは何か？」「人間とは何か？」「私は何者か？」「生きていくうえでもっとも重要で価値あるものは何か？」

このような問いに対して、ただひとりで考えこんでいるべきではありません。周囲の多くの人々と話し合うことが大事です。いつもどおりの生活をただ、淡々と送るべきではないのです。

＊

あらゆる倫理観の根底にある重要な考え方は、黄金律、もしくは相互主義というものです。「人にしてほしいと思うことを他人にもせよ」ということです。しかし、この黄金律は今では横の人間関係、言いかえれば「私たち」と「ほかの人たち」だけに当てはまるものではありません。相互主義には縦の人間関係にも当てはまるのだということに気づかなければなりません。すなわち、「自分の前の世代の人たちがしてくれたことを次の世代の人たちにもしなければならない」ということです。

簡単に言えば、自分を愛するように隣人を愛すること。ここで言う隣人には隣の世代の人という意味も含まれるということです。私たちのあとにこの地球上に生きるすべての人たちのことです。人類すべてが、この地球上に同時に生きることはありません。私たちの前に生きた人がいて、いまいっしょに生きている人がいて、そして私たちのあとに生きる人たちがいるのです。しかし、未来に生きる人たちも私たちの仲間です。私たちは、もし逆の立場だったらその人たちにしてほしかっただろうことを、次の世代の人たちにしなければなりません。

ルールはとてもシンプル。私たちには、自分たちが幸運にも生きることができたこの地球の価値を貶《おとし》めて次世代へ受け渡す権利などないということです。魚の数が減ってしまった海、少なくなってしまった安全な飲料水、十分でなくなった食糧、小さくなってしまった雨林、減っていく珊瑚礁、種の数が減ってしまった動植物……。美しいものが減り、驚異的なものが減り、びっくりするようなことや楽しみさえも減らして次世代へ渡すなんて!

食糧供給量や地球上の生物多様性を維持しようとするなら、私たちの考え方には、コペルニクス的大転回が必要です。なにもかもが、私たちの時代を中心に回っているかのように生きることは、あらゆる天体が地球を中心に回っていると考えるくらい浅はかなことです。私たちの時代は、そのあとにくるすべての時代もそうでないのと同様、唯一中心的で重要な時代ではないのです。いまの時代を生きる私たちにとっては、この時代こそがもっとも重要な時代だと感じるのは自然なことです。しかし、私たちの時代があとに続く世代にとっても、もっとも重要な時代であるかのように生きてはいけないのです。

唯一、人類だけが宇宙観をもつことができる生物です。宇宙観とはつまり、私たちがその一部となっている、この大きな得体の知れない宇宙全体を意識するということです。そう、この星の、生命のある環境を維持するということは、たんに地球に対する責任というだけではありません。それは宇宙に対する責任なのです。

＊

私は『ソフィーの世界』が日本ではじめて出版された一九九五年に訪日しました。それは阪神・淡路大震災の半年後のことでした。あのとき、多くの若者たちのなかに哲学的問いについての強い感受性に触れたことを覚えています。その一端には、あの大震災を経験したことがあったのではないかと感じています。今回、偶然にも新装版が東日本大震災の二か月後に出版されることになりました。阪神・淡路大震災の直後に生まれた赤ちゃんが、いま十五歳、まさにこの物語の主人公のソフィーと同年代になっています。読者のみなさんが『ソフィーの世界』のなかに、自分を見つめなおすためのいくつかの刺激となる問いかけや、心の糧となり、慰めとなる物事の見方を見出してくれるといいのですが。

悲観しすぎるのも、何も考えない楽観主義も世界を前進させることはありません。けれども　悲観と楽観のあいだにはいつも三番目の範疇《はんちゅう》があります。それは「希望」です。希望はよりよい方向へ進むための行動と努力を生みだすのです。

二〇一一年四月四日　　　　　　　　　　　　オスロにて

新装版

ソフィーの世界

上

哲学者からの不思議な手紙

Sofies Verden

Roman om filosofiens historie

この本は、シーリ・ダンネヴィクの励ましのおかげで書き上げることができた。草稿を読んで貴重な助言をしてくれたマイケン・イムスにも感謝したい。そしてなによりも、長年にわたってひょうきんな批評や手堅い専門的なコメントでわたしを支えてくれたトロン・バルグ＝エーリクセンに、ありがとう。

――ヨースタイン・ゴルデル

ソフィーの世界㊤目次

エデンの園――とにかく、いつか何かが無から生まれたはず　9
シルクハット――いい哲学者になるためにたった一つ必要なのは、驚くという才能だ　20
神話――いい力と悪い力があやういバランスを　35
自然哲学者たち――無からはなにも生まれない　44
デモクリトス――世界一、超天才的なおもちゃ　61
運命――占い師は、本来意味のないものから何かを読みとろうとする　68
ソクラテス――もっともかしこい人は、自分が知らないということを知っている人だ　80
アテナイ――そして廃墟からいくつもの建物がそびえ立ち　100
プラトン――魂の本当の住まいへのあこがれ　107
少佐の小屋――鏡の少女が両目をつぶった　127
アリストテレス――人間の頭のなかをきちんと整理しようとした、おそろしくきちょうめんな分類男　139

ヘレニズム――炎から飛び散る火花 161
絵はがき――自分にきびしく口止めをして 183
二つの文化圏――それがわかってこそ、きみは空っぽの空間の根無し草ではなくなるのだから 194
中　世――とちゅうまでしか進まないことは、迷子になることとはちがう 213
ルネサンス――おお、人間の姿をした神の族よ 242
バロック――数かずの夢を生む素材 276
デカルト――工事現場から古い資材をすっかりどけようとした人 297
スピノザ――神は人形使いではない 313
ロック――先生が来る前の黒板のようにまっさら 325
ヒューム――さあ、その本を火に投げこめ 338
バークリ――燃える太陽をめぐる惑星 356

◆——下巻　目次

ビャルクリ
啓蒙主義
カント
ロマン主義
ヘーゲル
キルケゴール
マルクス
ダーウィン
フロイト
わたしたちの時代
ガーデンパーティ
対位法
ビッグバン
解説◎須田　朗
訳者あとがき◎池田香代子
新装版によせて
人名さくいん

三千年を解くすべをもたない者は
闇のなか、未熟なままに
その日その日を生きる

――ゲーテ

エデンの園

とにかく、いつか何かが無から生まれたはず

ソフィー・アムンセンは学校から帰るところだった。とちゅうまではヨールンといっしょだ。二人は道みちロボットの話をしていた。ヨールンは、人間の脳は複雑なコンピュータみたいなものだ、と言った。ソフィーはよくわからなかった。人間は機械なんかより上なんじゃないかなあ。

スーパーのところで、二人は別れた。ソフィーの家は一戸建ての並んだ町はずれにあって、学校からはヨールンの家までのほとんど二倍も遠かった。ソフィーの家は、まるで世界の果てにあるみたいだった。庭のむこうにはもう家はなく、森が始まっていた。

ソフィーはクローバー通りを曲がった。通りのどんづまりは急なカーブになっていて、「船長カーブ」と呼ばれている。人はめったにとおらない。とおるとしても土曜日か日曜日だけだった。

五月になってまだ日も浅く、あちこちの庭ではラッパ水仙が果樹の根元にびっしりとよりそうように咲いていた。白樺はうっすらと芽吹いて、まるですきとおる緑のヴェールをかぶったようだった。

この季節、なにもかもが芽吹き、いっせいに伸びはじめる。どうして暖かくなって根雪が消えると、死に絶えたような大地から緑の葉っぱや草が湧き出すのだろう？　考えると不思議な気がする。

門をあける前に、ソフィーは郵便箱をのぞいた。ふだんならダイレクトメールがどっさり、それから母宛ての大きな封筒が何通か入っている。ソフィーはいつも、郵便物の束をキッチンのテーブルに置いてから、宿題をしに自分の部屋に行くことにしていた。

父には、たまに銀行の口座残高通知がくるだけだった。ソフィーの父親はふつうの父親とは少しちがっていた。大きな石油タンカーの船長で、ほとんど一年じゅう家を留守にしている。何週間か帰ってきた時は、外出することもなく、ソフィーや母と水入らずの時を過ごす。けれども航海に出ているあいだは、ちょっぴり影が薄かった。

きょう、緑色の大きな郵便箱には小さな手紙が一通だけ。それはソフィーにきていた。

小さな封筒に、「ソフィー・アムンセン様」と書いてある。「クローバー通り三番地」、それだけ。差出人の名前はない。切手も貼ってない。

門をしめるとすぐ、ソフィーは封をあけた。なかには封筒よりひとまわり小さな紙切れが一枚入っているだけだった。紙切れにはこう書いてあった。

あなたはだれ？

たったのこれだけ。ごあいさつも、差出人の名前もなくて、手書きでこの六つの文字と、大きなクエスチョンマークが書いてあるだけだった。

ソフィーはもう一度、封筒を見た。たしかにソフィー宛てだ。こんなもの、いったいだれが郵便箱に入れたのだろう？

ソフィーはいそいで赤い家のドアをあけた。ドアをしめる前、いつものように猫のシェレカンが茂みから現れて、階段にぴょんと飛び乗り、するりとなかに入ってきた。

「ただいま、シェレカン！　おりこうさんにしてた？」

ソフィーの母親はちょっと機嫌が悪いと、この家はまるで動物園ね、と口癖のように言う。動物園にはいろいろな動物がいるけれど、生き物が大好きなソフィーもいろいろ飼っていた。まず、水槽には金の巻き毛ちゃんと、赤ずきんと、まっ黒ペーターという名前の金魚がいた。それからセキセイインコのトムとジェリー、亀のゴーヴィンダ、そして黄色と茶色のトラ猫シェレカン。ソフィーのさびしさを紛らわすのが、動物たちのお役目だった。なぜなら、母は夕方にならないと仕事から帰ってこないし、父はいつも世界のどこかを航行中だったから。

ソフィーは通学バッグを投げ出すと、シェレカンの前にキャットフードの皿を置いた。それから謎の手紙を手に、キッチンの椅子《いす》に腰かけた。

あなたはだれ？

それがわかったら苦労はないわ！　もちろん、わたしはソフィー・アムンセン。でも、それはどんな人？　まだよくわからない。

もしもほかの名前だったら？　たとえばアンネ・クヌートセンとか。そうしたら、わたしは別の人になっていた？

ふいにソフィーは、「初めはシュニューフェという名前にしようかと思ったんだよ」という父のことばを思い出した。ソフィーはだれかと握手をするふりをして、「シュニューフェ・アムンセンです」と自己紹介する自分を想像してみた——だめ、そんなのだめ。だとしたら、別のだれかさんが自己紹介してたってことになる。

ソフィーははじけたように椅子から立ちあがると、謎の手紙をもったまま、バスルームに行った。そして鏡の前に立って、じっと目を見つめた。

「わたしはソフィー・アムンセンです」ソフィーは声に出して言った。

鏡のなかの女の子は返事をしない。表情一つ動かさない。ソフィーがなにかすると、まるで同じことをする。ソフィーはすばやく動いて、鏡の女の子を出し抜こうとした。けれども、相手も同じだけすばやく動いた。

「あなたはだれ?」ソフィーはたずねた。

やっぱり返事はない。けれどもソフィーは、今たずねたのは自分なのか、それとも鏡の女の子なのか、一瞬わからなくなってしまった。

ソフィーは鏡の顔のまんなかを指さして、言った。

「あなたはわたし」

返事がないので、今言ったことをひっくり返して言ってみた。

「わたしはあなた」

ソフィー・アムンセンは、自分の顔がそんなに気に入ってはいなかった。よく、アーモンドみたいに切れ長のきれいな目をしている、と言われるけれど、ほめてもらえるのはそこだけ。なぜなら、鼻は低いし、口はちょっと大きめだったから。それに、目と目のあいだが離れすぎている。最悪なのは、髪の毛にウェーブがかかっていないことだ。ちっとも思うようにまとまらない。父はよくソフィーの硬い髪を撫《な》でながら、「すなおないい髪だね」と言った。パパったら、もう! 自分がわたしみたいな、てれんとした黒髪をもつ運命ではなかったものだから、平気でそんなことを言うのよ。ソフィーの髪は、スプレーをかけてもジェルをつけても、どうにもかっこうがつかなかった。

ソフィーは、自分の顔つきがおかしいと思っていた。それで、生まれた時につごうの悪いことでもあったのでは、と考えることすらあった。母も「あなたは難産でね」と言っていた。でも、生まれ方が人の顔つきを決めるなんてことがあるのかしら?

自分がだれなのか知らないなんて、ちょっとへんじゃない? それに、自分の顔なのに自分で決められないなんて、そんなのあり? 顔は生まれつき決まっている。友だちなら選べるのに、自分のことは自分で選んだわけじゃない。人間になることだって、わたしが選んだんじゃない。

人間って何？

ソフィーはもう一度、鏡の女の子を見た。

「ふうっ、そろそろ生物の宿題をしようかな」

ソフィーは、なんだか自分に言い訳をするように、声に出して言った。そしてバスルームから出て玄関に立った時、ふいに気が変わって、宿題はあとにして庭に行くことにした。

「シェレカン、お外に行くよ、シェレカン！」

ソフィーは猫を表に呼び出して、ドアをしめた。


謎の手紙をもって外の砂利道《じゃり》に立っているうちに、ソフィーは突然、奇妙な感覚に襲われた。まるで自分が、魔法の力で生かされている人形のような気がしたのだ。

わたしはこの世界にいて、不思議な物語のなかを動きまわっている。それって、なんだかへんね。

シェレカンは優雅に砂利道を飛び越えて、そばの赤スグリの茂みに姿を消した。元気な猫だ。白い髭《ひげ》の先からよく動くしっぽの先まで、元気いっぱい。シェレカンは、ソフィーが感じているこんなことなど、これっぽっちも感じていないのだ。

ソフィーはひとしきり、わたしはいる、と考えた。すると、いつまでもいるわけじゃない、と考えないわけにはいかなかった。

今わたしはこの世界にいる。でもいつかある日、わたしは消えてしまう。

死後の生はあるのだろうか？　この問いも、猫にはさっぱりわからない。

ついこのあいだ、祖母が亡くなった。それから半年以上、ソフィーは毎日のように、祖母のいないさびしさを嚙《か》みしめたものだった。命に終わりがあるなんて、そんなのあんまりだわ！

ソフィーは砂利道に立ったまま考えこんだ。わたしはいつまでも生きているわけではない、ということを忘れようとして、いっしんに、わたしは生きている、とだけ考えようとした。けれどもまるでだめだった。わたしは生きている、と考えれば考えるほど、この命はいつか終わる、という考えもすぐに浮かんでくる。その反対でも同じだった。わたしはある日すっかり消えてしまう、と強く実感して初めて、命はかぎりなく尊い、という思いもこみあげてくる。まるで一枚のコインの裏と表だ。ソフィーはそのコインを頭のなかでいつまでもひっくり返していた。コインの片面がくっきりと見えれば見えるほど、もう片面もくっきりと見えてくる。生と死は一つのことがらの両面なのだった。

人は、いつかはかならず死ぬということを思い知らなければ、生きているということを実感することもできない、とソフィーは考えた。そして、生のすばらしさを知らなければ、死なければならないということをじっくりと考えることもできない、と。

ソフィーは、祖母が自分の病気を告げられた日に、似たようなことを言っていたのを思い出した。

「人生はなんて豊かなんでしょう、今ようやくわかった」

たいていの人が、生きることのすばらしさに気づくのが病気になってからだなんて、悲しい。みんなが謎の手紙を郵便箱に見つければいいのに。

また手紙がきていないか、見たほうがいいかな？　ソフィーは門に駆けよって、緑色の蓋《ふた》をもちあげた。そして、まったく同じ封筒を見つけて飛び上がった。一通めを取った時、郵便箱は本当にもう空っぽかどうか、ちゃんと確かめたはずなのに。

この封筒も表書きはソフィーの名前になっていた。ソフィーは封を破って、一通めとそっくりな白い紙を引っぱり出した。

そう書いてある。ぜんぜんわからない、とソフィーは思った。そんなこと、だれにもわかるわけがない！　なのにいっぽうで、この問いかけはもっともだ、とも思った。ソフィーは、世界がどこからきたのか、せめて問いかけもしないでその世界に生きるなんて、ほとんど不可能だ、と考えた。でも、こんなことを考えるなんて、生まれて初めてだった。

二通の謎の手紙のために、ソフィーは頭がくらくらしてきた。それで、ほら穴に行くことにした。ほら穴というのはソフィーの秘密の隠れ家で、とても腹がたった時や、悲しかったりうれしかったりした時、ソフィーはそこにこもる。きょうのソフィーは、なにがなんだかわからなかった。

赤い家は広い庭に囲まれていて、庭のあちこちには花壇や、赤スグリやラズベリーの茂みや、いろいろなくだもののの木があった。広い芝生には背もたれつきのブランコがあった。それから、祖父が祖母のためにつくった小さな四阿《あずまや》も。二人の初めての子どもが、生まれてほんの数週間で死んでしまった時、祖父はこれをつくった。そのかわいそうな女の赤ちゃんはマリーと名づけられた。お墓にこう書いてある。「小さなマリー　わたしたちのもとを訪れ　挨拶をしたのみにて　また去りぬ」

庭の隅、ラズベリーの茂みの奥に、花も咲かない、実もつけない大きな藪《やぶ》があった。もとは生け垣で、森との境になっていた。けれどもここ二十年、ぜんぜん手入れをしなかったのでどんどん生い茂り、とてもとおり抜けられそうにない藪になっていた。お祖母《ばあ》さんが言っていたっけ。「この生け垣は戦争ちゅう、庭で鶏を放し飼いにしていた時、狐が入ってこれないようにしていたんだよ」

今では古い生け垣は、庭の隅に転がっている空っぽの兎小屋と同じように、だれにも見向きもされない。けれども、それはソフィーの秘密を知らないからだ。ソフィーは今でも、生け垣にくぐり抜けられる小さな穴を見つけた時のことをよく憶《おぼ》えている。もぐりこんでしばらく進むと、穴は大きく広がっている。そこがソフィーのほら穴なのだった。ここならだれにも見つかる心配はない。

ソフィーは二通の手紙をもって庭をつっきり、四つん這《ば》いになって生け垣をくぐった。ほら穴はソフィーがちゃんと立てるほど高かったが、今は剝《む》き出しの太い根っこに腰をおろした。ここに座ると、枝や葉っぱのあいだの小さな二つの穴から外が見える。穴はコインよりも小さいけれど、庭全体が見渡せた。小さい頃、自分を捜して木立のあいだをあちこちする母や父をここからながめて面白がったものだ。

いつもソフィーはこの庭を世界そのもののように思っていた。聖書の「創世記」のエデンの園の話を聞くたびに、自分のほら穴と、そこからながめるソフィーの小さな世界を思い浮かべた。

世界はどこからきた？

そんなこと、ぜんぜんわからない。もちろんソフィーは、この世界がとてつもなく大きな宇宙のほんの小さな惑星だということは知っていた。でも、宇宙はどこからきたのだろう？

もちろん、宇宙はずっと前からあった、と考えてもいい。そうすれば、宇宙はどこからきたのか、という問いに答えなくてすむ。だけど、何かが永遠に続くなんてありだろうか？　ソフィーのなかで何かが、そんなのおかしい、と言った。あるものにはすべて、始まりがあるはずだ。だったら、宇宙もいつか何かから生まれたのだ。

でも、もしも宇宙が何かほかのものから生まれたのだとしたら、その何かほかのものもいつかもっと何かほかのものから生まれたということになる。ソフィーは、この問いはどこまで行ってもきりがない、と思った。とにかく、いつか何かが無から生まれたはず。でも、そんなことってあり？　こんな考えは、世界はずっと前からあったというのと同じくらい、まちがっているんじゃない？

宗教の時間に、神が世界を創造した、と教わった。ソフィーは、まあいろいろあるけれど、この問題に決着をつけるにはそう考えるのがいちばんいい、と納得《なっとく》しようとした。なのに、ソフィーはまた考えはじめてしまった。神が世界を創造した、というのはいい。でも、神自身は？　神は自分を無からつくった？　また何かがソフィーのなかで、そんなのおかしい、と言った。たしかに神はあらゆるものをつくれるかもしれない。でも神自身がいて、それで初めて創造できるわけで、その神自身が存在する前に自分自身をつくれるはずがない。とすると、考えられるのはあと一つ。つまり、神はずっと前からいたのだ。けれどもこの考えも、ソフィーはもう捨てていた。あるものにはすべて始まりがあるはずなのだった。

「いやんなっちゃう！」

もう一度、ソフィーは二つの封筒をあけた。

「あなたはだれ？」

「世界はどこからきた？」

なんてくだらない質問！　いったいこの二通の手紙はどこからきたのだろう？　それこそ本当に謎だった。

ソフィーをありふれた日常からひきさらい、突然、宇宙などという大問題をつきつけたのは、いったいだれなのだろう？

ソフィーは郵便箱を見に行った。これで三度めだ。

こんどは郵便配達がふつうの郵便をもってきていた。ソフィーは一《ひと》抱《かか》えほどもあるダイレクトメールと、新聞と、それから母宛ての二通の手紙を取り出した。絵はがきも一通、混ざっていた。どこか南の国の海岸の写真だ。ソフィーは絵はがきを裏返してみた。切手はノルウェイのもので、国連軍のスタンプがおしてある。パパから？　でも、パパがいるのはこんなところじゃないんじゃなかった？それに、これはパパの字ではない。

宛名に目を走らせるうちに、ソフィーは胸がドキドキしてきた。「ソフィー・アムンセン様方、ヒルデ・ムーレル＝クナーグ様、クローバー通り三番地……」住所はあっている。

はがきにはこう書いてあった。

《愛するヒルデ
十五歳のお誕生日おめでとう。パパはヒルデに、なにかおとなになるのに役立つようなプレゼントをしたいと思っている。このはがきはソフィーに送る。そうするのがいちばん手っとり早かったのだ。

愛しているよ　パパ》

ソフィーは家に駆けもどり、キッチンに飛びこんだ。まるで体のなかで嵐が荒れ狂っているみたいだった。またたわ、これはいったいなんなの？　ヒルデってだれ？　ソフィーよりも丸まる一カ月早く十五歳になるらしいこの子は？

ソフィーは玄関から電話帳をもってきた。ムーレルという人はいっぱいいた。クナーグという人も。

ソフィーはもう一度、謎の絵はがきをまじまじと見つめた。でも、切手もスタンプも、どこもおかしなところはない。

どうしてこの父親はバースデイ・カードをソフィーの住所なんかに送りつけたのだろう？　ぜんぜんちがうところに送るべきでしょう？　カードをお門違《かどちが》いのところに送って、誕生日に娘をがっかりさせる父親なんているかしら？　「いちばん手っとり早かったのだ」って、どういうこと？　それにしても、どうやってヒルデという子を捜したらいいのだろう？

頭をかかえる問題がまた増えた。ソフィーはもう一度、頭のなかを整理しようとした。

昼下りのほんのひとときに、三つもの謎をつきつけられたのだ。第一の謎は、二通の白い封筒をソフィーの家の郵便箱に入れたのはだれか、ということ。第二の謎は、その二通が投げかけるむずかしい問題。第三の謎は、ヒルデ・ムーレル＝クナーグとはだれか、なぜソフィーがこの見知らぬ女の子のバースデイ・カードを受けとったのか、ということ。

三つの謎はきっとどこかでつながっている――そう、ソフィーは確信した。なぜなら、それまでソフィーは、謎なんて一つもない、ごくふつうの毎日を送っていたのだから。

シルクハット

いい哲学者になるためにたった一つ必要なのは、驚くという才能だ

ソフィーは、匿名《とくめい》の手紙の主がまたなにか言ってくるのを待つことにした。そして、当分この手紙のことはだれにも黙っていよう、と決めた。

学校では授業になかなか身が入らなかった。ソフィーは突然、先生はどうでもいいことばかりしゃべっている、と気がついた。どうして先生は、人間とは何かとか、世界とは何かとか、世界はどのようにしてできたかとか、そういう話をしてくれないのだろう？

学校でもどこでも、みんなどうでもいいようなことにかかずらっている。学校の勉強よりもずっと大切な、考えなくてはならない大きくてむずかしい問題があるのに――こんな気持は初めてだった。

ああいう問いに答えた人なんているのかしら？　ソフィーは、不規則動詞の変化をとなえるよりもそっちを考えるほうが大切だ、と思った。

最後の授業の終わりのチャイムが鳴ると、ソフィーはあっというまに校門を飛び出した。ヨールンがあわてて追いかけてきた。

少しして、ヨールンがたずねた。

「今夜、トランプしない？」

ソフィーは肩をすくめた。

「そうねえ、わたしもう、トランプ飽きちゃった」

ヨールンはびっくりしたようだった。

「飽きちゃったって？　じゃあ、バドミントンする？」

ソフィーはアスファルトを、それから友だちを見つめた。

「そうねえ、わたしもう、バドミントンも飽きちゃった」

「じゃあ、いいわよ！」

ヨールンの声にとげとげしい響きがあった。

「何が急にそんなに大切になっちゃったのか、話してくれてもいいと思うけど」

ソフィーは首を横にふった。

「それは……秘密なの」

「へーえ！　あなた、だれかさんのことを好きになったんだ！」

話がとぎれたまま、二人は並んで歩いていった。サッカー場まで来た時、ヨールンが言った。

「わたし、サッカー場をつっきるわ」

「サッカー場をつっきる」のはヨールンの近道だったけれど、ヨールンが近道をするのは、お客があるとか歯医者の予約があるとかで、いそいで帰らなければならない時だけだった。

ヨールンを傷つけてしまって、つらいな、とソフィーは思った。でも、なんて答えたらよかった？　わたしはだれかってことと、世界はどうやってできたのかってことで急に忙しくなったから、バドミントンをする暇がないって言う？　そんなこと、ヨールンはわかってくれただろうか？　なによりも大切な、そしてなによりも当然な問題にとりくむのが、どうしてこんなにやっかいなのだろう？

郵便箱をあける時、ソフィーは胸がドキドキしてくるのがわかった。ちらっと見たところでは、口座通知と母宛ての大きな茶封筒が何通かあるだけだった。つまんないの。ソフィーは見知らぬ差出人の手紙がまたきていることを、心から待ち望んでいたのだ。
門をしめながら、ソフィーは大きな封筒の一つに自分の名前があることに気がついた。裏側には「哲学講座　親展」と書いてある。

ソフィーは砂利道を走っていって、バッグを階段の上に置いた。そして残りの郵便物を玄関マットの下につっこむと、庭を横切ってほら穴の隠れ家に向かった。この大きな手紙は、どうしてもあそこで開かなくては。

シェレカンがついてきたが、どうしようもない。でも、猫はぜったいにおしゃべりしないから大丈夫。

封筒にはタイプで打った大判の紙が三枚入っていた。クリップで止めてある。ソフィーは読みはじめた。

哲学とは何か？

親愛なるソフィー

世の中にはいろんな趣味があるものです。古いコインや切手を集めている人はざらだし、手芸に凝《こ》る人もいます。暇さえあればスポーツに打ちこむ人もいます。

読書好きもけっこういます。けれども、何を読むかはじつにさまざまです。新聞かマンガしか読まない人もいれば、小説ファンもいる。天文学とか、動物の生態とか、科学の発見とか、いろんなテーマに手を伸ばす人もいる。

もしもわたしが馬や宝石の愛好家だったとして、ほかのすべての人と趣味の話で盛りあがるとは期待できません。わたしがテレビのスポーツ番組には目がないとしても、スポーツなんかつまらないと言う人がいることは、まあ、そんなものだと思うしかない。

すべての人に関心のあることなんてあるだろうか？　だれにでも、世界のどこに住んでいる人にでも、あらゆる人間に関係あることなんて、あるのだろうか？　あるんですよ、親愛なるソフィー。その、すべての人間がかかわらなければならない問題をあつかうのが、この講座です。

生きていく上でいちばん大切なものはなんだろう？　もしも、飢えている人びとにたずねたら、答えは食べることですね。同じ質問を凍《こご》えている人にしたならば、答えは暖かさです。さらに、一人ぼっちでさびしがっている人にたずねたとしましょうか、答えは決まってますね、ほかの人びととのつきあいです。

けれども、こういう基本条件がすべて満たされたとして、それでもまだ、あらゆる人にとって切実《せつじつ》なものはあるだろうか？　哲学者たちは、ある、と言います。哲学者たちは、人はパンのみで生きるのではない、と考えるのです。もちろん、人はみな、食べなければならない。愛と気配りも必要です。けれども、すべての人びとにとって切実なものはまだある。わたしたちはだれなのか、なぜ生きているのか、それを知りたいという切実な欲求を、わたしたちはもっているのです。

わたしたちはなぜ生きているのか、ということへの関心は、だから、たとえば切手のコレクションのような、いわば「ひょんなきっかけではまってしまう」興味とは別物です。この問題に関心をもった人は、わたしたち人間がこの惑星に生きてきたのとほとんど同じくらい長いこと議論されてきたことがらにかかわることになる。宇宙と地球と生命はどのようにしてできたのか、ということは、このあいだのオリンピックでだれがいちばんたくさん金メダルをとったか、ということよりもずっと大きな、ずっと大切な問題なのです。

哲学の世界に入っていくいちばんいい方法は問題意識をもつこと、つまり、哲学の問いを立てることです。

世界はどのようにつくられたのか？　今ここで起こっていることの背後には意志や意味があるのか？　死後の命はあるのか？　どうしたらこういう問いの答えは見つかるのか？　そしてなによりも、わたしたちはいかに生きるべきか？

こうしたことを人間はいつだって問いかけてきました。人間とは何か、世界はどのようにしてできたかと問わなかった文化はありません。

哲学の問いは、それほどいろいろと立てられるものでもありません。いちばん大切な二つの問いはもう立てました。ところがそれにたいして哲学の歴史が教えてくれる答えは、それこそさまざまです。

だから、問いに答えようとするよりも問いを立てる、このほうが哲学に入っていきやすいのです。今でも、一人ひとりがこれらの問いに自分流の答えを見つけなければなりません。神はいるかとか、死後の生はあるかとかを、事典で調べることはできない。事典は、わたしたちはいかに生きるべきか、ということにも答えてくれない。でも、生命や世界について自分なりのイメージをもとうとするなら、ほかの人たちの考えを知ることは助けになります。

真理を追い求める哲学者たちの営《いとな》みは、そうですね、ミステリー小説にたとえるといいかもしれない。殺人犯はアナーセンだ、と言う人もいれば、ニールセンが犯人だ、いや、イェープセンだと、意見はてんでんばらばらです。現実の事件なら、いずれ警察が解決してくれるでしょう。もちろん、警察も謎が解けなくて事件は迷宮《めいきゅう》入りということもある。それでも謎にはかならず答えがあるのです。

だから、問いに答えるのがむずかしくても、問いには一つの、そう、たった一つの正しい答えがあると考えることはできる。死後に人はなんらかの形で存在するとか、いや、そんなことはない、とかね。

ところで、古来からの多くの謎は科学が解いてきました。昔は、月の裏側がどうなっているかは大きな謎でした。これは議論したからといって解決できる問題ではなかった。答えはそれぞれのファンタジーにゆだねられていた。けれどもこんにち、わたしたちは月の裏側のありさまを知っています。わたしたちはもう、月に兎が住んでいるとか、月はチーズでできているとか、信じることはできません。

今から二千年以上も前の古代ギリシアの哲学者は、人間が「なんかへんだなあ」と思ったのが哲学の始まりだ、と考えました。人が生きているというのはなんておかしなことだろう、と思ったところから、哲学の問いが生まれた、というのです。

それは手品に似ています。わたしたちは手品を見て、どうしてそんなことになるのか、さっぱりわけがわからない。それであとから、どんなからくりであの手品師は二枚の白い絹のスカーフを生きた兎に変えてしまったのだろう、と首をひねります。

多くの人びとにとって、世界はちょうど、手品師が今の今まで空っぽだったシルクハットからふいに取り出した兎のように、まるでわけがわからない。

兎についてなら、手品師がわたしたちの目をだましているのだ、ということははっきりしています。でも世界となると、話はちょっとちがってくる。わたしたちは、世界はまやかしなんかではないと知っている。なにしろ、わたしたちはこの大地を走りまわっているのだし、わたしたちが世界の一部だからです。つまり、わたしたちがシルクハットから取り出された白兎だというわけです。白兎との違いはただ一つ、兎は自分が手品に一役買っているとは知らない、ということだけです。わたしたちはちがう。わたしたちは、自分たちがなにか謎めいたことがらに参加していると知っていて、すべてはどんな仕組みになっているのかつきとめたいと思うのです。

追伸　白兎は全宇宙になぞらえたほうがいいかもしれない。わたしたち、ここにいるわたしたちは、兎の毛の奥深くでうごめく蚤《のみ》です。けれども哲学者たちは、大いなる手品師の全貌《ぜんぼう》をまのあたりにしようと、細い毛をつたって這いあがろうとしてきたのでした。

ちょっと面食《めんく》らったかな？　ソフィー。この続きはまたこんど。

ソフィーはすっかりぼーっとしてしまった。そうよ、面食らっているわ！　こんなに息をつめて何かを読んだことは、これまで一度もなかった。

この手紙をくれたのはだれ？　いったいだれなの？

ヒルデ・ムーレル＝クナーグにバースデイ・カードを送ったのと同じ人、というのはありえない。なぜなら、カードには切手とスタンプがちゃんとあったもの。でもこの茶封筒は、二通の白い封筒と同じように、郵便局をとおさずにじかに郵便箱に入れられていた。

ソフィーは時計を見た。まだ三時十五分前。母が仕事から帰ってくるのは二時間も先だ。

ソフィーはもう一度、郵便箱に走っていった。もっと入っていたりして？

またソフィー宛ての茶封筒が見つかった。ソフィーはあたりを見渡した。だれもいない。森の入り口まで走っていって、道のまんなかであちこちをうかがった。けれども、人っ子一人見つからない。

ふいに森の奥で、小枝がポキッと折れる音がしたように思った。でも気のせいかもしれないし、見に行ってもしかたがない。だれかが立ち去ろうとしていたとしても、追いすがるのはもう無理だった。

ソフィーは玄関をあけて、通学バッグと母にきた手紙を床に置いた。そして自分の部屋に行って、きれいな石がいっぱい入った大きなクッキーの缶から石を床にぶちまけると、二通の大きな封筒を入れた。それから缶をかかえて、もう一度、庭に走っていった。その前にシェレカンに餌をやった。

「シェレカン、ごはんよ、シェレカン!」

ふたたびほら穴に腰をおろしたソフィーは、封を開いて、タイプ書きの手紙を読みはじめた。

おかしなもの

また会いましたね。たぶんもうわかったと思うけど、このささやかな哲学講座はちょうどよい分量ずつ届きます。ついでにもう少し案内をしておきます。

いい哲学者になるためにたった一つ必要なのは、驚くという才能だとは、もう言いましたっけ? まだだったら、ここで言っておくね。いい哲学者になるためにたった一つ必要なのは、驚くという才能だ。

赤ん坊はみんな、この才能をもっています。これははっきりしている。生まれてほんの数カ月で、赤ん坊はま新しい現実へと押し出されます。けれども、大きくなるにつれてこの才能はだんだんとなくなっていくらしい。どうしてそうなるのかな? ソフィー・アムンセンは、この問いに答えられるかな?

まあ、いいでしょう。とにかく、もしも小さな赤ん坊に話ができたら、きっと、なんておかしな世界にきてしまったのだろう、と言うんじゃないかな。なぜならわたしたちも知っているように、話はできなくても、赤ん坊はあたりを指さして、部屋にあるものに興味しんしんでさわるものね。

ことばが出てくると、犬を見たりするたびに立ち止まり、言います。「ワン、ワン!」赤ん坊がベビーカーのなかでピョンピョン飛びはねて腕をふりまわすのを見たことがあるでしょう。「ワンワン、ワンワン!」とね。年上のわたしたちは赤ん坊のはしゃぎようを、ちょっぴりおおげさと感じます。わたしたちはわけ知り顔で、「そう、ワンワンだね」と言います。それから「さあ、もうおりこうさんにお座りしなさい」なんて。わたしたちはそんなにうれしくないのです。犬ならもうとっくに見たことがあるから。

この突拍子《とっぴょうし》もない反応は、子どもが犬とすれちがってもうれしくてわれを忘れるなんてことにならなくなるまで、おそらく数百回はくりかえされます。象でもカバでも同じことです。そして、子どもがちゃんとことばを覚えるずっと前に、あるいは哲学的に考えることを知るずっと前に、世界はなれっこのものになってしまう。

もしもソフィーがわたしの言うことにきょとんとしたとしたら、残念です。

まさかソフィーは、世界をわかりきったものだと思っている人の仲間ではないよね？ これはわたしにとって切実な問題なのです、親愛なるソフィー。だから念のため、哲学講座の本題に入る前に、想像のなかで二つ、体験をしてみましょう。

さあ、想像してみて。ソフィーは森を散歩しています。突然、行く手に小さな宇宙船を見つけます。宇宙船の上には一人の小さな火星人がよじ登って、ソフィーをじっと見おろしている……。

さあ、そんな時、ソフィーなら何を考えるだろう？ まあ、それはどうでもいいとして。でも、自分を異星人みたいに感じたことはない？

ほかの惑星の生物にでくわすなんて、そんなにありそうなことではない。ほかの惑星に生命が存在するかどうかもわからないし。けれども、ソフィーがソフィー自身にでくわす、ということはあるかもしれない。ある晴れた日、ソフィーがソフィー自身をまったく新しく体験してはっとする、ということは。ちょうど森を散歩している時なんかにね。

わたしっておかしなもの、とソフィーは考える。わたしは謎めいた生き物、と……。

ソフィーは、まるで何年もつづいたいばら姫の眠りから目覚めたように感じる。わたしはだれ？

ソフィーはたずねる。ソフィーは、自分が宇宙のある惑星の上をごそごそ動きまわっている、ということは知っている。でも宇宙とはなんだろう？　なんであるのだろう？

もしもソフィーがこんな自分に気がついたなら、ソフィーは自分自身をさっきの火星人と同じくらい謎めいたものとして発見したことになるのです。いえ、宇宙からやってきたものを見てびっくりするほうが、まだましなくらいだ。ソフィーはソフィー自身をとびきりおかしなものとして、とっくりと深く感じるのです。

わたしの話についてきている？　ソフィー。もう一つ想像の体験をしますよ。

ある朝、パパとママと小さなトーマスが、そう、二つか三つの男の子です、キッチンで朝食を食べている。ママが立ちあがり、流し台のほうに行く、するとそう、突然パパが天井近くまでふわっと浮かびあがる。

トーマスはなんて言ったと思う？　たぶんパパを指さして、「パパが飛んでる！」と言うでしょう。もちろんトーマスはびっくりだけど、どうせトーマスはいつもびっくりしています。パパはいろいろおかしなことをするから、ちょっとばかり朝食のテーブルの上を飛ぶなんて、トーマスの目にはべつにたいしたことには映らない。パパは毎日へんてこな機械で髭をそるし、しょっちゅう屋根に登って、テレビのアンテナをあちこちひん曲げる。かと思うと、自動車に首をつっこんで、鴉《からす》みたいにまっ黒になって出てくる。

さて、こんどはママの番です。ママはトーマスの声に、何気なくふり返る。ソフィーは、キッチンのテーブルの上を飛びまわるパパを見て、ママがどう反応すると思う？

ママの手からジャムのガラスビンが落ち、ママはびっくり仰天《ぎょうてん》してけたたましく叫びます。パパが椅子に戻ったあと、ひょっとしたらママは医者に診《み》てもらわなければならないかもしれない。（パパがテーブルマナーを守らなかったばっかりに、とんだ大騒ぎだ。）

どうしてトーマスとママの反応はこんなにちがうのかな？　ソフィーはどう思う？

これは「習慣」の問題です。(このことば、メモして!) ママは、人間は飛べないということをとっくに学んでいる。トーマスは学んでいない。トーマスはまだ、この世界では何がありで何がありではないか、よく知らない。

でもソフィー、この世界そのものはどうなっているんだったっけ? こんな世界はありかな? 世界もパパのように宇宙空間にふわふわと漂っているんじゃなかったっけ……。

悲しいことに、わたしたちはおとなになるにつれ、重力の法則になれっこになるだけではない。世界そのものになれっこになってしまうのです。

わたしたちは子どものうちに、この世界に驚く能力を失ってしまうらしい。それによって、わたしたちは大切な何かを失う。哲学者たちは、その何かをもう一度目覚めさせようとします。なぜなら、わたしたちの心のどこかで何かが、生きていることは大きな謎だ、と語りかけているからです。わたしたちは、生きることについて考えるのを学ぶずっと以前から、この語りかけを聞いているのです。

もっとはっきり言いましょう。人はだれでも哲学の問いに向きあいはするけれど、だからといってすべての人が哲学者になるのではありません。ほとんどの人びとは、さまざまな理由から日常にとらわれて、生きることへの驚きを深いところに押しこんでしまう。(人びとは兎の毛の奥深くにもぐりこみ、そこの居心地《いごこち》がよくなって、人生の残りを毛皮のなかで過ごすのです。)

子どもにとって世界は、そして世界にあるすべてのものは驚きを呼びさます「新しいもの」です。おとなはそんな見方はしない。たいていのおとなは、世界を当たり前のこととして受けいれている。

だからこそ、哲学者たちはたいへん珍しい例外なのです。哲学者には、世界にすっかりなれっこになるなど、どうしてもできない。男でも女でも、哲学者にとって世界はいつまでたってもわけがわからない。そう、謎だらけで秘密めいている。哲学者と幼い子どもは、大切なところで似た者同士なわけです。哲学者は、一生幼い子どものままでいる例外人間と言えるでしょう。
さあ、親愛なるソフィー、あなたは今、選ばなければならない。ソフィーは、まだ世界に「なれっこ」になっていない子どもかな？　それとも、なれっこになどぜったいにならないと誓って言える哲学者かな？

もしもソフィーがあっさりと首を横にふって、自分は子どもだとも、また哲学者だとも思っていないと言うなら、それはソフィーが、もう世界に驚かされることもないほどに、この世界になれっこになっているのです。だとしたら、危険はもうすぐそこまで迫っている。だからこそ、この哲学講座が届いたのです。わたしは、ほかでもないソフィーが、投げやりで無関心な人びとの仲間であってほしくない。はつらつと生きる人であってほしいのです。

この講座はいっさい無料です。だから、受けないことにしても払い戻しはありません。もしもある日やめたくなっても、ちっともかまわない。郵便箱にわたし宛ての通知を入れるだけでいい。生きた蛙《かえる》とか、まあ、なんでもいいでしょう、あまり郵便屋さんを驚かしたくはないから、なにか緑色のものを入れておいてください。

短いまとめ。白兎は空っぽのシルクハットから引っぱり出されます。とても大きな兎なので、この手品の仕込みには数億年かかります。か細い毛の先っぽに、すべての人の子が生まれるでしょう。だからすべての人の子は、このありえない手品に驚きあきれるでしょう。けれども、人の子たちは大きくなると、どんどん兎の毛の根元のほうへともぐりこむ。そしてそこにうずくまる。そこはあんまり居心地がいいもので、毛皮のか細い毛をもう一度上までよじ登ろうなどという気は起こさない。哲学者たちだけが、ことばと存在のいちばんはしっこまでの危険な旅に果敢《かかん》に乗り出します。なかにはとちゅうで行方不明になってしまう人びともいるけれど、兎の毛にしっかりとしがみついて、ずっと下のほうで白い毛にぬくぬくとうずくまってお腹いっぱい食べたり飲んだりしている人びとに呼びかける哲学者たちもいる。

「みなさーん、わたしたちは空っぽの空間に漂っていますよー！」

けれども、毛の根っこにいるだれ一人、哲学者たちのそんな叫び声には耳をかさない。

「やれやれ、うるさい連中だなあ」と人びとは言います。

そして、さっきの話の続きをします。バター取ってくれる？　きょうの株式市況はどうかな？　このトマトいくらした？　ねえねえ、聞いた？　レディ・ディがまた妊娠したらしいってよ！


夕方、母が帰ってきた時、ソフィーはぼうぜんとしていた。謎の哲学者の手紙を入れた缶はしっかりとほら穴に隠してあった。ソフィーは宿題に向かおうとしたが、さっき読んだことで頭がいっぱいだった。

今まで、こんなにどっさり考えたことなんてなかった！　わたしはもう子どもではない。でも、まだ一人前のおとなでもない。ソフィーは、自分がもう、黒いシルクハットから引き出された世界という兎のふかふかの毛の奥深くにもぐりこもうとしていた、ということがよくわかった。けれども今、あの哲学者がわたしをつれ戻してくれた。彼――それとも彼女？――は、わたしの首根っこをしっかりとつかんで、子どものわたしが遊んでいた毛の先のほうにもう一度つれ出してくれた。そしてわたしはか細い毛の先っぽで、世界をもう一度、まるで初めて見るように見ている。あの哲学者はわたしを救ってくれた。

ソフィーは母をリビングルームにつれてきて、むりやりソファに座らせた。

「ママ、生きているっておかしなことだと思わない？」

母はびっくりしたあまり、とっさに答えが思いつかなかった。いつもなら、母が帰ってくると、ソフィーは宿題に向かっていた。

「そうねえ、たしかに時どきは思うわね」

「時どき？　あのさあ、だいたい世界があるって、おかしなことだと思わない？」

「ちょっとソフィー、あなたなんのことを言ってるの？」

「ママにきいてるの。ママは、世界なんてまるでどうってことないと思う？」

「そうね。そうだわね。だいたいはね」

ソフィーは、あの哲学者は正しい、と思った。おとなは世界を当たり前だと思っている。おとなはありきたりの生活といういばら姫の眠りに落ちたきり、ぐっすりと眠りこけている。

「あーあ！　ママったら、もう世界がママを驚かすこともないくらい、この世界になれっこになってるのね」

「悪いけど、なに言ってるのかさっぱりわからない」

「この世界になれっこになっちゃってるのねって、言ったの。ほかの言い方だと、どうかしてるってこと」

「そんな口のきき方をするもんじゃありません、ソフィー」

「じゃあ、もっとほかの言い方をする。ママは、たった今黒いシルクハットから引っぱり出された世界っていう兎の毛の奥でぬくぬくとしているの。そしてもうすぐじゃがいもを火にかけようとしているの。そのあと新聞を読んで、三十分こっくりこっくりして、それからテレビのニュースを見るの」

母の顔を心配そうな表情がさっとかすめた。母は本当にキッチンに行って、じゃがいもを火にかけた。そしてすぐにリビングに戻ってくると、こんどは母がソフィーをソファに座らせた。

「ちょっとお話があるの」母は切り出した。その声からソフィーは、なにかまじめな話なのだ、とピンときた。

「あなた、どっかにドラッグを隠してるんじゃない？」

ソフィーは思わず笑ってしまった。でも、こんな質問が飛び出すのも無理はないとも思った。

「おかしなママ！　そんなものやったら、もっとドン臭くなっちゃうじゃない！」

この日はもう、ドラッグのことも白兎のことも話題にならなかった。

神話

いい力と悪い力があやういバランスを

つぎの朝、郵便箱に手紙は入っていなかった。学校の勉強はたいくつで、時間がやたらと長く感じられた。休み時間には、ヨールンにいつも以上にやさしくしようと心がけた。帰り道、二人は、森の雪が解けて地面が乾いたら、キャンプに行く約束をした。

そしてソフィーは、また郵便箱の前に立っていた。ソフィーはまず、メキシコのスタンプのおしてある小さな封筒をあけた。父の手紙だった。父は、みんなの顔が見たい、と書いていた。それから、チェスで一等航海士に初めて勝った、と書いていた。冬に帰宅した時にもっていった二〇キロの本はほとんど読んでしまった、とも。

そして郵便箱にはこのほかにも、表にソフィーの名前が書かれた大きな茶封筒が入っていた！　ソフィーはバッグと郵便物を家のなかに入れると、ほら穴に走っていった。そして、タイプ書きの分厚い紙の束を取り出して、読みはじめた。

神話が描く世界像

ハロー、ソフィー。わたしたちの講座は盛りだくさんです。ですからさっそく始めましょう。

紀元前六〇〇年頃にギリシアで始まった哲学によって、わたしたち人間はまったく新しい考え方を身につけました。それまでは、さまざまな宗教が人間のあらゆる問いに答えていました。宗教によるそうした説明は、世代から世代へ、神話の形で語り伝えられました。

神話とは、人間たちはなぜこのような生き方をしているのかを説明しようとする、神々の物語です。

数千年ものあいだ、世界のいたるところで、神話によるそうした説明がまるで花園のように乱れ咲いていました。神話が哲学の問いに答えていたのです。ところがギリシアの哲学者たちが、人間はそういう説明に満足しているわけにはいかない、と言い出した。

だから、最初の哲学者たちの考え方を理解するためには、神話で世界をとらえるとはどういうことかをつかんでおかなければなりません。例として北欧の神話を取りあげます。ここでの目的のためには、ほかのいろいろな神話にまで目配りすることはありません。

槌《つち》をもつトールのことは聞いたことがありますね。キリスト教がノルウェイにやってくる前、ここノルウェイの人びとは、トールが二頭の雄山羊《おやぎ》に曳《ひ》かせた車に乗って空を行くと信じていた。トールが槌をふると、稲妻と雷が起こります。ノルウェイ語の雷《トールデン》はもともと「トール・ドゥン」、「トールのとどろき」という意味です。スウェーデン語では雷は「オースカ」、本来は「オース・アカ」ですが、これは「神々の天の道行き」という意味です。

雷が鳴り稲妻が走ると、雨も降る。ヴァイキング時代の農民にとって、雨は生きていく上で欠かせない、大切なものだった。それでトールはおそるべき神として敬われたのです。

なぜ雨が降るのかということへの神話の答えは、だから、トールが槌をふるったから、なのでした。そして雨が降ると、畑には穀物が芽吹き、成長しました。

なぜ畑に植物が生えて実りをもたらすのか、それは結局のところわけがわかりませんでした。けれども農民たちは、これはどうも雨と関係がある、ということは知っていた。それから、雨は雷とつながりがあるらしいということも。そんなわけで、北欧ではトールは最大級の力をもつ神とされたのです。

トールが重きをおかれたのには、もう一つわけがありました。トールは全世界の秩序の維持ともかかわっていました。

ヴァイキングたちは、自分たちの世界を島だと考えていました。この島はたえず外からおびやかされています。世界のこの一角を、ヴァイキングたちはミッドガールと名づけました。まんなかにある国、という意味です。ミッドガールにはさらにオスガール、神々の故郷がありました。ミッドガールはウトガール、つまり外の国と接していました。ここには恐ろしいトロールたちが住んでいて、いつも世界を滅ぼそうとたくらんでいる。トロールのような悪の怪物は、ひっくるめて「渾沌《カオス》の勢力」とも呼ばれます。ノルウェイの宗教でもほかのほとんどの文化でも、人びとは、いい力と悪い力があやういバランスを保っている、と感じていました。

トロールがミッドガールにダメージをあたえる手口の一つに、豊饒《ほうじょう》の女神フレイヤを奪う、というのがありました。フレイヤがいなければ、畑に植物は生えないし、女たちは子どもを産まない。だからなにがなんでも、善い神々がトロールを押さえこんでくれなければ困るのです。

ここでもトールが主役です。トールの槌は雨を降らせるだけではなく、危険な渾沌の勢力と戦うための武器ともなる。槌をもてばトールには絶大な力がそなわります。たとえば、トールは槌をトロールに投げつけて殺すことができる。それで槌がなくなる心配はない。槌はまるでブーメランのように、いつもトールのもとに帰ってきます。

これが、自然のバランスはどのように保たれているか、なぜ善と悪はつねに戦いつづけるのかということへの、神話による説明です。哲学者たちが、とうてい受けいれられない、と考えたのがまさにこういう説明だった。

ところで、神話で説明がつけばそれでいいかというと、そんなことはなかった。干ばつや疫病などの禍《わざわ》いにおびやかされると、人間は神々がなんとかしてくれるのを、ただ手をこまねいて待ってはいられませんでした。人間自身、いてもたってもいられなくて悪との闘いに加わった。それは、宗教的なさまざまな営み、つまり儀礼をとりおこなうということでした。

太古のノルウェイにはきわめて重要な宗教的な営みがありました。犠牲《いけにえ》です。犠牲を捧げられると、神々はよりいっそう強くなりました。神々に渾沌の勢力をうちひしぐほど強くなってもらうために、人間たちは犠牲を捧げる必要があったのです。捧げられるのは動物で、たとえばトールにはふつう雄山羊が奉納されたようです。オーディンには人間が捧げられることもありました。

ノルウェイのいちばん有名な神話は、『スリュムの歌』というエッダ、北欧の神々の叙事詩に出てきます。こんな物語です。トールが眠っています。目が覚めると、槌がない。トールは怒りのあまり髭をびりびりふるわせ、髪をさかだてた。トールは従神ロキをつれてフレイヤのところへ行き、翼を貸してほしい、と言いました。その翼をつけたロキがユートゥンハイメンまで飛んでいって、トロールがトールの槌を隠していないかどうか調べてくる、というのです。その地でロキはトロールの王、スリュムに出会います。スリュムは得意満面で、その槌なら自分が地の底八マイルのところに埋めた、と言います。そして豊饒の女神、フレイヤを嫁にくれたら槌を返してやる、と。

どういうことだかわかる？　ソフィー。善い神々は、突然とんでもない人質《ひとじち》事件に直面したのです。今やトロールたちは、神々のもっとも大切な武器を手中におさめている。これはのっぴきならない事態です。トロールたちは、トールの槌をもっているかぎり、神々と人間の世界にたいして生殺与奪《せいさつよだつ》の力を握っている。槌を返してほしければフレイヤをよこせという。けれどもこの交換条件ものめたものではない。もしもあらゆる命を守る豊饒の女神を引き渡してしまえば、畑の緑は枯れ、神々も人間も死んでしまうのだから。にっちもさっちもいかないとはこのことです。ロンドンかパリのまんなかでテロリスト集団が、危険な要求がとおらなければ爆弾に火をつける、と脅迫しているところを想像すれば、きっとわたしの話はわかってもらえるでしょう。

神話はつづきます。ロキはオスガールに帰って、フレイヤに、花嫁衣裳を着るように言いました。これからトロールと結婚式をあげることになっているから、と。いやですよね、そんなの！　フレイヤはかんかんに怒って言います。トロールなどと結婚したら、見境《みさかい》がないと思われる、と。

その時、ヘイムダルという神がいいことを思いついた。トールが花嫁に変装すればいい、髪を結って胸に石ころを縛《しば》りつければ女に見える、というのです。もちろんトールは、こんなアイディアに乗り気ではないけれど、結局は神々が槌を取りもどすにはそれしかない、ということになった。トールは花嫁に化け、ロキは付添いの乙女としてトールについていく。「さあ、わたしたち二人の女、トロールどものもとへまいりましょう」とロキは言いました。

現代風に言うなら、トールとロキは神々の「対テロリスト特殊部隊《コマンド》」といったところです。女装した二人は、トールの槌奪還《だつかん》のためにユートゥンハイメンのトロールの城に乗りこんだ。

二人がやってくると、トロールたちはこぞって婚礼のしたくにとりかかっていました。ところが婚礼の宴で、花嫁になりすましたトールは雄牛を丸ごと一頭、それに鮭を八匹、平らげてしまった。そのうえビールを三樽飲んだので、スリュムは、これはあやしい、と思った。対テロリスト特殊部隊は正体を見破られるのか？　危機一髪、ロキが言いつくろった。フレイヤはこの一週間、なにも食べていないのです、なにしろユートゥンハイメンに来るのが楽しみで。

さて、花嫁にキスをしようと、ヴェールをもちあげたスリュムは、トールの恐ろしいまなざしにぶつかって飛びのいた。こんどもロキが助け船を出します。花嫁は輿入《こしい》れがうれしくて、この一週間、一睡《いっすい》もしていないのです、とね。さてそこでスリュムは槌をもってこさせ、式のあいだ、花嫁の膝にのせておくよう、命令しました。

膝に槌をのせられると、トールは思いきり高笑いした。そして槌でまずはスリュムを、そしてユートゥンハイメンのトロールたちをすべて殺してしまった。こうして、いまわしい人質事件は無事、解決しました。またしてもトール、神々のバットマンあるいはジェームズ・ボンドは悪の勢力に勝ったのでした。

神話はこのように語っています、ソフィー。けれども、神話はわたしたちにいったい何を言おうとしているのだろう？ 神話は面白半分につくられたのではありません。この神話も何かを説明しようとしています。ここではこんな解釈が考えられます。

大地が干ばつに見舞われると、人間は、なぜ雨が降らないのか、説明を求めます。トロールがトールの槌を盗んだのではないだろうか、とね。

この神話は、季節の移り変わりを理解しようとしている、とも考えられます。つまり冬、自然が死に絶えるのは、トールの槌がユートゥンハイメンにあるからだが、春には取りもどされる、というわけです。このように神話は、人間たちにはわけのわからないことを説明しようとするのです。

けれども人間は神話で自然を説明しただけではなかった。人間は、神話にちなんださまざまな宗教儀礼をすることによって、自分たちにとって大切な出来事に影響をおよぼそうとした。つまり干ばつや凶作に見舞われると、神話にもとづく芝居をしたと考えられるのです。たぶん、一人の村の男が石をおっぱいにして花嫁に扮装し、トロール役から槌を奪い返したのでしょう。そうすることによって人間は、雨が降り、畑に穀物が実ることを後押しできたのです。

自然の営みをうながすために「季節の神話」劇を演じる例は、世界じゅうにたくさんあります。

わたしたちはほんの少し、ノルウェイの神話世界をのぞいてみました。このほかにもトールやオーディン、フレイ、フレイヤ、ホド、バルデルにまつわる神話は、あげていたらきりがありません。このほかさらにたくさんの、じつにたくさんの神々の物語も。哲学者たちが詮索《せんさく》を始めるまでは、そのような神話は世界じゅうにありました。ギリシア人も、最初の哲学が生まれた時、神話的な世界像をもっていました。神々の物語は何百年ものあいだ、世代から世代へと語りつがれていました。ギリシアの神々は、ほんの少しだけ名前をあげれば、ゼウス、アポロン、ヘラ、アテネ、ディオニュソス、アスクレピオス、ヘラクレス、ヘファイストスなどでした。

紀元前七〇〇年頃、ホメロスとヘシオドスがそれぞれにギリシア神話を大きな書物にまとめました。これはまったく新しい状況を招きました。ひとたび神話が文字に書かれると、神話について議論できるようになったのです。

最初のギリシアの哲学者たちはホメロスの神話に批判の目を向けました。そこに描かれた神々はあまりにも人間と似ていたからです。じっさい、神々は自分中心で不道徳で、わたしたちとそっくりです。人類史上初めて、ひょっとしたら神話は人間の空想の産物なのではないか、ということが言われ出したのです。

神話批判をした哲学者に、たとえば紀元前およそ五七〇年に生まれたクセノファネスがいます。人間は自分たちの姿になぞらえて神々を創造した、とクセノファネスは考えました。「人間は神々が自分たちのように、生まれたものであり、服を着たり声や姿をもっていると妄想する……。エチオピア人は、自分たちの神々を肌の黒い、鼻が上を向いたものと想像する。トラキア人は青い目で赤い髪だと想像する……。もしも牛や馬やライオンに手があって、絵を描くことや、人間のように作品をつくることができたなら、馬は馬に、牛は牛に似た神の像を描き、彼らの性格をそなえた神を創造するだろう」

この時代、ギリシア人はギリシア本土や、さらには南イタリアや小アジアといった植民地にも、多くの都市国家《ポリス》をつくりました。都市国家では肉体労働はいっさい奴隷のものとされ、自由市民は政治や文化に専念できました。そうした生活条件のなかで、人間の思考は飛躍をとげました。社会はどのように組織されるべきか、人びとはみずから問いはじめました。同じように、伝えられてきた神話に頼ることをやめて、哲学の問いも立てました。

この時代は、神話的な思考から経験と理性を踏まえた考え方が発展していった時代と言えます。最初のギリシアの哲学者たちが目指したのは、自然の営みの自然にそくした説明でした。

ソフィーはほら穴を出て、広い庭を歩きまわった。学校で習ったことはいったんすっかり忘れてみようとした。とりわけ理科の教科書に書いてあったことを忘れること、これが肝心だった。もしもこの庭で、自然についてなにも知らないままに大きくなったとしたら、わたしは春をいったいどんなふうに受けとめるかしら？

どうしてある日突然、雨が降り出すのか、わたしは説明のようなものを考え出す？　どうして雪は消えるのかとか、太陽は空に昇るのかとか、自分なりに納得できるような物語をつくる？

そう、そのとおり。気がつくと、ソフィーはこんな物語をつくっていた。

冬は凍える手で大地をつかみました。なぜなら、悪いムリアトが美しいズィキタ姫を冷たい牢屋に閉じこめたからです。けれどもある朝、勇敢なブラヴァト王子がやってきて、姫を助け出しました。ズィキタ姫はよろこんで、冷たい牢屋でつくった歌をうたいながら、草原で踊りはじめました。すると大地と花は心を動かされて、雪を涙に変えました。太陽も空に現れて、涙をすっかり乾かしました。鳥たちはズィキタにつられてうたいました。美しい姫が金色の髪をほどくと、巻き毛が地面に落ちて野の百合の花になりました……。

ソフィーは、わたしの物語、すてき、と思った。もしも季節の移り変わりにほかの説明がなかったら、わたしはきっとこの物語を信じたわ。

ソフィーは、人間はいつも自然の営みを説明したいと思ってきた、ということを理解した。たぶん人間はそういう説明なしには生きていけないのだ。だから、まだ科学がなかった時代には神話を考え出したのだ、と。

自然哲学者たち

無からはなにも生まれない

　この日の夕方、母が仕事から帰ってきた時、ソフィーはブランコに座って考えていた。この哲学講座と、父親からバースデイ・カードをもらえないことになるヒルデ・ムーレル＝クナーグという子には、いったいどんな関係があるのだろう？

「ソフィー！」母が声をかけた。「あなたにお手紙よ！」

　ソフィーはぎくっとした。郵便ならさっき取った。だから、きっとあの哲学者からきたのだ。ママにはなんて言おう？

　ソフィーはのろのろとブランコから立ちあがると、母のほうに歩いていった。

「切手がないわ。ははあ、ラブレターのようですねえ」

　ソフィーは手紙を受けとった。

「あら、あけてみないの？」

　ここはなんとかごまかさなくては。

「母親が後ろからのぞいてるのに、ラブレターを開く人なんている？」

　ママにはラブレターだと思いこんでおいてもらおう。もちろん、ラブレターなんてきまりが悪かった。でも、見ず知らずの哲学者から手紙がくる、しかも哲学者とソフィーは猫と鼠《ねずみ》のような関係で、ソフィーは完全に受け身、むこうが一方的にむずかしい通信教育の教材を送りつけてくるなんてことが知れたらと思うと、なぜかラブレターをもらうよりももっときまりが悪かった。

おなじみの小さな白い封筒だった。ソフィーは自分の部屋に入ると、小さな紙に書かれた三つの問いを読んだ。


あらゆるものをつくっているおおもとの素材はあるか？

水はワインに変われるか？

どうすれば土と水は生きた蛙になれるか？


なんてへんてこな問いだろう、とソフィーは思った。けれどもへんてこな問いはその日、夜眠るまでずっと、ソフィーの頭のなかをぐるぐるまわっていた。つぎの日、学校に行ってからも、三つの問いはかわるがわる浮かんできた。

あらゆるものになる「おおもとの素材」なんてあるのかしら？　でも、もしも全世界のすべてのもののおおもとの素材があるとしたら、その素材はどうやってきんぽうげの花や、それからたとえば象に変わるのだろう？

水はワインに変われるかという問いも、同じようなものだった。イエスが水をワインに変えた話は知っている。でも、わたしはこの話をそのまま信じているわけではない。もしもイエスがほんとに水をワインに変えたなら、それは奇跡よ。本来はありえないことだから奇跡っていうんじゃない？　ワインには、そして自然のほとんどあらゆるものには水がふくまれている、ということなら知っている。でも、きゅうりは九五パーセントが水だけど、きゅうりをきゅうりにしているのは水だけじゃない。

それから蛙のこと。わたしの哲学の先生は、なにかというとすぐ蛙をもちだす。ほんとにおかしなことだけど、先生と蛙はなんかあやしい。蛙が土と水でできているというのは、なんとか受けいれられる。土は一つの物質からできているのではないもの。土がさまざまな物質からできているとすれば、もちろん、土と水とがいっしょになって蛙になる、という言い方もありだ。でも忘れてはならないのは、土と水が蛙の卵とおたまじゃくしという回り道をとおるということ。だって、どんなにきちんと水やりをしても、家庭菜園に蛙は生えないのだから。

この日の午後、ソフィーが学校から帰ってくると、郵便箱にずっしりと重い封筒が入っていた。ソフィーはいつものようにほら穴へ行った。

哲学者たちの研究テーマ

こんにちは、ソフィー！　きょうは白兎とかの回り道をしないで、すぐにレッスンを始めるのがいいと思います。

わたしはこれから、古代から現代まで、人間は哲学の問いをどのように考えてきたかということを、わかりやすく、すべてきちんと順を追って話していくことにします。

ほとんどの哲学者たちはわたしたちとは別の時代、そしてまるで別の文化に生きていました。だから、哲学者一人ひとりの研究テーマを問うことにはけっこう意味があります。つまり、哲学者たちがとくに何について考えていたかをはっきりさせよう、ということです。植物や動物はどのように発生したのか、と考えた哲学者もいるでしょう。また、神は存在するか、あるいは人間には不死の魂があるか、ということを解明しようとした哲学者もいるでしょう。

ある哲学者の研究テーマは何かということがつきとめられれば、彼の思考をたどるのが楽になります。一人の哲学者があらゆる哲学の問いを追いかけるわけではないのですから。

今、彼の思考、と言いました。ある哲学者、と言っておいてね。それは、哲学の歴史もまた男たちによってつくられているからです。はっきり言って、女たちは人類の歴史をつうじて性としても、また考える存在としても抑えつけられてきたからです。これはよくない。そのためにたくさんの貴重な経験が失われてしまった。わたしたちの世紀になって初めて、女たちは本当に哲学の歴史に登場してきました。

わたしは宿題は出しません。少なくともこんぐらがった数学の宿題みたいなのはね。でも、ちょっとした練習問題は時どき出します。

ソフィーがそういう条件でオーケーなら、さあ、始めましょう。

自然哲学者たち

最初のギリシアの哲学者たちは、よく自然哲学者と呼ばれます。それは、彼らがなによりも自然とその営みに関心を寄せたからです。

すべてはどのように生まれたか、という問いはもう立てました。こんにち多くの人びとはだいたいにおいて、すべてはいつかある時、無から生まれた、と信じています。この考え方は、ギリシア人たちにはそれほど一般的ではなかった。なぜかギリシア人たちは、「何か」がつねに存在していた、ということを暗黙の了解にしていました。

すべてがどのように無から生まれたのかということは、だから問題とはならなかった。そのかわりギリシア人たちは、どうして水が生きた魚になるのだろう、命をもたない土が高い木やいろんな色の花になるのだろう、というぶかりました。でも、どうして赤ん坊が母親のお腹に宿るのか、という問いは無視でした!

自然界ではつねに変化が起こっていることを、哲学者たちはその目でしっかりと見ました。では、そういう変化はなぜ起こるのだろう？　なぜ何かある物質がまったく別の何か、たとえば生き物に変わるのだろう？

最初の哲学者たちはこぞって、あらゆる変化の根底にはなにかある「元素」、つまりおおもとの素材がひそんでいる、と信じていました。彼らがなぜこのような発想にたどりついたのかは、よくわかりません。おおもとの素材があって自然界のすべての変化の陰で立ち回っているはずだ、という考え方がだんだんと成熟してきた、ということがわかっているだけです。なにはともあれ、すべてがそこから生まれ、また帰っていく「何か」があるはずだ、とされていたのでした。

わたしたちにいちばん興味があるのは、この最初の哲学者たちがどんな解決にいたったかではありません。彼らがどんな問いを立てたのか、そしてどんな方向に答えを見つけようとしたのか、ということです。わたしたちにとっては、彼らが何を考えたかということよりも、どのように考えたかということのほうが重要なのです。

哲学者たちは自然のなかに飛び出して、目に見える変化について問うたのです。哲学者たちは永遠の自然法則を見つけようとした。自然界の出来事を、語り伝えられた神話に頼らずに理解しようとした。自然そのものを観察することによって、自然の営みを解き明かそうとしたのです。それは稲妻や雷を、冬や春を、神々の世界の出来事に関連づけて納得しようとするのとは似ても似つかない態度でした。

こうして哲学者たちは宗教から自由になりました。自然哲学者たちは科学的な思考法への第一歩を踏み出した、と言えるでしょう。自然哲学者たちはのちのすべての自然科学をスタートさせたのです。

自然哲学者たちが言ったり書いたりしたことはあらかた失われ、後世にはのこされていません。わずかに知られていることは、そのほとんどが、最初の哲学者たちよりも二百年あとに生きたアリストテレスの書物を頼りにしています。しかしアリストテレスがまとめたのは、彼以前の哲学者たちがたどりついた成果だけだった。ということは、哲学者たちがどのような道筋でそういう結論にたっしたのかは、ついに知ることができないわけです。そうは言っても、最初のギリシアの哲学者たちの研究テーマが、自然の変化のなかの元素の解明にかかわっていたことはたしかです。

ミレトスの三人の哲学者

最初の哲学者として知られているのは、小アジアにあったギリシアの植民地、ミレトスのタレス（紀元前およそ六二四―五四六年）です。タレスはたくさん旅をした。なかでも、タレスがエジプトに行ってピラミッドの高さを計った、というエピソードは有名です。タレスは、自分の影の長さが身長とちょうど同じになった時をねらってピラミッドの影を計り、その高さを割り出した。タレスはまた、紀元前五八五年に日食を予測しています。

タレスは、水がすべての起源《アルケー》だと考えました。その考えがくわしくはどのようなものだったのかはわかりません。おそらくタレスは、すべての生命は水から発生する、そして解体すればふたたび水になる、と考えたのでしょう。

エジプトにいたあいだにタレスは、ナイル河の氾濫《はんらん》のあとでデルタ地帯がふたたび姿を現した時、大地がどんなに豊かな実りをもたらしたかを見たのではないでしょうか。たぶん雨のあと、蛙や虫が這い出してくるありさまも。

あるいはタレスが、水はいかにして氷や水蒸気になり、ふたたび水になるのか、と問うたとも考えられます。

タレスは最後に、すべては「神々にみちみちている」と言ったそうです。このことばが何を意味しているのかは、あまりよくわかっていません。たぶんタレスは、黒ぐろとした大地が花や穀物から蜜蜂やゴキブリにいたるまで、すべての命の起源ではないか、と考えたのでしょう。そして、大地は小さな、目に見えない「命の芽」に満ちている、と考えた。とにかく、タレスがホメロスの神々を思い出さなかったことはたしかです。

知られている二人めの哲学者はアナクシマンドロス（紀元前およそ六一〇―五四七年）、やはりミレトスの人です。アナクシマンドロスは、わたしたちの世界は、何かから生まれて何かへと消えていく、たくさんの世界のうちの一つにすぎない、と考えた。この何かを彼は「無限定《アペイロン》」と名づけた。無限定ということばでアナクシマンドロスが何を考えていたのか、これは説明がむずかしい。けれども彼が、タレスの水のような、ある特定の物質を考えてはいなかったということははっきりしている。たぶんアナクシマンドロスは、すべてをつくっている素材は、つくられたものとはまったく異なっているはずだ、と考えたのだろうと思います。すると、すべてのつくられたものはたとえば水なら水、土なら土と限定されているのだから、それ以前にありそれ以後にもあるもの、つまり元素はまさに無限定でなければならないわけです。アナクシマンドロスにとって元素はごくふつうの水などではない、これははっきりしています。

ミレトスの三人めの哲学者はアナクシメネス（紀元前およそ五七〇―五二五年）です。アナクシメネスは、「空気」ないし「息《プネウマ》」があらゆるものの元素だと考えた。

もちろんアナクシメネスはタレスの水の説を知っていた。けれども水はどこからくるのだろう？アナクシメネスは、水は凝縮された空気だと考えました。雨が降る時、大気中の水分がこごって水滴になることなら、わたしたちも知っています。ところがアナクシメネスは、水がもっと凝縮されると土になると考えた。アナクシメネスはおそらく、解けた氷から砂が流れ出るのを見たにちがいありません。同時にアナクシメネスは、火は薄められた空気だと考えた。アナクシメネスの考え方によると、土と水と火は空気から生じたことになります。

土と水から、畑に生える作物までの道のりは、そうたいして長くはありません。おそらくアナクシメネスは、土と空気と火と水は命が生まれるためにある、と考えたのでしょう。それでも出発点は空気です。だからアナクシメネスは、自然界のあらゆる変化の根底には一つの元素があるはずだと考えたことでは、タレスと同じです。

無からはなにも生まれない

ミレトスの三人の哲学者たちはみんな、たった一つの元素からすべてのほかのものがつくられたと信じていました。でも、ある元素はどうしてふいに変化して、まったく別のものになったりするのだろう？　これは変化の問題と呼んでいいでしょう。

紀元前およそ五〇〇年、南イタリアにあったギリシアの植民地エレアに、何人かの哲学者たちがいました。この「エレア学派」がこの変化の問題にとりくんだ。そのうちのもっとも有名な人がパルメニデス（紀元前およそ五四〇―四八〇年）です。

パルメニデスは、今あるすべてはつねに存在していた、と考えた。ギリシア人たちにはおなじみの発想です。パルメニデスも、無からはなにも生まれない、と考えた。そして、存在するものはなにも無にはならない、と。

けれどもパルメニデスは、ほかの人びとよりももう一歩踏みこんだ。パルメニデスは、真の変化などおよそありえない、と考えたのです。変化とは、今あるものがなくなって、今までなかったものが生じることだからです。

もちろんパルメニデスは、自然はたえず変化していることをちゃんと知っていた。パルメニデスは事物が変化するさまを感覚でとらえた。けれどもそのことと理性が語りかけることを調和させられなかった。理性は、変化などない、と言っているのだから。もしも感覚と理性とどちらを信じるか、と迫られたら、パルメニデスは理性をとったでしょう。

わたしたちは「この目で見なければ信じない」という言い方をします。けれどもパルメニデスはそうは思わなかった。彼は、感覚はわたしたちに世界のまやかしの像を伝える、と考えた。その像は、理性が人間に語りかけるものとは相いれない。パルメニデスは、感覚のあらゆる惑《まど》わしから仮面を引きはがすことが哲学者の使命だ、と考えていた。

人間の理性によせるこの強い信念を「合理主義」と言います。合理主義者とは、人間の理性は世界についてのわたしたちの知識の源であるとして、これに大きな信頼をよせる人のことです。

万物は流転する

パルメニデスと同時代に、小アジアのエフェソスにはヘラクレイトス（紀元前およそ五四〇—四八〇年）がいました。ヘラクレイトスは、たえまない変化こそが自然のもともとの性格だ、と考えた。ヘラクレイトスはパルメニデスよりもずっと、感覚が語りかけるものを信頼していたと言っていい。「すべては流れ去る《パンタ・レイ》」とヘラクレイトスは考えた。すべては動きのなかにある、そしてなに一つ永遠につづくものはない、とね。だからわたしたちは「二度と同じ流れにはひたれない」。なぜなら、わたしが二度めに川の流れにひたった時には、わたしも流れもすでに変わっているのだから。

ヘラクレイトスはまた、世界は対立だらけだ、とも言っている。病気にならなければ、健康とは何か、わかるはずがない。お腹がすかなければ、お腹をいっぱいにする喜びを味わうこともない。冬がこなければ、春の訪れを目にすることもない。

　善も悪も全体のなかに欠かすことのできない居場所をもっている、とヘラクレイトスは考えました。対立するものたちがたえずたわむれていなければ、世界はストップしてしまう、と。

「神は昼であり夜である。冬であり春である。戦《いくさ》であり平和である。空腹であり満腹である」とヘラクレイトスは言います。ヘラクレイトスはここで神ということばを使っているけれど、もちろん神話が語り伝える神々のことではない。ヘラクレイトスにとって神とは、あるいは神のようなものとは世界全体に広がる何かです。そう、ヘラクレイトスの神は、たえず変化する、対立矛盾にみちみちた自然なのです。

　神ということばのかわりに、ヘラクレイトスはよく「ロゴス」というギリシア語を使った。理性という意味です。わたしたち人間はかならずしもいつも同じように考えたり、同じ理性にしたがっているわけではないけれど、世界のすべての現象をコントロールしている「世界の理性」のようなものがあるにちがいない、とヘラクレイトスは考えた。この世界の理性、あるいは「世界の法則」はあらゆるものに共通していて、すべての人間はこれにしたがわなければならない。なのにたいていの人は自己流の理性で生きている、とヘラクレイトスは考えました。ヘラクレイトスは自分の仲間である人間をそれほど高く評価していなかった。たいていの人間のものの見方は、ヘラクレイトスに言わせれば「子どもの遊び」でした。

　ヘラクレイトスは自然のすべての変化と対立のなかに一つの何か、あるいは一つの全体を見ていた。すべての根底に何かがある。この何かを、ヘラクレイトスは神とかロゴスとか名づけたのでした。

四大元素

パルメニデスとヘラクレイトスは、見ようによってはとことん対照的です。パルメニデスの「理性」からすると、なにも変化できないということははっきりしている。しかしヘラクレイトスの「感覚」の経験の立場からすれば、これまたはっきりと、自然のなかではたえず変化が起こっている。二人のうちのどちらが正しいのだろう？　わたしたちは理性が語りかけるものを信頼するべきなのか、それとも感覚か？

パルメニデスもヘラクレイトスも、二つのことを言っています。

パルメニデスは言います。

a　なにも変化することはできない。したがって

b　感覚はあてにならない。

これにたいして、ヘラクレイトスは言います。

a　すべては変化する（「万物は流転する」）。そして

b　感覚はあてになる。

哲学者のあいだのこれほど大きな不一致もないでしょう！　それにしても二人のどちらが正しかったのだろう？　哲学者たちががんじがらめになっていたこの蜘蛛《くも》の巣から抜け出る道をついに見つけたのは、エンペドクレス（紀元前およそ四九四―四三四年）です。エンペドクレスは、パルメニデスもヘラクレイトスも、一つの主張は正しいがもう一つの主張はまちがっていた、と考えた。

エンペドクレスは、このはなはだしい不一致の原因は、二人の哲学者たちが、元素はたった一つだ、ということからほとんど当たり前のように出発したことにある、と考えた。もしも元素がたった一つなら、理性が語ることとわたしたちが感覚によってみてとることのあいだに横たわる溝に、橋を架けることはできません。

もちろん水は魚や蝶にはなれない。水は変われない。何かになることなんてできない。きれいな水はいつまでたってもきれいな水です。だからパルメニデスが、なにも変化しない、と言ったのは正しかった。同時にエンペドクレスは、感覚が語りかけることは信頼するべきだ、ということではヘラクレイトスと同じ意見でした。わたしたちは見るものを信じなければならない。そしてわたしたちが目にするのは、たえまない自然の変化です。

エンペドクレスがたっした見解は、たった一つの元素という考えは捨てるべきだ、というものでした。水も空気も、それだけでは薔薇《ばら》の茂みにもなれなければ蝶にもなれない。だから自然はたった一つの元素からは成り立ちえないのです。

エンペドクレスは、自然にはあわせて四つの元素、あるいは彼が名づけたことばによれば「根《こん》」がある、と確信していました。そして四つの根とは土、空気、火、水だと考えた。

自然のあらゆる変化は、この四つの物質が混ざりあったり、また分離したりすることから生じます。すべてのものは土と空気と火と水からできていて、ただ混ざりあう割合がまちまちなのです。一輪の花が、あるいは一匹の動物が死んだとします。すると四つの物質はふたたびばらばらになる。この変化は目でつぶさに観察できる。けれども、土や空気や火や水はちっとも変わらずそのままだし、どんなに混ざりあってもそのものとしてはまったく変化なしです。だから、すべては変化する、というのも誤りです。根本ではなに一つ変わらないのだから。起こっているのは、四つのさまざまな元素が混ざったり、ふたたび混ざりあうためにまた分かれたりする、ただそれだけのことなのです。

これは絵にたとえることができるでしょう。画家がたとえば赤とか、たった一色しか絵の具をもってないとします。すると緑の木は描けない。けれども、黄色も赤も青も黒ももっていたとする。そうすれば何百というさまざまな色づかいで描くことができる。なぜなら、画家は絵の具をさまざまな割合で混ぜあわせるからです。

台所からも同じような例を引いてきましょう。もしも小麦粉しかなかったら、これだけでケーキを焼くには魔法でも使わなければならないでしょう。けれども卵も小麦粉もミルクも砂糖もあれば、この四種類の材料でいろいろなケーキを焼くことができます。

エンペドクレスは行き当たりばったりに土、空気、火、水を自然の根としたのではありません。彼以前の哲学者たちが、元素とは何か、水だ、空気だ、いや火だと、証明しようとしていた。タレスとアナクシメネスは、水と空気が自然の重要な要素だ、と主張した。ギリシア人たちは、火も重要だと考えていた。たとえば太陽は自然のあらゆる生命にとって重要だと考えられていたし、人間や動物には体温があることももちろん知られていた。

たぶん、エンペドクレスは一本の木切れが燃えるのを見たのではないでしょうか。ものが燃えるとは、まさに解体が起こっているということです。木切れのなかで何かがパチパチはぜ、ジージーいっている。それらの音の主《ぬし》は水です。何かが煙になる。それは空気です。もちろん炎も見えます。そして炎が消えると何かが残る。それは灰、つまり土です。

エンペドクレスによれば、自然の変化は四つの根が混ざったり分かれたりすることによって生じる、ということになるけれど、ここで一つ、まだ問題が残ります。新しい命が生まれるために物質が結合するには、どんな原因があるのか？ それから、たとえば一輪の花のような混合物がふたたび解体するには、どんな力がはたらいているのか？

エンペドクレスは、自然には二つの異なる力がはたらいている、と考えた。そしてこの二つの力を

「愛」と「憎しみ」と名づけた。ものを結びあわせるのが愛で、ばらばらにするのが憎しみです。

このように、エンペドクレスは物質と力を区別した。これは押さえておいて損はありません。今でも科学は元素と自然力を分けている。近代科学は、あらゆる自然の過程はさまざまな元素といくつかの自然力の共演として説明がつく、としています。

エンペドクレスはまた、わたしたちが何かを感じる時にはいったい何が起こっているのか、という問題にもとりくみました。どのようななりゆきで、わたしはたとえば花を見ることができるのだろう？　そんなことをソフィーは考えたことがある？　もしもまだだったら、さあ、今考えてみて。

エンペドクレスは、わたしたちの目は自然のあらゆるものと同じように、土と空気と火と水でできている、と考えた。だから、わたしたちの目のなかの土が、見られるもののうちの土からなる部分をとらえ、空気は空気からなる部分を、火は火からなる部分を、水は水からなる部分をとらえるのです。目がこれらの物質の一つでも欠いていると、わたしたちは自然全体を見ることはできないというわけです。

あらゆるものにはあらゆるものが少しはふくまれている

たとえば水のような一つの特定の元素が、わたしたちが自然のなかに見るあらゆるものに形を変えることができる、という考え方に満足しなかったもう一人の哲学者がアナクサゴラス（紀元前五〇〇―四二八年）です。アナクサゴラスは、土や空気や火や水が血や骨や皮膚や髪の毛になる、という考え方すら受けいれなかった。

アナクサゴラスは、自然はたくさんのちっぽけな部分が組みあわさってできていて、その小さな部分は目には見えない、と考えた。すべてはどんどん小さな部分に分けられるけれど、もっとも小さな部分にもすべての要素がなにがしかひそんでいる、というのです。そして、皮膚や髪の毛は皮膚や髪の毛以外のものからは生じないのだから、わたしたちが飲むミルクや、わたしたちが食べる食べ物にも、はじめから皮膚や髪の毛が入っているのでなければならない、とアナクサゴラスは考えたのです。

　アナクサゴラスの考えがなるほどと思えるような例を、現代から二つ、引いてみましょう。こんにちのレーザー技術によって、わたしたちは「ホログラム」をつくることができる。ホログラムって、ちょっと不思議なんだけど、たとえば自動車のホログラムがあったとして、これがばらばらにされてバンパーの部分しかなくなったとしても、そこに光をあてると、やっぱり自動車の全体像が浮かびあがります。それは、どんな小さな断片にも全体像が組みこまれているからです。

　基本的にはわたしたちの身体もそのように組み立てられています。もしもわたしが指から皮膚細胞を一つ、ひっかいて取ったとします。その細胞核にはわたしの皮膚にまつわる情報がおさまっているだけではない。この細胞にはまた、わたしの目、わたしの髪の毛の色、指やそのほかの部分の数や外見についての情報も書きこまれている。体細胞の一つひとつには、わたしの身体のほかのすべての細胞の構造についてのおびただしい情報が入っている。すべての細胞一つひとつには、したがって、あらゆるものがなにがしかふくまれている、というわけです。全体はごく小さな部分に宿るのです。

　アナクサゴラスはこの、あらゆるものをふくんでいるきわめて小さな部分を「種子」あるいは「芽」と呼びました。

　エンペドクレスは、愛が部分を全体へとつなぎあわせる、と言ったのでしたね。アナクサゴラスも、いわば秩序をつかさどり、人間や動物や花や木をつくる、ある種の力を想定した。この力をアナクサゴラスは「理性《ヌース》」と名づけた。

　アナクサゴラスについては、ほかにもいろいろ面白いことがあります。というのは、彼はアテナイの哲学者第一号で、その生涯について少しは知られているからです。アナクサゴラスは小アジアの出身で、四十歳くらいの時にアテナイにやってきた。ところが神を敬わないという罪で訴えられ、この都市から追い出された。罪状はいろいろあるけれど、とりわけアナクサゴラスが、太陽は神ではない、まっ赤に燃える火の玉で、ペロポネソス半島よりも大きい、と主張したからです。
　アナクサゴラスは天文学にたいへん興味をもっていた。そして、すべての天体は地球と同じ物質でできている、と考えた。隕石を調べて、そう確信したのです。だからアナクサゴラスは、ほかの惑星にも人間がいるかもしれない、と考えた。それから、月そのものが輝いているのではない、月は地球から光を受けとっているのだ、といった説明もしています。さらには、どうして日食が起こるかということまで解明したのです。

追伸　いっしょけんめい読んでくれてありがとう、ソフィー。すっかり飲みこむまでには、この章をもう二度か三度、読み返さなくてはならないかもしれませんね。でもなにごとも理解するにはちょっとした努力という元手《もとで》が必要です。なんの努力もしないのになんでもできてしまう友だちなんて、心からたたえる気持にはならないでしょう？
　自然界の元素と変化の問いへのいちばんすてきな答えは、あしたまでおあずけです。あしたはデモクリトスについてです。それ以上は、今はヒミツです！

　ソフィーはほら穴のなかに座ったまま、のぞき穴から外をながめた。そして、今読んだことをすべて、頭のなかで整理しようと思った。
　ただの水は氷や水蒸気以外のものには変わらないなんて、当たり前じゃないの。水《ウォーター》は西瓜《ウォーターメロン》にはならない。だって西瓜は、水だけじゃなくてもっとほかのものからもできているのだから。でもこれが当たり前なのは、わたしがそう教わったからよ。もしもこういうことを勉強したことがなかったら、たとえば氷は水だけからできているなんてことが当たり前だろうか？　習わなければどうしたって、水が凍って氷になるところや氷が解けるところを、自分で観察しなければならないだろう。

ソフィーはもう一度、どこかで学んだ知識をあてはめないで自分で考えてみようとした。

パルメニデスはどんな変化も認めなかった。ソフィーは、考えれば考えるほど、見方によってはパルメニデスは正しかった、と思えてきた。パルメニデスの理性は、何かが突然まるでちがう何かになるなんてことを受けいれなかった。なんて大胆な人だろう。だってそうするには、だれの目にも見えている自然のすべての変化を否定しなければならないのだから。パルメニデスはさんざん笑われたにちがいない。

エンペドクレスもすごくいい線いってる。世界はたった一つの元素ではなくて、たくさんの元素からできているはずだ、と説明したのだから。そう考えて初めて、何かがぜんぜん変わらなくても、自然はどんなふうにでも変われることになるのだから。

この昔のギリシアの哲学者は、理性だけをはたらかせてそういうことをつきとめた。もちろん自然は観察したけれど、でも今の科学者のように化学分析なんて手は使えなかった。

すべては土と空気と火と水でできているって、わたしはとっくりと納得できただろうか？　よくわからない。でもとにかく、エンペドクレスの考え方は正しかったのだ。

わたしたちの目に映るすべての変化を矛盾なく受けいれるたった一つの道は、たった一つではなくてたくさんの元素があると考えることなのだ。

ソフィーは、哲学がものすごくスリリングになってきた。なぜなら、自分の頭であらゆる考え方を追ってみることができるから。しかもなにも暗記しなくていいのだ。学校の勉強とは大違い。哲学を勉強することはできない。でもたぶん、哲学的に考えることは学べるのだ、とソフィーは考えた。

デモクリトス　世界一、超天才的なおもちゃ

ソフィーは、未知の哲学者からきたタイプ書きの手紙がごっそり入ったクッキーの缶を閉じた。そしてほら穴から這い出ると、しばらくたたずんで庭をながめていた。突然、きのうの出来事がよみがえった。けさ、朝食の時、母がまたラブレターのことでソフィーを冷やかしたのだ。もうあんなことはこりごり。ソフィーは郵便箱に走っていった。二日もたてつづけにラブレターをもらったことにでもなったら、それこそ目もあてられない。

するとああ、やっぱり！　小さな白い封筒が入っていた。ソフィーは、この文通のやり方がなんとなくわかってきた。毎日午後、郵便箱には大きな茶封筒が入っている。そしてソフィーがそれを読んでいるあいだに、哲学者は小さな白い封筒をもって、こっそりと郵便箱に近づくのだ。

ということは、彼のしっぽをつかむのは簡単だ。それとも彼女かな？　ソフィーの部屋の窓からは郵便箱がよく見えた。謎の哲学者の正体はきっとつきとめられる。だって、白い封筒がひとりでに郵便箱に入っているわけはないもの。

あしたは金曜日、週末がひかえている。ソフィーは、あしたはしっかり見張りをすることに決めた。ソフィーは自分の部屋に行って、封筒をあけた。きょうは紙切れに問いがたった一つ。けれどもきのうの「ラブレター」の三つの問いよりも、もっとへんてこな問いだった。

なぜレゴは世界一、超天才的なおもちゃなのか?

ソフィーは、レゴが世界一、超天才的なおもちゃかどうかなんて、今の今まで考えたこともなかった。最後にレゴで遊んだのは、もう何年前になるだろう? それにだいいち、レゴがどうして哲学と関係あるのか、さっぱりわからない。

けれどもソフィーはいい生徒だった。戸棚のいちばん上の段をひっかきまわし、やっとのことでプラスチックの袋に入ったいろいろな大きさや形のレゴを見つけた。

ソフィーは本当にひさしぶりに、小さなプラスチックのブロックで何かをつくってみた。そのうちに、思いはいつしかレゴをめぐっていた。

レゴで何かをつくるのは簡単ね、とソフィーは思った。いろんな大きさや形をしているけれど、どのレゴもほかのレゴとくっつくようになっている。それに、ちっとやそっとではこわれない。こわれたレゴなんて、見たことないんじゃないかな。レゴはどれもみんな、何年も前にもらった時そのままに新品同様だ。そしてなによりも、レゴだとどんな形でもつくれるし、またばらばらにしてぜんぜんちがうものをつくることだってできる。

なるほど、これは文句のつけようがない。レゴは世界一、超天才的なおもちゃと呼ばれるだけのことはある、とソフィーは思った。

けれどもそれが哲学とどう関係するのかは、まだちんぷんかんぷんだった。

いつのまにか、大きな人形の家ができていた。認めたくはないけれど、こんなに面白いことはずっとしてなかった。人はどうして遊ばなくなるのかしら?

母は、帰ってきてソフィーの人形の家を見ると、ぷっと吹き出した。

「あらまあ、そんなもので遊んじゃって、小さい子みたい」

「ちがうわ！　むずかしい哲学の問題をやってるのよ」

母はふうっと深いため息をついた。

つぎの日、ソフィーが学校から帰ってくると、またしても新しいテキストがどっさり入った大きな茶封筒が届いていた。ソフィーは封筒をもって部屋に行った。今すぐ読んでしまおう。でも、きょうは読むだけではなくて、読みながら郵便箱も見張っているつもりだった。

原子論

やあ、ソフィー。きょうは最後の偉大な自然哲学者の話をしましょう。彼はデモクリトス（紀元前およそ四六〇―三七〇年）といって、エーゲ諸島の北のほう、アブデラという港町に生まれました。もしもうレゴについての答えを見つけているなら、この哲学者の研究テーマを理解するのはそんなにやっかいではありません。

デモクリトスは、自然界に見られる変化は何かが本当に変化したのではない、と考えたところまでは、今まで見てきた哲学者たちと同じでした。デモクリトスは、すべては目に見えないほど小さなブロックが組みあわさってできていて、そのブロックの一つひとつは永遠に変わらないにちがいない、と考えた。そしてこのいちばん小さなブロックを「原子《アトム》」と名づけた。

「アトム」とは、「分割できない」という意味です。デモクリトスの考え方のポイントは、組みあわさってすべてを形づくっている何かは、もっと小さな部分には分けられない、ということでした。そう、もしも原子がどんどんどんすり減らされて、どこまでも小さな部分に分けられるならば、自然はどんどん薄められるスープのように、だんだん溶けていってしまう。

さらに、自然界のブロックは永遠に存在しているのでなくてはならない。なぜなら無からはなにも生まれないのだから。この点、デモクリトスはパルメニデスやエレア学派と同じ意見です。そしてデモクリトスは、すべての原子は固くて頑丈だと考えた。けれども、すべての原子が同じ形をしているのではない。だって、すべての原子が同じ形なら、原子がけしの花やオリーブの木から山羊の毛や人間の髪の毛まで、ありとあらゆるものになるということがつごうよく説明できない。

自然界には無限に多様な原子がある、とデモクリトスは考えました。原子の多くは丸くてすべすべしているけれど、でこぼこの形のもある。そんなふうにまちまちな形をしているからこそ、原子は組みあわさって、それこそさまざまな形をつくるのです。とはいえ、どれだけいろんな原子があるのか、ということはこの際どうでもよろしい。原子はすべて永遠で、変化せず、分けられない、ということが肝心なのです。

木とか動物とかの生き物が死んで分解すると、原子はちりぢりになって、また新たに別の生き物の体に使われることが可能です。なぜなら、原子はそのへんを動きまわっているけれど、原子にはさまざまな凸《でこ》や凹《ぼこ》があるので、またひっかかりあってわたしたちの周りにあるものへと組みあがるからです。

さあこれで、わたしがレゴで言いたかったことがわかったかな？　レゴには、デモクリトスが原子について述べたほとんどすべての性格がそなわっているので、うまいことといろんなものがつくれるのです。まず第一に、レゴは分けられない。大きさも形もまちまちです。また、頑丈で穴なんかあきません。しかもレゴには凸や凹がある。その凸や凹でくっつきあって、ありとあらゆる形をつくれる。そうやってつくったものは、あとでばらばらにできる。そしてまた新しいものを、さっきと同じレゴを使ってつくれるのです。

レゴの人気は、こんなふうに何度でもつくりかえができるところにあります。この一個のレゴは、きょうは自動車に使われたかと思うと、あしたはお城の一部です。しかもレゴは頑丈で、永遠と言ってもいいくらいです。お父さんやお母さんが小さい頃に使ったレゴで子どもが遊ぶということだって、あってもおかしくはない。

粘土でも形はつくれます。けれども、粘土だとくりかえしがきかない。粘土でつくって乾かしたものは小さな部分に砕けはします。でも、砕けた粘土の小さな破片は、もう一度新しい形へとくっつけあわせることはできません。

こんにち、デモクリトスの原子論は正しいと考えられています。自然はじつにさまざまな原子が、ほかの原子と手をつなぎあったり、また離れたりすることによって形づくられています。今わたしの鼻の先っぽの細胞にある水素原子は、かつては象の鼻にありました。わたしの心臓の筋肉の炭素原子は、大昔、恐竜のしっぽにありました。

現代の科学は、原子はもっと小さな素粒子に分割される、と言っています。そのような素粒子は陽子《ようし》、中性子、電子と呼ばれている。そしてたぶん、これらはもっともっと小さな部分に分けることができるそうです。けれども物理学者たちは、分割のどん詰まりはどこかにある、ということでは一致している。自然を組み立てているもっとも小さな部分はあるにちがいない、とね。

デモクリトスは、わたしたちの時代のエレクトロニクス装置など使うわけにはいかなかった。デモクリトスのたった一つの道具は自分の理性でした。けれどもデモクリトスの理性はほかの筋道をたどることを許さなかった。わたしたちは初めに、なにも変わることはできない、無からはなにも生まれない、なにもなくならない、ということを確認しましたね。だとすれば自然は、組みあわさったり、またばらばらになったりするちっぽけな構成ブロックから成り立っている、と考えるほかないのです。

デモクリトスは、自然のなりゆきにはたらきかける力や精神的なものを思い描きませんでした。あるのはただ原子と空っぽの空間だけだと考えた。彼は物質《マテリアル》しか信じていなかった。それで、デモクリトスは「唯物論者《マテリアリスト》」と呼ばれています。

原子の動きの背後には、したがってどんな意図もありません。けれどもそれは、すべては偶然に起こるということではありません。すべては自然の不変の法則にしたがっているのです。デモクリトスは、すべての出来事には自然な原因があると信じていた。原因は出来事の世界、つまり自然そのもののなかにある、とね。ある時デモクリトスは、ペルシアの王になるよりも自然の法則を発見したい、と言ったそうです。

原子論はわたしたちの感覚も説明してくれる、とデモクリトスは考えました。わたしたちが何かを感じるのは、空っぽの空間でアトムが運動するからです。わたしが月を見るとは、月の原子がわたしの目と出会うということなのです。

それにしても意識ってなんだろう？　これは原子、つまり物質でできてはいないのでは？　ところがデモクリトスは、魂は魂専用の丸っこくてすべすべした「魂の原子」がいくつも集まってできている、と考えた。人間が死ぬと、魂の原子はぐるぐると輪を描きながら四方八方に飛び散る。そして、ちょうど形づくられようとしている新しい魂に流れこむ。

つまり、人間は不死の魂なんかもってない、ということです。これも、こんにち多くの人びとが受けいれている考え方です。現代の人びとはデモクリトスのように、魂は脳に関係していて、脳のはたらきが停止してしまったらわたしたちはもうどんな意識も保ってはいられない、と信じています。

原子論によってデモクリトスは、ギリシアの自然哲学にいちおうのピリオドを打ちました。デモクリトスは、自然界のすべては「流れ去る」ということではヘラクレイトスに賛成でした。なぜなら、形はやってきて、また去っていくからです。けれども流れ去るすべてのものの背後には永遠で不変の何かがあって、それは流れ去らない。それをデモクリトスは原子と言ったのです。

読みながら、ソフィーはしょっちゅう窓の外に目を走らせた。そして、謎の手紙の主が郵便箱のところに現れたらしっかり見届けよう、と思っていた。今も読み終えたことをいっしんに考えながら、まだ道に目をこらしていた。

デモクリトスの考えの筋道はすごくすっきりしている。なんていいところに目をつけたのだろう、信じられないくらいよ。デモクリトスは元素と変化の問題を解いてしまった。これはすごくこんぐらがった問いだったから、哲学者たちは何世代も何世代も、ずっと考えてきたのだ。なのに最後にデモクリトスがただ頭だけをはたらかせて、問題をそっくり解決してしまった。

ソフィーは思わずにっこりしてしまいそうだった。自然はけっして変わらないちっぽけな部分が組みあわさってできているというのは、きっとそのとおりにちがいない。それからヘラクレイトスも、自然のすべての形あるものは「流れ去る」ということではもちろん正しかった。だって人間も動物もみんな死ぬんだし、山もゆっくりと形を変える。でも大切なのは、山だって小さな、分けられない部分でできているということ。その部分はぜったいにこわれないということ。

デモクリトスは新しい問いも投げかけていた。たとえば、すべては機械のように動いていくと考えて、この世界の後ろに精神の力なんてまるで認めなかった――エンペドクレスやアナクサゴラスのようにはね。それからデモクリトスは、人間に不死の魂があるなんてことも信じなかった。

こういうことまでデモクリトスは正しいと言えるのかしら?

ソフィーはよくわからなかった。けれども、ソフィーの哲学講座は今始まったばかりだ。

運命

占い師は、本来意味のないものから何かを読みとろうとする

デモクリトスについて読みながら、ソフィーは庭の門にじっと目をこらしていたのだった。でも念のために、郵便箱まで行ってみることにした。

玄関をあけると、外の階段の上に小さな封筒があった。宛名は、そう、「ソフィー・アムンセン様」だった。

はぐらかされた！　よりによってきょう、ソフィーが郵便箱をしっかりと見張っていた日にかぎって、謎の哲学者は別の方向からソフィーの家に近づいた。そして手紙をぽんと階段に置いて、森に消えた。くやしい！

わたしが、きょうは郵便箱を見張っていようと決めたことが、どうしてわかったのだろう？　彼（それとも彼女）は、窓辺のわたしを見ていた？　とにかく、ママが帰ってくる前に封筒を見つけてよかった。

ソフィーは部屋にとって返して、手紙をあけた。白い封筒は縁がちょっと湿っぽかった。そのうえ、くっきりとしたギザギザがいくつかついている。これはどういうこと？　ここ何日か、雨は降らなかった。

紙切れにはこう書いてあった。

あなたは運命を信じる？
病気は神々の罰？
どんな力が歴史の流れをコントロールしている？

運命を信じるかですって？　ううん、どっちかというと信じない。でも、運命を信じている人も多いことは知っている。たとえばクラスには、雑誌の星占いを読む子がたくさんいる。あの子たちが占星術を信じるのなら、運命も信じていることになる。なぜなら占星術師は、空の星の位置が地上の人間の生活について何かを告げると信じているのだから。

黒猫が行く手を横切ったら幸先《さいさき》が悪いと信じるとしたら――そうね、この人も運命を信じているわけかな？　それから、どうして十三日の金曜日は縁起《えんぎ》が悪いのだろう？　どうして、たとえば魔除《まよ》けのおまじないに、木でできたものにさわるのだろう？　十三号室のないホテルがたくさんあるという話を聞いたことがある。たぶん迷信っぽい人がたくさんいるからなのだ。

迷信っておかしなことばじゃない？　神さまを信じるのはただの信じるということ。でも占星術や十三日の金曜日を信じると、即、迷信になってしまう！

ほかの人が信じていることを迷信と決めつける権利なんてあるのだろうか？
だけどデモクリトスは運命を信じなかった。これだけはたしかだ。デモクリトスは唯物論者だった。原子と空っぽの空間しか信じていなかった。

ソフィーはほかの問いについても考えてみた。
「病気は神々の罰？」今どきそんなことを信じている人なんて、もう一人もいないんじゃない？　でも、健康になりますようにって神さまに祈る人はいくらでもいる。だったらその人たちは、だれが病気になってだれが健康になるかという問題には、神がかかわっていると信じていることになる。

最後の問題はいちばんやっかいだった。ソフィーは、どんな力が歴史の流れをコントロールしているかなんて、これまで考えたこともなかった。でも、それは人間なんじゃない？　もしも神か、それとも運命だとしたら、もともと人間は自由な意志なんてもってないということになる。

自由な意志について考えているうちに、ソフィーは意外なことを思いついた。謎の哲学者が一方的にしかけてくるこのゲームを、わたしはなぜ受けて立たなければならないの？　わたしのほうから手紙を書いてはいけないなんてことがある？　彼だか彼女だかは、きっと今夜のうちかそれともあしたの午前中に、つぎの手紙を郵便箱に入れに来るはずだ。だったら、わたしも哲学の先生に手紙を書こう。

ソフィーはすぐに手紙にとりかかった。書きはじめて気がついたのだが、まだ会ったことのない人への手紙はとても書きにくい。だいたい、相手が男の人なのか、女の人なのかもわからない。お年の人なのか、若い人なのかも。しかも向こうはソフィーのことを知っているのだ。

ほどなくソフィーは手紙を書きあげた。

《拝啓　哲学者様

ご親切な哲学通信講座、たいへんありがたく思っています。けれども、あなたがどなたなのかわからないので、とほうにくれてもいます。ですから、どうかお名前を明かして、姿をお見せくださるよう、お願いします。そのお返しに、こちらでコーヒーをさしあげたく、心よりお待ちもうしております。でも、母が家にいない時のほうがよろしいかと思います。母は月曜日から金曜日まで、七時半から五時までは仕事にでかけます。それらの日はわたしも学校に行きますが、木曜日以外はいつも二時十五分には家に帰ってきます。申し添えますと、わたしはコーヒーをいれるのがじょうずです。では。

感謝をこめて
くれぐれもよろしく

あなたの忠実な生徒　ソフィー・アムンセン　十四歳》

そして便箋《びんせん》のいちばん下のほうに、「お返事をお待ちしています」と書いた。

ソフィーは、なんてかたくるしい手紙だろう、と思った。でも、顔も知らない人に軽がるしいことばで語りかけるのは、まずいような気がした。

ソフィーは手紙をローズピンクの封筒に入れて、封をした。表書きは「哲学者様へ！」とした。

問題は、ママに見つからないようにどうやってこの手紙を郵便箱に入れるかだ。入れるのはママが帰ってからにしなければ。それから、あしたはうんと早く、新聞がくるよりも前に郵便箱をあらためないと。夕方か夜につぎの手紙がこなかったら、ローズピンクの封筒をまた取りもどしておかなければならないから。

どうしてなにもかも、こんなにめんどうくさいの？

その日は金曜日だったのに、夜、ソフィーは早目に部屋にひっこんだ。母は、ピザがあるし、テレビで探偵物をやるから、もっとリビングにいればいいのに、と誘った。けれどソフィーは、疲れているからベッドで本でも読む、と言った。母がスクリーンに見入っているあいだに、ソフィーは手紙をもってこっそりと郵便箱に行った。

ママが心配そうにしている。巨大な兎とシルクハットの話をしてからというもの、わたしへのことばづかいがすっかり変わってしまった。ママには心配をかけたくないけれど、郵便箱を見張るには、今はどうしても部屋にいなければならないの。

十一時頃、母が行ってみると、ソフィーは窓辺に座ってじっと道を見おろしていた。

「郵便箱を見てるの?」母がたずねた。

「そうよ、なんで?」

「あなた、恋をしているのね、ソフィー。でもね、もしもまた彼がお手紙をくれるとしても、こんな真夜中にはもってこないわ」

あーあ! こんなくだらない恋のお話、まったくいやになる。そうは言っても、ママにはどうしてもそう信じていてもらわなければ。

母はつづけた。

「兎とシルクハットのことは、彼が言ったの?」

ソフィーはこくんとうなずいた。

「あなたの彼って……ドラッグをやってるんじゃないでしょうね?」

ここまでくると、ソフィーは情けなくなってしまった。ママがそんなことを心配しているの、もう見ていられない。でも、ドラッグがどうのこうのなんていう突拍子もない思いつき、ばかばかしいったらありゃしない。おとなって、ほんとに時どきどうかしちゃうんだから。

ソフィーは向きなおって、言った。

「ママ、今ここではっきりと約束するわ。わたしはぜったいにそんなもの、やってみようとは思わない……。それに、『彼』もドラッグなんかやってないわ。彼は哲学にすごくくわしいの」

「あなたよりも年上?」

ソフィーは首を横にふった。

「同い年?」

ソフィーはうなずいた。

「きっと、とってもすてきな子なんでしょうね。でも、もう寝る時間よ」

けれどもソフィーはずっとそこに座ったきり、通りに目をこらしていた。一時頃、ソフィーはたまらなく眠くなった。どんなに目をあけていようと思っても、まぶたがひとりでに下りてきてしまう。もうベッドに入ろう、と思いかけた時だった。ソフィーは、森からやってくる影を見た。

外はほとんどまっ暗だったが、人間の形を見分けるくらいの明るさはあった。男の人だ。けっこう年とってる、とソフィーは思った。とにかく同い年ではない！　頭にはベレー帽かなにかをかぶっている。

男の人は、一度、家を見あげたようだった。けれどソフィーは明かりを消しておいた。男の人は郵便箱に近づくと、大きな封筒を入れた。封筒から手を離したとたん、ソフィーの手紙を見つけた。そして郵便箱に手を入れて、手紙を取り出した。つぎの瞬間、男の人はもう森に向かっていた。森の径《こみち》を歩いて行って――そして消えた。

ソフィーの心臓はドッキンドッキンと打っていた。できることなら、パジャマのままあとを追いかけて行きたかった。でも、だめだめ、そんなことする勇気はない。真夜中に見ず知らずの男の人のあとを追いかけるなんて。でも、あの封筒はどうしても取りに行かなければ。それだけははっきりしていた。

少したってから、ソフィーはそっと下に降りてきた。用心しいしい玄関をあけて、郵便箱に行った。そしてほどなく、大きな封筒をかかえて部屋に戻ってきた。ソフィーはベッドに腰かけて息をこらした。何分か過ぎても、家のなかではなに一つ動く気配がない。ソフィーは封筒をあけて読みはじめた。

運命

またまたこんにちは、親愛なるソフィー！

念のために言っておきますが、わたしのことをいろいろ探ろうとしてはだめですよ。わたしたちはいずれ会うでしょう。でも、その時と場所はわたしが決めます。

この話はこれでおしまいです。ソフィーはわたしの言うことをきいてくれますね？

哲学の話に戻りましょう。ここまでで、自然の変化をどうやったら説明できるか、いろんな人が挑戦してきたようすを見てきました。それ以前には、そういう変化は神話で説明されていたのでした。けれどもまだほかの分野でも、古い迷信はなんとしてもお払い箱にする必要があった。それは病気と健康にまつわる、また政治にまつわる迷信です。この二つの分野では、ギリシア人は運命をかたく信じていた。

運命論とは、これから起こることはあらかじめ定められている、と信じることです。このような考え方は世界じゅうにある。また、いつの時代にもあった。今でもね。ここ北欧では、たとえば古いアイスランドの神話をまとめたエッダに運命への強い信仰がみてとれます。

ギリシア人もそのほかの民族も、人間はさまざまな神託によってみずからの運命をかいま見ることができる、と考えた。人間や国の運命はさまざまな特別な方法で予告されるので、そういう兆《きざし》から読みとることができる、と。

今でもカード占いや、手相見や、占星術を信じる人はたくさんいます。

コーヒー占いはおなじみです。コーヒーを飲み干すと、カップにコーヒーの滓《かす》が残っていることがある。滓はたぶん、なにかの形や模様になっている。まあ、ちょっと想像力をはたらかせればそういうふうにも見える。もしも残り滓が車のように見えたら、そのコーヒーを飲んだ人はもうすぐかなり長い時間、車に乗ることになる、とかね。

占い師は、本来意味のないものから何かを読みとろうとする。これはあらゆる占い術にあてはまる。占いのもとになるものはひどくあいまいです。だからこそたいていのばあい、占い師に向かって、それはちがうんじゃないか、とはなかなか言えないのです。

わたしたちは星空を見あげて、ちかちかまたたく小さな光がそれこそ無秩序に広がっている、と思います。けれども昔はたくさんの人が、星は地上のわたしたちの生活について何かを語っているはずだ、と考えた。今でも、重要な決定をする前におおっぴらに占星術師にアドバイスをあおぐ政治家がいくらでもいます。

デルフォイの神託

ギリシア人は、デルフォイ神殿の有名な神託は人間に運命を説き明かしてくれる、と信じていました。ここではアポロンが神託の神です。アポロンは、大地の割れ目の上に建つ神殿の、聖なる三脚の椅子に座っているピュティアという巫女《みこ》をとおして語りました。この割れ目からは、頭をぼーっとさせる蒸気が立ちのぼっているために、ピュティアは意識もうろうとしている。アポロンのスポークスマンになるためには、そうでなくてはならなかった。

デルフォイをおとずれた人は、まずはたずねたいことを男の神官たちに告げる。神官たちは、その問いをたずさえてピュティアのもとに行く。ピュティアは答えをあたえるけれど、その答えはなんともわかりづらいか、どのようにもとれるものなので、神官たちはおうかがいをたてた人にこの答えを解説しなければならない。

このようにして、ギリシア人はアポロンの託宣《たくせん》をありがたく受けいれて、生活に反映させました。

ギリシア人は、アポロンは過去も未来も、すべてを知っていると信じていたのです。たくさんの王たちが、デルフォイの神託をあおがずには出陣しなかったし、いろいろな重要な決定も下さなかった。だからアポロンの神官たちは、人びとや国家についての特別重要な情報をにぎった、外交官か諮問委員《アドバイザー》のようなものになっていきました。

デルフォイの神殿には有名な銘がかかげられていました。「汝《なんじ》自身を知れ」。これは、人間は分《ぶん》を知るべきで、神になろうなどとはけっして思ってはならない、人間ならばだれ一人、死の運命からは逃げられないのだ、ということでしょう。

ギリシア人たちのあいだでは、運命にとらわれた人間についてさまざまな物語が語られました。時がたつにつれて、こうした悲劇的な人間にまつわる劇、悲劇もたくさんつくられた。もっとも有名なのが、自分の運命から逃れようとして、まさにそのために悲惨な末路をたどるオイディプス王の物語です。

歴史と医術

昔のギリシア人の考えでは、運命づけられているのは一人ひとりの人間の人生だけではありませんでした。ギリシア人たちは、世界のすべてのなりゆきもまた、運命にあやつられていると考えた。たとえば、戦争の結果は神々が手出しをすればどうにでもなる、と信じていたのです。こんにちでも、歴史的なできごとは神やそのほかの神話的な力が左右している、と信じる人はたくさんいます。

けれども、ギリシアの哲学者たちが自然のなりゆきに自然な説明をつけようとしていた時に、それと並行して、歴史についても学問をつくりあげようとする人びとが少しずつ出てきました。世界の動きにも自然な原因を見つけよう、というのです。ある国が戦争に負けても、もう神の復讐《ふくしゅう》という枠組みではとらえないわけです。ギリシアの歴史家のうち、いちばん有名なのがヘロドトス（紀元前四八四—四二四年）とツキジデス（紀元前四六〇—四〇〇年）です。

古代のギリシア人は、病気も神々がひきおこすと考えていた。感染する病気は神々の罰と考えられた。そのいっぽうで神々は、きちんと捧げ物をすれば人間をすこやかにしてくれるとされていました。

こうした考え方は、なにもギリシアにかぎりません。近代になって医学ができあがるまでは、あらゆる病気は超自然的な原因で起こる、という考え方が大手をふるっていた。わたしたちが今も使っている「インフルエンザ」とは、もともとは星の悪い「影響《インフルエンス》」のもとに入っている、という意味でした。

こんにちでもさまざまな病気を、たとえばエイズなども（！）神の劫罰《ごうばつ》と考える人がいます。病気は超自然的な方法で治すことができる、と考える人もあとを絶ちません。

ギリシアの哲学者たちがまったく新しい方向に突き進んでいった時、健康と病気に自然な説明をあたえようとするギリシアの医学もまた芽生えました。ギリシア医学は、紀元前四六〇年頃にコス島に生まれたヒポクラテスによって始められたと言われています。

ヒポクラテス流の伝統医術によれば、病気を予防するもっともよい方法は節度と健康な生活態度でした。節度を守り、健康な生活を心がければ、当然、人はすこやかです。病気になったら、それは体か魂、どちらかのバランスがくずれた結果、自然が脱線したためとされました。人間が健康になる道は節度と調和にある。そして「健全な魂は健全な肉体に宿る」のです。

こんにち、医療倫理ということがさかんに言われています。医師はきちんとした倫理的なガイドラインにそって仕事をするべきだ、ということです。医師は、たとえば健康な人には麻薬をふくむ薬を処方してはならない。また、秘密を守る義務がある。医師は、患者が病気について打ち明けたことを言いふらしてはならないのです。このような考え方も、もとをたどっていけばヒポクラテスに行き着きます。ヒポクラテスは弟子たちに誓いを立てさせた。これは今の医師たちにも「ヒポクラテスの誓い」として知られています。

わたしは癒《いや》す者アポロン、アスクレピオス、ヒュギエイア、パナケイア、および証人としてお呼びしたすべての男神と女神に、すべての能力と診断の力をあげて以下の義務をまっとうすることを誓います。わたしは、この術《すべ》をさずけてくださった方を親とも敬い、生活をともにし、その方が困難にいたればお世話し、その方の弟子たちをわが弟ともみなして、彼らが学ぶことを望むならば無償で、師弟契約書をとることなく、癒しの術を伝授することを誓います。わたしは医師の心得、講義そのほかすべてのお教えを、わたしおよび師の息子たち、さらには医師の掟《おきて》にしたがって誓いをたてた門下生にのみ伝えます。わたしは患者の利益のために、すべての能力と診断の力をあげて処方し、危害と不正を行なう目的で治療することはいたしません。わたしはいかなる人にも、たとえその人自身の頼みであっても、死にいたらしめる毒薬あるいは助言をあたえることをいたしません。また、婦人に命の萌芽をなきものにする薬をあたえることもいたしません。わたしは治療の時もそうでない時も、人びとの生活について見聞きしたことを口外せず、秘密にいたします。

土曜日の朝、ソフィーはハッとして目を覚ました。あれはただの夢？　それともほんとに哲学者を見た？

ベッドの下をさぐってみると――やっぱり。ゆうべ届いた手紙がある。ギリシアの運命論について、最後まで読んだこともまだ憶えていた。だったら、ただの夢ではなかったのだ。

たしかに哲学者を見た！　いいえ、それだけじゃない。彼がわたしの手紙を受けとったことを、この目ではっきりと見た。

ソフィーは起きてベッドの下をのぞいた。そして、タイプで打った何枚もの紙を拾った。でも、あれは何？　ずっと奥、壁の近くに赤いものがある。スカーフかなにかかな？

ソフィーはベッドの下にもぐりこみ、赤い絹のスカーフを引っぱり出した。見たこともないスカーフだった。

ソフィーはスカーフをよく調べてみた。そして、あっと叫びそうになった。縁のところに、黒い文字でなにか書いてある。それは「ヒルデ」と読めた。

ヒルデ！　でも、ヒルデっていったいだれなの？　ヒルデとわたしがこんなふうにニアミスするなんてことが、どうして起こるわけ？

ソクラテス

もっともかしこい人は、自分が知らないということを知っている人だ

ソフィーはサマードレスを着て、すぐにキッチンに降りていった。母は流しに向かっていた。赤いスカーフのことは黙っていようと思った。

「新聞、もう取った?」ソフィーはついきいてしまった。

母がこちらを向いた。

「お願い、取ってきてくれる?」

ソフィーは砂利道を走っていって、緑色の郵便箱に身をかがめた。

新聞だけ。でもソフィーは、すぐに返事がくるなどと期待してはいなかった。新聞の第一面にはレバノンに駐留しているノルウェイの国連軍のことが書いてあった。ソフィーはそこにちょっと目を落とした。

国連軍——それって、ヒルデの父親のはがきにおしてあったスタンプじゃない? けれども、あの絵はがきにはノルウェイの切手が貼ってあった。たぶん、ノルウェイの国連軍には専用の郵便局があるのだろう。

ソフィーがキッチンに戻ってくると、母が皮肉っぽく言った。

「急に新聞に関心をおもちですのねえ」

助かった。母は朝食のあいだもそのあとも、もうそれ以上、郵便箱のことにはふれなかった。母が

買物に行くと、ソフィーは運命論の手紙をもってほら穴に行った。

ソフィーは心臓が飛び出しそうになった。哲学講座の手紙を入れた缶のそばに、小さな白い封筒が！ ここにこれを置いたのがだれなのか、そんなことはわかりきっている。

この封筒も縁がしっとりとしていた。それから、きのう受けとった白い封筒と同じように、ギザギザが二本、くっきりと入っていた。

哲学者はここに来た？ 彼はわたしの秘密の隠れ家を知っている？ それにしても、どうして封筒はいつも湿っているのだろう？

何を考えても、ソフィーの頭はくらくらするばかりだった。ソフィーは封をあけて手紙を読んだ。

《親愛なるソフィー

お手紙、わくわくしながら読みました。それから、ちょっと困ったな、とも思いました。なぜなら、せっかくコーヒーに招いてくれても、ソフィーをがっかりさせなければならないからです。残念ですけどね。きっといつかある日、会いましょう。でも、まだ当分のあいだはぼくが船長カーブに姿を見せることはつつしまねばなりません。

それからもう一つ、言っておかなければ。もうぼくは自分で手紙を届けることができなくなりました。長いあいだには、それは危険を招くことになるだろうから。これからはぼくの小さなお使いが手紙を届けます。その埋めあわせに、手紙は庭の隠れ家に直接届けさせます。

これからも必要な時には、ぼくとコンタクトを取ることができます。そういう時は、ローズピンクの封筒に甘いクッキーか角砂糖を一つ、そえてください。お使いはそういう手紙を見つけたら、ぼくのところにもってきてくれます。

追伸　若い女性のお招きをお断りするのは、ちっとも楽しいことではありません。けれどもいつかはきっと、お招きにあずかれるでしょう。

もう一つ追伸　もしも赤い絹のスカーフを見つけたら、大切にしまっておいてください。学校とかそういう場所では、ものの取り違えはちょくちょくありますよね。この講座もいわば哲学の学校なのです。

さようなら

アルベルト・クノックス》

ソフィーは生まれて十四年、まだ若いけれど手紙なら少しはもらったことがある。たいていはクリスマスや誕生日だ。でもこれは、これまでにもらった手紙のなかでもいちばんおかしな手紙だった。この手紙には切手が貼ってない。郵便箱にも入っていなかった。手紙は古い生け垣のなかの、だれも知らないはずのソフィーの秘密の隠れ家にじかに届けられていた。しかも、からっとした春のお天気がつづいているのに、手紙はしっとりしている。これも奇妙なことだった。

でもなにが奇妙と言って、もちろんあの絹のスカーフだ。この哲学の先生には、もう一人生徒がいるのだ。まあ、いいでしょう。そのもう一人の生徒が赤い絹のスカーフをなくしたのね。まあ、いいでしょう。でも、そのなくなったスカーフがわたしのベッドの下にあるというのは、いったいどういうこと？　こんなことってあり？

それから、アルベルト・クノックス……。なんだかへんな名前！

でも、これではっきりした。哲学の先生とヒルデ・ムーレル＝クナーグには、なにかつながりがあるってことね。それにしても、ヒルデの父親までが宛名を取りちがえて――これぱっかりは、さっぱりわけがわからない。

ソフィーはずっとそこに座ったまま、ヒルデとソフィー自身にはどういうつながりがあるんだろう、とあれこれ考えていた。でも結局、あきらめてため息を一つついただけだった。哲学の先生は、わたしたちはいずれ会うでしょう、と書いていた。その時にはヒルデとも会えるのだろうか？

ソフィーは紙切れをひっくり返してみた。すると、裏側にも何行か書いてあった。


自然な羞恥心《しゅうちしん》はあるか？

もっともかしこい人は、自分が知らないということを知っている人だ。

正しい認識は自分のなかからやってくる。

何が正しいか知っている人は、正しいことをする。


ソフィーにはもう、白い封筒に入っているいくつかの短い文は、もうすぐ受けとるつぎの大きな封筒の予習問題のようなものだ、ということがわかっていた。それで今、ソフィーはこんなことを思いついた。もしもお使いが茶封筒をこのほら穴にもってくるのなら、彼を待っていればいい。彼ではなくて、彼女かな？　どっちみち、やってきた人にしがみついて、哲学者について教えてくれるまで放さなければいい！　手紙には、お使いは小さい、とも書いてあった。子どもだということ？

「自然な羞恥心はあるか？」

羞恥心って、なんか古めかしいことば。抵抗感という意味よね？　たとえば裸のところを見られるとか。でも、裸に抵抗があるというのはもともと自然なこと？　自然なことならすべての人間にあてはまるはずなのに、世界のたくさんの国では、裸でいるのはごく自然なことだ……。

だから、してもいいことと悪いことを決めるのは社会なのだ。たとえばお祖母さんが若かった頃、ブラをしないで日光浴をするなんてぜったい不可能だった。なのに今では、たいていの人はそれが自然だと思っている。たくさんの国ではまだきびしく禁止されているとしても。ソフィーは頭をかいた。ねえ、これって哲学？

さてつぎは、「もっともかしこい人は、自分が知らないということを知っている人だ」ですって。どんな人たちのあいだでもっともかしこいというの？　ある人が、この世界についてなに一つ知らなくて、その知らないということをわかっているとしたら、その人は、少ししか知らないのに自分はけっこう知っているとうぬぼれている人よりもかしこいということ？　哲学の先生がそういうことを言おうとしているのだとしたら、ついていくのはそんなにむずかしくない。でもそんなこと、思いもよらなかった。けれども考えれば考えるほど、知らないということを知るというのも一つの知恵のありかただということがよくわかる。とにかく、なにもわかってないくせに思いこみでかたくなな意見をひけらかす人ほどばかげた人を、ソフィーは思いつくことができなかった。

さあこんどは、自分のなかからやってくる認識について。でも認識って、みんないつかある時、外から人間の頭に入ってくるのでは？　そのいっぽうでソフィーは、母や学校の先生が、ソフィーがまだ知らないことを教えてくれた時のことを思い出していた。もしもわたしがほんとに何かを学んだとしたら、そこにはいつも、どういうふうにだかはわからないけれど、わたし自身の力もはたらいている。突然何かがわかったということもある。それが直感と呼ばれることなのだ。

とにかく最初の三つの課題はクリアした。でも、そのつぎが問題。あんまりおかしすぎて、吹き出してしまいそう。「何が正しいか知っている人は、正しいことをする」ですって。

銀行強盗が銀行を襲うのは、もっとましなことを知らないからということ？　そんなことあるわけがない、とソフィーは思った。そうではなくて、子どももおとなもよくないとわかっていながらばかなことをして、あとで後悔するんだわ。

ソフィーがそうやって座っていると、突然、生け垣の森に面したほうで枯れ枝がポキッと折れる音がした。あれはお使い？　ソフィーは、また心臓がドキドキしてきた。けれども、近づいてくるものが動物のようにハアハア息をしているのが聞こえると、ソフィーはもっとふるえあがった。

つぎの瞬間、大きな犬が森の側からほら穴に押し入った。たぶんラブラドル犬だろう。犬は口にくわえた大きな茶封筒を、ソフィーの足元にぽんと置いた。突然のことに、ソフィーは息をのむばかりだった。数秒たってからやっとのことで大きな封筒に手を伸ばした。そのあいだに、茶色い犬はもときた森に消えていた。すべてがすんでしまってから、ようやくショックが襲ってきた。ソフィーは膝をかかえてぼうぜんとしていた。

そんなふうにいつまで座っていたのかわからない。しばらくたってから、ソフィーは顔をあげた。やっぱりあれがお使いだったんだ！　ソフィーはふうっと息をついた。だから白い封筒は縁が湿っていたのね。ギザギザがつくのも当然だ。こんなこと、なんでもっと早く思いつかなかったのだろう！　哲学者に手紙をわたそうと思ったら、封筒に甘いクッキーか砂糖をそえなければならないわけも、これではっきりした。

ソフィーは、なんて自分の頭はとろいんだろう、とはがゆく思うことはあったけれど、この時ばかりは、お使いというのがよく訓練された犬だなんて、考えつけというのが無理だと思った。ソフィーは、なにがなんでもお使いからアルベルト・クノックス氏の居場所を聞き出すというアイディアをあっさりとあきらめた。

ソフィーは大きな封筒をあけて、読みはじめた。

アテナイの哲学

親愛なるソフィー

これを読んでいるソフィーは、たぶんもうヘルメスとはご対面したね。だから念のために言うだけだけど、彼は犬です。でも怖がることはない。ヘルメスはたいへんかわいいやつです。しかも、並の人間よりよっぽどかしこい。少なくともありのまま以上にかしこくふるまってやれ、なんて思わない。

　彼の名前がいわれのないものではない、ということには気がついたかな？　ヘルメスはギリシアの神々のお使いです。また、航海の神でもある。こちらはまあ、さしあたりどうでもよろしい。重要なのは「閉ざされた《ヘルメーティッシュ》」ということばがヘルメスからきている、ということだ。隠されている、または近づきがたい、という意味です。これはぴったりじゃないですか。ぼくはそう思いますよ。ヘルメスはぼくたちをある程度、おたがいから隠しているのだから。

　これでお使いの紹介は終わりです。ヘルメスは名前を呼ばれればわかるし、まあ、しつけはいいほうです。

　さあ、哲学に戻ろうか。第一部はもうすみました。自然哲学のことです。自然哲学によって、人間の思考は神話的な世界観からきっぱりと縁を切ったのでした。きょうは三人の古代ギリシア最大の哲学者たちを見ていきます。三人とはソクラテス、プラトン、アリストテレス。いずれも、それぞれの流儀でヨーロッパ文明に大きな影響をあたえた哲学者たちです。

　自然哲学者たちはソクラテスよりも前の時代に生きたので、ソクラテス以前の哲学者たちと呼ばれる。デモクリトスはソクラテスよりも数年後に亡くなったけれど、それでも彼の思想はソクラテス以前の自然哲学にそっくりふくまれる。ただ時間のあとさきというだけでなく、哲学はソクラテスのところではっきりと分かれる。場所についても、今や目を転じなければならない。なにしろ、ソクラテスはアテナイ生まれの哲学者第一号だからだ。憶えていると思うけど、アナクサゴラスがしばらく、この町に住んでいた。けれどもアナクサゴラスは、太陽は火の玉だと言ったために、アテナイを追われたのだった。(ソクラテスはもっとひどいことになった!)

ソクラテスの時代から、アテナイはギリシア文化の中心になっていった。もっと大事なのは、自然哲学者からソクラテスへと目を移すと、哲学者の研究テーマもがらりと変わっている、ということだ。

けれどもソクラテスに入る前に、ソフィストたちのことをちょっと見ておこう。ソクラテスの時代にアテナイの町で活躍していた人たちだ。

さあ、幕があくよ、ソフィー! この思想のドラマは何幕もあるドラマです。

人間が中心

紀元前およそ四五〇年頃、アテナイはギリシア世界の文化の中心になった。同時に哲学も新しい方向に向かう。

自然哲学者たちは、まずなによりも自然を探求した。だから彼らは科学史のほうでとても重要だ。ところが今やアテナイでは、むしろ人間と、社会のなかでの人間のありようが関心の的になった。

アテナイでは民主主義がだんだんと発展した。民主主義の舞台は市民集会と裁判だ。だから人びとは、こうした民主的な手続きに参加できるような、じゅうぶんな訓練を受けることが必要になる。このにちぼくたちも、民主主義ができたてほやほやのところでは人びとの教育が必要なことを、世界のあちこちで目にしている。そんなわけで、アテナイ市民にとっては、人を説得する技術、弁論術《レトリック》を身につけることがことのほか重要だったのだ。

やがてほうぼうのギリシアの植民地から、放浪の教師や哲学者たちがアテナイにどっと押し寄せてきた。彼らはソフィストを名乗った。ソフィストというのは、学のある人、その道につうじた人という意味だ。アテナイでソフィストたちは、この都市国家の市民たちを教えることで生計をたてた。

ソフィストたちは、語り伝えられた神話に批判的だという重要な点では、自然哲学者たちと共通していた。そうは言っても同時にソフィストたちは、さしあたって必要のない、哲学の上だけの空論と見なしたものは無視した。ソフィストたちは、さまざまな哲学の問いにはたぶん答えがあるのだろうけれど、人間はけっして自然や宇宙にまつわる謎にたしかな答えを見つけることはできない、と考えた。そういう立場は、哲学では「懐疑主義《かいぎしゅぎ》」と呼ばれている。

自然のあらゆる謎になに一つ答えられないとしても、ぼくたちは自分が人間だということは知っているし、人間はともに生きていくことを学ばなければならない、ということも知っている。ソフィストたちは人間と、社会のなかでの人間のありように関心を集中させた。

「人間はあらゆるものの尺度だ」と、ソフィストのプロタゴラス（紀元前およそ四八七―四二〇年）は言った。プロタゴラスは、正しいことと正しくないこと、善いことと悪いことは、いつも人間の必要におうじて決められるべきだ、と考えたわけだ。ギリシアの神々を信じるか、と聞かれて、プロタゴラスはこう答えた。「神々についてはなにもはっきりしたことは言えない……。なぜなら、この問題はやっかいで人生は短いということが、知をはばんでいるからだ」神はいるのかいないのか、自分はたしかなことが言えない、と言う人を、「不可知論者《ふかちろんしゃ》」という。

ソフィストたちは広く旅をして、いろいろな政治のやり方を見て回った。都市国家の習慣や法律はそれこそさまざまだ。そうしたことを踏まえて、ソフィストたちはアテナイで、何が自然に由来し、何が社会によって形づくられているのか、議論を始めた。つまりソフィストたちは、都市国家アテナイで社会批判の基礎を築いたのだ。

ソフィストたちはたとえば、自然な羞恥心のような表現はあやしいものだ、と主張した。なぜなら、もしも羞恥心が自然なものならば、人間に生まれつきそなわっているはずだ。でも、これは生まれつきそなわっているのかな？　ソフィー。それとも社会がつくったものなのかな？　たくさん旅をした人なら、答えは簡単だ。裸を見せるのがきまり悪いのは、自然のことでも生来のことでもない、とね。羞恥心があるかないかは、なんといっても社会の習慣にかかわっている。

旅のソフィストたちは、正しいことと正しくないことの絶対的な基準などない、と主張して、アテナイの都市社会でさかんな議論の火蓋《ひぶた》を切った。このなりゆき、わかるよね？　ところがソクラテスはこれにたいして、いくつかの基準は本当に絶対で、いつでもどこでもあてはまる、と説いたんだ。

ソクラテスとはだれか？

ソクラテス（紀元前四七〇―三九九年）は、おそらく哲学の歴史をつうじてもっとも謎めいた人物だろう。ソクラテスはたったの一行も書かなかった。なのに、ヨーロッパの思想に最大級の影響をおよぼした一人とされている。ソクラテスのことは、たぶん彼がドラマティックな死に方をしたためだろうね、哲学にそれほど興味のない人でも知っている。

ぼくたちは、ソクラテスがアテナイで生まれたこと、生涯をもっぱらこの町の市場《いちば》や街角で過ごしたこと、そういう場所でだれかれなしにつかまえては話をしたことを知っている。畑や野に生えている木々はなにも教えてくれない、とソクラテスは言った。考えごとにふけると、何時間もぼけーっとひとところに立っていたりもした。

生きているうちから、ソクラテスは謎めいた人物だと思われていた。そして死後まもなく、哲学のさまざまな流派の元祖にまつりあげられた。ソクラテスはあまりにも謎めいていていてあいまいだったからこそ、いろんな流派が彼をかつぎあげたんだね。

ソクラテスがとんでもなくみっともない男だったことはたしかだ。チビで、デブで、目つきが陰険で、鼻は空を向いていた。けれども心は「金無垢《きんむく》のすばらしさ」だったという。それだけじゃない。過去現在をつうじて彼ほどの人はどこにもいない、そんな人だったんだ。

なのにソクラテスは、哲学者として行動したために死を宣告された。

ソクラテスの生涯はおもにプラトンが伝えてくれている。プラトンはソクラテスの弟子で、彼自身、哲学史上最大級の人物だ。

プラトンは「対話篇」と呼ばれるものをたくさん書いた。そこにソクラテスが登場する。

プラトンがソクラテスに語らせているからといって、実際にソクラテスがそう言ったかどうか、たしかなことは言えない。ソクラテスの考えをプラトンの考えから選り分けるのは並たいていのことではない。これは、このほかにも数多くの、自分では書き残さなかった歴史上の人物にあてはまる問題だ。そのいちばん有名な例は、もちろんイエスだ。歴史上のイエスが本当に言ったのか、それともマタイやルカがイエスに言わせたのか、はっきりしたことは言えない。これと同じで、歴史上のソクラテスが本当に言ったのかどうかは、どうしても謎として残る。

ソクラテスは本当はどんな人だったかということは、しかしそれほど重要ではない。二千四百年にわたってヨーロッパの思想家たちにインスピレーションをあたえてきたのは、プラトンによるソクラテス像なのだ。

対話術

ソクラテスの活動の核心は、彼が人を教えみちびこうとしなかった、というところにある。かわりにソクラテスは、自分が相手から学びたいのだ、というそぶりをして見せた。ソクラテスは学校の先生のような授業もしなかった。そうではなくて、会話をリードしたんだ。

そうは言っても、相手にただ耳を傾けていただけだったら、ソクラテスはこんなに有名な哲学者にはならなかっただろうね。もちろん、死刑の判決も受けなかっただろう。けれども、ソクラテスは対話の初めに問いを投げかけるだけだった。そして自分は知らんぷりを決めこんだ。そして話すにつれて、相手が自分の考えがおかしいことをとっくりと納得するようにもっていった。やがて相手は袋小路に追いつめられ、最後には、何が正しいか正しくないか、納得しないわけにはいかなくなるのだ。

ソクラテスの母親はお産婆《さんば》さんだった。そしてソクラテスは自分のやり方を産婆術にたとえていた。たしかに、子どもを産むのは産婆ではない。産婆はただその場に立ち会って、お産を手伝うだけだ。ソクラテスは、自分の仕事は人間が正しい理解を「生み出す」手伝いをすることだ、と思っていた。なぜなら、本当の知は自分のなかからくるものだからだ。他人が接ぎ木することはできない。自分のなかから生まれた知だけが本当の理解だ。

いいかい？　子どもを産む能力は自然にそなわったものだ。同じように、すべての人間は、自分の頭《あたま》をはたらかせさえすれば哲学上の真実を理解できるんだよ。もしも人が理性を使ったとすれば、その人は何かを自分自身のなかから取り出したのだ。

なにも知らない人を演じることによって、ソクラテスは人びとが自分の頭をはたらかせるように仕向けた。ソクラテスは無知をよそおった、あるいは実際よりも愚かしそうなふりをした。これが「ソクラテス的アイロニー」だ。「空っとぼけ」というのに近いかな。この方法で、ソクラテスはアテナイ市民の考えのおかしな点をじゃんじゃん暴いた。市場のまんなかで、みんなの見ている前で。ソクラテスに出会うと恥をかき、みんなに笑われることになりかねなかった。

だからしまいにソクラテスが、とりわけ社会のおもだった人びとにとって目ざわりな、いらだたしい存在になっていったのも不思議ではない。アテナイはぐずなろばのようだ、とソクラテスは言った。そして、自分はろばをしゃきっとさせるために脇腹を刺す虻《あぶ》のようなものだ、とね。(でも、虻を見たら人はどうすると思う？　ソフィー、わかるかな？)

鬼神の声

ソクラテスは、周りの人びとを悩ませるためだけに刺しまくったのではなかった。ソクラテスのなかには何かがひそんでいて、それが彼をどうしようもなくつきうごかしていた。ソクラテスはいつも、心のなかに鬼神《ダイモニオン》の声が聞こえる、と言っていた。その声にしたがって、ソクラテスはたとえば、人間に死を宣告することに反対した。そのほかにも、政敵を密告したり中傷することに抗議した。そしてついにはそのために命を落とすことになる。

紀元前三九九年、ソクラテスは「若者を堕落させ、神々を認めない」という罪で訴えられた。五百一人の陪審員たちは多数決をとり、ほんのわずかな差でソクラテスに有罪を言いわたした。

ソクラテスには恩赦《おんしゃ》を求めることができたはずなんだ。あるいは、アテナイを離れるつもりなら、命だけは助かったはずなんだ。でもそんなことをしたら、ソクラテスはソクラテスではなくなる。つまりソクラテスは、自分の良心と真理を命よりも大切だと考えたのだ。彼は、自分は国家にとってよかれと思ってふるまったのだ、と証言した。けれども判決は死刑だった。判決のしばらくのちにいちばん親しい友人たちの見守るなかで、ソクラテスは毒人参《どくにんじん》の盃《さかずき》を飲み干した。

なぜだろう？　ソフィー。なぜソクラテスは死ななければならなかったのだろう？　この問いは何度となくくりかえされてきた。けれども、最後のぎりぎりまで追いつめられて自分の考えを死ぬことによって守った人は、歴史のなかにソクラテス一人だけではない。イエスのことはもう言ったけど、イエスとソクラテスのあいだにはじっさいいくつもの共通点がある。少しだけあげてみようか。

イエスもソクラテスも、同じ時代に生きた人びとから、すでに謎めいた人物だと思われていた。二人とも自分のメッセージを書き残さなかった。だからぼくたちはなにからなにまで、彼らの弟子たちが伝えるイメージに頼っている。しかも、この二人の師が会話の術にたけていたことはたしかだ。二人はさらに、はっきりとした自覚をもって話をした。その話は多くの人たちの魂をゆさぶり、またある人たちをいらだたせた。二人とも、自分よりも偉大な何かについて語っているのだ、と確信していた。社会の実権を握る人びとは、二人が不正や権力の濫用《らんよう》を歯に衣着《きぬ》せずに批判したために迫害した。そしてなによりも、二人はそうした行動に死という代償を払った。

イエスとソクラテスの裁判もたいへんよく似ている。二人とも恩赦を願い出れば、おそらく命は助かっただろう。けれどもこの二人は、とことん行くところまで行かなければ、自分の使命を裏切ることになる、と信じていた。そして二人は昂然《こうぜん》と頭をあげて死に臨み、死を超越したんだ。

こんなふうにイエスとソクラテスの共通点をあげたからといって、二人がそっくりだと言いたいのではないよ。ぼくはただ、二人には個人の勇気と切り離せない使命があった、と言いたかったのだ。

アテナイのジョーカー

ソフィー、ソクラテスの話はまだ終わってないよ、そうだろう？　ソクラテスの方法については少し話した。でも、彼の哲学者としての研究テーマはどんなものだったのだろう？

ソクラテスはソフィストたちの同時代人だった。ソフィストたちと同じように、ソクラテスも人間と人間の生活を論じ、自然哲学者たちの問題にはかかわらなかった。ローマの哲学者キケロが、数百年あとにこんなことを言っている。ソクラテスは哲学を天から地上へともたらし、都市や家に住まわせ、人間に人生と習慣、善と悪について考えるようにしむけた、と。

けれども、ソクラテスは重要なところでソフィストたちとはちがっている。ソクラテスは、自分はソフィスト、つまり知識《ソフォス》のある人間やかしこい人間ではない、と考えていた。だからソフィストたちとは反対に、教えてもお金を取らなかった。そうではなくてソクラテスは、ことばの本当の意味で自分は哲学者《フィロソフォス》だ、と名乗ったんだ。フィロソフォスとは、「知恵《ソフォス》を愛する人」ということだ。知恵を手に入れようと努力する人のことだ。

疲れた？　ソフィー。ソフィストと哲学者の違いを理解すること、これはこれからのこの講座すべてにわたってたいへん重要なんだ。ソフィストたちは、どうでもいいような些細《ささい》なことを論じてお金をもらった。そのようなソフィストたちは歴史のいたるところに出没する。ぼくが考えているのは、すべての学校教師や知ったかぶり屋だ。こういう人びとは、自分のちっぽけな知識で満足しているか、自分がものすごくたくさん知っていることを鼻にかけているけれどなに一つきちんと理解していないかのどちらかだ。きみはまだ若いけれど、きっとこういう人に出会ったことがあるだろう。本物の哲学者は、ソフィー、まるでちがう。そう、その正反対なんだ。

哲学者は、自分があまりものを知らない、ということを知っている。だからこそ、哲学者は本当の認識を手に入れようと、いつも心がけている。ソクラテスはそういう、めったにいない人間だった。ソクラテスは、自分は人生や世界について知らない、とはっきり自覚していた。そして、ここが大切なところだよ、自分がどれほどものを知らないかということで、ソクラテスは悩んでいたのだ。

哲学者とは、自分にはわけのわからないことがたくさんあることを知っている人、そしてそのことに悩む人だ。だから哲学者は、ひとり合点の知識でもって鼻高だかの半可通《はんかつう》よりもずっとかしこいのだ。「もっともかしこい人は、自分が知らないということを知っている人だ」とはもう言ったよね。ソクラテスはこういう言い方もしている。わたしは、自分が知らないというたった一つのことを知っている、とね。このことば、メモしておくこと。なぜなら、哲学者たちのあいだでもこんな告白はめったにないからだ。さらには、こんなことをおおっぴらに言うのは、命にかかわるたいへん危険なことでもあった。いつの世にも、疑問を投げかける人はもっとも危険な人物なのだ。答えるのは危険ではない。いくつかの問いのほうが、千の答えよりも多くの起爆剤をふくんでいる。

『裸の王様』の話は知っているよね？　本当は王様はまっ裸なのに、家来のだれ一人、そう言う勇気がなかった。ふいに子どもが叫ぶ。王様は裸だ、と。勇気のある子どもだね、ソフィー。これと同じようにソクラテスは、人はどれほどものを知らないかをはっきりさせた。裸だということをつきつけた。子どもと哲学者が似た者同士だということは、もう前に言ったっけ。

つまりこういうことだ。ぼくたちは、ふさわしい答えがおいそれとは見つからないような、重要な問いをつきつけられる。ここから先、道は二つある。一つは、自分と世界を全部ごまかして、知る値打ちのあることはすべて知っているみたいなふりをする道。もう一つは、大切な問いには目をつぶって、前に進むことをすっかりあきらめるという道。とまあ、人間は二種類に分かれるんだね。少なくとも人間は、思いこみが強くてかたくなか、どうでもいいや、と思っているかのどちらかだ。（どちらの種類の人間も、兎の毛の奥深くでうごめいていることに変わりはない！）これはトランプのカードが分けられるようなものだ。黒のカードはこっちの山に、赤のカードはそっちの山にと積みあげていく。ところがジョーカーが出てくる。これはハートでもクラブでもないし、ダイヤでもスペードでもない。ソクラテスはアテナイのジョーカーだったんだ。彼は思いこみが強くてかたくなでもなかったし、どうでもいいと思ってもいなかった。ソクラテスは、自分は知らないということを知っていただけだ。そしてそのことを思いつめていた。それで、ソクラテスは哲学者になったのだ。あきらめない人、知恵を手に入れようとあくことなく努める人に。

ある時一人のアテナイ市民がデルフォイの神託に、アテナイではだれがいちばんかしこいか、おうかがいをたてた。神託はソクラテスと出た。これを聞いたソクラテスは、控えめに言えば、驚いたそうだ。(ぼくは大笑いしたんだと思うけどね、ソフィー!)ソクラテスはすぐに町に出かけて、かしこいという評判の人びとを訪ねた。けれども、この人たちがソクラテスの問いに満足に答えられないとわかると、ソクラテスは、神託は正しいと認めた。

ソクラテスは、ぼくたちの認識のたしかな基礎をかためることが重要だ、と考えた。この基礎は人間の理性にある、とね。人間の理性に強い信頼をよせたのだから、ソクラテスは正真正銘の合理主義者だった。

正しい認識は正しい行ないにつながる

すでにふれたように、ソクラテスは鬼神の声が心のうちに聞こえると信じていたけれど、このいわば良心の声は、何が正しいかを告げるのだった。何がよいことか知っている人はよいことをする、とソクラテスは考えた。正しい認識は正しい行ないにつながる、そして、正しいことをする人だけが正しい人間だ、と考えたんだ。もしもぼくたちがまちがったことをしたら、それは、ぼくたちはそれがあまりいいことではない、ということを知らなかったからなのだ。だから、ぼくたちがもっとよく知ることは、とても大切なことだった。そのためソクラテスは、何が正しくて何が正しくないかを定める、はっきりとした、いつでもどこでも通用する善悪の定義を見つけようとした。つまりソフィストたちとは正反対に、ソクラテスは、正と不正を区別する力は理性にあって社会にはない、と信じていたんだね。

　あらかじめ白い封筒で届けた四つの文のうち、たぶん最後の文はそう簡単にはのみこめなかったんじゃないかな？　ソフィー。もういちど説明してみるよ。ソクラテスは、信念にもとることをすれば人は幸福にはなれない、と考えていた。どうすれば幸せになれるか知っている人は、幸せになるようにするよね？　だから、何が正しいか知っている人は、正しいことをするんだ。なぜなら、だれも不幸せにはなりたくないから。そうだろう？

　どう思う、ソフィー？　心の奥深くでは正しくないと思っていることをくりかえしているとして、きみは幸せに生きられるだろうか？　しょっちゅう嘘をついたり、盗みをしたり、人の悪口を言ったりする人はいっぱいいる。まあ、いいだろう。彼らは、それは正しくないことだと、ちゃんと知っている。あるいはきみが望むなら、不当《アンフェア》なこと、と言いかえてもいいけれど。でも、それで彼らは幸せだろうか？　ソクラテスはそうは思わなかったのだ。

　ソクラテスについての手紙を読み終わると、ソフィーはいそいで缶にしまって、庭に這い出してきた。どこに行ってたの、ときかれないために、母が買物から帰ってくる前に家に戻っていようと思ったのだ。それに、お皿を洗っておく約束もしていた。

　母が大きなポリ袋を二つかかえてどたどたと入ってきた時、ソフィーはやっと水を出しはじめたところだった。それを見とがめて、母は言った。

「ソフィー、あなたこのごろなんだかおかしいわ」

　思わず、こんなことばがソフィーの口をついて出た。

「ソクラテスもそうだったんだわ！」

「ソクラテス？」

母は目を丸くした。

「彼がそれで命を失わなければならなかったのは、ほんとに残念だったけど」ソフィーは考え考え、ことばをつづけた。

「どうしちゃったのよ、ソフィー！　ママはどう答えていいかわからないわ！」

「ソクラテスもそうだった。彼が知ってた、たった一つのことは、彼が知らないってことだったの。それでもソクラテスはアテナイでいちばんかしこい人だったのよ」

母親はただもうことばを失った。なんと言ったらいいかわからない。ようやく、こう言った。

「それ、学校で習ったの？」

ソフィーは思いきり首を横にふった。

「学校じゃ、なにも教えてくれないわ……。学校の先生と本物の哲学者との大きな違いはね、学校の先生は自分がちょっとばかり物知りだと思ってて、いつも生徒にぎゅうぎゅう教えこもうとするの。哲学者は生徒といっしょになってものごとをとことんきわめようとするのよ」

「また白兎の話？　あなたのボーイフレンドがどんな子か、そろそろママにも教えてよ。さもないと、彼ってどこかおかしいんだって思っちゃうわよ」

ここまで聞くと、ソフィーは流しのほうを向いてしまった。そして、お皿を洗う柄つきブラシを肩ごしに母に向けて、言った。

「彼はどこもおかしくなんかないわ。でも、彼は人をいらつかせる虻みたいなの。でもそれはね、人をだらけた考えからもぎ離すためなのよ」

「もうやめなさい。あなたの彼はちょっととっぴで生意気なのね、きっと」

ソフィーはまたお皿を洗い出した。

「彼はかしこくないし、生意気でもないわ。でも正しい知識を手に入れようとしている。これは本物のジョーカーとそのほかのカード全部との違いなの」

「ジョーカー？」

ソフィーはうなずいた。

「ねえママ、考えたことある？　トランプにはハートやダイヤはいっぱいあるわ。クラブやスペードも。でも、ジョーカーはたった一枚なの」

「いったいなに言ってるのよ？」

母は買ってきたものをみんな片づけた。そして、新聞をもってリビングに行ってしまった。ママはドアをふだんよりも乱暴にしめたみたい、とソフィーは思った。

お皿を洗い終わると、ソフィーは自分の部屋に行った。赤い絹のスカーフはレゴといっしょに戸棚のいちばん上にしまってある。ソフィーはそれを取り出して、じっと見つめた。

ヒルデ……。

アテナイ

そして廃墟からいくつもの建物がそびえ立ち

この日、夕方のまだ早い時間に、母は友だちの家に遊びに行った。母が家を出るか出ないうちに、ソフィーはまたしても庭に出て、生け垣のほら穴へいそいだ。クッキーの缶のかたわらには分厚い包みがあった。ソフィーはすぐさま包紙を破いた。出てきたのはなんと、ビデオカセットだった！

ソフィーはあわてて家にとって返した。ビデオですって！　こんなの初めて。それにしても、なんのビデオだろう？

ソフィーはビデオをセットした。まもなくスクリーンに大きな町が映し出された。アテナイの町だ、とソフィーは思った。なぜなら、アクロポリスがアップで映っていたからだ。この古代の遺跡はこれまで何度も見たことがある。神殿の遺跡には、ラフな格好で首からカメラをぶらさげた観光客がうようよしている。あれ、あの男の人はなにか書いた紙をもっている？　あ、また映った。あの紙、「ヒルデ」って書いてあるんじゃない？

ほどなく、中年の男の人がカメラの前に現れた。背は低めで、おしゃれな黒い髭をたくわえ、青いベレー帽をかぶっている。男の人はすぐにカメラに向かってしゃべりはじめた。

「アテナイへようこそ、ソフィー。きっときみはもう、ぼくがアルベルト・クノックスだとピンときたね。もしもまだだったら、もう一度言おうか。世界という白兎は黒いシルクハットから引っぱり出されます、とね。ぼくは今、アクロポリスに来ています。これは『町の砦《とりで》』、もっと正確に言えば

『丘の上の町』という意味だ。この丘には石器時代から人が住んでいた。もちろん、ここが特別な場所だからだ。こういう高い丘の上は、敵を防ぐのにつごうがいい。アテナイの町が丘のふもとの平地にどんどん広がっていくと、アクロポリスは砦と神殿を兼ねるようになった。紀元前五世紀の前半にペルシアとのはげしい戦争があって、紀元前四八〇年にはペルシアの大王クセルクセスがアテナイに攻めこみ、アクロポリスの由緒ある木造の建物をすべて破壊した。けれどその翌年、ペルシア人たちは追い払われ、アテナイの黄金時代が始まったのです、ソフィー。

アクロポリスはかつてよりも堂々と、美しく再建され、この時からは神殿としてだけ使われることになった。ちょうどこの頃、ソクラテスが通りや市場を歩きまわって、アテナイ市民と話をしていたんだ。そうしながらソクラテスは、アクロポリスが再建されていくようすを、つまりぼくたちが今こうして見ているみごとな建物のすべてが建てられていくようすをながめていたんだろうね。ソクラテスが見ていたのは建築現場だったんだよ！

ぼくの後ろに大きな神殿が見えるかな？　パルテノン、つまり『乙女の家』だ。ここにはアテナイの守護神、女神アテネがまつられていた。この巨大な大理石の建物には、まっすぐのところが一つもない。四つの辺すべてがわずかにカーブしている。そのために建物が生き生きとして見える。この神殿はとてつもなく大きいのに、見た目にはちっとも重ったるい感じがしない。これは目の錯覚のためなんだ。柱を神殿のずうっと上のほうまでのばしていくと、一点で交わって一五〇〇メートルの高さのピラミッドになるように、柱もわずかに内側にかしいでいるんだよ。この巨大な建物には高さ一二メートルのアテネの像がたった一つ置いてあった。もう一つ、言っておかなければならないけれど、この白い大理石、かつてはいろいろなきれいな色に塗られていたんだが、六〇キロも離れた山からここまで運んでこられたんだ……」

ソフィーは胸がドキドキしてきた。このビデオから語りかけているのが、ほんとにわたしの哲学の先生？　わたしはたった一度、暗がりでシルエットを見たことがあるだけ。でもあれはぜったいに、アテナイのアクロポリスに立っているこの男の人だったにちがいない。

男の人は、こんどは神殿の長いほうの縁にそって歩きはじめた。それをカメラが追う。男の人は岩山の崖っぷちまでやってくると、あたりの景色を指し示す。カメラはアクロポリスの丘のふもとの古代劇場をとらえた。

「あそこに見えるのがディオニュソス劇場」ベレー帽の男の人は話をつづけた。「たぶん、ヨーロッパでもっとも古い劇場だろうね。ここで偉大な悲劇作家のアイスキュロスやソフォクレスやエウリピデスの作品が上演された。まだソクラテスが生きていた時代だ。呪われたオイディプス王の悲劇のことは話したね。喜劇も上演された。いちばん有名な喜劇作家はアリストファネス、彼の作品のなかには、アテナイの奇人ソクラテスを辛辣《しんらつ》に描いた喜劇もある。役者たちが立つ舞台の後ろに岩の壁が見えるね。これは『スケネー』といって、ぼくたちが使う『シーン』ということばは、ずっとさかのぼるとこのスケネーからきているんだよ。ついでに、『劇場《シアター》』の語源は、古代ギリシア語の『見る』という意味の『テアー』だ。でもそろそろ哲学の話に戻ろうか、ソフィー。パルテノンをぐるっとまわって、門をくぐって降りていくことにするね……」

背の低い男の人が大きな神殿をひとまわりすると、その右手に小さな神殿がいくつか見えた。それから男の人は、そびえ立つ何本もの高い柱のあいだをとおって階段を降りた。そしてアクロポリスのふもとまでやってくると、小高いところに登ってアテナイの町を指さした。

「ぼくが立っているこの小高い丘はアレオパゴス、アテナイの殺人犯の処刑が行なわれたところだ。何百年もあとには使徒パウロがここに立って、アテナイの人びとにイエスとキリスト教について話をした。これについては、もっとあとであらためてふれることにしよう。丘の下のほう、左側に、古代アテナイの町の広場、アゴラが見えるね。鍛冶《かじ》の神、ヘファイストスの大きな神殿のほかには、大理石のかたまりがごろごろしているだけだけど。もうちょっと降りていこうか……」

つぎの瞬間、男の人は古代の遺跡のあいだにふたたび姿を現した。空高く、ソフィーが見ているスクリーンのずっと上のほうにアクロポリスの丘のアテネの神殿が堂々とそびえている。哲学の先生はそのへんに転がっている大理石に腰かけた。そして、カメラを見ながら語りはじめた。

「ぼくは今、アテナイのアゴラ跡に座っている。なんとも嘆かわしい光景だなあ！　今のことを言ってるんだよ。かつてはここに堂々とした神殿や裁判所やコンサートホールや、それから大きな体育館まであったんだ。そういう建物が、みんなこの大きな四角い広場を囲んでいた……このかぎられた空間にヨーロッパ文明のすべての基礎が置かれたんだね。『政治《ポリティック》』、『民主主義《デモクラシー》』、『経済《エコノミー》』、『歴史《ヒストリー》』、『生物学《バイオロジー》』、『物理学《フィジックス》』、『数学《マセマティックス》』、『論理学《ロジック》』、『神学《セオロジー》』、そして『哲学《フィロソフィー》』、『倫理学《エシックス》』、『心理学《サイコロジー》』、『理論《セオリー》』、『方法《メソッド》』、『観念《アイディア》』、『体系《システム》』――まだまだいくらでもあるけれど、すべてもとをたどっていくと、それほど大きくもない人びとの集団にいきつく。その人びとが日常生活をくりひろげていたのがこの広場なんだ。ソクラテスはここで、出会った人びとと話をした。たとえばオリーブオイルの壺を運んでいく奴隷《どれい》の腕をつかまえて、この気の毒な男に哲学問答をふっかけたりした。なぜならソクラテスは、奴隷も市民と同じように理性をもっていると考えていたからだ。それとか、市民のだれかと熱っぽく言いあったり、若い弟子のプラトンとしんみりと話しこんだりしたんだね。それを思うとおかしな気分になる。ぼくたちは、やれ『ソクラテス』哲学だ、やれ『プラトン』哲学だと言うけれど、そういう時の『プラトン』や『ソクラテス』と、かつていた生身のプラトンやソクラテスはまるで別物なんだろうね」

ほんと、そんなことをいっしょくたにするのはおかしいわ、とソフィーは思った。けれども、謎めいた犬が庭の秘密の隠れ家にもってきたビデオテープから、哲学者が突然ソフィーに話しかけているということだって、少なくともそれと同じくらいにおかしなことだった。

哲学者は座っていた大理石から立ちあがった。それから、こんどは少し小声になって言った。

「本当はここで終わりにするつもりだったんだ、ソフィー。ぼくはきみにアクロポリスと古代のアゴラの遺跡を見せてあげようと思った。でも、このあたりのたたずまいが昔はどんなに壮麗《そうれい》だったかが、本当にわかってもらえたかどうか、まだおぼつかない……。それで思ったんだが……もう少しやってみようかな、と。これはもちろんとんでもないルール違反なんだが……でも、なぜか大丈夫という確信が、きみとぼくのあいだには……まあ、いいでしょう、ちょっとした光景を見てもらおうか……」

哲学者はそれ以上は言わなかった。そこにじっと立ったまま、カメラを見つめていた。そのすぐあと、スクリーンにはまったく別の光景が現れた。廃墟からいくつもの建物がそびえ立ち、まるで魔法のように、古代の遺跡がなにもかももとどおりになったのだ。地平線にはあいかわらずアクロポリスが見えていた。けれども、アクロポリスもふもとの広場の建物もまっさらに新しい。あざやかな色を塗られて、燦然《さんぜん》と輝いている。大きな四角い広場には、はなやかな色の服を着た人びとがそぞろ歩いている。剣を帯びている人びともいれば、壺を頭にのせている人もいる。パピルスの巻物を小脇にかかえている人も。

ソフィーはようやく哲学の先生を見つけた。先生はやっぱり青いベレー帽をかぶっていたけれど、画面のほかの人びとと同じような、黄色っぽい服を着ていた。先生はソフィーのほうにやってきて、カメラを見ながら言った。

「ま、こういうことです。ここは古代のアテナイだ、ソフィー。きみのその目でここを見てほしかったんだ、わかるかな？　今は紀元前四〇二年、ソクラテスが死ぬたったの三年前だ。きみがこの超豪華シーンがどんなにすごいものなのか、わかってくれるとうれしいんだけど。なにしろ、ここでビデオカメラをまわすのはとってもむずかしいことなので……」

ソフィーは頭がくらくらしてきた。いったいどうして、この謎の人物は突然今から二千四百年前のアテナイにいるの？　いったいどうして、ほかの時代をビデオで見ることができるの？　もちろん、古代にはビデオなんてあるわけがない。ひょっとして、これは映画？　でも、たくさんの大理石の建物はまるで本物のように見える。古代のアテナイの広場と、それからアクロポリスまで、映画のためにつくりなおそうとしたら……。無理よ、そんなセットはちょっと高くつきすぎる。いずれにしても、ただソフィーにアテナイについて教えるためならば、それはとんでもないぜいたくだ。

ベレー帽の男の人が遠くに目をやった。

「柱が並んでいる向こうに、男の人が二人いるね？」

ソフィーは、ちょっとよれよれの服のおじいさんを見つけた。長い髭は伸びほうだい、ぺったんこの鼻、するどい青い目、ほっぺたはリンゴのようにまっ赤だ。そのとなりにはすてきな若者がいる。

「ソクラテスと若い弟子のプラトンだ。わかるかな？　ソフィー。きみはこれからあの二人とじきじきに知りあいになるんだよ」

哲学の先生は、高い屋根の下にいる二人のほうに歩いていった。すぐそばまで行くと、ベレー帽をちょっともちあげてなにやら言っているけれど、何を言っているのか、ソフィーにはさっぱりわからない。たぶん古代ギリシア語だろう。しばらくすると、先生はカメラに向きなおって言った。

「今お二人に、ノルウェイの女の子がお近づきになりたがっている、と伝えたところだ。プラトンさんがいくつか質問なさるそうで、きみはそれについて考えるんだよ。でも、見張りに見つかったらたいへんだ、早いとこやってしまおう」

ソフィーはこめかみまでドキドキしてきたような気がした。なぜなら若者が歩み出て、カメラをのぞきこんだのだ。

「アテナイにようこそ、ソフィー」やさしい声だった。ノルウェイ語だったけれど、とてもへたくそだった。「ぼくはプラトンといいます。きみに四つの課題を出そうと思います。まずは第一問、さあ考えてね。ケーキ屋はなぜ五十個もの同じクッキーを焼けるのか？　第二問にいきます、なぜ馬はみんなそっくりなのか？　第三問、いいですか、きみは人間には不死の魂があると信じますか？　そして第四問、これで終わりです、女と男は同じように理性的か？　じゃあ、がんばってね！」

　つぎの瞬間、映像は消えた。ソフィーは早送りしたり、巻きもどしたりしてみたけれど、ビデオはそこで終わっていた。

　ソフィーはいっしょけんめい考えを集中させようとした。けれども、あることを考えはじめると、最後までいかないうちに、もう別のことに気がいってしまう。

　哲学の先生が不思議な人だということは、とっくにわかっている。それにしても、だれもが知っている自然の法則をひっくり返すような授業のやり方なんて、これは行き過ぎよ。

　スクリーンに映ったのは、本当にソクラテスとプラトンだったのだろうか？　もちろんちがう。そんなこと、ありっこない。でも、あれはコンピュータ・グラフィックでもなかった。

　ソフィーはカセットを取り出して、自分の部屋に駆けこんだ。そして戸棚のいちばん上、レゴのとなりにビデオカセットをつっこんだ。それからぐったりしてベッドに倒れこみ、眠ってしまった。

　何時間かして、母が部屋に入ってきた。母はソフィーを揺り起こした。

「あらまあ、どうしたの、ソフィー？」

「んんん……」

「もう、服のまんまで！」

　あけようとしても目があかない。

「わたし、アテナイに行ってきたの」

　そう言ったきり、ソフィーは寝返りをうってそのまま眠りつづけた。

プラトン

魂の本当の住まいへのあこがれ

つぎの朝、ソフィーははっとして飛び起きた。まだ五時ちょっと前。でも目はぱっちりとあいてしまった。ソフィーはベッドの上にしゃんと座った。

あれ、どうして服を着ているの？　その時、なにもかもがよみがえった。ソフィーはストゥールにのって、戸棚のいちばん上をのぞいた。やっぱりビデオカセットがある。だったらあれは夢なんかではなかったのだ。とにかく全部が夢ではなかった。

でも、本当にプラトンとソクラテスを見たの？　ああ、もう考えたくない。きっとママの言うとおりなのよ、わたし、この頃おかしいんだわ。

でもなにしろもう眠れない。あの犬がつぎの手紙をもってきていないか、ほら穴を見に行ったほうがいいかな？

ソフィーはそっと階段を降り、スニーカーをはいて外に出た。

庭は見わたすかぎり、とびきりさわやかで静かだった。小鳥たちがあんまりいせいよくさえずっているので、ソフィーは思わずにっこりしてしまった。朝露が、まるで小さなクリスタルのしずくのように草の茎を転がり落ちる。あらためてソフィーは、世界はなんて不思議なのだろう、考えられないほどだわ、と思った。

古い生け垣のなかもしっとりとしていた。哲学者の手紙はきていなかったけれど、ソフィーは大きな根っこをさっとぬぐって腰をおろした。

ソフィーは、ビデオに出てきたプラトンがいくつか問いを立てていたことを思い出した。まずは第一問、ケーキ屋はなぜ五十個もの同じクッキーを焼けるのか？　これはよく考えなくては。だってまるで同じクッキーを五十個も焼くなんて、とほうもないことだもの。ママはたまにレーズンクッキーを焼くけれど、天板《てんばん》一枚分のうち同じ形のものは一つもない。ママはプロのケーキ屋じゃないんだから、いくらしくじってもおかしくない。でもママが店で買ってくるクッキーも、全部が全部、同じではない。クッキーは一つひとつ、ケーキ屋の手で形づくられるのだから。

ふいに、ソフィーはにんまりしてしまった。父と町に買物に出かけているあいだに、母がクリスマスのクッキーを焼いた時のことを思い出したのだ。帰ると、キッチンのテーブルには、人形の形をしたペファークーヘンがところせましと並んでいた。完全にではなかったけれど、なぜかみんな同じ形をしていた。どうしてか？　ママが全部のペファークーヘンを同じ「型」で抜いたからに決まってるじゃないの。

ソフィーはうれしくなってしまった。ペファークーヘンのことを思い出したおかげで、第一問が解けてしまったのだ。ケーキ屋が五十個のクッキーをそっくりの形に焼くのは、全部のクッキーを同じ型で抜くからです。終わり！

そのつぎに、ビデオのプラトンは秘密のカメラに向かって、こう質問したのだった。なぜ馬はみんな似ているのか。でもそれはちがう。わたしは反対だと思う。人間にそっくりさんがめったにいないのと同じで、二頭のそっくりな馬もいないわ。

ソフィーがこの問いを投げてしまおうとしたとたん、ふと、ペファークーヘンについて考えたことが心に浮かんだ。ペファークーヘンにはまったく同じものはない。厚めのもあるし、ちょっと欠けているのもある。それでもなぜだか、どれもこれも「同じ」ペファークーヘンなのだ。

たぶんプラトンは、どうして馬はいつも馬で、たとえば馬と豚のあいのこみたいなのはいないのか、ときいたのだ。だって、馬はたいてい熊みたいに茶色いけれど、羊みたいに白いのもいる。それでも、馬はみんなどこか似ている。それから、六本足や八本足の馬も見たことがない。でも、すべての馬が同じなのは一つの型で押してつくったからだなんて、プラトンが考えてたはずないわよね？

そのつぎにプラトンがきいていた問いは、本当に大きくてむずかしかった。人間には不死の魂があるか？ ソフィーは、わたしにはお手上げ、と思った。ソフィーが知っているのは、死んだ体は焼かれるか埋められるかで、そうなったらもう、その先に未来はないということだけだ。もしも人間に不死の魂があるのなら、人間はまるきりちがう二つの部分からできていることになる。年がたてば古びてしまう体と、体に起こる出来事とはあまり関係なく活動している魂と。いつかお祖母さんが言っていた、なんだか年をとるのは体だけみたいって。ということは、お祖母さんの心はいつだって若い女の子のままだったのだ。

「若い女の子」と考えたところから、ソフィーは最後の問いに移った。女と男は同じように理性的か？ うーん、わからない。だいいち、プラトンが言う「理性的」というのがどういうことなのかがわからない。

その時ふいにソフィーは、哲学の先生がソクラテスについて言っていたことを思い出した。ソクラテスは、人間はだれでも理性《あたま》をはたらかせさえすれば哲学の真理を理解できる、と言ったのだった。それから、奴隷だって貴族と同じように、自分の理性をはたらかせれば哲学の問いを解ける、とも。だったらソクラテスはきっと、女も男も同じように理性的だとも言ったはずよ。

こんなふうにソフィーがあれこれ考えていると、突然、生け垣がガサゴソいうのが聞こえた。それから鼻をフンフンいわせる音と、蒸気機関みたいなハアハアいう音も。と思うまに、あの茶色い犬がほら穴に入ってきた。大きな茶封筒をくわえている。

「ヘルメス！　ありがとう」

犬が封筒を膝に置くと、ソフィーは手を伸ばして犬の喉《のど》を撫でてやった。

「ヘルメスはおりこうさんねえ」

犬はぺったりと座って、よろこんでソフィーに撫でてもらっていた。けれどもしばらくすると立ちあがって、生け垣をくぐると、もと来た森へ帰っていった。

ソフィーは封筒を手に、犬を見送った。そして腹這いになって生け垣の狭い隙間をくぐると、庭の外に出た。

ヘルメスは森に向かって走っていた。ソフィーは数メートルあとを追った。犬は二度後ろをふりむいてウーッとうなったが、ソフィーはひるまなかった。きょうこそ哲学者のところに押しかけてしまおう。このままアテナイまで走っていかなければならないとしたって、かまうもんですか。

犬は少しスピードをあげた。そしてほどなく一本の径に出た。

ソフィーも小走りになった。けれどもしばらくすると犬はまたふりむいて、番犬のようにワンワンほえた。ソフィーも負けてはいなかった。そのすきに少しでも犬との距離を縮めた。

ヘルメスはどんどん駆けていく。とうとうソフィーは、これではとても追いつけっこない、と見きわめをつけた。そして、長いこと立ちすくんだまま、犬が遠ざかる音に耳をすましていた。ついに、あたりはしんと静かになった。

ソフィーは、木立のまばらになったところに切株を見つけて腰をおろした。手には大きな茶封筒がある。ソフィーは封筒をあけると、びっしりと書きこまれた何枚もの紙を取り出して、読みはじめた。

プラトンのアカデメイア

やあ、きみに会えてうれしかったよ、ソフィー。もちろん、アテナイでのことを言ってるんですがね。自己紹介もできたし。それに、プラトンさんも紹介できたから、さっそく始めてもいいよね。

ソクラテスが毒をあおぐことになった時、プラトン（紀元前四二七―三四七年）は二十九歳だった。ソクラテスにはそれまで長いこと師事していて、裁判のなりゆきもつぶさに見守っていた。アテナイが町でもっとも高貴な人物に死刑を宣告したことが、プラトンはどうしても納得できなかった。このショックが、プラトンの哲学者としての方向を決めることになる。

プラトンにとってソクラテスの死は、現実の社会のあり方と本当の、あるいは理想のあり方とのあいだにはどのような矛盾がもちあがるのか、ということを思い知らされる事件だった。

プラトンが初めて書いた哲学の文章は、ソクラテスの弁明についてだった。そのなかでプラトンは、ソクラテスが大法廷でどんなことを論じたかを伝えている。

きみも憶えているように、ソクラテスは自分では一冊も本を書かなかった。ソクラテス以前のたくさんの哲学者たちは、書くことは書いたのに、その大部分はのちのちまで保存されなかった。けれどもプラトンの考えたことはそっくり著作として残されたと考えられている。（ソクラテスの弁明のほかに、プラトンは書簡集と、三十五篇以上の哲学をめぐる対話篇を書いた。）プラトンの著作が保存されたのは、彼がアテナイに哲学の学校を開いたことと切り離せない。プラトンの学校は、とある森にあったんだが、その森にはギリシアの伝説の英雄、アカデモスにちなんだ名前がついていた。だからプラトンの哲学の学校も、「アカデメイア」と呼ばれた。（それからというもの、世界じゅうで何千というアカデミーがつくられた。今でも「アカデメイア」「アカデミック」と言えば学問的な、という意味だ。）

プラトンのアカデメイアでは、哲学、数学、体育が教えられた。「教えられた」というのは正しい言い方ではないな。プラトンのアカデメイアでも、活発な会話が重んじられた。だから、プラトンが自分の哲学を対話の形で書いたのも、気まぐれからではないんだね。

永遠の真理、永遠の美、永遠の善

この哲学講座の初めに言ったよね、ある哲学者の研究テーマをたずねるのは、けっこう実りあることだ、と。だから、さあ、問いを立ててみよう。プラトンは何を探究しようとしたんだろう？

ひとことで言えばプラトンの関心は、いっぽうの永遠で不変なものと、もういっぽうの「流れ去る」ものとの関係にあった。（ということは、ソクラテス以前の哲学者たちとまったく同じだ！）

ソフィストたちとソクラテスは、どちらも自然哲学の問いから目を転じて、むしろ人間と社会に関心を移した、ということももう言った。それはそうなのだけれど、ソフィストたちやソクラテスもまた、それぞれの立場から、いっぽうの永遠で不変なものと、もういっぽうの「流れ去る」ものとの関係を明らかにしようとした。彼らは、人間のモラルと社会の理想や美徳は不変か、そうでないか、という問いを追究したんだ。ソフィストたちは、おおざっぱに言えば、何が正しくて何が正しくないかは都市国家ごとにちがう、時代や社会が変わればよしあしも変わる、と考えた。だから「流れ去る」ものだった。ソクラテスはそういう考えには同調できなかった。正と不正の問題は、人間の営みには永遠の掟《おきて》、つまり規範といったものがある、と考えた。わたしたちが理性をはたらかせさえすれば、そのような不変の基準をすべて理解できる、なぜなら人間の理性はまさに永遠の何か、不変の何かなのだから、とソクラテスは考えたんだ。

いいかい？ ソフィー。で、こんどはプラトンの番だ。自然界の何が永遠で不変か、またモラルや社会の何が永遠で不変か、プラトンはそのどちらにも関心をよせた。そう、プラトンにとって、この二つは一つの同じことだったんだ。プラトンは永遠で変わることのない「本当の世界」をとらえようとした。はっきり言ってしまえば、それをとらえることこそが哲学者たちの役割なんだ。今年の美女ナンバーワンはだれかとか、土曜日にどこのトマトがいちばん安いかとか、哲学者たちにきいても無駄だよね。(だから哲学者はあんまり人気がないんだなあ！) 哲学者たちは、そういう空しいことや生活べったりのことはちっとも気にとめない。哲学者たちが人びとにはっきりと示そうとするのは、何が永遠に真理か、何が永遠に美しいか、何が永遠に善かということだ。

ここまでで、わたしたちはプラトンの哲学の研究テーマをおおざっぱにつかんだ。さあ、これから順番にいくよ。今からたどる考えの道筋はちょっと変わっているけれど、のちのあらゆるヨーロッパの哲学にくっきりと跡をとどめている。

イデアの世界

すでにエンペドクレスとデモクリトスは、自然界のあらゆる出来事は「流れ去る」けれども、四つの根やアトムのような、けっして変わらない何かがある、と言っていたね。プラトンもこの問題にとりくんだ。ところがその考え方はまるきりちがっていた。

プラトンは、ぼくたちが自然のなかでさわったり感じたりできるものはすべて「流れ去る」と考えた。だから、けっして分解しない元素もない。感覚世界に属するものはなにもかも、時間に浸食される物質からできている。けれども同時に、すべてのものは時間を超えた型にしたがってつくられている。この型は永遠で不変だ。

わかったかな？ まあ、まだわからなくてもいいけど……。

ねえソフィー、なぜすべての馬は似ているんだと思う？ きっときみは、馬たちはぜんぜん似ていない、と思ったんじゃないかな？　でも、何かがあるでしょう、すべての馬に共通した何かが。これは馬だ、とぼくたちが判断するのにちっとも困らないようにしている何かが。一頭一頭の馬は「流れ去る」、これは当然だよね。馬は年もとれば、体がいうことをきかなくもなる。時とともに病気にもなるし、死にもする。でも、もともとの馬というものの型は永遠で不変だ。

プラトンが永遠不変と考えたものは、したがって、物質である元素ではない。永遠で不変なものは精神的な、というか、抽象的なひな型《フォーム》、それをもとにあらゆる現象が型どられるひな型なんだ。

つまりね、ソクラテス以前の哲学者たちは自然界の変化について、本当に何かが変化すると考えなくてもすむような、じつにつごうのいい説明をしてみせたんだ。彼らは、めぐりめぐる自然界には永遠に形を変えない、とても小さな部分があって、それは分解しない、と考えたわけだ。おみごとだよね、ソフィー！　わたしはおみごと、と言った。でも、ソクラテス以前の哲学者たちが納得のいく説明をしなかったことがある。彼らは、いったんはある馬を形づくっていたちっぽけな部分が、四百年か五百年たってから、いったいどのようにしてひょっこり別のちゃんとした馬になるのか、ということは説明しなかったんだ！　馬ではなくてゾウやワニでもいいけれど。つまりプラトンはこう言いたいんだ。デモクリトスのアトムは「ゾニ」にも「ワウ」にもなりっこない、とね。そしてまさにここから、プラトンの哲学の思考は出発する。

もしもきみが、ぼくの考えはもうわかったと言うのなら、この段落はすっ飛ばしていい。念のためにもう一度まとめるだけだから。きみはレゴを一箱もっている。そのレゴできみは馬をつくる。それから、つくった馬をまたばらばらにして、レゴを箱にしまう。新しく馬をつくろうと思ったら、その箱をただ揺すってもだめだ。レゴがひとりでに新しく馬をつくるなんてことがある？　ないよね。きみがもう一度、馬を組み立てなければならないよね、ソフィー。そしてきみが馬をつくれたとしたら、それは馬とはどんなものかというイメージがきみのなかにあったからだ。レゴの馬は、だから、一頭一頭の馬によっては変わらない、一つのひな型にしたがって形づくられたことになる。

五十個の同じクッキーの問題はクリアしたかな？　ここでちょっと想像してみよう。きみは宇宙から地球に落っこちてきたばかりで、まだケーキ屋を見たことがない。それで、おいしそうなクッキーなんかを並べたケーキ屋の前につい立ち止まる。すると小さな丸テーブルに五十個のまったく同じペファークーヘン人形がずらっと並んでいる。きみは頭をかいて、どうして全部そっくりなんだろう、と考えるんじゃないかな？　まあ腕が一本ないのや、頭がちょっと欠けているのもあるだろう。ほかのよりデブの人形もあるかもしれない。それでもきみはよくよく考えたすえに、すべてのペファークーヘン人形には共通点がある、と結論するだろう。どれ一つとっても完全ではないけれど、クーヘン人形たちには一つの共通の起源があるにちがいない、とうすうす感じるだろう。そしてきみは、すべてのペファークーヘン人形は一つの同じ型《フォーム》からつくられた、ということに思い当たるわけだ。

まだ先があるんだ、ソフィー、この先がね。さてそうなると、きみはその型を見たいと思う。なぜなら型は、どこか不備のあるコピーなんかよりも、なんと言うかもっと完全で、そしてまた、なぜだかもっと美しいにちがいないからだ。

もしもきみがこの課題をたった一人で解いたとしたら、哲学の問題をプラトンとまったく同じやり方で解いたことになる。たいていの哲学者たちと同じように、プラトンもいわば「宇宙から落っこちて」きた。（プラトンが落っこちたのは、兎の細い毛の先っぽだった。）プラトンは、どうして自然界の現象はこんなに似ているのだろう、とびっくりして、わたしたちの身の回りにあるあらゆるものの上か後ろには、かぎられた数の「型」があるはずだ、という結論にたっした。この「型」をプラトンは「イデア」と名づけた。「目で見られた型」という意味だ。あらゆる馬や豚や人間の背後には、馬のイデアや豚のイデアや人間のイデアがあるのだ。（同じことで、さっき言ったケーキ屋はペファークーヘン人形のほかに、ペファークーヘンの豚やペファークーヘンの馬もつくれる。なぜなら、いっぱしのケーキ屋なら一つだけでなくいくつも型をもっているからだ。でも、それぞれの種類のペファークーヘンには型は一つあればいいよね。)

さて、結論だ。プラトンは感覚世界の後ろに本当の世界がある、と考えた。これをプラトンは「イデア界」と名づけた。ここに永遠で不変のひな型、わたしたちが自然のなかで出会うさまざまな現象の原型がある。この、あっと驚く考え方が、プラトンの「イデア説」だ。

たしかな知

ここまではついてこれたね、ソフィー。でもきみは、プラトンは本気でそんなことを考えていたんだろうか、ときどきたい気分かもしれない。まるで別の現実があって、そこにそういう型が存在すると、プラトンは本当に考えたんだろうかってね。

もちろんプラトンは、生涯をつうじて、文字どおりそう信じていたわけではなかった。でも、いくつかの対話篇のなかではそのとおりに考えているらしいよ。これから、なぜプラトンがそう考えるようになったか、その道筋をたどってみることにしよう。

哲学者は、よく言われるように、永遠で不変な何かをとらえようとするよね。たとえば、今ここにあるしゃぼん玉について哲学的な文章を書くのは、あまり意味のあることではないだろうな。その理由は、しゃぼん玉はふっと消えてしまうからきちんと研究できない、というのがまず一つ。二つめの理由は、だれも見ていない、ほんの数秒だけあるものについて書かれた哲学的な文章を人に買ってもらうのは、たぶんむずかしいからだ。

プラトンは、ぼくたちが身の回りの自然に見ているものはすべて、そう、ぼくたちが手でつかんだりさわったりできるものはすべて、しゃぼん玉のようなものだと考えた。なぜなら、感覚世界にあるものはすべて、つかのまのものでしかないからだ。きみはもちろん、人間も動物も遅かれ早かれおとろえてついには死ぬ、ということを知っている。けれども大理石のかたまりだってくずれ、ゆっくりと朽ちていく。（アクロポリスは廃墟だったね、ソフィー！　もしも、それについてどう思うかときかれたら、ぼくは、悲しい、残念なことだと答える。でも、事実はあのとおりだ。）プラトンのポイントは、ぼくたちはぜったいに、変化するものについてのたしかな知を手に入れることはない、ということだった。感覚世界のもの、つまりつかんだりさわったりできるものについては、ぼくたちはあいまいな「意見《ドクサ》」しかもてない。ぼくたちが「たしかな知《エピステーメー》」をもてるのは、理性でとらえることができるものについてだけなのだ。

ちょっと待って、ソフィー、きちんと説明するからね。一つひとつのペファークーヘン人形は、生地をこねて、発酵させて、焼くわけだが、もしもどんなふうに仕上がるべきかがちゃんとわかってないと、うまくいかないよね。けれども二十とか三十とかの、まあ、だいたいよくできたペファークーヘン人形を見たあとでは、クーヘンの型がどんなものなのか、かなりたしかに知ることができる。もしも型そのものは見たことがなくても、だいたい察しがつく。型をじかに目で見たほうがいいかどうかは、いちがいに言えない。なぜなら、ぼくたちの感覚はいつもあてになるとはかぎらないからだ。見る能力には人によって差がある。それにひきかえ、理性が語ることには信頼がおける。理性はすべての人間にあってひとしいからだ。

たとえば学校で先生が、きみのクラス三十人にたずねるとするよ。虹の色でいちばんきれいなのは何色ですか？　きっとさまざまな答えが出てくるだろう。けれども先生が、八かける三は、とたずねたら、クラスじゅうが同じ答えをするだろう。こっちは理性が判断しているからだ。理性は、思うとか感じるとかいうこととは正反対のものだ。理性は永遠で普遍だ、と言ってもいい。理性は、永遠や普遍にかかわることしか語らないのだ。

プラトンは数学にたいへん興味をもっていた。数学があつかうものは不変だからだ。だからぼくたちは、数学にかかわることではたしかな知を手に入れることができるのだ。ここでちょっとたとえ話をしよう。きみが森で松ぼっくりを見つけた、と想像してみて。たぶんきみは、この松ぼっくりは丸く見えると言う。ところがヨールンは、こっちから見るとちょっと平べったくてつぶれている、と言い張る。（そして、きみにつっかかってくるよ！）こんなふうにきみたちは、目で見るものについてはたしかな知をもてない。それにたいして、円の一まわりは三六〇度だ、ということなら完全にたしかに知ることができる。そのばあいきみたちは、理想の円について話しているんだ。それは自然界にはないけれど、きみたちの心の目にははっきりと見えている。（つまりきみたちは、隠されたクーヘンの型について話しているので、けっして、キッチンのテーブルに並べられたあれやこれやのペファークーヘン人形について話しているんじゃないわけだ。）

短くまとめてみようか。知覚するものについて、あるいは感じるものについて、ぼくたちはあいまいな意見しかもてない。けれども、理性で認識するものについては、たしかな知にたっすることができる。三角形の内角の和は永遠に一八〇度だ。そしてすべての馬は四本足で歩くというイデアもまた、たとえ感覚界の馬が一頭残らず脚を一本折っていたとしても、ずっとそのままだ。

不死の魂

ここまでで、プラトンは現実を二つの部分に分けて考えた、ということを見てきたね。

第一の部分は「感覚界」。これについてはぼくたちはあいまいな、不完全な知にしかいたれない。これには、ぼくたちのあいまいで不完全な五つの感覚が使われているわけだ。感覚界に属するものには「すべては流れ去る」ということがあてはまり、長らくもちこたえるものは一つもない。感覚界に属するものは、どんなものもたしかに「ある」、とは言えない。すべて、現れては消えていくおびただしいものばかりだ。

もう一つの部分は「イデア界」。これについては、理性をはたらかせれば、ぼくたちはたしかな知にいたれる。イデア界は、したがって感覚ではとらえられない。また、感覚界のものとは対照的に、イデア、つまり型は永遠で不変だ。


プラトンによれば、人間にも二つの部分がある。ぼくたちには体があるけれど、これは「流れ去る」。体は感覚界と切っても切れない関係に縛られていて、しゃぼん玉のような、感覚界のあらゆるものと同じ宿命を負っている。ぼくたちの感覚はすべてこの体と結びついていて、そのため頼りにならない。けれどもぼくたちには不死の魂もある。理性はここに住んでいる。まさに魂は物質ではないからこそ、イデア界をのぞくことができるのだ。

もう、言うことはすべて言ったようなものだけど、まだあるんだよ、ソフィー。いいかい、まだあるんだよ！

プラトンは考えをもっと先まで進めた。魂はぼくたちの体に降りてくる前にすでにあった、と考えたんだ。魂はかつてイデア界に住んでいた。（クーヘンの型と同じで、戸棚の上の段に入っていた。）けれども魂は、人間の体に宿って目を覚ましたとたんに、完全なイデアを忘れてしまった。それから何かが起こる。そう、驚くようななりゆきが始まるんだ。人間が自然のなかにさまざまな形を見ると、魂のなかにおぼろげな思い出が浮かびあがってくる。人間が馬を見る。それは不完全な馬だけど、（そう、ペファークーヘンの馬だ！）魂がかつてイデア界で見たことがある完全な馬のおぼろげな記憶を呼び覚ますにはじゅうぶんだ。すると、魂の本当の住まいへのあこがれもまた、目を覚ます。プラトンはこのあこがれを「エロス」と呼んだ。愛という意味で、魂はもともとの源への愛のあこがれを感じる、というわけだ。それからというもの、魂は体やすべての感覚にまつわるものを不完全な、どうでもいいものと見なすようになる。魂は愛の翼にのってイデア界に飛んで帰りたいと思う。体という牢獄から自由になりたい、と思うのだ。

念のために言っておくけど、ここでプラトンが語っているのは理想のなりゆきだ。なぜなら、魂がイデア界への帰り道につけるよう、すべての人間が自分の魂を自由にしてやるわけではないからだ。たいていの人びとは、感覚界のなかの、イデアの鏡に映った姿にしがみついている。人びとは馬を見て——やっぱりその馬しか見ていない。人びとは、すべての馬はへたなコピーなのだということをわかろうとしない。（人びとはずかずかとキッチンに入ってきて、これはどうやってつくったの、などとたずねもしないで、ペファークーヘンにさっと手を出す。）プラトンは、哲学者たちの歩む道を語ったのだね。彼の哲学は、一人の哲学者の行動の記録として読むといいかもしれない。

きみは影を見たら、ソフィー、何かがこの影を投げていると考えるよね。きみが何かの動物の影を見る。これはたぶん馬だ、ときみは思う。でも確信があるわけではない。それできみはふりむいて、ほんものの馬を見る。ほんものの馬は、ぼんやりとした馬の影なんかよりももちろんずっとすてきで、輪郭もはっきりしている。そんなふうにプラトンは、自然界のすべての現象は永遠の型、つまりイデアのただの影だ、と考えた。けれども、ほとんどの人びとは影のなかの人生に満足しきっている。彼らは、何かが影を投げているだなんて考えない。影こそが、存在するすべてなのだから、影を影として体験することはない。人びとはこうして、自分の魂は不死なのだということを忘れる。

洞窟の暗闇から抜け出る道

プラトンは、この考えをうまいこと説明するたとえ話をしている。「洞窟の比喩《ひゆ》」と呼ばれているんだが、それをぼくなりに語ってみよう。

さあ、想像してみて。人間は地下の洞窟に住んでいるんだ。人間たちは入り口に背を向けて、首と両足をしっかりと縛られている。だから、洞窟の奥の壁しか見えない。人間たちの後ろには高い塀があって、この塀の向こう側を、さまざまな人形を塀の上にかかげた人間のような者たちがとおりすぎる。そのさらに後ろには火が燃えていて、人形は洞窟の壁にゆらぐ影を投げる。洞窟の人間たちが見ることのできるたった一つのものは、この影絵芝居だ。人間たちは生まれてからこのかた、ずっとそこにうずくまっているので、この世には影しかない、と思いこんでいる。

さあ、想像をつづけて。この洞窟の住民の一人が、囚われの身から自由になるんだ。彼はいつも、洞窟の壁のこの影はいったいどこからくるのだろう、と不思議に思っていた。そして今、ついに自由をかちとった。さあ、彼が塀の上にかかげられている人形のほうにふりむいたとしたら、どうなると思う？　もちろん、とっさにはまぶしさに目がくらむよね。くっきりとした人形も、彼の目をくらませるだろう。これまでは、その影しか見たことがなかったんだもの。もしも塀をよじ登って、火のかたわらをとおりすぎ、洞窟から地上へ這いあがれたら、きっともっと目がくらんでしまうだろう。けれども、彼は目をこすってあたりを見まわして、なんてすべては美しいのだろう、と思うんじゃないかな。なにしろ、初めて色やくっきりとした輪郭を見たからだ。彼はほんものの動物や花を見る。洞窟ではそのまがいものを見ていたのだった。けれども、そのつぎに彼は疑問をいだくんだ。この動物や花はどこからきたのだろう、とね。彼は空の太陽をあおいで、洞窟では火が影絵を見せていたように、太陽が花や動物に命をあたえているのだ、と思い当たる。

さて、この幸運な洞窟の住民は自然のなかに飛び出して、今初めて手に入れた自由をぞんぶんに楽しむ。けれども、まだ地下の洞窟にうずくまっているみんなのことを思い出して、洞窟にとって返す。地下に戻ってくると、洞窟の住民たちに、洞窟の壁の影絵は「本当の現実」のゆらゆらゆらめくまがいものにすぎないんだ、と説明する。けれどもだれ一人信じない。みんなは洞窟の壁を指さして言うんだ。そこに見えているものが存在するすべてなのだ、とね。そのあげくに、外から帰ってきた男を、ありもしないことを言う危険分子としてみんなで殺してしまう。

プラトンが洞窟の比喩で描いてみせたのは、哲学者があいまいなイメージから自然界の現象の後ろにあるほんもののイデアへといたる道だ。プラトンは、ソクラテスのことも思いあわせていたにちがいない。ソクラテスは、洞窟の住民たちがなれ親しんでいるイメージを混乱させ、本当にものを見ることにいたる道を示そうとして、彼らに殺されたのだった。そう考えれば洞窟の比喩は、勇気や、哲学者の教育者としての責任を言い表していることにもなるだろうね。

プラトンは、洞窟の暗闇と外の自然界の関係が、自然界の形とイデア界の型の関係にちょうど重なる、ということに目をつけたのだった。プラトンは、自然そのものがまっ暗でみじめだ、と考えたわけではないけれど、イデアの明るさにくらべればやっぱりまっ暗でみじめだ、と考えた。かわいい女の子の写真はまっ暗でもみじめでもない。その反対だ。でも、やっぱりただの写真なんだ。

哲学者が国を治める

プラトンの洞窟の比喩は『国家』という対話篇に書いてある。この本のなかでプラトンは理想の国を描いている。つまりプラトンは、お手本となるような国を思い描いたのだ。ユートピアのような国と言いかえてもいい。ごくかいつまんで言うと、プラトンは、国家は哲学者たちによって舵《かじ》取《と》りをされなければならない、と考えた。彼は人間の体の成り立ちにたとえて、そういう国を説明している。

プラトンによれば、人間の体は頭と胸と下半身の三つの部分から成り立っている。部分にはそれぞれ機能が割りふられている。頭には理性、胸には意志、下半身には快楽あるいは欲望というわけだ。

さらにこれらの機能には、それぞれ理想の状態、つまり徳がある。理性は知恵を目指さなければならないし、意志は勇気を示さなければならないし、欲望はコントロールされて節度を示さなければならない。もしも人間の三つの部分が一つにまとまってはたらくなら、ぼくたちは調和のとれた、まともな人間でいられる。学校では子どもたちはまず、欲望をコントロールすることを学び、つぎに勇気をやしない、最後に理性に磨きをかけて知恵を身につけなければならない。

プラトンは、ちょうど人間のように組み立てられた国を思い描いた。体に頭と胸と下半身があるように、この国にも治める人、守る人（兵士）、商う人（これには本来の商人のほかに職人と農民も含まれる）がいる。プラトンがギリシア医学をお手本にしていることは明らかだ。健康で調和のとれた人間にバランスと節度がそなわっているように、メンバーの一人ひとりが全体のなかの自分の持ち場を知ることが、公正な国であることの証《あかし》だ。

プラトンの哲学のすべてに言えることだけど、彼の国家哲学にも合理主義が色濃く現れている。いい国家を築く要《かなめ》は、その国が理性によってみちびかれることだ。体が頭によってコントロールされるように、哲学者たちが社会をコントロールしなければならない。

ここで、人間と国家の三つの部分の対応を示す、簡単な表をつくってみよう。

体	魂	徳	国家
頭	理性	知恵	治める人
胸	意志	勇気	守る人
下半身	欲望	節度	商う人

プラトンの理想国家は、人それぞれが全体の利益のために特別の役割をになっていた、昔のインドのカースト制度を思わせるかもしれないね。プラトンの時代、いや、もっと以前から、インドのカースト制度はまさにこの三分法を知っていた。支配するカースト（聖職者のカースト）、戦士のカースト、労働や商業にたずさわるカーストだ。

こんにちのぼくたちの目には、プラトンの国は全体主義国家と映るかもしれない。現に、そのためにプラトンをきびしく批判する哲学者たちがいる。けれども忘れてはならないのは、プラトンがまったく別の時代に生きていた、ということだ。さらにはプラトンが、女も男と同じように国を支配できると考えたことは、心にとめておいていい。支配者は理性に立って国の舵取りをするべきなのだけれど、プラトンは、女性が男性と同じ教育を受け、子どもの世話や家事から解放されれば、男性とまったく同じ理性をもてるだろう、と考えた。そしてプラトンは、国の支配者たちと兵士たちに、家族と財産を捨てるよう求めた。いずれにしても育児は、個人にまかせるには重要すぎる。育児は国の責任でなされなければならない。（プラトンは、公共の幼稚園と全日制の学校について語った最初の哲学者だった。）

何度か政治に手ひどい幻滅《げんめつ》を味わったのち、プラトンは『法律』という対話篇を書いた。このなかでプラトンは法治国家を、もっともいいというわけではないけれど二番めには理想に近いものとして、個人の財産とプライベートな生活をふたたび取り入れた。そのために女性の自由は制限されてしまった。けれどもプラトンはこうも言っているよ。女性が教育を受けず、教養をはぐくまない国は、右腕だけをトレーニングする人のようなものだ、とね。

つまりプラトンは、当時としては前向きの女性のイメージをもっていた、と言っていい。対話篇『饗宴《シュンポジオン》』に登場して、ソクラテスが哲学的な理解を深める手助けをするのは、ディオティマという女性だ。

プラトンはこんな人だったんだ、ソフィー。二千年以上にわたって、人びとはプラトンのたぐいまれなイデア説を議論し、また批判もしてきた。その筆頭にいるのは、ほかでもない、プラトンのアカデメイアの生徒だった人だ。その人の名前はアリストテレス、アテナイの三番めの偉大な哲学者だ。でも、まあ、きょうのところはここまでにしておこうね！

ソフィーが切株に腰かけて読んでいたあいだに、うっそうと木におおわれた丘の上の東の空に朝日が昇った。太陽が地平線からのぞいたのは、ちょうどあのソクラテスみたいな人が洞窟から這い出て、外のまぶしい光に目をぱちぱちとしばたいたところを読んでいた時だった。

ソフィーは、まるで自分自身が地下の洞窟から出てきたような気分だった。とにかく、プラトンのことを読んだあとでは自然がまるでちがったふうに見える。今まではきっと、はっきりとしたイデアではなくて、影を見ていたのね。

プラトンが永遠のイデアについて言ったことが、全部が全部、正しいかどうかはわからない。でも、生きているすべてのものはイデア界にある永遠の型の不完全なコピーでしかないというのは、すてきな考え方だ。そう、すべての花も木も、人間も動物も、みんな不完全なのだ。

周りに見えているものはなにもかも、あまりにもきれいすぎる。あまりにも生き生きとしている。目をこすりたくなるほど。でも、わたしが見ているなに一つ、永遠にもちこたえはしない。それでも、百年たってもここには同じような花が咲いて、同じような生き物がいる。一匹一匹の生き物は、それから一輪一輪の花は、消えて、忘れ去られてしまうけど、すべてがどんなふうだったかは何かが憶えていてくれる。

ふいに、松の木の枝でりすがピョンと飛びあがった。りすはぐるぐると二回、幹の周りをまわって枝のあいだに消えた。あなたには前に会ったことがある。もちろん、さっきのりすそのものと会ったということじゃない。同じ型に会ったことがあるの。プラトンはたぶん正しかったのだ。昔、わたしの魂はわたしの体に降りてくるずっと前に、イデア界で永遠のりすを見たことがあるのだ。

すでにいつか、わたしは生きていたことがある？　今引きずっていなければならないこの体をもつ前から、わたしの魂は存在していた？　わたしのなかには時がむしばむことのない小さな黄金《きん》のかたまり、そう、魂があるって本当？　わたしの体が年をとって死んでしまっても生きつづける魂があるというのは？

少佐の小屋

鏡の少女が両目をつぶった

まだ七時十五分だった。いそいで帰らなくても大丈夫。ママはあと二時間は眠っている。日曜日のママはいつも朝寝坊だ。

森に行って、アルベルト・クノックスさんを捜そうかな？　でも、どうしてクノックスさんの犬はあんなに怒ってうなったのだろう？

ソフィーは切株から立ちあがって、ヘルメスが走り去った森の径を歩いていった。手には、プラトンについての長い手紙の入った茶封筒をもっていた。径は二度、二手《ふたて》に分かれた。ソフィーはそのたびに広いほうの径を選んだ。

木の上で、空を飛びながら、藪や茂みで、いたるところで小鳥がさえずっている。小鳥たちは朝の身づくろいに忙しい。鳥たちには、ウイークデイもウイークエンドも関係ない。それにしても、さえずったり身づくろいしたり、いったいだれがああいうことを鳥たちに教えたのだろう？　鳥たちはそれぞれに体のなかに小さなコンピュータをもっていて、何をどうすればいいか、プログラムが命令しているのかしら？

径は小さな岩山を登っていった。登りつめると、こんどは高い松の木の間《こま》を急勾配で下っていた。ここまで来ると森はうっそうと生い茂り、木々のあいだをすかして見ても、数メートル先までしか見通せない。

ふいに、松の木の間になにか青いものが見えた。あれはきっと池だ。径はここで別の方向にふれていたが、ソフィーは木の間に分け入ってどんどん進んだ。なぜか足が自然とこちらに向かう。

池はサッカーのグランドよりも小さかった。向こう岸の、白樺の木立にかこまれた小さな空き地に、赤いペンキ塗りの小屋が見えた。煙突からはうっすらと煙が立ちのぼっている。

ソフィーは水際《みずぎわ》まで行ってみた。あたり一面、地面はひどくぬかるんでいたが、ほどなくボートが見つかった。なかば岸に乗りあげている。ボートのなかには、オールも二本、そろっていた。

ソフィーはあたりを見まわした。ぬかるみに足をとられずに池をまわって小屋まで行くのは、どうしてもむりのようだった。ソフィーはボートを水面に押し出した。それからボートによじ登ってオールを受け金にさしこむと、池を漕ぎ渡った。向こう岸まではあっというまだった。ソフィーは陸地に上がって、なんとかボートを乾いた地面にひっぱりあげた。こちら側の岸は傾斜がずっと急だった。

ソフィーは一度だけふりかえってから、小屋に向かって歩いていった。

そうしながらも、自分自身にびっくりしていた。わたし、なんでこんな思いきったことをしてるのかしら！　わからない。まるで、何かがソフィーをそそのかしているみたいだった。

ソフィーはドアをノックした。しばらく待ったが、だれも出てこない。ソフィーはおそるおそるドアの取っ手に手をかけた。ドアはすっと開いた。

「ごめんください。どなたか、いらっしゃいませんか？」

ソフィーは広いリビングルームに入った。背後のドアはあけっぱなしにしておいた。

だれもいない。けれども、古いストーブのなかで薪《まき》がミシミシと音をたてていた。ついさっきまでだれかがいたのだ。

大きな書き物机には、古いタイプライターと、何冊かの本と、ボールペンが二本、そして紙がどっさりのっている。池に面した窓辺には、テーブルと二脚の椅子。そのほかにはたいして家具はなかった。壁は一面だけ本棚になっていて、ぎっしりと本がつまっていた。白い整理ダンスの上には、どっしりとした真鍮《しんちゅう》の縁の、大きな鏡がかかっていた。かなり古いアンティークのようだった。

壁には二枚の絵がかかっていた。一枚は油彩で、フィヨルドをのぞむ白い家の絵だった。家は、赤い艇庫《ボートハウス》のある小さな入り江からちょっと離れて建っていた。白い家と艇庫のあいだはかなり傾斜した庭で、一本のリンゴの木といくつかのまばらな茂みと岩があった。白樺が、まるでクリスマスのリースのように庭をとりまいている。絵のタイトルは『ビャルクリ――白樺《ビャルク》に守られて』。

そのとなりには男の人の古い肖像画がかかっていた。男の人は膝に本を置いて、窓辺の椅子に腰かけている。数百年は前の絵だ。絵のタイトルは『バークリ』。描いたのはスマイバートという人だった。

バークリとビャルクリ。なんか、おかしくない？

ソフィーはさらに小屋を見てまわった。リビングのドアの向こうは小さなキッチンだった。食器は洗いあげられたばかりで、皿やコップがふきんの上に積み重ねられている。床にはブリキの深皿があり、食べ残しが入っている。ということは、ここには犬か猫かなにかの動物もいるのだ。

ソフィーはリビングに戻った。もう一つのドアは小さな寝室につうじていた。ベッドの手前には、くしゃっと丸めた毛布が二枚、置いてある。毛布には茶色い毛がくっついていた。証拠を見つけたわ。ソフィーは、アルベルト・クノックスとヘルメスはこの小屋に住んでいるにちがいない、と確信した。

もう一度リビングに戻ったソフィーは、整理ダンスの上の鏡の前で足を止めた。鏡は曇っていて、まっ平ではなかった。そのために、ソフィーの姿もはっきりとは映らない。ソフィーは、バスルームで時どきやるように、自分に向かってしかめっ面をしてみた。鏡のソフィーはそっくり同じことをした。でももちろん、なにか別のことを期待していたわけではない。

突然、奇妙なことが起こった。ソフィーは、ほんの一瞬、鏡の少女が両目をつぶったのをはっきりと見たのだ。びっくりして、ソフィーは後ろに飛びすさった。もしもわたしが両目をつぶったのだったら、鏡のわたしが両目をつぶるのを、わたしは見ることができるだろうか？　すると、またもう一度。鏡の女の子がソフィーに向かって両目をつぶったようだった。まるで、こう言おうとしているみたいに。わたしはあなたを見ているわよ、ソフィー。わたしはもう一つの世界にいるの。

ソフィーの心臓は早鐘《はやがね》のように打った。その時、遠くで犬がほえるのが聞こえた。あれはきっとヘルメス！　逃げなくちゃ。

ふと見ると、整理ダンスの上、真鍮の鏡の真下に、緑色の財布があった。ソフィーは手に取って、そっとあけてみた。財布には百クローネ札が一枚と、五十クローネ札が一枚と……生徒の身分証明書が入っていた。ブロンドの女の子の写真が貼ってある。写真の下には「ヒルデ・ムーレル＝クナーグ」、そして「リレサン中学校」。

ソフィーは、顔からすーっと血の気が失せるのがわかった。その時、もう一度犬の鳴き声が聞こえた。こうなったらもう、いそいでここを出るしかない。

テーブルのかたわらをとおりすぎた時、たくさんの本や紙のあいだに白い封筒が目にとまった。表には「ソフィー様」と書いてある。

ソフィーはよく考えもしないで封筒をひったくると、プラトンについての長い手紙の入った大きな茶封筒につっこんだ。それから小屋を走り出て、ドアをしめた。

外に出ると、犬の声がいちだんとはっきり聞こえてきた。ボートがない。一瞬ののち、ソフィーは、小さな池のまんなかあたりにボートが浮かんでいるのを見つけた。オールが一本、ボートのそばに浮いている。

ボートをちゃんと岸に上げなかったから、こんなことになったのだ。また犬がほえた。こんどは、そのほかにも聞こえるものがあった。池の向こう岸の木立のあいだで何かが動いた。

あれこれ考えてはいられない。ソフィーは大きな封筒をかかえて、小屋の裏手の茂みに駆けこんだ。そこから先は沼地をつっきらなければならない。何度もふくらはぎの半分まで水につかった。それでも、なにしろどんどん行くしかない。うちに帰らなければ、うちに。

しばらくすると径に出た。これはもと来た道？　ソフィーは立ち止まって、服の水をしぼった。その時ようやく涙がわいてきた。

なんてばかなことをしたのだろう？　最悪なのはあのボート。ボートと一本のオールが、何度も何度も心によみがえった。なにもかもひどい、ひどすぎる……。

今頃、哲学の先生はもう池のほとりまで戻ってきたにちがいない。家に帰るにはボートがいる。ソフィーは、悪いことをしてしまった、と思った。でも、わざとしたんじゃない。

あっ、封筒！　こっちのほうがよっぽど悪い。どうしてもってきちゃったんだろう？　わたしの名前が書いてあったからよ、もちろん。だから、これは少しはわたしのものなのだ。でも、なんだか泥棒になったみたい。そのうえ、小屋に来たのはわたしだって、わかってしまう。

ソフィーは封筒から紙切れを取り出した。そこにはこう書いてあった。

鶏と「鶏」というイデアと、どっちが先か？
人間は生まれながらにイデアをもっているか？
植物と動物と人間の違いは？
なぜ雨は降るのか？
いい人生を生きるために必要なものは何？

今は問いについて考えてなどいられない。でも、これらの問いがつぎの哲学者にまつわるものだ、ということはピンときた。つぎの哲学者はアリストテレスっていうんじゃなかった？

走って走って、森を抜けて、生け垣が見えてきた時、ソフィーはまるで難破した船から岸に泳ぎついたような気がした。生け垣を反対側から見るのはおかしなものだった。ほら穴にもぐりこんで初めて、時計を見た。十時半。ソフィーは大きな封筒をクッキーの缶のいちばん上に入れ、新しい問いの紙切れはタイツのウエストのところにつっこんだ。

ソフィーが帰った時、母は電話中だった。母は電話を切った。

「いったいどこにもぐりこんでたの？　ソフィー」

「あ、ちょっと、散歩……森に行ってたの」

「ふうん、それにしても、なあに、そのかっこうは？」

ソフィーはなにも言わずに、服からぽたぽたしたたり落ちている水を見た。

「ヨールンに電話しちゃったじゃないのよ……」と母。

「ヨールンに？」

母は乾いた服をもってきてくれた。ソフィーはあせって、なんとか哲学の先生の手紙を見つからないようにした。二人はキッチンに移った。母が温かいココアをつくってくれた。

「彼といっしょだったの？」母がたずねた。

「彼って？」

ソフィーの頭をよぎったのは、哲学の先生のことだけだった。

「彼よ……。兎の彼」

ソフィーは首を横にふった。

「いっしょに何してたの？　なんであんなにびしょ濡れになったの？」

ソフィーはもっともらしい顔でテーブルを見つめていた。けれども心の秘密のすみっこには笑いの虫が巣くっていた。かわいそうなママ、そんなこと心配しちゃって！

ソフィーはもう一度、首を横にふった。すると、質問が土砂降り雨みたいに襲ってきた。

「さあ、こんどというこんどは、本当のことを話してちょうだい！　ゆうべはどっかに行ってたわね？　どうして服のまんま眠ったの？　わたしが寝てから、こっそり出ていったんでしょう？　あなたはまだ十四よ、ソフィー。さあ言いなさい、いったいだれといっしょだったの？」

ソフィーは泣き出した。そして打ち明けた。またあのとりかえしのつかない思いがよみがえって、不安になったのだ。人は不安だと、本当のことを言うものだ。

ソフィーは、朝早く起きて、森に散歩に行ったことを白状した。小屋のことも、ボートのことも、不思議な鏡のことも打ち明けた。けれども、秘密の文通のことはひとことも言わなかった。緑色の財布のこともふれないでおいた。なぜだか自分でもはっきりとはわからなかったけれど、ヒルデのことは自分一人の胸にしまっておかなくてはならない気がしたのだ。

母はソフィーの腕をつかんだ。信じてもらえた、とソフィーは感じた。

「ボーイフレンドなんて、いないもん」ソフィーは、すすりあげながら言った。「白兎のことでそんな心配しないでいいって、わたし言ったじゃない」

「それじゃ、あなた、本当に少佐の小屋《マヨールストウア》まで行ったのね……」母は、なにやら思いをめぐらしながら、言った。

「少佐の小屋？」ソフィーは目をぱちくりした。

「あなたが森で見つけた小さな小屋ね、あれは『少佐の小屋』って呼ばれてるの。ずうっとずうっと前に独《ひと》り者の少佐が住んでいたのよ。ちょっと変わった人だったの、ソフィー。でも、もうこんなことはおしまいにしましょう。あの小屋はそれからずっと空き家なのよ」

「ねえ、信じる？　今はあそこに哲学者が住んでるの」

「だめだめ、おとぎ話はもうおしまいよ」

ソフィーは自分の部屋で、きょうの出来事について考えていた。ソフィーの頭のなかは、まるでにぎやかなサーカスのようだった。大きな図体《ずうたい》の象や、お茶目なピエロや、きびきびとしたブランコ乗りや、おめかしした猿たちがこんぐらがって出てくる。けれども一つの情景がくりかえし思い浮かぶ。深い森のなかの池、そこに浮かぶボートとオール——だれかが小屋に帰ろうとして、でも使えなかった、あのボート……。

ソフィーには、哲学の先生は怒りはしないし、小屋を訪ねたことがわかっても許してくれる、という確信があった。けれども、約束を破ってしまったこともたしかだった。それに、知らない人がすすんで哲学を教えてくれていることに、ソフィーは感謝の気持でいっぱいだった。どうしたらつぐなえるだろう?

ソフィーはローズピンクのレターペーパーを取り出して、こんな手紙を書いた。

《親愛なる哲学者様!

わたしは日曜日の朝早く、小屋に行きました。哲学の問題についてじっくりとお話しするために、どうしてもお会いしたかったのです。わたしはプラトンのファンです。でも、イデアとかひな型とかが別の世界に存在するというプラトンの考えが、そのまま正しいのかどうか、よくわかりません。そういうものは、もちろんわたしたちの魂のなかにはありますが、今のところのわたしの考えでは、それはまた別のことです。それから残念ながら、わたしたちの魂が不死だということも、まだすっきりとは納得できません。少なくともわたしには、前世の記憶がありません。もしもクノックスさんが、亡くなった祖母の魂がイデア界で幸せにしている、ということを納得させてくださったら、たいへんありがたいのですが。

この手紙に角砂糖をそえて、ローズピンクの封筒に入れてお出ししますけれど、本当は哲学のことを書こうとしたのではありません。言いつけを守らなかったことを、ただおわびしたかったのです。ボートを岸に上げておいたつもりだったのですけれど、わたしの力が足りませんでした。そこに大きな波がきて、ボートを押し流してしまったらしいのです。

クノックスさんが足を濡らさないでお帰りになったことを、心から願っています。もしもそうでなかったら、わたしはびしょびしょになったということ、たぶんひどい風邪をひくだろうということで、どうかごかんべん願います。でも、なんと言っても、これはわたしが悪いのです。

小屋でわたしはなにもさわりませんでしたが、封筒にわたしの名前を見て、どうしても好奇心をおさえられませんでした。盗もうなんて思ったのではありません。ただ、わたしの名前が書いてあったので、ちょっとのあいだ、頭のなかがごっちゃになって、それで、この手紙はわたしのものだ、と考えてしまったのです。心から本当にごめんなさい。そして、もうこれからはクノックスさんをがっかりさせないと、お約束します。

追伸　これからすぐに、全部の問いをいっしょけんめい考えることにします。
もう一つ追伸　白い整理ダンスの上にかかっていた真鍮の鏡はふつうの鏡ですか？　それとも魔法の鏡ですか？　ただ、鏡に映ったわたしが両目をつぶるなんて、生まれてから一度も見たことがなかったので、おたずねします。

あなたの、興味しんしんのよい生徒　ソフィーより　さようなら》

ソフィーは手紙を封筒に入れる前に、二回、読みなおした。少なくともこないだの手紙よりはかたくるしくなかった。こっそり角砂糖を取りにキッチンに行く前に、あらためて課題の紙を手に取った。

最初はなんだっけ――「鶏と『鶏』というイデアと、どっちが先か?」この問いは、鶏と卵とどっちが先か、というあのおなじみの問いと同じくらいむずかしい。卵がなければ鶏はいない。でも鶏がいなければ、やっぱり卵はない。あれ、でもこの鶏と鶏の「イデア」とどっちが先かっていう問いは、そんなにむずかしいのかな? プラトンが言ったことははっきりしている。プラトンはこう言った。感覚世界に鶏が存在するずっと前から、「鶏」のイデアはイデア界にあったのだって。プラトンによるなら、魂は体に降りてくる前に、イデアの「鶏」を見たことがあるってことになる。けれども、わたしはここのところで、プラトンはまちがっていたかもしれないって考えたのではなかった? 生きた鶏や鶏の絵を見たことがない人は、鶏の「イデア」をもつこともできない、とね。そう考えて、ソフィーはつぎの問いに進んだ。

「人間は生まれながらにイデアをもっているか?」これは大いにあやしい、とソフィーは考えた。生まれたばかりの赤ちゃんがとりわけどっさりイデアをもっているなんて、想像できない。もちろん、子どもはことばを知らないということが、子どもの頭のなかにイデアがないということだとは言いきれない。でも、わたしたちはこの世界のものについて何かを知る前に、まずはそれを見なければならないんじゃない?

「植物と動物と人間の違いは?」とっさにソフィーは、この違いはわりとはっきりとしている、と考えた。たとえば、植物が特別こみいった心の生活をしているなんて、考えられない。恋に悩むつりがね草の花なんて、聞いたことある? 植物はぐんぐん伸びる。養分を吸いあげて、小さな種をつくって殖える。植物のあり方なんて、これでほとんど言ってしまったようなものだ。けれどもソフィーは、今植物について言ったことは、なにからなにまで動物と人間にもあてはまる、と思った。でも、動物にはそのほかの特徴もある。たとえば動物は自分で動ける。（薔薇の花が六〇メートル走にエントリーしたことある？）でも、動物と人間の違いを言うのはちょっとむずかしい。人間は考えることができる。でも、動物だってできるんじゃないの？　うちの猫のシェレカンを見ていると、そう思いたくなる。シェレカンのふるまいはいつだってみごとに決まっている。

でも、哲学について考えることはできるのかな？　猫は、植物と動物と人間の違いを考えることができるのかな？　ううん、ぜんぜんよ！　たしかに猫は、よろこんだり悲しんだりはできる。でも、神はいるかとか、自分は不死の魂をもっているかとか、考えることができるだろうか？　それは、とてもじゃないけどあやしいものだわ。けれどももちろん、赤ちゃんが生まれつきイデアをもっているかについてだって、これと同じことが言える。イデアについて話をするのは、猫にとっても、生まれたばかりの赤ちゃんにとってもむずかしい。

「なぜ雨は降るのか？」ソフィーは肩をすくめた。雨が降るのは、海の水が蒸発して、雲が濃くなって雨になるからに決まっている。とっくに小学校で習わなかった？　もちろん、雨は動物や植物が育つために降るという言い方もできる。でも、これってあってる？　だとしたら、雨は意志をもっているわけ？

最後の問いは意志と関係がありそうだ。「いい人生を生きるために必要なものは何？」哲学の先生は、この講座の初めのほうでこんなことを書いていた。すべての人間には食べ物と暖かさと愛と気配りが必要なんだって。それから、こんなことも言っていた。すべての人間はこのほかにも哲学の問いの答えを必要としているって。自分に向いた仕事をもつというのも、けっこう大切だ。もしもたとえば車が嫌いな人は、タクシーの運転手になったらちっとも幸せではない。それから、宿題の嫌いな人が先生になるというのは、かしこい仕事の選び方ではない。ソフィーは生き物が好きだった。だから、自分が獣医になったところはすぐに想像がつく。いい人生を送るのに、宝くじで百万クローネ当てることが必要だとはそれほど思わない。だって、ことわざにあるじゃない？　「なまけ癖は悪の始まり」って。

ソフィーは、母が食事に呼ぶまで、ずっと部屋にこもっていた。母の料理はステーキとベイクド・ポテトだった。おいしい！　母はキャンドルまで出してきて、灯をともした。デザートはクリームのかかったほろむ苺《クラウドベリー》だった。

二人はいろんなおしゃべりをした。母は、十五のお誕生日には何がしたい、とたずねた。その日はあと数週間に迫っていた。

ソフィーは肩をすくめた。

「だれかをお招きしたい？　パーティをしたいんじゃないかなって、思ったんだけど」

「そうね……」

「マルテとアンネ＝マリーを呼びましょうよ……。それからヘーゲ……もちろんヨールンも。ヨルゲンもたぶん……。でも、そういうことはあなたが決めなくちゃ。わたしの十五のお誕生日、今でも憶えてるわ。それに、ついこないだのような気がする。あの時は、もうおとなになったような気分だったわ、ソフィー。おかしいかしら？　あの頃から自分がすごく変わったなんて、とても思えないのよ」

「そりゃそうよ。変わるものなんて、なにもないんだもの。ママはただ成長しただけ。年をとっただけなんだわ」

「ふうん……ずいぶんおとなみたいなこと言うのね。ただね、なにもかもがあっというまだったって思うのよ」

アリストテレス　人間の頭のなかをきちんと整理しようとした、おそろしくきちょうめんな分類男

母が昼寝をしているあいだに、ソフィーはほら穴へ行った。ローズピンクの封筒には角砂糖を入れ、表に「アルベルト様」と書いておいた。

つぎの手紙はきていなかった。けれど数分後、犬が近づいてくる物音が聞こえた。

「ヘルメス！」ソフィーが声をかけると、つぎの瞬間、大きな茶封筒をくわえたヘルメスがほら穴に分け入った。

「おりこうさんねえ！」

ソフィーは犬の首に腕をまわした。ヘルメスは大きく口を開いて、ハアハアと息を切らせている。ソフィーは角砂糖入りのローズピンクの封筒をヘルメスの口にくわえさせた。ヘルメスはほら穴から這い出て、ふたたび森に消えた。

ソフィーはちょっとドキドキしながら封をあけた。ひょっとして小屋やボートのことが書いてあるのでは？

クリップでとめたいつもの紙が何枚か入っていた。けれども一枚だけ、別の紙も入っていた。そこにはこう書かれてあった。

《親愛なる少女探偵様！　それとも、親愛なる家宅侵入少女様、と言ったほうが事実に近いかな？

事件はすでに警察に通報済みです……。

冗談ですよ。ぼくはべつに怒ってなんかいません。哲学の謎の答えが知りたくてああいうことをしたのなら、きみはじつに好奇心旺盛《おうせい》で、じつに前途有望だ。困るのはただ一つ、かくなる上は、ぼくは引っ越さなくてはならないということです。まあ、こうなったのはもちろんぼくの責任だ。ぼくは、きみが物事をとことんつきつめたいと思っている人だということを、思い知ったということだろうね。

心をこめて　アルベルト》

ソフィーはほっとして、ふうとため息をついた。先生は怒ってない。でも、どうして引っ越さなくてはならないのだろう？

ソフィーは大きな封筒をかかえて部屋にいそいだ。母が目を覚ました時には、うちにいたほうがいい。ほどなく、ソフィーはベッドに寝転がっていた。さて、アリストテレスについて読もうかな。

哲学者兼科学者

親愛なるソフィー！　プラトンのイデア説には、きっと面食らっただろうね。でも、面食らったのはきみが初めてじゃない。きみはなにもかもすんなりと受けいれたのだろうか？　それとも反対意見でコチコチになっているのだろうか？　もしも反対意見でこり固まっているとしても、強い味方がいるからご安心。似たような異議はアリストテレス（紀元前三八四―三二二年）がとっくの昔にとなえている。アリストテレスは、二十年間プラトンのアカデメイアで学んだ人だ。

アリストテレスはアテナイ生まれではない。マケドニアの生まれで、プラトンが六十一歳の時、アカデメイアにやってきた。父親は高名な医者で、自然科学者でもあった。アリストテレスの哲学の研究テーマは、こうした生い立ちからだけでもおおよそ察しがつく。つまり、アリストテレスはなによりも生き生きとした自然に関心を向けたのだ。アリストテレスはギリシア最後の偉大な哲学者であるだけではなくて、ヨーロッパの最初の偉大な生物学者でもあったんだ。

ちょっと乱暴かもしれないけれど、まとめてみると、プラトンは永遠の原型、つまり「イデア」にあまりにも思い入れしすぎたために、自然界の変化をいちいち観察しはしなかった。それにたいしてアリストテレスはまさに変化に、今でいう自然過程に関心をよせたんだ。

もっと乱暴にまとめれば、プラトンは感覚世界にそっぽを向いて、ぼくたちが身の回りに見るものを、ただ流れ去るものととらえた。（プラトンは、洞窟から脱出したい、永遠のイデア界をのぞきたいと思ったのだった！）アリストテレスはまるで逆をいった。大いなる自然に分け入って、魚や蛙を研究した。アネモネやけしの花を研究した。

プラトンは理性だけをもちいた、アリストテレスは感覚ももちいた、と言ってもいい。

二人の文章の書き方を見ると、はっきりとした違いに気づく。プラトンは詩人や神話の語り手を思わせるけれど、アリストテレスの文章は簡潔で百科事典のようにくわしい。アリストテレスが書いたことの多くは、綿密な自然研究の積み重ねを踏まえている。

古代には、アリストテレスが書いたとされる百七十以上もの著作の題名が知られていた。そのうちの四十七篇がこんにちまで残っている。これらは本として書かれたものではない。ほとんどが講義録だ。アリストテレスの時代にも、哲学はおもに話しことばのなかに生きていた。

アリストテレスは、さまざまな分野で今でも使われている学術用語をつくったことで、ヨーロッパ文明に大きな意味をもっている。アリストテレスはさまざまな学問の基礎をつくり、学問をきちんとした組織にととのえた偉大な学者だった。

アリストテレスはあらゆる学問について書いたので、ここでは重要な分野だけを取りあげて、それでいいことにしようと思う。

プラトンについていろいろ話したから、まずはアリストテレスがプラトンのイデア説にどう反対したかということから聞いてもらおうか。それから、アリストテレスが彼の自然哲学をどのように打ち立てたかを見ていく。それまでの自然哲学者たちが言ったことをまとめたのは、アリストテレスだったよね。そのあとに、彼がぼくたちの概念を整理して、論理学という学問をつくりあげたことを見ていこう。おしまいに少しだけ、人間と社会についてのアリストテレスの考え方も話すつもりだ。

きみがこんな条件でいいなら、さあ、腕まくりして、はりきってとりかかるぞ。

人間は生まれながらにイデアをもってなどいない

プラトンも、彼より前の哲学者たちと同じように、あらゆる変化のなかに永遠で不変のものを見つけようとした。そして、感覚界を超えた完全なイデア界を見いだしたわけだ。さらにプラトンはイデアを、自然界のすべての現象よりも真実なものとした。まず馬のイデアがあって、それから、洞窟の壁を早足で駆けていく影絵のような、感覚界のすべての馬があるのだった。鶏のイデアも同じで、それは鶏よりも卵よりも先に存在するのだった。

アリストテレスは、プラトンは本末転倒《ほんまつてんとう》だ、と考えた。一頭一頭の馬は「流れ去る」し、永遠に生きる馬はいないということでは、先生のプラトンと同じ意見だった。馬の形そのものは永遠で不変だ、ということでも意見は一致していた。けれどもアリストテレスは、馬のイデアというのはただの概念で、ぼくたち人間がかなりの数の馬を見たあとでつくりあげたものだ、と言った。すべての経験に先立つ馬のイデアや型《フォーム》なんかあるわけがない、とね。アリストテレスに言わせれば、プラトン先生の言う馬の型は、馬のさまざまな特性からできあがっている。アリストテレスは、こんにちの生物学でいう、種《しゅ》としての馬のようなものを考えたんだね。

もっとはっきり言おうか。プラトンのいわゆる馬の型ということばでアリストテレスは、すべての馬に共通しているものを考えたのだ。こうなるともうペファークーヘンの型のイメージは通用しない。なぜならペファークーヘンの型は一つひとつのペファークーヘンからはまるきり独立して、それだけで存在するものだからだ。アリストテレスは、そのような型を入れておくいわば特別の戸棚が自然のなかにあるとは考えなかった。アリストテレスが解釈した型とは、なにかあるものに特有の性質なのだから、そのもの自体のなかにあるのだった。

だからプラトンが、鶏のイデアが鶏よりも先にある、としたことにもアリストテレスはちがう意見をもっていた。アリストテレスが鶏の型と呼んだのは、たとえば卵を産むというような、一羽一羽の鶏がもっている、鶏に固有の性質のことだった。だから、鶏そのものと鶏の型は、ちょうど魂と体のように切り離せない。

これでもう、アリストテレスがプラトンのイデア説をどんなふうに批判したかは、あらかた言ってしまった。でも、今ぼくたちは思想の大どんでん返しについて話しているんだ。そのこと、しっかり憶えておいてよ。プラトンは、理性で考えたことが最高の現実だと考えた。ところがアリストテレスは、最高の現実は知覚でとらえたこと、あるいは感じとったことにあると考えた。プラトンは、ぼくたちの身の回りの自然界に見えることはイデア界にある何か、ということはまた人間の魂のなかにある何かのただの反映でしかないと考えた。アリストテレスの考えはまるきり反対だった。つまり、人間の魂のなかにあるものが、自然界の事物の反映なのだ。アリストテレスによればプラトンは、人間の想像と現実の世界を取りちがえるということでは、一種の神話の世界観にはまりこんでしまっていることになる。

アリストテレスは、あらかじめ感覚にとって存在しなかったものは意識のなかには存在しない、と言った。プラトンならこう言うところだろうな。あらかじめイデア界に存在しなかったものは自然界に存在しない、とね。そんなふうに、プラトンはものの数を二倍に増やしてしまった、とアリストテレスは考えた。だって個々の馬を説明するのに、イデアの馬を持ち出すんだから。でも、これは説明になっているかな、ソフィー？　ぼくなら、ではイデアの馬はどこからきたのか、と考えてしまうよ。三番めの馬が存在するのだろうか？　イデアの馬がそのただのコピーであるような、三番めの馬が？

アリストテレスは、ぼくたちの思考やイデアの中味はすべて、ぼくたちが見たり聞いたりしたことをつうじてぼくたちの意識にもたらされた、と考えた。けれどもぼくたちは生まれつき、理性をもってもいる。ぼくたちには生まれつき、すべての感覚の印象をさまざまなグループや階級に分類する能力があるんだ。だから「鉱物」「植物」「動物」「人間」といった概念が成り立つ。「馬」や「鶏」や「カナリア」という概念が成り立つんだ。

アリストテレスは、人間には生まれつき理性がある、ということを否定しなかった。否定しないどころか、まるでその反対だ。アリストテレスによれば、理性こそはもっとも重要な人間のしるしだ。けれども理性は、ぼくたちがなにも感じないかぎり、まったくの空っぽだ。だから、人間は生まれながらにイデアなどもってない、ということになるんだよ。

形相はものの特性

プラトンのイデア説にたいする態度をはっきりさせてから、アリストテレスは、現実は形相《フォーム》と質料が一体となってできたさまざまな個々のものから成り立っている、ということを打ち出した。「質料」

はものをつくっている素材、「形相《けいそう》」は、そのものをそのものにしている固有の性質のことだ。

きみの前で一羽の鶏がはばたいているとするよ、ソフィー。鶏の形相とはまさにこの、はばたくことだ。それからコケコッコと鳴くこと、卵を産むことだ。鶏の形相は鶏という種の固有の性質、言いかえれば鶏はどんなことをするか、ということだ。鶏が死んだら、そしてコケコッコと鳴かなくなったら、その鶏の形相も存在することをやめてしまう。あとに残るのは鶏の質料、つまり素材だけだ。(なんともはや、悲しいことだね、ソフィー!)これはもう、鶏ではない。

さっき言ったように、アリストテレスは自然界の変化に関心をよせたのだった。質料にはかならず特定の形相をとる可能性がある。質料は内に秘めた可能性を現実のものにしたがっている、と言っていい。自然界のあらゆる変化は、アリストテレスによれば、質料が可能性から現実性に変化することだ、ということになる。

ちょっと待って、ソフィー、今ちゃんと説明するからね。面白いたとえ話をしよう。昔、彫刻家が大きな花崗岩《かこうがん》にとりくんでいた。彫刻家はくる日もくる日もこのただの石くれをたたいたり削ったりしていたんだが、ある日、小さな男の子がやってきた。「なにしてるの?」男の子がたずねた。「待っているのさ」と彫刻家は答えた。何日かして、また男の子がやってきた。彫刻家は花崗岩から一頭のみごとな馬を彫り出していた。男の子は、はっと息をのんで馬に見とれた。それから彫刻家にたずねた。「この馬がこの石に入ってたって、どうしてわかったの?」

本当に、どうやって彫刻家はそんなことを知ったんだろうね? 彫刻家は花崗岩のかたまりのなかにたしかに馬を見ていたんだよ。なぜなら、この花崗岩には馬になる可能性が宿っていたからなんだ。こんなふうにアリストテレスは、自然界のすべてのものは特定の形相を実現する可能性を内に秘めている、と考えたのだ。

さて、鶏と卵の話に戻ろうか。卵には鶏になる可能性がひそんでいる。おっと、すべての卵は鶏になる、ということではないよ。多くの卵は結局のところ、内にひそんでいた形相を実現することなく、朝食のテーブルにのってしまう。ゆで卵やオムレツやスクランブル・エッグになってね。でも、鶏の卵からはガチョウはかえらない、ということもはっきりしている。この可能性は鶏の卵にはそなわっていない。というわけで、あるものの形相とは、それが何になるかという可能性と、何にしかならないかという限定の両方を表しているのだ。

アリストテレスが「形相」「質料」と言った時、生きている有機体のことだけを考えていたのではないんだ。コケコッコと鳴くことや、羽をばたばたはばたかせることや、卵を産むことが鶏の形相なら、地面に落ちることは石の形相だ。鶏が鳴かずにはいられないように、石も落ちずにはいられない。もちろんきみは石をもちあげたり、空高くほうり投げたりできる。でも、地面に落ちるのが石の性質なのだから、月までほうり投げることはできない。(この実験をするなら、ちょっと用心してよ。石はそんな仕打ちの仕返しをしてやれとばかりに、地面めがけてまっしぐらに落ちてくるから。落下地点にはだれもいませんように!)

目的因

命あるものもないものも、すべてはそのものの可能性の現れだ、というテーマから目を転じる前に、もう一つつけ加えておくね。アリストテレスは自然界の因果関係について、あっと驚くような考えをもっていたんだ。

ぼくたちがごくふつうに原因と言う時、それはなぜ起こったのかということを考えている。窓が割れたのはペーターが石を投げたからだし、靴職人が皮革をぬいあわせたから一足の靴ができあがったのだ。けれどもアリストテレスは、自然界にはもっといろいろな種類の原因がある、と考えた。ここでたいへん重要になってくるのは、アリストテレスが「目的因」と呼んだもので何を考えていたか、ということだ。

ガラスが割れた原因なら、なぜペーターは石を投げたのか、と問えばいい。どんなつもりでとか、どんな目的でとか、たずねるわけだ。目的は、靴ができあがるについても、もちろん重要だ。ところがアリストテレスは、意志をもった生き物などまるでかかわらない自然過程も、そうした目的因から解釈した。たとえは一つでいいだろう。

雨はなぜ降るのかな、ソフィー？　きみはたぶん、学校で習ったよね。雨が降るのは、水蒸気が雲になって冷やされて、こごって水滴になって、重力によって地上に落ちてくるからだ、と。アリストテレスは、そのとおり、とうなずいてくれるだろう。でも、きみがあげた原因は三つだけだったね、とつけ加えるよ。まず気温が下がった時、水蒸気（雲）がちょうどそこにあったから、というのが「質料因」、つまり素材があるという原因だ。つぎに蒸気が冷やされたから、というのが「作用因」、作用がおよんだという原因だ。そして最後に「形相因」、地上にザアザアと降りそそぐことが水の形相あるいは本性なのだから、雨は降る。つまり形相という原因だ。もしもきみが口ごもって、これ以上の原因をあげなかったら、アリストテレスは追い打ちをかけるよ。雨が降るのは、植物や動物が成長するのに雨水が必要だからだ、と。アリストテレスはこれを「目的因」と考えた。わかったかな？　アリストテレスによって雨粒は突然、生き物並みに使命かもくろみのようなものを割り当てられてしまったんだ。

これをそっくりひっくり返して、こんなふうに言ってみることもできる。水があるから植物が成長するのだ、と。この違い、わかるかな、ソフィー？　でもアリストテレスは、自然はすべて目的にかなっている、と考えたんだ。雨が降るのは、植物が成長し、オレンジやぶどうが実るためだし、それを人間が食べるためなのだ、と。

こんにちの自然科学は、もうそんなふうには考えない。ぼくたちは、栄養と水は人間や動物が生きるための条件だ、という言い方をする。こうした条件なしには、ぼくたちは生きていけない、と。でもぼくたちを養うことは、オレンジや水の目的ではないよね。

だから、原因についての説ではアリストテレスはまちがっていた、と考えたくなるけれど、早とちりはしたくないな。今でも、この世界は人間と動物が生きるために神がつくった、と信じている人はいくらでもいるのだから。だとすれば、川が流れるのは人間と動物が生きるために水が必要だからだ、という考え方ももちろん成り立つわけだ。でもそうなると、神の目的とかもくろみの話をしていることになってしまう。ぼくたちのためを思っているのは、雨粒や川の水ではなくなるわけだ。

論理学

アリストテレスが、人間はどのようにしてこの世界のものごとを認識するか、と考えたときにも、形相と質料の区別は大きくものを言った。

何かを認識する時、ぼくたちはものごとをさまざまなグループやカテゴリーに仕分けする。ぼくが馬を一頭見て、それからもう一頭、また一頭見たとするよ。馬たちはなにからなにまでそっくりではない。でも、すべての馬に共通した何かがある。この、すべての馬に共通した何かが、馬の形相なのだ。いっぽう、それぞれの馬の違いや特徴は、馬の質料のほうに属している。

このようにぼくたち人間は世界を見わたして、ものごとをさまざまな抽斗《ひきだし》に整頓する。牛は牛舎に、馬は厩《うまや》に、豚は豚小屋に、鶏は鳥屋《とや》に入れる。これと同じことは、ソフィー・アムンセンが自分の部屋を片づける時にも起こる。きみは本を本棚に並べ、教科書は通学バッグに入れ、新聞は戸棚の棚に置く。服はきちんとたたんで、下着はこの抽斗、セーターはこっち、靴下はこっちと片づける。

これと同じことを、ぼくたちは頭のなかでもしているんだよ。ぼくたちは、石でできているものとウールでできているものとゴムでできているものを区別する。命あるものとないものを区別し、植物と動物と人間を区別する。

ここまではいいね、ソフィー。アリストテレスはつまり、女の子が部屋を片づけるように、自然をとことん整理整頓しようとしたのだ。自然界のありとあらゆるものごとは、さまざまなグループと、そこからもっと細かく分かれる小グループに分けられる、ということをはっきりさせようとしたんだ。（ヘルメスは生き物で、くわしく言うと動物で、もっとくわしく言うと脊椎《せきつい》動物で、もっともっとくわしく言うと犬で、もっともっともっともっとくわしく言うとラブラドル犬で、もっともっともっともっとくわしく言うとラブラドル犬のオスだ。）

きみの部屋に行ってごらん。そして床から何かを拾ってみて。なんでもいい、きみが手にとったものは分類項目に組みこまれているということに気がつくだろう。なにか分類できないものに出くわしたとしたら、きみはきっとショックを受けるだろう。たとえば、いったい植物なのか、動物なのか、鉱物なのか、はっきりしない小さなものを見つけたとしたら、そう、きみはきっとさわる勇気もないだろうと思うな。

今、植物、動物、鉱物と言ったね。言いながら、こんな「はい・いいえゲーム」を連想していた。オニになった人が部屋の外に出ると、みんなは何を当てさせようか、と相談するんだ。ちょうど隣の庭にいた猫のモンスがいい、ということになる。オニが戻ってきて、さあ、当てっこゲームが始まるよ。みんなは「はい」か「いいえ」しか言ってはならない。かわいそうなオニがいっぱしのアリストテレス主義者なら――そしたらもう、かわいそうな、なんて言えないけれど――ゲームはこんなふうに展開するだろう。

それは形のあるもの？（はい！）鉱物？（いいえ！）それは生きている？（はい！）植物？（いいえ！）

動物なの？（はい！）鳥？（いいえ！）じゃあ、哺乳類《ほにゅうるい》？（はい！）それは丸ごと一匹の動物？（はい！）猫かな？（はい！）モンスでしょう？（大当たり！　大笑い）

このゲームを考え出したのはアリストテレスだ。これにたいしてプラトンは、「影絵あて遊び」の考案者と呼ばれるのにふさわしい。デモクリトスがレゴの発明家だということは、もう言った。

アリストテレスは、人間の頭のなかをきちんと整理しようとした、おそろしくきちょうめんな分類男だった。彼は初めて「論理」を学問に高めもした。アリストテレスは、どんな推論や証明が論理的に正しいかについての、いくつもの厳密《げんみつ》な規則を立てた。例をあげよう。まずぼくが「すべての生き物はいつかは死ぬ」と言ったとするよ（第一前提）。つぎに、「ヘルメスは生き物だ」と言ったとする（第二前提）。するとぼくは、ここからすっきりとした結論をみちびき出すことができる。「ヘルメスはいつかは死ぬ」とね。

この例からは、アリストテレスの論理学で大事なのは概念と概念を関係づけることだ、ということがわかるね。ここでは「生き物」という概念と「いつかは死ぬ」という概念を関係づけることだ。もし仮にきみが、ここに出された結論は一〇〇パーセント正しいのだからアリストテレスは正しい、と思ったとしても、べつに彼が新しいことを言ったのではない、ということは認めないわけにはいかないよね。ぼくたちは、ヘルメスが「いつかは死ぬ」ということはとっくに知っていた。（ヘルメスは生き物だからいつかは死ぬ。山の石とはちがうのだ。）そんなことは当たり前だよね、ソフィー。それはそうだけど、ぼくたちはグループ同士やものごと同士の関係を、いつもはこれほどはっきりとさせていない、ということもまた事実だ。だから、時どきはぼくたちの概念をこんなふうに大掃除することも必要かもしれないよ。

一つだけ例をあげることにする。鯨《くじら》の赤ん坊が、羊や豚と同じように、母親のおっぱいを飲むというのは本当だろうか？　なんだかありそうもないように聞こえるけれど、ここが考えどころなんだ。

なんといっても鯨は卵を産まない。(鯨の卵なんて、見たことある?) だから、豚や羊とまったく同じように、鯨は赤ん坊を産む。ところで、赤ん坊を産む動物のことを、ぼくたちは哺乳動物と呼ぶけれど、哺乳動物は母親の乳を飲む。というわけで、結論が出た。ぼくたちは答えをあらかじめ知っていたけれど、まずはよく考えなければならなかった。うっかりすると、鯨は母親のおっぱいを飲む、という事実をつい忘れてしまう。それはたぶんぼくたちが、鯨の赤ん坊がおっぱいを吸っているところを見るチャンスなんて、あんまりないからだろう。

自然界の梯子

アリストテレスはこの世のあらゆるものを整理整頓しようとして、まずは、自然界のすべての現象は大きく二つのグループに分けられる、と言った。初めに「命をもたないもの」、石や水のしずくや土くれなどがある。こうしたものは変化する可能性を自分のなかにはもっていない。アリストテレスによれば、こうした命のないものは、外からのはたらきかけがあって初めて変化できる。もうひとつが「生き物」だ。生き物は変化の可能性を自分のなかにもっている。

自然は命のないものから生き物へと、なだらかに移行する、とアリストテレスは言っている。命のないものの次には、「植物」の世界がある。最後にアリストテレスは、生き物を二つのグループ、つまり動物と人間に分けた。

きみはこの分け方、はっきりしていてわかりやすい、と言ってくれるね。生き物とそうでないもののあいだには、決定的な違いがある。決定的な違いは植物と動物、たとえば薔薇と馬のあいだにもある。さらにぼくは、馬と人間のあいだにも決定的な違いがある、と言いたい。でも、この違いは厳密にはどこにあるのだろう? きみは答えられるかな?

残念ながらぼくは、きみが答えを書きあげて、角砂糖といっしょにローズピンクの封筒に入れるまで待っていられない。それで、今すぐ答えを言ってしまおう。アリストテレスは、自然の現象をさまざまなグループに分けるのに、ものの特質を踏まえたのだったね。つまり、それは何ができるか、あるいはするか、ということだ。

植物も動物も人間も、すべての生き物は、栄養をとる能力、成長する能力、繁殖する能力をもっている。動物と人間はこのほかに、周りの環境を感じとり、自然のなかを動きまわる能力ももっている。すべての人間にはさらに考える能力、つまり感覚でとらえたことをさまざまなグループや階級《クラス》に整理する能力がそなわっている。

このように、自然界にはものごとをすぱっと分けへだてる境界はない。あるのは単純な植物から複雑な植物へ、単純な動物から複雑な動物への、なだらかな移りゆきだ。この梯子《はしご》のてっぺんには、アリストテレスによれば、自然のすべての能力を発揮して生きる人間がいる。人間は植物のように成長し、栄養をとる。動物のように感覚をもち、動く能力をもっている。けれどもまだそのほかに、まるで特別の、人間にしか自由にできない特質、すなわち理性で考える能力をもっている。

人間は神のような理性のひらめきをもっているんだよ、ソフィー。今、「神のような」と言ったけど、アリストテレスはあちこちで、自然界のすべての運動をスタートさせた神がいるにちがいない、と言っている。だとすれば、自然界の梯子のてっぺんには、人間ではなくて神がいることになる。

アリストテレスは、恒星と惑星の運行が地上のなりゆきを左右している、と考えた。けれども天体もまた何かが動かしているにちがいない。この何かを、アリストテレスは第一起動者とか神と名づけた。第一起動者は、そのものとしては動かない。けれども天体の運行の第一原因であり、したがって自然界のすべての運動の原因なのだ。

倫理学

話を人間に戻そうね、ソフィー。人間の形相には、アリストテレスによれば、植物の能力と動物の能力と、さらには理性という能力がそなわっているのだった。さてそこで、とアリストテレスはたずねる。人間はいかに生きるべきか？　いい人生を送るには、人間には何が必要か？

ぼくに言わせれば、答えは簡単だ。すべての能力と可能性を花開かせ、ぞんぶんに利用して初めて、人間は幸せになれる、だね。

アリストテレスは、幸せには三つの形があると考えた。幸せの第一の形は、快楽と満足に生きること。幸せの第二の形は、自由で責任のある市民として生きること。そして幸せの第三の形は、科学者や哲学者として生きることだ。

アリストテレスは、この三つがすべて組みあわさった時、人間は幸せに生きられる、と力をこめて言っている。三つのうちどの一つにかたよることもよくない、と言っている。今アリストテレスが生きていたら、体にだけ気を使う人は、頭しか使わない人と同じように一面的で、したがって不完全だ、と言うだろうね。この両極端の生き方は、どちらもまちがっているのだ。

徳についても、アリストテレスは「中庸《ちゅうよう》の徳」を説いている。ぼくたちは臆病《おくびょう》であっても蛮勇《ばんゆう》であってもいけない、勇敢でなければならない。（勇気のなさすぎが臆病で、ありすぎが蛮勇だ。）また、けちでも浪費家でもだめで、気前がいいのでなければならない。（気前がよくなさすぎるのがけちで、よすぎるのが浪費家だ。）

同じことは食事にも言える。小食は危険だし、過食も危険だ。プラトンとアリストテレスの倫理学は、ギリシア医学を思い出させるね。バランスと中庸だけが、ぼくたちを幸せな、「調和のとれた」人間にしてくれる、というわけだ。

政治学

度を過ごしてはいけないという考え方は、アリストテレスの社会観からもうかがえる。アリストテレスは人間を政治的な生き物ととらえた。ぼくたちをとりまく社会なしには、ぼくたちは本当の意味で人間ではない、と考えたんだ。社会のうち、家族や村は、栄養や暖かさ、結婚や子育てのような、どちらかというと基礎的な生活を支えてくれる。けれども人間の社会のもっとも高度な形は、アリストテレスによれば、国家だ。

では、国家はどのように組織されるべきか、という問いがもちあがる。（プラトンが言った、哲学者たちが治める国のことは憶えているね？）アリストテレスは好ましい国家の形をいくつかあげている。その一つが君主国家だ。ここにはたった一人の最高支配者がいる。でもこの国家の形が好ましいものであるためには、一人の支配者が自分の利益で国家を左右するような、専制政治になってはならない。さらに、貴族制も好ましい国家だ。貴族制国家では、数が多いか少ないかはあるけれど、支配者集団が国を治める。この国家の形は、こんにちのぼくたちが軍事政権と呼ぶような、かぎられた数人が牛耳《ぎゅうじ》る形にならないように気をつけなければならない。三つめの好ましい国家の形は民主制だ。けれどもこの国家の形にも悪い面がある。民主制は衆愚《しゅうぐ》政治になりやすいのだ。（たとえ暴君ヒトラーがドイツの国家指導者にならなくても、たくさんの小型のナチ主義者たちがおぞましい衆愚政治を打ち立てていただろう。）

女性

最後になったけれど、アリストテレスの女性観にもふれておくべきだね。残念ながら、プラトンの女性観のようには元気の出るものではないけれど。アリストテレスは基本的に、女性は劣っている、と考えていた。女性は「不完全な男性」だ、と。生殖では、女性は受動的で、受胎《じゅたい》させられる。反対に男は能動的で、受胎させる、だから子どもは男性の性質だけを受けつぐ、とアリストテレスは考えた。子どものすべての性質はすでに男性の精液にそなわっている、と思っていたんだ。アリストテレスにとっては、男性は「種まく人」で、女性はその種をただ受けいれて穀物を生産する大地のようなものだった。あるいは、コチコチのアリストテレス主義者風に言えば、男性は形相をあたえ、女性は質料を提供するのだ。

　アリストテレスのような、ほかのことではあれほどかしこい人が、女性と男性の関係についてはこんな間違いをおかすなんて、もちろんびっくりだし、またたいへん残念だね。ここからは二つのことを読みとっておけばいい。まず、アリストテレスは女性や子どもの生活について、実際の経験をそれほど多くはもたなかったのだろう、ということ。そして二つめは、男たちが哲学や学問を独り占めしたら、どんなにとんでもないことになってしまうか、ということだ。

　それにしても、アリストテレスのトンチンカンな女性観には困ったものだ。なぜなら、そう、プラトンではなくて彼の考えのほうが中世をつうじてまかりとおってしまったのだから。教会もこの女性観をひきついだ。聖書のどこにもそんな裏付けはないのに。イエスは女性の敵なんかではなかった!

　もうやめておくね。またこんどにしよう。

　ソフィーはアリストテレスの章を二度、読み返すと、手紙を茶封筒にしまって、部屋のなかを見まわした。とっさに気がついたのは、なんてちらかっているんだろう、ということだった。床には本やバインダーが出しっぱなしになっている。戸棚からはソックスやブラウスやタイツやジーンズがはみ出ている。勉強机の椅子の上には、汚れた服がごっちゃになってのっている。

これはどうしたって片づけなくちゃ。まずは、戸棚の棚をすっかり空っぽにした。服は床にぶちまけた。ゼロから始めること、これが大切なのよね。ソフィーは、全部の服をきちんとたたんで棚にしまうという、大仕事にとりかかった。戸棚には棚が七段あった。ソフィーはそのうちの一段を、パンツとシャツにあてた。そうやって、順々にすべての棚を埋めていく。どれをどの棚に入れたらいいか、ソフィーはちっとも迷わなかった。洗濯しなければならないものは、いちばん下の棚から出てきたポリ袋につっこんだ。

たった一つ、どこに入れたらいいか迷ってしまうものがあった。それは、まだはける白いハイソックス。問題は片っぽうしかない、ということだけではない。それはソフィーのものではなかった。ソフィーは白いハイソックスをまじまじと見つめた。名前は書いてなかったけれど、だれのものなのか、ソフィーには確信のようなものがあった。ソフィーはハイソックスをレゴの袋とビデオカセットと赤い絹のスカーフといっしょに、いちばん上の棚に置いた。

さあ、つぎは床《ゆか》の番。ソフィーは、哲学の先生がアリストテレスの章で書いていたやり方をそっくりまねて、本やバインダーや雑誌や広告のビラを選り分けた。床の上を片づけ終わるとベッドをきちんとして、それから勉強机の上にとりかかった。

最後に、ソフィーはアリストテレスについての手紙をきちんと重ねた紙の束のいちばん上に置いた。そして空っぽのバインダーとパンチャーを取り出して、手紙に穴をあけると、バインダーにとじた。バインダーは戸棚のいちばん上の棚の、白いハイソックスの隣に置いた。夕方にはほら穴からクッキーの缶も取ってこよう、とソフィーは思った。

さあこれで、なにもかもきちんとした。ソフィーは部屋のことだけを考えていたのではなかった。アリストテレスのことを読んで、概念やイメージをきちんと整理するのはとても大切なことだ、と理解したのだ。戸棚のいちばん上の棚は、哲学講座専用にした。そこは部屋のなかでたった一カ所、ソフィーにはまだよく分からないものをしまっておくところになった。

母はこの二時間ほど、ことりとも音をたてない。ソフィーは下に降りていった。ママを起こす前に、動物たちに餌をやらなくては。

キッチンで、ソフィーは水槽をのぞきこんだ。魚たちは一匹が黒で、二匹めはオレンジ色、三匹めは白と赤のだんだら模様だった。それでソフィーは、まっ黒ペーター、金の巻き毛ちゃん、赤ずきん、と呼んでいる。金魚の餌をガラスの水槽にまきながら、ソフィーは言った。

「あなたたちは自然界の生き物の仲間なの。あなたたちは栄養をとるし、大きくなるし、繁殖だってできる。もっと厳密には、あなたたちは動物界のメンバーよ。だって、動けるし、お部屋を見ることもできるからね。もっと厳密に言うと、あなたたちは魚なの。えらで呼吸するし、命の水のなかを泳ぎまわってるでしょ」

ソフィーは金魚の餌の缶の蓋をしめた。金魚を自然界の梯子に整理整頓したし、「命の水」なんて言いまわしを思いついたので、大満足だった。つぎはセキセイインコの番だった。ソフィーは小鳥の餌を餌皿に入れながら、言った。

「トム、ジェリー！　あなたたちはちっちゃなかわいいセキセイインコの卵から生まれたから、ちっちゃなかわいいセキセイインコになったのよ。その卵の『形相』はセキセイインコになることだったから、ギャアギャアうるさいオウムになんかならなかったのよ、よかったね」

ソフィーはバスルームに行った。そこにはのんびり屋の亀が大きな箱に入っていた。ソフィーの母は、シャワーを使う何度かに一度は、この亀、いつか殺しちゃうから、と叫んだ。けれども、今のところはただの脅《おど》しですんでいた。ソフィーは大きな密封容器からサラダ菜を出して、箱に入れた。

「ゴーヴィンダ、あなたはすばしこい動物の仲間ではないわね。それでも、動物なことはたしかよ。あなたは、わたしたちが生きている大きな世界のほんの小さな片隅しか知らない。だけど、制約を受けているのはあなただけじゃないんだから、まあいいやって思いなさいね」

シェレカンはたぶん、外で鼠でも追いかけているのだろう。なんと言っても、それが猫の自然、本性なのだから。ソフィーはリビングを横切って、母の寝室に行った。サイドテーブルにラッパ水仙が飾ってある。黄色い花たちは、ソフィーがとおりかかると、うやうやしく頭《こうべ》をたれたように見えた。

ソフィーはちょっと立ち止まって、そのつやつやとした頭を二本の指で撫でた。

「あなたたちも自然界の生き物の仲間ね。あなたたちは、あなたたちが入っているガラスの花瓶《かびん》よりも、少しはすぐれているようね。でもあなたたちにはそれを感じることはできない」

それからソフィーは、そっと母の寝室に入っていった。母はぐっすりと眠っていたが、ソフィーは母の額に手を当てて、言った。

「ママはいちばん幸せなものの仲間。なぜなら、野の百合のようなただの単純な生き物ではないのだもの。それに、シェレカンやゴーヴィンダのようなただの動物でもない。ママは人間、だからめったにない能力をもっている」

「そこで何を言ってるの、ソフィー?」

母はいつもよりもすばやく目を覚ました。

「ママはのんびり屋の亀みたいって、言っただけ。それから、言っときますけど、わたし、お部屋を片づけたわよ。哲学的な完璧《かんぺき》さでやっつけたの」

母はベッドから半分起きあがった。

「今起きるわ。コーヒー、いれてくれる?」

ソフィーはコーヒーをいれ、ほどなく二人はキッチンに座っていた。ソフィーが言った。

「ママは、どうしてわたしたちは生きているかって、考えたことある?」

「やれやれ、めげないのねえ、あなたって人は」

「そうよ。わたし、その答えがわかったの。この惑星に人間が生きているのは、ここにあるすべてのものに名前をつけるためなの」

「なにそれ？　そんなこと、考えたこともないわ」

「だったらママは問題ですねえ。だって人間は考える存在なのよ。ママが考えないのなら、ママは人間じゃないってことになる」

「ソフィー！」

「植物と動物しか生きていないって、考えてみて。そしたらだれも、猫と犬とか、百合とグズベリーとかを区別できないわ。植物だって動物だって生きている。でも、わたしたちだけが自然をグループや階級に分類できるの」

「わが子ながら、あなたはとびきり特別な子ね」母がようやく口を開いた。

「だとしたらすてきだわ。どっちみち人間はみんな特別よ。ママには娘が一人しかいない。だからわたしはとびきり特別」

「わたしが言おうとしたのは、あなたにはびっくりさせられるってこと、その……最近言い出したことでね」

「そりゃ、ママはびっくりするかもね」

その日の午後遅く、ソフィーはもう一度ほら穴に行った。そして、母に見つからないように、大きなクッキーの缶をこっそり部屋に運びこんだ。

まずはすべての手紙を正しい順序に整理して、穴をあけ、アリストテレスの章の前にきちんとファイルした。最後に、それぞれの紙の右上の隅にページをふった。もう五十ページ以上になっていた。ソフィーは自分だけの哲学の本をつくっているのだ。自分が書くのではないけれど、それはソフィーのためだけに書かれていく本だった。

月曜日の宿題は、まだぜんぜんする気がしなかった。宗教の時間にはたぶん課題作文を書かされる。でも、先生はいつも言っていた、自分から参加すること、自分で考えることが大切なのだって。ソフィーは、この二つのことの土台がゆっくりと自分のものになっていくような気がした。

ヘレニズム

炎から飛び散る火花

哲学の先生は手紙をじかに生け垣まで届けてくれるようになっていたが、月曜日の朝、ソフィーはこれまでの習慣で郵便箱をのぞいてみた。

なにも入っていない。けれども、べつに変わったことを期待していたわけではなかった。ソフィーはクローバー通りを歩いていった。

ふいにソフィーは、足元に写真が落ちているのを見つけた。青い旗をたてた白いジープの写真だった。旗には「UN」と書いてある。これは国連の旗？

写真をひっくり返してみると、それは絵はがきだった。宛先は「ソフィー・アムンセン様方 ヒルデ・ムーレル＝クナーグ様……」。はがきにはノルウェイの切手が貼ってあって、消印は一九九〇年六月十五日、国連軍、となっている。

六月十五日！ それはソフィーの誕生日だった！

はがきには、こう書いてあった。

《愛するヒルデ！

まだきみの十五歳の誕生日だと思って書いている。それとも、もう過ぎてしまったかな？ まあ、わたしのプレゼントは長いこと役立つものだから、そんなことはどうでもいいが。ある意味で、このプレゼントはきみの一生ものの宝になるだろう。ともあれ、あらためてもう一度、おめでとう。わたしがはがきをソフィーに送るわけは、もうわかっていると思う。ソフィーはきっと、きみに渡してくれるだろう。

追伸　ママから聞いたが、財布をなくしたそうだね。穴埋めに、百五十クローネ協力してあげよう。新しい身分証明書は、学校が夏休みに入る前に再発行してもらいなさい。

パパより》

ソフィーは、その場に釘づけになったように立ちすくんだ。こないだのはがきの消印はいつになっていたっけ？　ソフィーの意識のどこか深いところで何かがささやいた。あの海辺の写真の絵はがきも六月の消印だった。六月はまだ丸まる一カ月先なのに。あの時はそこまで気がつかなかった……。

ソフィーは腕時計を見て、いそいで引き返した。きょうは遅刻だ、それもしかたない。

ソフィーは表のドアから飛びこんで、部屋に駆けあがった。ヒルデ宛ての最初のはがきは、赤い絹のスカーフの下にあった。やっぱり。これも消印は六月十五日だ。ソフィーの誕生日で、夏休みの一日前だ。

ヨールンと待ちあわせているスーパーまで走りながら、ソフィーは必死になって考えた。

ヒルデってだれ？　わたしが彼女を見つけることを、なぜこの父親は当然のように思っている？　なんだって、はがきを娘に直接送らないでわたしに送りつけるの？　ナンセンスよ。自分の娘の住所を知らないなんて、ぜったいありえない。だとしたら、これはみんな冗談？　それとも、ぜんぜん知らない女の子に郵便配達をさせて、お誕生日に娘を驚かせようってわけ？　そのために一カ月のゆとりがあたえられている？　この父親は、そうやってお誕生日に新しい友だちを引き会わせようとしていて、わたしはそこに一役買わされている？　「一生もの」のプレゼントって、わたしのこと？

この変わった男の人が本当にレバノンにいるのだとしたら、いったいどうやってわたしの住所を調べたのだろう？　疑問はまだつきない。わたしとヒルデには共通点が二つある。もしもヒルデも六月十五日生まれなら、二人は同じ日に生まれたことになる。そして二人とも、父親は遠い外国にいる。

ソフィーは、魔法の世界に引きこまれるような気がした。運命を信じるのは、そんなにばかなことではないかもしれない。まあ、そんなに結論をいそぐこともないわ。すべてはきっと、あっけなく説明がつくかもしれないし。でも、アルベルト・クノックスさんはどこでヒルデの財布を見つけたのだろう？　ヒルデはリレサンのどこに住んでいるのだろう？　そこはここから一〇〇キロ以上も離れている。それになぜわたしが見つけたこのはがきは、地べたになんか落ちていたのだろう？　郵便配達がうちの郵便箱に来る前にカバンから落っことした？　それにしても、どうして郵便配達はよりによってこのはがきを落としたの？

「あなた、どうかしてるわよ！」ソフィーがスーパーの前まで来ると、ヨールンがどなった。

「ごめん」

ヨールンは、まるで学校の先生のように、こわい顔でソフィーをじろじろ点検した。

「ちゃんと説明してよね」

「国連軍がちょっとレバノンで敵の軍隊に足止めされてたの」

「やだ！　あなた、だれかさんが好きなだけなんでしょう」

二人は、これ以上速くは走れないほどの猛スピードで、学校へと走っていった。

ソフィーが予習してこなかった宗教の授業は、三時間めだった。黒板にはこう書いてあった。
一　人間が知ることのできることを書き出しなさい。つぎに、わたしたちが信じるしかないことを書き出しなさい。
二　人の生き方を決めるのは何か？
三　良心とは何か？　あなたは、人間はすべて同じ良心をもっていると思うか？
四　価値の優先順位とは何か？

ソフィーはしばらく考えてから、書きはじめた。アルベルト・クノックスさんから学んだことでなんとかなるかな？　なんとかなるかな、じゃない、なんとかしなければ。このところ何日も、宗教の教科書なんかのぞいてもいないのだから。書きはじめると、ことばがどっとばかりにあふれ出た。

ソフィーは書いた。わたしたちが知ることができるのは、月は大きなチーズではないということ、月の裏側にもクレーターがあるということ、ソクラテスもイエスも死刑を宣告されたように、すべての人間はいつかは死ぬということ、アクロポリスの巨大な神殿は紀元前五世紀にペルシア戦争のあとにつくられたということ、それから、ギリシアの神託でいちばんおもだったものはデルフォイの神託だったことです。信じるしかないことは、たとえばほかの惑星に生命は存在するのかしないのかとか、神はいるのかいないのかとか、死後の生はあるのかないのかとか、イエスは神の子かそれともただのかしこい人間かとかです。

最後にソフィーは、「いずれにしてもわたしたちは、世界はどうしてできたかを知ることはできません」と書いた。「世界は、大きなシルクハットから引き出された巨大な兎にたとえることができます。哲学者たちは、兎の細い毛をよじ登ろうとします。それは、偉大な手品師をその目でしっかりと見るためです。でも、見ることができるかどうかはわかりません。それでも、一人の哲学者の肩にもう一人の哲学者が乗って、またその上に哲学者が登って、人間の梯子をつくっていけば、哲学者たちはやわらかい兎の毛をどんどん登っていくのだから、いつかある日うまくいく可能性はかなりあると、わたしは思います。

追記

聖書には兎の細い毛の先っぽまで行ったらしい人たちのことが書いてあります。その毛はバベルの塔と呼ばれていますが、手品師は、自分がつくった白兎の毛を人間がよじ登るのが気にくわなかったので、塔をこわしてしまいました」

さて、つぎの問題は「人の生き方を決めるのは何か」。もちろん、教育と環境は重要な要素だ。プラトンの時代に生きていた人間の人生観は、今とはちがっていた。理由は簡単。彼らはちがう時代、ちがう環境に生きていたからだ。それから、それまでにどんな経験をしたかも大きい。でも、人が人生観を決めるのに重要なのは理性だ。そして、理性は環境に左右されるのではなくて、すべての人間に共通している。環境や社会は、プラトンの洞窟みたいなものかもしれない。でも、本当に洞窟から出るには、人は理性があるから、洞窟の暗闇から這いあがろうという気にもなれるのだ。でも、本当に洞窟から出るには、個人としてうんと勇気がなければ。ソクラテスは、理性があったおかげで彼が生きていた時代にみんなが思いこんでいたことから自由になれた、いい例だ。

最後にソフィーはこう書いた。「こんにちでは、さまざまな国や文化の人間がますますひんぱんにふれあうようになっています。だから、同じアパートにキリスト教徒とイスラム教徒と仏教徒が住む、ということだってあります。そうすると、なぜあなたはほかの宗教ではなくてその宗教を信じるのですか、などと問いつめるのではなくて、ほかの人の信仰に寛容であることが、ますます大切になるわけです」

あれ――ソフィーは気がついた。わたしは、哲学の先生から教わったことから、もうはみ出してしまっている。ということは、わたしが生まれつきもっていた理性と、ほかの人とのふれあいや読んだものから学んだことを、つなぎあわせることができたってことね。

ソフィーは三番めの問いに進んだ。「良心とは何か？　あなたは、人間はすべて同じ良心をもっていると思うか？」これについて、クラスのみんなは、ああでもない、こうでもないと言いあっていた。ソフィーは書いた。

「わたしたちは、良心とは正しいことと正しくないことに反応する人間の能力だ、と理解しています。わたし個人の考えでは、すべての人間はこの能力をもっていると思います。つまり、良心は生まれつきそなわっているのです。ソクラテスもそう言っています。けれども良心とは何かとつきつめていくと、人によってずいぶんちがってくるでしょう。問題は、ソフィストたちは正しいかどうかです。彼らは、人がそれぞれ成長する環境が、その人が何を正しいと思い、何をまちがっていると思うかを決める、と考えました。これにたいしてソクラテスは、だれでも同じ良心をもっている、と考えました。たぶん、どちらもあっているのでしょう。裸で歩きまわることをやましく思わない人がいるとしても、だれかをぞんざいにあつかうことは、ほとんどの人がやましいと思うでしょう。それから、良心があることとそれをはたらかせることとは同じことではない、ということも言っておかなければなりません。一つひとつのケースを見ていくと、人びとが良心のかけらもないようなふるまいをしていても、わたし個人の考えでは、そういう人たちにも、たとえどんなにしっかりとしまいこまれていても良心のようなものはあったりします。これとまったく同じことは、多くの人びとがまるで理性がないように見えても、それはただ理性をはたらかせていないだけだ、というばあいにも言えます。

追記

理性と良心は筋肉のようなものだと思います。筋肉は、使わなければだんだんとだらけて弱くなります」

さあ、残りはあと一問。「価値の優先順位とは何か？」これについても、こないだみんなでさんざん議論した。たとえば自動車には、どこかに速く行ける、という価値がある。でも、自動車が森を枯らしたり自然を汚したりするのなら、人は「価値の選択」をしなければならない。ソフィーはよく考えたすえに、すこやかな森ときれいな自然のほうが、仕事先に少しばかり早くたどりつけることよりも大切だ、と考えた。そしてもっとたくさんの例を考えてみた。最後にソフィーはこう書いた。

「わたし個人の意見ですが、哲学は英文法よりも大切です。だから、選択授業で哲学をとってそのために英語を減らすことは、理にかなった価値の優先順位をつけたことになります」

その日の最後の休み時間、ソフィーは先生に呼ばれた。

「きみの宗教の課題作文を読んだけど」と先生は言った。「とてもよく書けてるよ」

「先生が気に入ってくださるとうれしいです」

「そのことを言おうと思ってね。きみはいろいろな見地から、よく練られた答えを引き出している。びっくりするぐらいよく練られているよ、ソフィー。しかも自分の頭で考えている。だけど、宿題はやってきたのかな?」

ソフィーはもじもじした。

「でも先生は、自分でよく考えることが大切って……」

「そりゃそうだ。でも宿題は宿題だよ」

その時、ソフィーは先生の目をまっこうから見つめた。この何日かに学んだことを思い出して、堂々としていよう、と思ったのだ。

「わたし、哲学の勉強を始めたんです。哲学は、自分で考えるための土台になるから」

「でも、きみに点をつけるのはちょっとやっかいだな。〈5〉か、さもなければ〈1〉だ」

「どうしてわたしが満点か零点《れいてん》なの?　先生、それどういうことですか?」

「じゃあ、満点だ。でも、こんどはちゃんと宿題もやってくるんだよ」

午後、ソフィーは学校から帰ると、通学バッグを階段にほうり投げてまっすぐほら穴に走っていった。

大きな根っこの上に茶封筒があった。縁はすっかり乾いている。ということは、ヘルメスはずいぶん前にここに来たのだ。

ソフィーは封筒を手に、家に入った。そしてベッドに腹這いになってアルベルトの手紙を読んだ。

ヘレニズム

やあ、ソフィー、こんにちは！ きみはもう、自然哲学者たちとソクラテスとプラトンとアリストテレスをクリアした。これできみは、ヨーロッパ哲学の基礎を知ったわけだ。だからこれからは、今まで白い封筒で届けていた頭の予備体操ははぶくことにしよう。課題やテストなら、学校でどっさりやっているだろうしね。

きょうは、紀元前四世紀のアリストテレスから紀元後四〇〇年頃の中世の初めまでの、長い時代について話そうと思う。今「紀元前」「紀元後」と言ったけど、これはキリスト紀元のことだね。じっさいキリスト教はこの時代の、きわめて重要で、思いきり風変わりな勢力の一つだったんだ。

アリストテレスは紀元前三二二年に亡くなったが、その頃までに、アテナイはギリシア世界のリーダーではなくなっていた。これはもちろん、アレクサンドロス大王（紀元前三五六―三二三年）の征服の結果、政治の状況が大きく変化したことと関係がある。

アレクサンドロス大王はマケドニアの王だった。アリストテレスもマケドニアの出身だったが、それればかりか、アレクサンドロスが若い頃には彼の家庭教師をしていたこともある。アレクサンドロスはペルシアに決定的な勝利をおさめた。それだけじゃないよ、ソフィー、大遠征を行なってエジプトと、インドにいたる全オリエントをギリシア文明と結びつけたのだ。

ここに、人間の歴史始まって以来の、まったく新しい時代がやってきた。ギリシア文化とギリシア語が主導権をにぎる、国際共同社会ができあがったのだ。およそ三百年つづいたこの時代は、ヘレニズム時代と呼ばれている。ヘレニズムというのはギリシア風の文化という意味で、マケドニア、シリア、エジプトの、三つのヘレニズム大国にいきわたっていた。

紀元前およそ五〇年頃、政治でも軍事でも、ローマが勢いを増してくる。この新興勢力がヘレニズムの国ぐにをつぎつぎと征服した。それ以来、こんどはローマの文化とラテン語が、西はスペインからアジアのずっと奥までを支配する。ローマ時代が始まったのだ。この時代は「古代末期」とも呼ばれる。でも、いいかい？ ソフィー。ローマ人がヘレニズム世界を制覇する前から、ローマそのものが文化の面ではギリシアに組みこまれていたんだ。だからギリシアの文化は、そしてギリシアの哲学は、ギリシアが政治の上ではとっくに衰えてもひきつづき大きな役割を演じることになるんだ。

信仰、哲学、科学

さまざまな国や文化の仕切りがとっぱらわれたことが、ヘレニズムの特徴だ。それまでは、ギリシア人やエジプト人やバビロニア人やシリア人やペルシア人は、それぞれの民族宗教の枠のなかで、それぞれの神々をあがめていた。それが今やさまざまな文化が、宗教も哲学も科学も、たった一つの巨大な魔女の釜でごった煮にされることになる。

アテナイのアゴラのような町の市場のかわりに、世界という競技場《アリーナ》が出現した、と言っていい。かつての市場にも、さまざまな品物や、さまざまな思想を売り立てる物売りの声がにぎやかに渦巻《うずま》いていた。でもこの競技場の新しいところは、世界じゅうから集められた品物や思想にあふれかえっていた、ということだ。だから喧噪《けんそう》にもさまざまなことばが飛び交っていた。

ギリシアの考え方が古代ギリシアの地域を超えて影響をおよぼしていたことは、もう言ったね。けれどもヘレニズムの時代になると、オリエントの神々も地中海のすべての地域に進出してくる。さまざまな古い文化から神々や宗旨を借りてきて、新しい宗教がいくつもできた。宗教の混交《こんこう》、つまり「習合《シンクレティズム》」が起こった、ということだ。

それまで人びとは、自分たちはそれぞれ独自の民族や都市国家にまとまっている、と感じていた。そうした境界線や仕切り線がどんどん消えていった結果、人びとの人生観に疑いやぐらつきが、それこそどっさり出てきた。古代末期は、宗教上の懐疑や文化の崩壊や悲観論《ペシミズム》におおわれていた。「世界は老いた」ということが言われた。

この頃できた新しい宗教はどれも、どうすれば人間は死から解放されるかをしきりと説いた。そうした教義は秘密にされることが多かった。秘密結社のメンバーになったり儀式に参加したりすれば、魂の不死と永遠の命に期待をつなぐことができた。この宇宙の現実の自然をきちんと観察することも、魂を救うためには宗教儀礼と同じほど大切だった。

新しい宗教についてはこれくらいにしておこう。でもヘレニズムの哲学も、そんなにオリジナルなものではなかった。新しいプラトンやアリストテレスは出なかったんだね。そのかわり、あの三人のアテナイの偉大な哲学者たちは、これからあらましをざっとたどるさまざまな哲学の流派の、重要なインスピレーション源になった。

ヘレニズムの科学も、さまざまな文化が積んできた経験のごたまぜだった。エジプトの町アレクサンドリアが、東西が出会う場所として、重要な役を割りふられた。プラトンとアリストテレスから受けついだ哲学の学園のあるアテナイが、相変わらず哲学の都だったけれど、アレクサンドリアは科学の首都だった。この町には巨大な図書館があって、数学や天文学や生物学や医学の中心になった。

ヘレニズムの文化状況は、じつに現代と似ている。二十世紀にも、国際的な共同社会はどんどん広がっている。ぼくたちの時代にも、信仰と人生観は大きな転換に見舞われている。西暦紀元の初めの頃のローマで、人びとがギリシアとエジプトとオリエントの神に出くわしたように、二十世紀の終わり、ヨーロッパのある程度の大きさの都市では、ぼくたちは世界のあらゆるところからやってきた宗教に出会う。

ぼくたちの時代にも、新旧の宗教や哲学や科学のごたまぜが、「世界観の市場」に売り出される新商品の開発の基礎になっているんだよ。

こうした「新しい知」のかなりのものは、じつは古い思想の遺産なのだ。その根っこをたどっていくとヘレニズムに行きつく。

さっき言ったように、ヘレニズムの哲学は、ソクラテスやプラトンやアリストテレスが提起した問題をさらに掘り下げた。彼らに共通していたのは、人はどのようにしてもっともいい人生を送り、また死ぬべきか、という問いに答えようとしたことだった。そんなわけで、倫理学が前面に出てくる。倫理学は、この新しい国際社会のきわめて重要な哲学のテーマになった。本当の幸せはどこにあるか、それはどうしたら手に入るかが問われたんだ。

これから、そうした四つの哲学の流派を見ていこう。

キュニコス学派

ソクラテスにこんな逸話がある。ある時ソクラテスは、市場の屋台の前にたたずんでいた。屋台にはたくさんの品物が並んでいる。ようやくソクラテスが口を開いて言うことに、「これはどうだ、アテナイ市民が生きるためには、じつにたくさんのものがいるんだなあ!」もちろんソクラテスが言いたかったのは、自分はこんなものは必要ない、ということだ。

紀元前四〇〇年頃にアテナイでアンティステネスが始めた「キュニコス学派の哲学」は、こうしたソクラテスの態度から出発した。アンティステネスはソクラテスの弟子だった。

キュニコス学派の人びとは、本当の幸せは、物質的なぜいたくや政治権力や健康などの外面的なものとは関係ない、と主張した。本当の幸せとは、そんな偶然の、はかないものを頼みにしないことだ、というのだ。だからこそ、だれもが本当の幸せを手に入れることができるのだ、とね。しかもこの幸せは、いったん手に入れてしまえば、二度と失われることはない。

いちばんよく知られたキュニコス学派の哲学者はディオゲネス、アンティステネスの弟子だ。ディオゲネスは樽《たる》のなかに住み、持ち物といえば体にまとった布と杖とずだ袋だけだったという。（これじゃあ、彼の幸せをうばうのはなまやさしいことではないよね！）アレクサンドロスがたずねてきた時、ディオゲネスは樽の外で日向ぼっこをしていた。アレクサンドロス大王は、賢者の前についと立って、「なにかお望みはありませんか、すぐにかなえてさしあげましょう」と言った。するとディオゲネスが答えて言うには、「そこをどいてください、わたしが日陰になっている」。このことばでディオゲネスは、自分が偉大な征服者よりも満ち足りた生を送っている、ということを示したんだね。たしかに彼は、望むものはすべてもっていた。

キュニコス学派の哲学者たちは、健康のために心をわずらわせることもいらない、と言った。死も病気も、その人自身を苦しめることはない。また、ほかの人の災いを気に病んでもならない、とも。こんにち、「シニカル」とか「シニシズム」とかの「キュニコス」から派生したことばは、たいていは、他者の痛みに冷たいという意味でしか使われない。

ストア派

キュニコス学派の哲学者たちは、紀元前三〇〇年頃にアテナイで起こったストア哲学に大きな影響をあたえた。その創始者はゼノンといって、キプロス島の出身だが、船の難破《なんぱ》で全財産をなくしたのち、アテナイにやってきて、そこの哲学者たちの一員になった。ゼノンは柱廊《ちゅうろう》に聴衆を集めた。「ストア」という名前は、柱廊を意味するギリシア語からきている。ストア主義は、のちにローマの文化に大きな意味をもつことになる。

ストア派の人びとは、ヘラクレイトスのように、すべての人間は世界じゅうに広がっている同じ理性、あるいは同じロゴスをもっている、と考えた。そして、一人ひとりの人間は世界のミニチュア、つまりマクロコスモス（大宇宙）をうつすミクロコスモス（小宇宙）だと考えた。

これはいつでもどこでもあてはまる普遍妥当《ふへんだとう》の法、いわゆる自然法の考え方につながる。自然法は、時代にとらわれない、人間と宇宙の理性を踏まえている。だから時代や場所によって変わることがない。この点で、ストア派はソフィストと対立したソクラテスと同じ立場だった。

自然法はどんな人間にもあてはまる。奴隷にもあてはまるんだ。いろいろな国でつくられる法律は、この自然法のヘタなまがい物だ、とストア派は見ていた。

ストア派は、人間と宇宙の違いをなくしてしまったように、魂と物質の対立も解消してしまった。あるのはただ一つの自然だけだ、と考えたんだ。このような見方を一元論という。（その反対が、現実を二つに分ける、たとえばプラトンなんかにはっきりしている二元論だ。）

ストア派の人びとは時代の申し子だった。彼らはかなりのコスモポリタン（国際人）だった。つまり世界全体《コスモス》が自分の国《ポリス》だという意識をもっていたんだ。だから「樽の哲学者たち」（キュニコス学派）なんかより、同時代の文化をどんどん受けいれた。人間の社会を論じ、政治に関心をよせ、なかにはたとえばローマ皇帝マルクス・アウレリウス（一二一―一八〇年）のように、活動的な政治家になった人びともいる。ストア派はまた、ローマにギリシアの文化と哲学を広めた。雄弁家で哲学者で政治家でもあったキケロ（紀元前一〇六―四三年）がその代表格だ。キケロは、個人を中心にすえる世界観、「人間中心主義《ヒューマニズム》」という概念をつくりあげた。のちに、ストア派のセネカ（紀元前四―紀元後六五年）は人間は人間にとって神聖だ、と書いた。これはのちの人文主義《ヒューマニズム》のスローガンになった。

ストア派はまた、たとえば病気や死などのすべての自然過程は自然の不変の法則にしたがっている、ともとなえた。だから人間は、自分の運命を受けいれる術《すべ》を学ばなければならない。ストア派は、なにごとも偶然には起こらない、と考えた。すべては必然なのだから、つらい運命が扉をたたいたら、じたばたしたり嘆いたりしてもなんにもならない。また、幸せな生活条件も落ち着いて受けいれるべきだ。こんなところは、あらゆる外面的なものをどうでもいいと考えたキュニコス学派と近いね。今でもわたしたちは、感情に引きずりまわされないのを「ストイックな落ち着き」と言ったりする。

エピクロス学派

見てきたようにソクラテスは、どうすれば人間はいい人生を送れるかを追究した。それをキュニコス学派とストア派は、人間は物質的なぜいたくから自由にならなければならない、と解釈した。ところがソクラテスにはもう一人、アリスティッポスという弟子がいた。アリスティッポスは、できるだけたくさんの感覚的な楽しみを手に入れることが人生の目的だ、と考えた。アリスティッポスは、最高の善は快楽で、最大の悪は苦痛だ、と言っている。そこからアリスティッポスは、あらゆる苦痛をとりのぞく生活技術を発展させようと考えた。（キュニコス学派とストア派が目指したのは、あらゆる苦痛をたえしのぶことだった。これは、全力をあげて苦痛を避けることとはちょっとばかりちがう。）

紀元前三〇〇年頃に、エピクロス（紀元前三四一―二七〇年）がアテナイに哲学の学校を開いた。エピクロスはアリスティッポスの快楽主義の倫理をもっと進めて、それとデモクリトスの原子論を結びつけた。

エピクロス学派の人びとは、とある庭園に住んでいたと言われている。それで、「庭園の哲学者たち」とも呼ばれる。庭の入り口の門には、こんな銘がかかげられていたそうだ。「よそ人よ、ようこそ。ここでは快楽が至高の善である」

エピクロスは、快楽を生み出す行為は、ばあいによっては困った副産物ももたらすから、両方をよくくらべなければならない、と言っている。もしもきみがチョコレートを食べたいだけ食べたら、エピクロスの言う意味がわかるだろう。もしもわからないなら、貯金箱をもっていって、チョコレートを百クローネ買ってごらん。（きみはチョコレートが好きだ、という前提で言っているんだけど。）そして、そのチョコレートを全部いっぺんに食べるんだ。おいしいチョコレートをたらふく食べて三十分もすれば、きみはエピクロスが副産物と言ったことの意味がわかるんじゃないかな？

エピクロスははかない快楽を、もっと大きな、長続きする、たしかな快楽と、長い目で見てくらべなければならないと思ったんだ。（たとえば、新しい自転車とか外国旅行のためにおこづかいをそっくり貯めることにして、一年間、チョコレートは一口も食べないことにする、とか。）動物とちがって人間には、自分の生活を計画する能力がある。快楽の損得計算ができるんだ。おいしいチョコレートにはもちろん価値があるけれど、自転車やイギリス旅行にも価値がある、というわけさ。

エピクロスは、快楽とはたとえばチョコレートを食べて感覚を楽しませることではない、とも言っている。友情や芸術も快楽をもたらすだろう。自制や中庸や心の平安《アタラクシア》といった昔からのギリシアの理想も、人生を楽しむための条件だ。激しい欲望はコントロールされなければならない。心の平安も、苦痛をたえしのぶ助けになる。

エピクロスの園をおとずれる人びとのなかには、宗教上の不安をかかえている人も多かった。宗教や迷信に対抗するには、デモクリトスの原子論がものを言った。いい人生を送るには、死の恐怖にうちかつことが重要になってくる。この問題に、エピクロスはデモクリトスの魂の原子の教えで答えたんだ。憶えていると思うけど、デモクリトスは、死後の生はない、なぜならぼくたちが死ぬと魂の原子は四方八方に飛び散ってしまうのだから、と考えていたよね。

「なぜ死を恐れるのか」とエピクロスは言っている。「わたしたちが存在するあいだ、死は存在しないし、死が存在するやいなやわたしたちはもう存在しないのだから」(まったくだ。死んでいることで苦しんでいる人なんて、見たことないよね。)

エピクロスは、こうした不安解消の哲学を「四種の薬」と名づけてまとめている。

神々を恐れることはない。死を思いわずらうことはない。善はたやすくえられる。恐怖はたやすくたえられる。

哲学者の課題を医者の課題になぞらえることは、ギリシアでは目新しいことではなかったよね。エピクロスは、人間は四種の大切な薬の入った「哲学の救急箱」をそなえておくべきだ、と言ったんだ。

ストア派とは対照的に、エピクロス学派は政治や社会にはあまり関心を示さなかった。「隠れて生きよ《ラテ・ビオーサス》!」とエピクロスはすすめる。彼の庭園はこんにちの共同生活集団のようなものだったのかもしれない。ぼくたちの時代にも、この巨大な社会に孤島か緊急避難港のようなものをもとめる人はたくさんいる。

エピクロスが死んだのち、多くのエピクロス学派《エピキュリアン》の人びとは一面的な快楽追求に走った。モットーは「今を生きよ！」だ。だから今では「エピキュリアン」は、快楽至上主義者を指す、あんまりいい意味のことばじゃない。

新プラトン学派

キュニコス学派もストア派もエピクロス学派も、ソクラテスの教えを踏まえていることを見てきたね。彼らはさらにソクラテス以前の哲学者たち、デモクリトスやヘラクレイトスも踏まえていた。けれども古代末期の哲学の潮流のうち、注目度ナンバーワンはプラトンのイデア説に影響された一派だ。彼らは「新プラトン学派」と呼ばれている。

新プラトン学派でいちばん重要なのがプロティノス（およそ二〇四―二六九年）、アレクサンドリアで哲学を学び、のちにローマに移った人だ。プロティノスがアレクサンドリアの出身だということ、これは心にとめておかなくては。アレクサンドリアはすでに数世紀にわたって、ギリシアの哲学とオリエントの神秘主義の出会いの場だった。プロティノスは一種の救いの教えをローマにもたらしたんだが、これは当時力をもちつつあったキリスト教と張りあうことになる。そのいっぽうで、プロティノスたちの新プラトン学派はキリスト教神学に強い影響をあたえもした。

プラトンのイデア説は憶えているね、ソフィー。プラトンはイデア界と感覚界を分けたのだった。プラトンはまた、人間の魂と肉体もすぱっと切り離して考えたのだった。そのために人間は二重の存在ということになった。プラトンによれば、ぼくたちの体は、感覚界のすべてのものと同じように土と埃でできている。けれどもぼくたちは不死の魂ももっている。ギリシアではこの考え方は、すでにプラトンよりずっと前からかなり広まっていたんだが、似たような考え方はアジアにもあって、プロティノスはそっちのほうにも親しんでいた。

　プロティノスは、世界は二つの極のあいだに張り渡されている、と考えた。一つの極には、彼が「一者《いっしゃ》」と名づけた神々しい光がある。これは「神」とも呼ばれる。もう一つの極は絶対の闇が支配していて、ここには一者の光は届かない。でもプロティノスのポイントは、この闇は本当は存在するものではない、ということだ。闇っていうのは、ただ光がないってことだよね。そう、闇があるのではないんだ。存在するのは神や一者だけで、光源が闇のなかでだんだんと明るさを失うように、神から発する光線もある限界までしか届かない、というわけだ。

　プロティノスによると、一者の光は魂を照らす。物質は闇だ。だから本来は存在しないということになる。けれども、自然のなかのさまざまな形あるものも、一者をかすかに照り返してはいる。

　ねえソフィー、夜の闇のなかで、燃えさかっている大きなたき火を想像してごらん。炎からは火の粉があっちにもこっちにも飛ぶよね。たき火の周りはずうっと向こうまで、夜の闇が明るんでいる。でも何キロも離れたところからだと、炎は小さな光にしか見えない。もっと離れたら、夜の闇のなかにぼんやりとともるランプのような、ほんのちっぽけな光の点にしか見えない。さあ、もっと離れたら、光はもうぼくたちのところまで届かなくなるだろう。光線は夜の闇のどこかで消えてしまって、まっ暗闇のなかでぼくたちにはなにも見えない。すると影も形もないんだ。

　こんどは現実をそんなたき火だと想像してごらん。燃えているのは神だ。その外側の闇は、人間や動物を形づくっている冷たい物質だ。神のかたわらにはすべての被造物の原型、永遠のイデアがある。なによりもまずは人間の魂が炎から飛び散る火花なんだけど、自然界のどこにでも、この神の光のなにがしかが輝いている。あらゆる生き物に、そう、一輪の薔薇の花やつりがね草の花にも、神の光はある。命をあたえる神からもっとも遠くにあるのが、土と水と石だ。

　ぼくは今、目に見えるものすべてが神の神秘をなにがしか宿している、と言ったね。ぼくたちはひまわりの花やひなげしの花に、神の神秘がきらめいているのを見るのだ。ぼくたちはこのはかりしれない神秘を、ついと枝から飛びたつ蝶や、水槽を泳ぎまわる金魚の姿のなかに、おぼろげに感じとる。でも、ぼくたち自身の魂がもっとも神に近い。ぼくたちが大いなる生命の秘密と一つになれるのはここ、魂のなかしかない。そう、たぐいまれな瞬間には、ぼくたちはぼくたち自身を神の神秘として体験することだってできるのだ。

プロティノスのイメージは、プラトンの洞窟の比喩を思い出させるね。ぼくたちは洞窟の出口に近づくほどに、あらゆるものが湧き出る泉に近づくことになる。けれども、プラトンが現実をはっきりと二つに分けたのとはちがって、プロティノスの考え方の特徴は、全体を一つのものとして体験する、ということなんだ。すべては一つだ。なぜならすべては神なのだから。プラトンの洞窟の影も、一者の弱よわしい照り返しなのだ。

プロティノスは生涯のうちに何度か、魂が神と溶けあう体験をした。これを神秘的体験というけれど、そんな体験をしたのはプロティノスだけではない。その記録は人類のあらゆる時代、あらゆる文化にある。この体験を物語る表現はそれこそさまざまだけれど、それでも見すごせない共通点がいくつもある。これから、そんな共通点をいくつか見ていくことにしよう。

神秘主義

神秘的体験とは、神や世界霊魂と一体となる経験だ。神と神の創造物は深い淵によってへだてられているけれど、神秘家はこの淵をものともしない、とたくさんの宗教で言われている。男でも女でも、神秘家は神の一部になる体験をするのだ。

これは、ぼくたちがふつう「わたし」と呼ぶものがぼくたちの本来のわたしではなくなる、ということだ。ほんの短い瞬間、わたしがもっと大きなわたしを体験する、ということだ。多くの神秘家はそれを「神」と呼んだ。「世界霊魂」とか「森羅万象《しんらばんしょう》」とか「宇宙」とか名づける人びともいる。神秘家は、そういうものと溶けあうなかで自分を失う体験をする。雨粒が海に混ざれば、自分を失うように、神のなかに消えてしまい、われを失うんだ。あるインドの神秘家は、「わたしだった時、神はいなかった。今は神がいて、わたしはもういない」と言い表している。キリスト教の神秘家、アンゲルス・シレジウス（一六二四―一六七七年）は、「水滴は海にいたると海になる。魂は神に受けいれられると神になる」と言っている。

たぶんきみは、自分を失うなんて、うれしくもなんともない、と思っているね。その気持はわかるよ、ソフィー。でも、きみが失うものは、きみが手に入れるものとはくらべものにならないほどちっぽけなのだ。きみは、今この瞬間にもっている形のきみ自身は失うが、同時にきみは本当は何かとほうもなく大きなものだということを、まざまざと理解するんだ。きみは全宇宙になる。ソフィー・アムンセンとしてのきみ自身は失うことになるけれど、この「ふだんのわたし」はいずれいつかは失わなくてはならない、と考えれば気が楽になるんじゃないかな。この、きみ自身を解放できた時に初めて体験できる、きみの本当のわたしを、神秘家は永遠に燃える不思議な炎ととらえるのだ。

でも、そういう神秘的体験は、いつでも向こうからやってくるとはかぎらない。神と出会うために、神秘家は「浄《きよ》めの道」に入る。質素な暮らしと瞑想《めいそう》をかさねるということだ。すると突然、神秘家は目的にたっして叫ぶんだ。「わたしは神だ!」あるいは「わたしはあなただ」とね。

世界宗教にはどれも神秘的な傾向がある。そして神秘家たちが神秘体験について書いたものは、文化はそれこそさまざまなのに、驚くほど似ている。神秘家が神秘体験をそれぞれの信仰や哲学から意味づけしようとすると、初めて文化的な背景が現れてくる。

ユダヤ教とキリスト教とイスラム教に見られる西洋の神秘主義では、神秘家は、一人の人格をもった神との出会いを体験した、と言う。この神は自然や人間の魂にありながら、しかもこの世界をはるかに超越している。いっぽうヒンドゥー教や仏教や中国の信仰に見られる東洋の神秘主義では、神秘家は、神や世界霊魂と完全に一体になる体験をした、という言い方をする。神秘家は「わたしは世界霊魂だ」と言ったり、「わたしは神だ」と言ったりするわけだ。神は世界のなかにいるだけではない。世界の外のどこにもいないのだ。

とくにインドにはプラトンよりもずっと以前から、強力な神秘主義の流れがあった。スワミ・ヴィヴェーカーナンダ（一八六三―一九〇二年）は、ヒンドゥー教の思想を西洋にもたらした大立者《おおだてもの》だけど、こんなことを言っているよ。「世界のある宗教が、自分の外にいる人格をもった神を信じない人を無神論者と呼ぶように、わたしたちは、自分自身を信じない者を無神論者と呼ぶ。自分の魂の栄光を信じないことを無神論と呼ぶ」

神秘体験は倫理学にとっても意味をもってくる。インドの大統領にもなった哲学者、ラーダークリシュナン（一八八八―一九七五年）はこう言った。「あなたの隣人をあなた自身のように愛しなさい。なぜなら、あなたはあなたの隣人であるから。あなたの隣人はあなたとは別人だと思いこんでいるなら、それは幻想だ」

信仰をもたない現代人でも神秘体験をすることがある。彼らは突然、「宇宙意識」とか「海の感覚」と表現する何かを体験する。時間からもぎ離され、世界を「永遠という視点から」体験するのだ。

ソフィーはベッドの上に座りなおした。自分の体がまだあることを、たしかめなくてはならなかった。プロティノスと新プラトン学派のことを読んでいるあいだ、自分が部屋を抜けて窓から外へ出て、町の空高く飛びまわっているような気がしていた。ソフィーは、町の中央広場のすべての人びとを見おろしながら、自分が生きているこの惑星をはるかかなたまで漂っていった。北海を越え、ヨーロッパを越えて、サハラ砂漠や遠いアフリカの草原まで。

　巨大な地球はたった一つの命あるものになり、この命あるものはソフィー自身のように思えた。わたしは世界、とソフィーは思った。これまではかりしれなくて恐ろしげに感じていた大宇宙が、今まるごとソフィーの「わたし」だった。宇宙はあい変わらず巨大で威厳に満ちているのに、ソフィー自身も同じくらい大きいのだった。

　この不思議な感覚はすぐに引いていったけれど、けっして忘れないだろう、とソフィーは確信した。ソフィーの何かが額《ひたい》からほとばしって、まるで一滴の絵の具が水差しの水全部を染めるように、あらゆるものと混ざりあったような気がした。

　なにもかもが終わってしまった時には、頭痛がして、不思議な夢からさめたような感じがした。ソフィーはがっかりしてため息を一つついて、自分にはベッドから起きあがろうとしている体があることを思い知った。あまり長いこと腹這いになってアルベルト・クノックスの手紙を読んでいたので、背中が痛かった。けれどもソフィーは、絶対に忘れられない何かを経験したのだ。

　ソフィーはようやく立ちあがった。そして手紙に穴をあけ、ほかの講座テキストといっしょにバインダーにとじた。それから、ソフィーは庭に出た。

　小鳥がさえずって、まるで世界はいましがた創造されたかのようだった。古い兎小屋の向こうの白樺の葉は、明るい緑色が目にきつすぎるほどで、まるで創造主がまだ色を調合し終わっていないかのようだった。

　すべてが神のような「わたし」だなんて、本当にそう考えていいのかしら？　わたしが「炎から飛び散る火花」の魂をもっているって、考えていい？　だって、だとしたらわたし自身が神のようなものということになるのだから。

絵はがき

自分にきびしく口止めをして

哲学の先生からなんの便りもないままに、数日が過ぎた。五月十七日の木曜日はノルウェイの祝日だった。休日にはさまれた十八日も学校はお休み。

水曜日、学校からの帰り道で、突然ヨールンが言った。

「テントをもってキャンプに行かない?」

とっさにソフィーは、そんなに長く家をあけるわけにはいかない、と考えた。でも、思いきって言った。

「いいわよ」

二時間後、大きなリュックをしょったヨールンがソフィーの家にやってきた。ソフィーもリュックとテントを用意した。そのほかにも二人は寝袋、防寒着、スポンジのマット、懐中電灯、紅茶を入れた大きな魔法瓶、そしておいしい食料をどっさりもちよった。

五時、仕事から帰ってきたソフィーの母は、しなければならないこと、してはならないことをあれこれと指図《さしず》した。どこにテントを張るつもりなのかもたずねた。

二人は、ティウルトッペンにする、と言った。たぶんそこならあしたの朝、雷鳥の鳴き声が聞けるから。

ソフィーには、ここでキャンプをすることにひそかなもくろみもあった。思い違いでなければティウルトッペンから少佐の小屋はそんなに遠くない。もう一度あそこに行こう、と何かがささやく声がする。でもソフィーは、もうぜったいに一人では行かない、と心に決めていた。

二人はソフィーの家の庭の小さな木戸から森の道に入っていった。ヨールンとソフィーはいろんなおしゃべりをした。ソフィーは、哲学をちょっとお休みするのもいいな、と思った。

八時になる頃には、ティウルトッペンの近くの高台にテントを張り終わった。二人は寝場所をしつらえて、寝袋を広げた。食べるものも食べてしまうと、ソフィーはたずねた。

「ねえ、少佐の小屋って、聞いたことある?」

「少佐の小屋?」

「この森のどこかに小屋があるの……。小さな池のほとりにね。そこに昔、変わり者の少佐が住んでいたの。だから少佐の小屋っていうのよ」

「今でもだれか住んでるの?」

「行ってみない?」

「だけど、どこにあるのよ?」

ソフィーは木立のかなたを指さした。

ヨールンはそれほど乗り気ではなかったが、結局、二人は出発した。初夏の太陽はまだ地平線の上にかかっていた。

初めのうち、二人は背の高い松林をぬって行った。それから、藪や茂みと悪戦苦闘しながら進んだ。ようやく径に出た。これは、ソフィーが日曜の朝たどった、あの径?

やっぱりそうだった。しばらくするとソフィーは、径の右側の木立のあいだに光るものを指さした。

「ほらね」

ほどなく二人は小さな池のほとりに立っていた。ソフィーは小屋をながめた。窓に雨戸がたててある。赤い小屋は打ち捨てられたような感じだった。

ヨールンがふりむいた。

「歩いて池を渡るわけ?」

「ううん、ボートで行くのよ」

ソフィーは葦の茂みを指さした。このあいだのようにボートがあった。

「来たことがあるの?」

ソフィーは首を横にふった。ここに来たことをヨールンに話すとしたら、めんどくさいことになってしまう。アルベルト・クノックスさんや哲学の通信講座のことにはふれないで、どうやって説明できるっていうの?

二人は冗談を言ったり笑ったりしながら、池を漕ぎ渡った。向こう岸でボートを陸に上げる時、ソフィーはとくに念を入れた。二人はドアの前に立った。ヨールンがドアの取っ手に手をかけた。小屋にだれもいないのは明らかだった。

「しまってるじゃないのよ。あなた、なにか当てがあったの?」

「探せば鍵があるんじゃないかな」

二人は外壁《そとかべ》の煉瓦《れんが》の隙間を探しまわった。

「ねえ、テントに帰ろうよ」何分かすると、ヨールンが言った。

その時、ソフィーが叫んだ。

「あった、あった!」

ソフィーは、どうだとばかりに鍵をかかげて見せた。鍵穴にさしこむと、すっとドアがあいた。

二人は、まるで泥棒になったような気分で小屋に踏み入った。なかは暗くてひんやりしている。

「なんにも見えない」とヨールンが言った。

ソフィーは、あらかじめそのことも考えていた。ポケットからマッチを取り出して、火をつけた。マッチが消えるまでに二人が見たものは、もぬけの殻の部屋だった。ソフィーはもう一本、マッチをすった。暖炉の上の鋳物《いもの》の燭台《しょくだい》に、ちびたろうそくが見つかった。ソフィーが三本めのマッチでろうそくに火をつけると、とたんに狭い部屋はあたりのようすがわかるほど明るくなった。

「こんな小さなろうそくが闇を明るくするなんて、不思議だと思わない？」とソフィーはたずねた。

友だちは、こくんとうなずいてくれた。

「でも、光は闇のどこかに吸いこまれてしまう」ソフィーはつづけた。「本当は闇なんかないのよ。そこには光がないってだけの話」

「なにへんなこと言ってるのよ！　もう行こう……」

「あの鏡を見てから」

ソフィーは真鍮の鏡を指さした。鏡はこのあいだと同じように、タンスの上にかかっていた。

「わあ、すてき……」

「でもこれ、魔法の鏡なの」

「鏡よ、壁の姿見よ、国じゅうでだれがいちばん美しい？」

「ちがう、冗談じゃないんだったら、ヨールン。この鏡の向こうには別の世界が見えるの」

「あなた、ここには来たことないんでしょ？　なのに、どうしてそんなこと言ってわたしを怖がらせるわけ？」

ソフィーは答えにつまった。

「ごめん」

ところが、こんどはヨールンが床の隅に何かを見つけた。小さな箱だ。ヨールンはそれを拾いあげた。

「絵はがきだ」

ソフィーははっと息をのんだ。

「さわっちゃだめ！　わかった？　さわっちゃいけないのよ！」

ヨールンは、ぱっと後ろに下がった。まるで火傷《やけど》でもしたかのように、ヨールンは箱から手を離した。絵はがきが床に散らばった。何秒かあって、ぷっとヨールンが吹き出した。

「ただの絵はがきじゃないの」

ヨールンは床にうずくまって絵はがきを集めはじめた。ソフィーもしゃがんだ。

「レバノン……レバノン……レバノン……全部レバノンから出してる」ヨールンがいちいちたしかめる。

「そうなのよね」ソフィーの声はかすれていた。

「だったらやっぱり、あなた前にここに来たことあるんじゃない」

「そうなの」

来たことがあると認めてしまったほうがいいかも、とソフィーは考えた。この数日に起こったさまざまな謎の事件を友だちにちょっと打ち明けたって、べつに困らないだろう、と思ったのだ。

「ここに来てから言おうと思ってた」

ヨールンははがきを読みはじめた。

「これ全部、ヒルデ・ムーレル＝クナーグって人宛てだわ」

ソフィーはまだはがきに手もふれていなかった。

「宛先の住所はどうなってる？」

ヨールンが読みあげた。

「ノルウェイ、リレバン、アルベルト・クノックス様方、ヒルデ・ムーレル＝クナーグ様」

ソフィーはほっとして、ふうと息を吐き出した。はがきに「ソフィー・アムンセン様方」とあったらどうしよう、と思っていたのだ。ソフィーは初めてはがきに目をこらした。

「四月二十八日……五月四日……五月六日……五月九日……つい何日か前の消印ね」

「それだけじゃない。消印はみんなノルウェイ語よ。見て、国連軍だって！　切手もノルウェイのだわ」

「どれもそうみたい。国連軍ってのは中立でしょ。だからそこには自分とこの国の郵便局があるのよ」

「郵便はどうやってノルウェイに届くわけ？」

「軍用機で運ぶんじゃない？」

ソフィーはろうそくを床に置いた。そして二人ははがきを読みはじめた。ヨールンははがきを日付順に並べると、一枚めを読みあげた。

《愛するヒルデ！
うれしいことに、リレサンのわが家に帰れることになった。本当だ。六月二十三日の夕方早い時間にクリスティアンサンのキェヴィック空港に着く。ヒルデの十五歳の誕生日までに帰れれば言うことないんだが、軍務があるのでね。埋めあわせに、わたしの気持はすべて大きなプレゼントにして、きみの誕生日に届くようにするよ。
　　　　　　　　　いつも娘のこれからのことを思っている男より、心をこめて
追伸　このはがきの写しを共通の友だちに送っておく。今はわたしは謎だらけだが、きみはきっと

わかってくれるだろう》

ソフィーはつぎのはがきを取りあげた。

《愛するヒルデ！
こちらは、ああまたやっと一日が終わったか、と思う毎日だ。あとになってこのレバノンでの数カ月を思い出したら、まず浮かぶのは待機ということだろう。でも、きみの十五の誕生日にできるだけすばらしいプレゼントをしようとがんばっている。今はこれ以上は言えない。自分にきびしく口止めをしているのだ。

ではね、パパより》

二人は緊張のあまり息をつめて座りこんでいた。どちらもなにも言わない。ただ、はがきの文面を追っていた。

《愛する娘に！
わたしの気持を白い鳩にくくりつけて送れたら、と思うよ。けれどもレバノンには、伝書鳩になってくれる白い鳩はいない。戦争のために荒廃したこの国に本当に必要なのは白い鳩だ。いつの日か、国連が世界に真の平和をもたらしてくれることを。

追伸　誕生日のプレゼントはだれかと分けあうことになるのかな？　まあ、わたしが家に帰ったらわかることだ。でも今きみは、わたしがなんのことを言っているのか、わからないよね。

わたしたち二人のことを考える暇がたっぷりある男より》

六枚読み進んだところで、もう一枚残っていた。


《愛するヒルデ！

きみの誕生日のための秘密の計画で、わたしははちきれそうだ。一日に何度もたいへんな努力をして、電話をかけてなにもかもぶちまけてしまいたくなるのをぐっとこらえている。この思いは毎日ますますふくらむばかりだ。何かがどんどん大きくなると、自分の胸一つにしまっておけなくなるってこと、わかるだろう？

パパより、よろしく

追伸　きみはソフィーという名の女の子と知りあいになる。会う前におたがいを少し知っておくために、きみ宛てのわたしのはがきの写しをすべてソフィーに送っている。そろそろソフィーはこのつながりに気づくだろうか？　ヒルデ。今のところ、ソフィーもきみもそれほど事情がのみこめてないわけだが。ソフィーにはヨールンという友だちがいる。たぶん、手を貸してくれるんじゃないかな？》

最後のはがきを読み終わると、ヨールンとソフィーは顔を見あわせた。ヨールンはソフィーの手首をぎゅっとつかんだ。

「わたし怖い」ヨールンが言った。

「わたしも」

「最後のはがき、消印はいつになってる？」

ソフィーはもう一度はがきを見た。

「五月十六日。きょうよ」

「そんなの、ありっこないわ！」ヨールンは半分腹を立てていた。

二人は消印をまじまじと見つめた。まちがいない。「16／05／90」

「そんなこと、あるわけないでしょ」ヨールンは言い張った。「だれが書いたんだろう、さっぱりわからないわ。でも、わたしたちを知ってる人なことはたしかね。それにしてもどうして、わたしたちがきょうここへ来るって、わかったんだろう？」

ヨールンの怖がりようは手がつけられないほどだった。もちろんソフィーには、ヒルデとその父親はおなじみだったけれど。

「これはあの真鍮の鏡となんか関係あると思うの」

もう一度、ヨールンは震えあがった。

「あなたまさか、レバノンの消印のはがきがたった今、あの鏡から出てきたなんて、言うつもりじゃないでしょうね？」

「もっといい説明がつく？」

「ううん」

「でも、謎はそれだけじゃないわ」

ソフィーは立ちあがって、壁の二枚の絵を照らした。ヨールンは絵のほうに身を乗り出した。

「『バークリ』に『ビャルクリ』。どういうことだと思う？」

「ぜんぜんわかんない」

ろうそくが燃えつきそうだった。

「もう行こう!」ヨールンが言った。「ねえったら!」

その声に、ソフィーは白いタンスの上の真鍮の鏡を壁からはずした。ヨールンはやめさせようとしたが、ソフィーはきかなかった。

二人が外に出ると、五月としてはこれ以上暗い夜はないほど、あたりはまっ暗になっていた。藪や木のシルエットしか見えない。小さな池は、まるで空をそっくり映したようだった。二人は向こう岸へとゆっくりと漕ぎ渡った。

テントへの帰り道、二人ともあまり口をきかなかった。けれどもおたがいに、相手は今見たことで混乱しているんだ、と考えていた。時どき、鳥にびくっとさせられた。梟《ふくろう》の声が二度、聞こえた。

テントにたどりつくと、二人は寝袋にもぐりこんだ。ヨールンは、鏡をテントのなかに持ちこむのはぜったいいや、と言い張った。眠りにつく前に二人とも、鏡がテントの入口の近くにあるだけでも怖い、と白状した。ソフィーははがきももってきていた。ソフィーはそれをリュックのサイドポケットにしまった。

つぎの朝、二人は早く目が覚めた。初めにソフィーが寝袋から這い出した。そしてブーツをはいて、テントをあとにした。外の草の上に、大きな真鍮の鏡はあった。しっとりと露にまみれている。ソフィーはセーターで露をぬぐうと、鏡に映った自分の顔を見おろした。よかった。レバノン発の新しいはがきは出てきていなかった。

テントの向こうの高台には、切れ切れになった朝の霧がまるで綿のかたまりのようにたなびいている。小鳥たちが元気にさえずる。大きな鳥たちは、声もしなければ姿も見えなかった。

二人は分厚いセーターを着て、テントの前で朝食を食べた。話はすぐに少佐の小屋と謎のはがきのことになった。

食事が終わると、二人はテントをたたんで帰ることにした。ソフィーはずっと真鍮の鏡を小わきにかかえていた。何度もひと休みしなければならない。ヨールンは、鏡にさわるのはお断わり、と言ったのだ。

ようやく人家が見えてきた時、何度かパンパンという音が聞こえた。ソフィーは、ヒルデの父親は戦争で荒れ果てたレバノンで手紙を書いたのだ、と思わずにはいられなかった。こんな平和な国に住んでいるなんて、なんて幸せなんだろう、という思いがこみあげた。あのパンパンという音は、なんのことはない、ただの爆竹《ばくちく》だった。

ソフィーはヨールンに、ココアを飲んでいかないか、と誘った。母は、鏡をどこからもってきたのか、どうしても教えなさい、と言った。少佐の小屋で見つけた、とソフィーが言うと、母は、あの小屋はずっと何年も空き家だった、とまた同じことを言った。

ヨールンが帰ってしまうと、ソフィーは赤い服に着替えた。お休みの日の残りは、だいたいいつもどおりに過ぎていった。夕方のニュースが、レバノンに駐留しているノルウェイの国連軍兵士たちが祭日を祝うようすを伝えた。ソフィーはテレビのスクリーンに目をこらした。ここに映っている男の人たちのだれかが、ヒルデの父親なのだ。

五月十七日、この日の最後にソフィーは大きな真鍮の鏡を自分の部屋にかけた。翌日の午前中、ほら穴に新しい茶封筒が届いていた。ソフィーは封を開いて、すぐに読みはじめた。

二つの文化圏

それがわかってこそ、きみは空っぽの空間の根無し草ではなくなるのだから

ぼくたちが顔をあわせる日もそう遠くないよ、ソフィー。ぼくは、きみがもう一度少佐の小屋に行くだろうと思っていた。だから、ヒルデの父親からのはがきを全部置いていったんだ。それが、はがきがヒルデに届くたしかな道だったからね。

でも、ヒルデはどうやってはがきを手に入れるのだろう、なんて頭を悩ませなくてもいい。六月十五日まで、時間はまだたっぷりある。

ぼくたちは、ヘレニズムの哲学者たちが古代ギリシアの哲学者たちの考えをなぞった、ということを見てきたね。そればかりか、彼らを教祖に祭りあげようとまでした、ということも。たとえばプロティノスは、プラトンのことをまるで人類の救い主みたいにあがめていた。

でも、もちろん、ここで取りあげている時代の中ほどに、もう一人の救い主が現れた。ナザレのイエスのことだ。この章では、キリスト教がギリシア－ローマ世界にだんだん浸透していったようすを見ていこう――それは、そう、ヒルデの世界がだんだんとぼくたちの世界に入りこんでいくようなぐあいかな。


イエスはユダヤ人で、ユダヤの民族はセム語族の文化圏に属している。ギリシアとローマはインド－ヨーロッパ語族の文明圏に入っている。だから、ヨーロッパ文明には二つのルーツがある、と言っていい。キリスト教がギリシア－ローマの文化にだんだんと混ざっていったようすをつぶさに見ていい

く前に、この二つのルーツをもうちょっとていねいに見ておこう。

インドーヨーロッパ

インドーヨーロッパ語が話されている国ぐにと文化をひっくるめて、「インドーヨーロッパ」という。フィンウゴール語（フィンランド語、エストニア語、ハンガリー語）とバスク語をのぞくすべてのヨーロッパの言語は、インドーヨーロッパ語だ。インドとイランのほとんどの言語もインドーヨーロッパ語族に属している。

四千年ほど前、原インドーヨーロッパ語を話す人びとが黒海とカスピ海のあたりに住んでいた。ほどなくこのインドーヨーロッパの民は大挙して移動していった。南東の方向に移動してイランやインドへ、南西方向にはギリシア、イタリア、そしてスペインへ、西の方角には中央ヨーロッパをとおってイギリスやフランスへ、北西にはスカンジナビアへ、北には東欧やロシアへ。インドーヨーロッパの文化はそれぞれの地域の文化と混ざりあったが、どこでもインドーヨーロッパの宗教やことばが優勢だった。

ヴェーダと呼ばれる古代インドの書物も、ギリシアの哲学も、さらには詩人スノリの神々の教義も、書かれている言語はみんな同じ仲間だ。同じなのは言語だけではないよ。似通った言語には似通った考え方もふくまれている。だから、「インドーヨーロッパ文化圏」と言うんだね。

インドーヨーロッパ文化の特徴は、なんと言っても、さまざまなおびただしい神々を信じることだ。つまり多神教なんだ。神々の名前と宗教にまつわるたくさんの重要な単語や表現が、インドーヨーロッパのあらゆる地域に共通している。いくつか例をあげよう。

古代インドの人びとは天の神ディアウスを信仰していた。ギリシア語ではこの神はゼウス、ラテン語ではユピテル（本来は「父なるイオウ（天）」という意味のイオウパーテル）、古代北欧ではテュールだ。ディアウス、ゼウス、イオウ、テュールという名前は、一つのことばの変化したものだ。

北欧のヴァイキングたちがアーゼンという神々を信仰していたことは、きみも知っているね。「神々」を意味するこのことばも、全インド‐ヨーロッパ地域にある。古代インドのことば（サンスクリット）で、神々はアスラといったし、イランのことばではアフラだ。サンスクリット語にはもう一つ、神を表すデーヴァということばがあって、イラン語ではダエーワ、ラテン語ではデウス、古北欧語ではティヴルとなる。

北欧にはこのほかにも、ニョルドとかフレイとかフレイヤとかの豊饒の神々がいたね。この神たちはヴァーネンと呼ばれた。ヴァーネンというのは、ラテン語の豊饒の女神の名前、ウェーヌスが変化したものだ。サンスクリットには、これとよく似たヴァニということばがある。「喜び」とか「欲望」とかの意味だ。

神話も、インド‐ヨーロッパのすべての地域ではっきりとした類縁関係を示している。スノリが物語る古代北欧の神々をめぐる神話には、それよりも二、三千年も前に語られたインドの神話を思い出させるものがいくつもある。もちろん、スノリの神話は北欧の自然に彩られているし、インドの神話はインドの自然に彩られている。でも、多くの神話の核心には、共通の起源をうかがわせるものがある。それがとりわけはっきりしているのが、不死の飲物と、渾沌《こんとん》の怪物との神々の戦いの神話だ。

思考そのものでも、インド‐ヨーロッパのさまざまな文化は明らかに共通している。典型的なのは、どの文化も、世界を善の力と悪の力がはげしくせめぎあうドラマとしてとらえる、という点だ。そのためインド‐ヨーロッパの人びとは、なにかと言えば世界がどうなるのかを予言によって知ろうとした。

ギリシアの哲学がまさにこのインド‐ヨーロッパの地域で生み出されたのは、けっして偶然なんかではない。インドやギリシアや北欧の神話体系には、哲学的な、あるいは理論的な思考法のきっかけになるようなものがある。

インド‐ヨーロッパの人びとは、世界のなりゆきの見通しを手に入れようとした。そう、インド‐ヨーロッパのすべての地域で、「見通し」とか「知」とかの特定のことばが、文化から文化へ、追究されたとすら言っていい。サンスクリット語では、これはヴィデヤーといった。このことばは、ギリシア語のイデアと同じだ。ほら、プラトンの哲学で大切な意味をもっていた、あのイデアだよ。ラテン語にはウィデオーという動詞があるけれど、これはローマ人にとっては、ただの「見る」ということだった。（ビデオ装置やビデオカセットの、あの「ビデオ」だよ）英語にはワイズ（かしこい）とかウィズダム（かしこさ）、ドイツ語にはヴァイゼ（かしこい）とかヴィッセン（知）ということばがある。ノルウェイ語にはヴィーテンということばがある。ノルウェイ語の「ヴィーテン」は、インドの「ヴィデヤー」やギリシア語の「イデア」やラテン語の「ウィデオー」と根は同じなんだ。

インド‐ヨーロッパの人びとにとっては「見ること」がきわめて大きな意味をもっていた、と言いきってしまっていいと思う。インド人やギリシア人、イラン人やゲルマン人の文学は、壮大な宇宙規模の光景《ヴィジョン》に彩られている。（ほらまた、さっきのことばが出てきた。「ヴィジョン」はラテン語の「ウィデオー」からきている。）このほかにも、インド‐ヨーロッパの文化では、神々や神話上の出来事を絵や像に表すことが広く行なわれていた。

インド‐ヨーロッパの人びとは、回帰する歴史観をはぐくんだ。歴史は、ちょうど四季が夏と冬をくりかえすように、円を描く、あるいは循環する、という考え方だ。だとすると、歴史にははっきりとした始まりもなければ終わりもない、ということになる。インド‐ヨーロッパの歴史とは、生と死が永遠に交代するように、生まれては滅びるいくつもの世界をさまざまに語ることだった。

東方の二大宗教、ヒンドゥー教と仏教は、インド‐ヨーロッパに起源をもっている。それはギリシア哲学にも言えることなのだから、かたやヒンドゥー教と仏教、かたやギリシア哲学と並べてみると、なんとまあよく似ていることか、と思うことはたくさんある。こんにちでもヒンドゥー教と仏教には、哲学的な省察が色濃く現れているんだよ。

ヒンドゥー教と仏教は、神のようなものがすべてのもののうちに存在する、と言う。「汎神論」だ。そして、人間は宗教的な洞察によって神と一体になれる、と。（プロティノスのことは憶えているよね、ソフィー！）そのためにはふつう、とことん自分を深めたり瞑想したりすることが必要だ。したがって東洋では、受け身であること、世の中から身を退くことが宗教的な理想とされることがある。ギリシアにも、人間は魂を救うために禁欲や苦行、あるいは宗教的な隠遁《いんとん》のうちに生きるべきだ、と考える人がたくさんいた。中世の修道院生活のいくつかの要素は、ギリシア－ローマのそうした考え方にさかのぼることができる。

このほか、インド－ヨーロッパの多くの文化では「魂の輪廻《りんね》」が大きな意味をもっていた。ヒンドゥー教では信者はみんな、いつか魂の輪廻から解放されることを目指している。プラトンも魂の輪廻を信じていた。

セム

さあ、こんどはセムだよ、ソフィー。インド－ヨーロッパとはまるでちがう言語をもった、まるでちがう文化圏の話だ。セム族はもともとアラビア半島に現れたんだが、セム族の文化圏も世界に大きく広がった。二千年以上ものあいだ、ユダヤ人は祖先伝来の地から遠く離れたところに暮らしていた。そのためセム族の歴史と、キリスト教をふくむセム族の宗教は、そのふるさとからとんでもなく遠くまでおよんでいった。セムの文化は、イスラム教が広がったことによって、さらに全世界に運ばれた。

西方の三つの宗教、ユダヤ教、キリスト教、イスラム教は、セムの背景をもっている。イスラム教の聖典コーランと、ユダヤ教やキリスト教の旧約聖書は、似通ったセム語で書かれている。そのため「神」を意味する旧約聖書のことばの一つは、イスラム教の「アラー」と語源が同じだ。(「アラー」はずばり「神」という意味だよね。)

キリスト教となると全体像はもっとこんぐらがっている。バックグラウンドはもちろんセムの文化だ。けれども、新約聖書はギリシア語で書かれたし、キリスト教神学や教義が形づくられた時にはギリシア語とラテン語で書かれたために、ヘレニズムの哲学が刻みこまれることになる。

インドーヨーロッパの人びとがたくさんの神々を信じていた、ということはさっき見てきたね。セムの人びとは、驚いたことに、すでに早い時期からたった一人の神を信仰していた。これが「一神教」だ。ユダヤ教とキリスト教とイスラム教は、神はたった一人だ、という考えをもとにしている。

さらにセムに共通するのは「直線的な歴史観」だ。歴史はまっしぐらに進む、ということだ。いつかある時、神が世界をつくり、歴史はそこから始まった。けれどもいつかある日、歴史は終わり、しかもその時には生きている者も死んだ者も神によって裁かれる、最後の審判が行なわれる。

西方の三大宗教のポイントは、まさにこの歴史のとらえ方にある。それは、神が歴史に干渉する、ということだ。そう、歴史は神がその意志を世界のすみずみにまで徹底させるためにこそあるんだ。神は、かつてアブラハムを「約束の地」へとみちびいたように、人類を歴史を経て最後の審判へとみちびく。その時、地上のあらゆる悪は滅ぼされる。

神が歴史に干渉すると考えたセムの人びとは、何千年にもわたって歴史を書いた。自分たちのルーツの歴史が、セムの人びとの聖典の中心テーマなんだよ。

今でもエルサレムは、ユダヤ教徒とキリスト教徒とイスラム教徒の重要な信仰の中心地だ。これも、この三つの宗教が共通の歴史をもっている証拠だ。ここには重要なユダヤ教のシナゴーグと、キリスト教の教会と、イスラム教のモスクがある。だからほかでもないエルサレムが紛争のもとになっているなんて、とても悲しいことだね。そう、だれがこの永遠の都を支配するかということでみんなが一致しないために、何千、何万もの人びとがいがみあい、殺しあっている。いつの日か国連が、エルサレムが三つの宗教すべての出会いの地になる手助けをできたらいいのにね！（こういう現実的な問題については、ぼくたちの哲学講座ではさしあたりこのへんでやめておこう。あとはヒルデのお父さんにおまかせだ。国連の監視軍がレバノンに駐留していることは、きみも知っているよね？　こっそり教えてあげようか、彼は少佐だ。もしもきみがなんとなく関連を感じたら、それは当たっているんだよ。まあ、これ以上なりゆきを先取りすることは、ぼくたちには許されていないけど。）

さて、と。インド－ヨーロッパの人びとにとっては、見ることが重要な意味をもっていた、ということは先にふれたとおりだ。ところが驚いたことに、セムの人びとにとっては、それと同じほど重要な役割を「聞くこと」が果たしている。ユダヤ教の信仰告白が「聞け、イスラエルの民よ」で始まるのは偶然ではない。旧約聖書を見ると、人びとが主のことばを「聞いた」り、ユダヤの預言者たちが預言を「かくしてエホヴァは語られた」という決まり文句で始めたりしている。キリスト教でも神のことばを「聞く」ことに重点が置かれている。ユダヤ教でもキリスト教でもイスラム教でも、礼拝でもっとも目立つのは、聖なる書を読みあげることだ。

インド－ヨーロッパの人びとは神々を絵に描いたり像につくったりした、ということもさっき言ったね。セムの人びとで目をひくのは、彼らが偶像を禁止していたということだ。神やそのほかのあらゆる聖なるものの絵や像をつくってはいけないんだ。こんにちでも、イスラム教とユダヤ教はこの決まりを守っている。イスラム世界では一般に、写真や造形芸術はあまり人気がない。人間は何かを創造することで神と張りあってはならないんだ。

けれどもきみは、キリスト教の教会には神やイエスの絵や像がわんさとある、と考えているんじゃないかな？　そうなんだ、ソフィー。これはまさに、キリスト教がギリシア－ローマ世界の刻印をしるされていることの一つの例なんだよ。（スラブ世界のロシア正教の教会では、今でも彫刻が禁止されている。聖書の物語にしたがった彫刻や磔刑像《たっけいぞう》はつくってはいけないことになっている。）

東方の二大宗教とは正反対に、西方の三大宗教は、神と被造物のあいだの断絶を強調する。そして、魂が輪廻から救われることではなくて、罪と罰から救われることを目指す。もっと言えば、信仰生活では自分を深めたり瞑想にふけったりすることよりも、祈りと説教と聖典の解釈に重きが置かれている。

イスラエル

ぼくはここできみの宗教の先生と張りあうつもりはないよ、ソフィー。でも、キリスト教のユダヤ的なバックグラウンドについては、ちょっとふれておこう。

すべては神がこの世界を創造したことから始まったのだったね。それがどんなふうだったかは、聖書のいちばん初めを読めばわかる。けれどもその後、人間は神に反抗した。それにたいする罰は、アダムとイヴがエデンの園から追放されただけではなかった。死がこの世に出現したんだ。

神にたいする人間の不従順というテーマは、聖書全体を一貫して流れている。創世記をひもとけば、大洪水とノアの箱舟の話がある。それから、神がアブラハムとその一族と交わした契約のことが出てくる。この契約は、アブラハムとその一族が神の掟を守ることを要求するものだった。のちにこの掟はモーセがシナイ山の頂《いただき》で掟を刻んだ石板（十戒）をさずけられた時、あらためて確認された。紀元前およそ一二〇〇年頃の出来事だ。当時イスラエルの民は長らく奴隷としてエジプトに暮らしていたのだが、神の助けによってイスラエルへと帰るとちゅうだった。

紀元前一〇〇〇年頃、ということはギリシア哲学が出現するずっと以前、イスラエルに三人の王が現れた。サウル、ダヴィデ、ソロモンだ。この頃にはイスラエルのすべての民は一つの王国に統一されて、とりわけダヴィデ王の治世には政治、軍事そして文化の面で最盛期をむかえた。

王たちは位につくとき、臣民によって香油をそそがれた。それで、ユダヤの王たちは「メシア」と呼ばれた。「香油で聖別された者」という意味だ。宗教的には、王は神と人びとのあいだにいる、と見なされていた。だから王たちは「神の御子」だし、王国は「神の国」と呼ばれもした。

ところがそれからほどなく、イスラエルは力を失う。王国は北のイスラエル王国と南のユダ王国に分かれた。紀元前七二二年には、北のイスラエル王国はアッシリアによって荒らされて、政治的にも宗教的にもすっかりおとろえる。南のユダ王国もそれよりましだったわけではない。紀元前五八六年、南の王国はバビロニアに征服された。エルサレムの神殿は破壊され、大部分の民はバビロニアにつれていかれた。このバビロン捕囚《ほしゅう》は紀元前五三九年にようやく終わる。人びとはエルサレムに帰って壮大な神殿を再建できることになった。ところが西暦の初めまでの何百年ものあいだ、ユダヤの民はまたしてもさまざまな異民族に支配されることになるんだ。

ユダヤ人たちは問うた。神はイスラエルを助け、守ると約束したはずなのに、なぜダヴィデの王国は滅びたのか、そしてなぜこの民はつぎからつぎへと不幸に見舞われるのか、とね。それでもこの民は神の命令を守りとおすと誓った。そしてついには、神はこれらの民族的な不幸をつうじてイスラエルの不従順を罰しているのだ、という結論が広く受けいれられるようになった。

紀元前およそ七五〇年頃から、預言者があいついで登場してくる。彼らは、人びとが主の掟を守らないから神がイスラエルを罰したのだ、と主張した。いつかある日、神はイスラエルに罰を下す、と預言者たちは語った。このような預言は「滅びの預言」と呼ばれている。

それからほどなく、神が一部の人びとを救い、ダヴィデの末裔《まつえい》の平和の主あるいは平和の王をつかわす、と唱える預言者たちが出てくる。この平和の主はかつてのダヴィデの王国を再興し、人びとに幸せな未来をあたえてくれる、とされていた。

「暗闇をさまようこの民は大いなる光を見る」と、預言者イザヤは言っている。「今、闇に沈んでいるこの国に、光は輝き昇る」と。

ここまでをちょっとまとめておこう。イスラエルの民はダヴィデ王のもとで幸せに暮らしていた。その後、悪い時代が訪れると、預言者たちはダヴィデの子孫から新しい王が出現すると主張した。この「メシア」あるいは「神の御子」はユダヤの民を「救う」ことになっていた。イスラエルをふたたび強大な国にして、「神の国」をうち建てることになっていたんだ。

イエス

オーケー、ソフィー。きみがついてきていると信じて、先へ行くよ。キーワードは「メシア」「神の御子」「救い」そして「神の国」だ。最初のうち、これらのことばはみんな政治的な意味で使われていた。イエスの時代にも、多くの人びとは新しいメシアを、ダヴィデ王と似たりよったりの政治と軍事と信仰の指導者と考えていた。救い主はだから、まずなによりも、ローマに支配されているユダヤ人の苦しみにピリオドを打って国を解放する者と見なされていた。

ところが、また別の声もあがった。すでにキリストの生まれる二百年も前に、また別の預言者たちが、約束されたメシアは全世界の救い主になる、と告げたんだ。救い主はイスラエルを異民族の軛《くびき》から解放するだけではなくて、すべての人類を罪と罰から、なによりも死から解放するのだ、と。死からの救いによせられた希望は、すでにヘレニズム世界のすみずみにまでいきわたっていたよね。

さあ、イエスの出番だ。彼は預言されたメシアとして登場したただ一人の人ではなかった。イエスはほかのそうした人びとと同じように、「神の御子」「神の国」「メシア」「救い」といったことばを口にした。そうすることで、いにしえからの預言と自分を結びつけたんだ。イエスはエルサレムにろばで乗り入れ、民の救い主として大衆の歓呼をあびた。そうすることで自分を、このような「即位儀礼」で王位についた、いにしえの王たちになぞらえたんだ。イエスは香油をそそがせてもいる。「時は満ちた」とイエスは言った、「神の国は近づいた」と。

こうしたことを残らず押さえておくことは、たいへん重要だ。でも注意しなければならないのは、イエスはほかの人びととはちがって、軍事や政治の指導者ではなかった、ということだ。イエスの使命はもっと大きなものだった。イエスはすべての人びとにたいする神の救いと赦《ゆる》しを告げた。人びとのあいだをまわって、「神の御名において、あなたの罪は赦された」と言ったんだ。こんなことばは前代未聞だった。ほどなくイエスにたいする学者たちの反発が起こった。ついには学者たちはイエスを処刑する算段にかかる。

もっとわかりやすく言おうね。太鼓とトランペットで(つまり武力でということだ)神の国を再興してくれるメシアを、イエスの時代の人びとは待ち望んでいた。「神の国」という表現は、赤い糸のように、イエスの預言をもつらぬいていた。もっとも、それはとんでもなく拡大された意味を帯びていた。イエスは、神の国とは隣人への愛だと説いた。弱い者へのおもいやりだと、過ちを犯したすべての人を赦すことだと説いたんだ。

古くからの、どこかキナ臭い表現がドラマティックに意味をずらされていることに気づいたね。人びとは、神の国を告げる将軍を待ち望んでいたのだった。そこへイエスが長い服とサンダルというまるで勇ましくない姿で現れて、神の国あるいは「新しい同盟」の意味を説いた。「あなた自身を愛するように、あなたの隣人を愛しなさい」と。それだけではないよ、ソフィー。イエスは、わたしたちは敵も愛さなければならない、と言ったんだ。敵がわたしたちの頬をなぐったら、同じお返しをするのではなく、もう片方の頬を差し出せ、と。そしてわたしたちは赦さなければならない。七回どころか、七の七十倍も赦さなければならない。

イエスは、売春婦や腐敗した収税吏《しゅうぜいり》や、政治的には敵であるローマ側の人間と話をするのはちっとも恥ずかしいことではない、ということを身をもって示した。いや、もっと大胆だった。全財産を遊びうかれて使い果たしてしまった浮浪者も、お金を着服した悪徳収税吏も、神に立ち帰り、赦しを乞いさえすれば、神の前で義の人と呼ばれる、と言った。神の慈悲はそれほどに大きいのだ、とね。いや、イエスはもっともっと大胆だった。いいかい、ぜひとも心にとどめておいてほしいんだ。イエスは、神の前で悔いあらためた罪人は、自分はだれよりも神の掟をきびしく守っていると鼻高だかの、非の打ちどころのないパリサイ人《びと》よりも義なのだ、だから神の赦しにあずかれる、と言ったんだ。

イエスは、人はどんなに努力しても神の慈悲に値する人間にはなれない、と言った。ぼくたちは自力で自分を救うことはできないんだ。(多くのギリシア人もそう信じていた!)イエスが山上の垂訓《すいくん》のなかできびしい道徳を説いたのは、神の意志を伝えるためだけではなかった。人間はだれ一人、神の前に立てば義ではない、つまり正義の人だなんて言えないということも伝えたかったんだ。そして神の慈悲は果てしないけれど、ぼくたちが神に立ち帰るには、赦しを乞う祈りによるしかないのだ。

これ以上イエスの人となりや教えに立ち入ることは、きみの宗教の先生におまかせしよう。イエスがどんなに稀な人間だったか、先生がよくわかるように教えてくれることに期待するよ。イエスは天才的なやり方で、彼の時代のことばを駆使して、古い言いまわしにとんでもなく新しい、拡大した内容をあたえた。イエスが十字架にかかって命を終えたのも不思議ではない。そのラディカルな救いの教えは、あちこちで利権や権力の地位にある人びとをおびやかしたので、邪魔者として消されなければばならなかったんだ。

ソクラテスのところでは、人間の理性にうったえるのがどれほど危険なことかを見たよね。イエスのばあいでは、際限のない隣人愛や赦しを要求するのがどれほど危険なことかを見たわけだ。こんにちでも、平和と愛と貧しい人びとのための食べ物、そして政敵への寛容にたいする率直な要求をつきつけられると、どんな大国でももちこたえられないということを、ぼくたちは目《ま》の当たりにしている。

アテナイでとびきり正しい人が命で償いをしなければならなかった時、プラトンがどんなに怒ったか、きみは憶えているね。キリスト教では、イエスはかつて生きたなかでただ一人、正しい人間だと言う。イエスは人類のために死んだ、という。イエスは「身代りになって苦しんだ」とされている。イエスは、ぼくたちを神にとりなして神の罰から救うために、すべての人間の罪を背負った「受難の僕《しもべ》」だった、と。

パウロ

イエスが十字架にかけられ、葬られて何日かたった頃、イエスは死からよみがえった、といううわさが立った。よみがえることによってイエスは、自分がただの人間ではないということを証明した、本当に神の御子なんだということを証明したんだってね。

キリスト教の教会は、イエスがよみがえったとうわさされる復活の朝を土台に立ち上がったと言っていい。すでにパウロが「キリストがよみがえらなかったのなら、わたしたちの説教はむなしい。あなたたちの信仰もむなしい」と言っている。

イエスが復活して初めて、すべての人間は肉体のよみがえりに望みをつなげることになった。ほかでもない、ぼくたちの救いのために、イエスは十字架にかけられたんだとすればね。さてそこで、ねえソフィー、よく心にとどめておいてほしいんだけど、このユダヤの地では魂の不死とか、どういう形であれ魂の輪廻は問題にされなかったんだ。これはギリシアの、ということはインドーヨーロッパの考え方だ。いっぽうキリスト教は、人間はたとえば魂のような、それ自体が不死であるようなものはなにももっていない、という。教会は肉体のよみがえりと永遠の命を信じている。だけど、ぼくたちが死と劫罰《ごうばつ》から救われるのは、まさに神の奇跡なんだ。それはぼくたちの手柄ではないし、自然な、あるいはもって生まれたと言ったらいいかな、特性のおかげでもない。

初期のキリスト教徒たちは、イエス・キリストを信じれば救われるという福音（喜ばしい知らせ）を広めはじめた。キリストの救いの業《わざ》によって、神の国は間近に迫った、と。いまや全世界はキリストのものだった。（「キリスト」はユダヤの「メシア」にあたるギリシア語で、したがって「香油で聖別された者」という意味だ。）

イエスの死からわずか数年ののち、パリサイ人パウロはキリスト教に改宗した。パウロはギリシア-ローマ世界のすみずみにまで、何度となく伝道の旅をした。キリスト教が世界宗教になったのはこのパウロのおかげだ。それは使徒たちの物語、「使徒行伝」にくわしく書いてある。パウロの教えの数々は、初期のキリスト教徒のグループに宛てたたくさんの手紙によっても広められた。

パウロはアテナイにもやってきた。パウロはこの哲学の都の広場を歩いたわけだ。そして憤慨した。聖書には「この町が偶像崇拝にこりかたまっているのを目にしたからだ」とある。パウロはアテナイでユダヤ教のシナゴーグを訪れて、エピクロス学派やストア派の哲学者たちと話をした。哲学者たちは、パウロをアレオパゴスにもつれていって、こう言った。「あなたが説いておられる新しい教えを、わたしたちにも教えてもらえないだろうか？　あなたは聞きなれないことを語っておられるようだが、それがどんなものなのか、わたしたちも知りたいのだ」

どう、想像できる？ ソフィー。アテナイの市《いち》の広場に一人のユダヤ人が現れて、十字架にかけられて死からよみがえった救い主について語ったんだ。パウロがアテナイにやってきた、ということからもう、ギリシアの哲学とキリスト教の救いの教義がぶつかりあうぞ、と予測がつくね。ともあれパウロはアテナイの人びとを青空演説会場に引き出すことができた。パウロはアレオパゴスに、ということはアクロポリスの壮麗な神殿の建ちならぶなかに立って、こんな演説をした。「アテナイのみなさん」と、パウロは話しはじめた。「あなたがたはとことん偶像崇拝に毒されている、とわたしは思います。わたしはこの町を歩きまわって、あなたがたの礼拝を見、知られざる神に、と書かれた祭壇を見つけました。ならば今ここに、あなたがたが知らずに礼拝している神を知らせてさしあげよう。

この世界とそこにあるすべてのものをおつくりになった神は、したがって天と地の主である神は、人の手がつくった神殿には住んでおられない。

神はまた、みずからあまねくあらゆる人に命と息吹をあたえられた方であるからには、どこか不足のある者のように、人の手の世話を受けられることもありません。

また神は、一人からつくったすべての種族を地上のあらゆるところに住まわせ、彼らがどれほどの時間、どのような広がりで生きるべきか、あらかじめ目標を定められました。

主を感じ、見いだしたいと思うなら、主を捜さねばなりません。しかも主は、わたしたち一人ひとりから遠いところにはおられません。

なぜならわたしたちは主のうちに生き、活動しているのです。わたしたちは主のうちにいるのです。あなたがたの詩人のなかにも、こう言っている人びとがいます。わたしたちは主の種族だ、と。

わたしたちが主の種族ならば、神は人の想念からつくられた黄金や銀や石の像のようなものだなどと考えるべきではありません。

神はそのような無知の時代に目をつぶっておられましたが、今、世界じゅうのすべての人間に悔い改めることを命じておられます。
神は、あらかじめ決めおかれた一人の方によって、正義にてらして地上の営みを裁く日を定められ、その人を死から目覚めさせて、すべての人に保証をあたえられるのです」

これが、アテナイでのパウロの話だ、ソフィー。ぼくたちはよく、キリスト教はだんだんとギリシア－ローマ世界にしみとおっていった、と言うよね。それは風変わりで、エピクロス学派やストア派の哲学とはまるでかけ離れていた、と。でもパウロは、ギリシアの文化はキリスト教のたしかな足がかりになる、と考えたんだ。パウロは、すべての人は神を捜し求めている、と指摘した。これはギリシア人には目新しいことではない。パウロが告げたことで目新しかったのは、神はたしかに人間の前に現れ、本当に人間と出会った、ということだ。神とはだから、人間が理性で到達できるような、ただの哲学上の神ではない。また、丘の上のアクロポリスや、ふもとの町の広場にいくらでもあるような、黄金や銀や石の像とは似ても似つかない。神は「人の手がつくった神殿には住んでおられない」。神とは、歴史のなかに現れ、人間のために十字架で死んだ、人格をもった神なのだ。

パウロがアレオパゴスで話を終えると、キリストが死からよみがえったと聞いて、何人かはあざわらった、と「使徒行伝」は伝えている。でも、「もっとあなたの話が聞きたい」と言う聴衆もいた。ついにはパウロにしたがってキリスト教徒になった人びともいた。そのなかにダマリスという女の人もいた。これは見落とせないよ。当時はたくさんの女性がキリスト教に改宗したんだ。

こんなふうに、パウロは伝道をつづけた。紀元後わずか数十年にはもう、アテナイ、ローマ、アレクサンドリア、エフェソス、コリントといった、ギリシアとローマのすべてのおもだった町にキリスト教徒のグループができていた。三、四百年のあいだに、ギリシア－ローマ世界はすみずみまでキリスト教化したのだ。

使徒信条

しかしパウロはただの布教者ではなかった。キリスト教の信者グループのなかで大きな影響力をふるいもした。それは、精神的な指導者がほしい、という強い要請があったからだ。

イエスが死んで数年のあいだ、非ユダヤ人はまずはユダヤ教徒にならずにキリスト教徒になれるか、ということが大きな問題だった。たとえば、ギリシア人はユダヤ教の飲食の戒律を守るべきなのか、とかね。パウロは、それはかならずしも必要ではない、と考えた。この時、キリスト教はたんなるユダヤの一宗派であることを超えた。すべての人間に向けられた、普遍的な救いの福音へと変わった。神とイスラエルの民の古い契約は、イエスが神とすべての人間のあいだに結んだ新しい契約に取ってかわられたんだ。

でもこの時代、新たにおこった宗教はキリスト教だけではなかった。ヘレニズムが宗教のごった煮だったということは、見てきたとおりだけれど、だからこそ教会はキリスト教の教義をはっきりと描いてみせる必要があった。ほかの宗教との違いをはっきりとさせ、キリスト教会内部の混乱を避けなければならなかった。そこから、最初の使徒信条ができあがった。使徒信条とは、もっとも大切なキリスト教の教義《ドグマ》をまとめたものだ。

教義のうちでももっとも重要なのは、イエスは神であると同時に人だった、ということだ。つまりイエスは、彼がしたことによって神の御子であるだけではない。イエスが神そのものなんだ。けれども、イエスはまた現実の人間でもあって、人間の生を分かちもち、現実に十字架に上ったんだ。

これは矛盾しているように聞こえるね。でも教会は、「神が人になった」と宣言した。イエスは半神半人（つまり半分は神で半分は人間ということ）ではなかった。こういう半神半人への信仰は、ギリシアやヘレニズムの宗教ではけっこうおなじみだった。でも教会は、イエスは完全な神で完全な人だ、と説いたんだ。

追伸　ぼくが説明しようとしたのは、すべてはつながりあっている、ということだ、ソフィー。キリスト教がギリシア-ローマ世界に登場したことには、二つの文化圏がドラマティックな出会いをした、という意味がある。それはまた、歴史における文化の大きな転換点でもあった。

つまり、ぼくたちはここで古代をあとにするんだ。初期のギリシア哲学からここまで、ほぼ千年が過ぎている。今ぼくたちは、キリスト教中世を前にしている。これも千年つづく。

ドイツの作家、ヨーハン・ヴォルフガング・ゲーテはこう書いているよ。

三千年を解くすべをもたない者は
闇のなか、未熟なままに
その日その日を生きる

でもぼくは、きみがそういう人の仲間であってほしくない。きみが根ざしている歴史のルーツを教えるためなら、ぼくはどんな労も惜しまない。それがわかってこそ、きみは一人前の人間になれるのだから。裸の猿以上のものになれるのだから。それがわかってこそ、きみは空っぽの空間の根無し草ではなくなるのだから。

「それがわかってこそ、きみは一人前の人間になれるのだから。裸の猿以上のものになれるのだから……」

ソフィーはなおもしばらく、生け垣の小さな穴から庭をながめていた。自分が根ざしている歴史を知ることは、イスラエルの民にとっては、それはそれは大切なことだったけれど、同じようにソフィー自身にとってもどんなに大切なことなのか、だんだんはっきりとわかってきた。

わたしはただ、たまたまこういう人間だ。でも、自分の歴史のルーツを知ったら、わたしはたまたま以上の何かになるのだ。わたしはほんのわずかなあいだ、この惑星に生きているだけだけど、人類の歴史がわたし自身の歴史だとしたら、わたしはある意味で何千歳ということになる。

ソフィーは手紙をまとめてほら穴から這い出た。そしていせいよく飛びはねながら、庭をつっきって部屋へといそいだ。

中世

とちゅうまでしか進まないことは、迷子になることとはちがう

翌週、アルベルト・クノックスからはなんの音沙汰もなかった。レバノンからのはがきももうこなかったが、ソフィーはヨールンといっしょに、少佐の小屋からもってきたあのはがきを何度も読み返していた。ヨールンは夢中になっていた。けれども、それからなにも起こらないとなると、宿題やバドミントンなんてやっていられない、と思っていた初めの意気込みもうすらいだ。

ソフィーはアルベルトの手紙を何度も読みなおして、ヒルデの手がかりを探した。おかげで、古代の哲学をじゅうぶんに自分のものにすることもできた。デモクリトスとソクラテス、プラトンとアリストテレスがどうちがうかも、なんなくわかるようになった。

五月二十五日金曜日、ソフィーはレンジの前に立って夕食をつくっていた。もうすぐ母が仕事から帰ってくる。金曜日はいつもソフィーが夕食当番だった。きょうのメニューは人参入り魚団子のスープ。とっても簡単。

風が出てきた。ソフィーは鍋をかきまぜながら、ふりむいて窓の外をながめた。白樺の木立がまるで麦の穂のようになびいている。

とつぜんコツンと、何かが窓ガラスに当たる音がした。ソフィーがもう一度ふりかえると、紙が一枚、窓ガラスにペタリと貼りついていた。

ソフィーが窓辺に行ってみると、それは絵はがきだった。ソフィーはガラス越しにはがきを読ん

だ。「ソフィー・アムンセン様方　ヒルデ・ムーレル＝クナーグ様……」

とっさにひらめいたとおりだった。ソフィーは窓をあけて、はがきを取った。このはがきは遠いレバノンから風に乗って運ばれてきた？

このはがきも日付は「六月十五日金曜日」になっていた。

ソフィーは鍋をレンジからおろして、キッチンテーブルに向かった。はがきには、こうあった。

《愛するヒルデ
きみがまだ誕生日のうちにこのはがきを読んでいるのかどうか、わからない。そうであってほしいが。とにかくそんなに何日も過ぎていないことを願っている。ソフィーにとって二、三週間過ぎてしまうことは、わたしたちにとってもそっくりそのままだということではない。わたしは六月二十三日に帰る。夏至の一日前だ。そうしたら、いっしょにあの岸辺のブランコに乗ろうね、ヒルデ。話すことはいっぱいある。ユダヤ教徒とキリスト教徒とイスラム教徒の何千年もの争いにげっそりしているパパよりよろしく。わたしは、この三つの宗教がアブラハムに発している、ということがどうしても頭から離れない。だとしたら、みんな同じ神に祈っていることになりはしないか？　この南の国では、カインとアベルはまだ殺しあいをやめていない。
追伸　ソフィーによろしく伝えてくれるね？　ソフィーも気の毒に。何がどうなっているのか、まだわからないのだから。でも、きみはわかっているだろう？》
ソフィーはがっくりとテーブルにかがみこんだ。そうでしょうよ、たしかにわたしには何がどうなっているのかわからないわよ。でも、ヒルデはわかっている？

ヒルデの父親がヒルデに、ソフィーによろしくと伝言しているのなら、ヒルデは、わたしが彼女のことを知っている以上にわたしのことを知っているのだ。ああ、どうなってるのか、さっぱりわからない。そんなことよりお料理しよう、お料理。

キッチンの窓に貼りついたはがきか。それこそ航空便《エア・メイル》だわ……。

ソフィーが鍋を火にかけたかかけないうちに、電話が鳴った。

パパからだったらいいのに！　パパが帰ってきたら、ここ数週間に起こったことをすっかり聞いてもらうのに。でも、どうせヨールンかママに決まってる……。ソフィーは電話機にいそいだ。

「はい、ソフィー・アムンセンです」

「ぼくです」受話機の向こうの声はそう言った。

三つのことはたしかだった。パパではない。でも男の声だ。そしてソフィーは、この声は前に聞いたことがある、と確信した。

「どなたですか？」

「アルベルトですよ」

「えーっ」

ソフィーはなんと答えたらいいのかわからなかった。それはたしかに、アテナイのビデオで聞いたあの声だった。

「元気？」

「ええ、まあ……」

「もう手紙は出さないよ」

「蛙なんて、さしあげてませんけど？」

「会おうよ、ソフィー。ぼちぼちいそがなくては。わかるかな？」

「ぼくたちはヒルデの父親に包囲されかかってるんだ」

「どういうこと？」

「包囲って？」

「あっちからもこっちからもだよ、ソフィー。だからこれからは、力をあわせてやっていかないと」

「どうやって？」

「まずはぼくがきみに中世のことを話すのをバックアップしてほしい。そして、ルネサンスと十七世紀もやっつけなければ。バークリが鍵をにぎっている」

「少佐の小屋にかかっていた絵のこと？」

「そのとおり。たぶん、彼の哲学が闘いをひきおこす」

「なんか、戦争のことみたいだけど？」

「ま、どっちかというと精神の闘いのことを言おうとしたんだけどね。ヒルデの父親がリレサンに帰る前に、ヒルデにぼくたちの味方についてくれるよう、はたらきかけてみなければ」

「なんのことだか、さっぱりわからないんだけど」

「哲学者たちがきみの目を開かせてくれるよ。あしたの朝四時にマリア教会で会おう。でも、一人で来るんだよ」

「そんな真夜中に？」

カチャ。

「もしもし！」

なんてこと！　電話は切れてしまった。ソフィーはいそいでレンジに戻った。スープはもうちょっとで吹きこぼれるところだった。ソフィーは魚団子と人参を鍋に入れて、レンジの温度を下げた。

マリア教会？　それって古い石造りの中世の教会よね。あそこではコンサートや特別のミサしかやらない。夏には観光客のために時どきあけられる。でも、真夜中にはしまっているんじゃないの？ 母が帰ってきた時、絵はがきは戸棚のアルベルトとヒルデ関係の棚におさまっていた。食事が終わると、ソフィーはヨールンの家に行った。

「ないしょの約束をしてほしいの」ヨールンが玄関をあけたとたん、ソフィーは言った。

ヨールンの部屋のドアがしまるまで、ソフィーはそれ以上なにも言わなかった。

「ちょっとめんどうなことなんだけど」

「なによ、早く言いなさいよ」

「わたし今夜、あなたんちに泊まるって、ママに言わなくちゃならないわけがあるの」

「わあ、いいじゃない！」

「ううん、ママにそう言うだけなの。あるところに行かなくちゃならない用事があるの」

「やあだ！ それって、なんか男の子と関係ある？」

「ちがうわ、ヒルデよ」

ヨールンは、ヒュウと小さく口笛を吹いた。

ソフィーはしっかりとヨールンの目を見た。

「今夜また来るわ。でも、三時過ぎにはこっそり出かけなくちゃ。わたしが帰ってくるまで、なんとかごまかしといて」

「いったいどこへ行くの？ なにする気、ソフィー？」

「ごめん。なんにも言うわけにいかないの」

ヨールンの家に泊まることは、べつに問題ではなかった。むしろその反対だった。ソフィーは時どき、母親が一人になりたがっている、と感じていた。

「でも、昼ごはんには戻るわね？」出かけようとするソフィーに母が釘をさしたのは、そのことだけだった。

「もしも戻れなくても、わたしの居所はわかってるわけよね？」

なんでこんなことを言ってしまったのだろう？　それがいちばんまずいことなのに。

その夜は、いつものお泊まりの夜と同じように、まずはえんえん遅くまでつづく楽しいおしゃべりで始まった。ただいつもとちがうのは、二人が一時頃にようやくベッドに入った時、ソフィーが三時十五分に目覚し時計をあわせたことだった。

二時間後、ヨールンが目を覚ますか覚まさないうちに、ソフィーは時計を止めた。

「気をつけてね」とヨールン。

ソフィーは出かけた。マリア教会までは数キロある。たったの二時間しか寝てないのに、ソフィーの目はぱっちり覚めていた。東の低い山の端《は》に東雲《しののめ》の光の帯が赤あかとのびていた。

古い石造りの教会の入口の前に立った時、もうじき四時になろうとしていた。ソフィーは重い扉に手をかけた。鍵がかかっていない！

古びた教会は人気《ひとけ》がなく、物音一つしない。窓のステンドグラスをとおして青味がかった光がさしこみ、宙を舞う細かい埃《ほこり》がはっきりと見えた。埃は、天井を縦横に走る大きな梁《はり》につもっているらしかった。ソフィーはまんなかあたりのベンチに腰をおろした。そして祭壇と、色あせた古いキリストの十字架像に目をこらした。

数分が過ぎた。とつぜん、オルガンが鳴り出した。ふりむく勇気がない。はるか昔の賛美歌のようだった。きっと中世の曲だ。

ほどなく、あたりはふたたび静まり返った。そして、ソフィーの背後から足音が近づいてきた。ふりむくなら今？　それでもソフィーは十字架上のキリスト像を穴のあくほど見つめていた。

足音がソフィーのかたわらをとおりすぎた。ソフィーの目は、人の形をしたものが教会を横切っていくのをとらえた。茶色い修道服を着ている。思わず、中世から修道士が抜け出てきたと思ってしまうところだった。

ソフィーはぞっとはしたけれど、パニックにはおちいらなかった。祭壇の前まで来ると、修道士はらせん階段を昇って説教壇に立った。そして欄干《らんかん》にもたれかかって、下のソフィーを見つめながらラテン語で語りはじめた。

「グローリア・パートゥリ・エト・フィーリオ・エト・スピリト・サンクト。シクト・エラートゥ・イン・プリンキーピオ・エト・ヌンク・エト・センペル・イン・サエクラ・サエクロールム（願わくば父と子と聖霊とに栄光あれ。初めにありしごとく、今も、いつも、代々《よよ》にいたるまで）」

「ノルウェイ語で言って！」ソフィーは叫んだ。

ソフィーの声が石造りの古い教会にひびきわたった。

修道士の正体がアルベルト・クノックスにちがいないとはいえ、ソフィーは教会のなかで不用意にものを言ってしまったことを後悔した。でも、ソフィーは怖かった。人は怖い時、タブーを破ることで恐怖をなだめるものだ。

「シッ！」

アルベルトは、まるで会衆に座るように命じるお坊さんのように、片手を上げた。

「今、何時かな？」彼はたずねた。

「四時五分前よ」ソフィーはもうおびえてはいなかった。

「では、時間ということだ。さあ、中世が始まるよ」

「中世は四時に始まるの？」ソフィーは、きょとんとしてたずねた。

「そう、だいたい四時にね。それから、五時、六時、七時。けれども、時間はまるで止まっているようだった。八時、九時、十時。まだまだ中世だ、わかるかな？ きみが何を考えているかはわかっている。たぶんきみは、新しい一日の活動が始まる時刻だと考えているんだろう？ でもきょうは日曜日なんだ。いいね、歴史のなかに一回きりの長い長い日曜日なんだ。十一時、十二時、十三時。このころが中世の最盛期だ。壮麗な大伽藍《カテドラル》がヨーロッパにいくつも建てられた。十四時になろうとしたとき、ようやくあちこちで鶏がときをつくった。そして、長い中世はついに終わりに近づいた」

「ということは、中世は十時間つづいたってことね」

アルベルトは茶色い修道服からのぞく頭をそっくり返らせて、今のところは十四歳の女の子がたった一人しかいない会衆に視線を投げかけた。

「一時間が百年だとすれば、ま、そういうことだ。イエスは午前零時に生まれたと考えてごらん。パウロが伝道の旅に出たのが零時半少し前。そして、それから十五分後にローマで死んだ。三時までキリスト教は、まあ、きびしさの程度はいろいろだけど、禁止されていた。そして三一三年、ローマ帝国はキリスト教を宗教としておおやけに認めた。コンスタンティヌス帝の時代だ。この敬虔《けいけん》な皇帝は、それから何年もたってようやく臨終の床で洗礼を受けた。三八一年には、キリスト教は全ローマ帝国の国教になった」

「でも、ローマ帝国は滅びたんじゃなかった？」

「そう、すでにガタがきていた。今ぼくたちは、歴史をつうじて最大級の文化の節目に立ち会っている。四世紀、ローマは北から迫りくる民族と、内部の崩壊の両方からおびやかされていた。三三〇年、コンスタンティヌス帝はローマ帝国の首都をコンスタンティノープルに移した。黒海の入口に帝みずから建設した町だ。それからというもの、この新しい都は第二のローマとなった。三九五年、ローマ帝国は分裂した。それ以来、ローマを都とする西ローマ帝国と、新しい都コンスタンティノープルを中心とする東ローマ帝国が並び立つ。四一〇年、ローマは蛮族にじゅうりんされ、四七六年に西ローマ帝国が滅びた。東ローマ帝国は、トルコがコンスタンティノープルを征服した一四五三年までつづいた」

「その時から、この町はイスタンブールって呼ばれてるんでしょ？」

「そのとおり。もう一つ、憶えておかなくてはならない年は五二九年。この年、プラトンのアカデメイアが閉ざされた。同じ年、ベネディクト会ができた。大きな修道会としては最初のものだ。だから五二九年は、キリスト教会がギリシア哲学に幕を引いた、いわば象徴的な年というわけだ。以来、修道院が学問の伝授や思索や瞑想を一手にひきうけることになる。時計の針は五時半……」

なるほどね、とソフィーは思った。午前零時は西暦ゼロ年、一時は西暦一〇〇年、六時は西暦六〇〇年、十四時は西暦一四〇〇年……。

アルベルトはつづけた。

「中世とはもともと、二つの時代のはざまにある時代、という意味だ。これはルネサンスに言われ出したことで、当時の人のイメージでは、中世はヨーロッパが古代とルネサンスのあいだ、まっ暗闇につつまれていた千年の夜だったんだ。今でもぼくたちは、権威をかさに着た、融通《ゆうずう》のきかないものを中世的と表現したりする。でもね、中世を千年の成長と見る人も多いんだよ。たとえば学校制度は中世にできあがった。最初の修道院学校ができたのはずいぶん早い。十二世紀には大聖堂付属学校もできる。そして一二〇〇年頃には最初の大学が開かれた。こんにちでも大学は、学科や学部を中世と同じように組み立てている」

「それにしても千年は長いわ」

「でも、キリスト教が民衆に根づくには時間がかかった。さらに中世のあいだには、町や砦《とりで》、民衆音楽や民話をそなえたさまざまな国が育っていった。中世がなかったら、メルヒェンや民謡はどうなっていただろう？　ヨーロッパはいったいどうなっていただろうね、ソフィー？　ローマ帝国の片田舎？　でもノルウェイとかイングランドとかドイツとかいう国の名前は、まさにこの、中世と呼ばれる底なしの淵から響いてくるんだ。この淵には、ぼくたちには見えなくても、太った魚がうようよ泳いでいる。スノリも中世の人だ。聖オーラフもカール大帝も、ロメオとジュリエットや、ニーベルング族や、白雪姫や、ノルウェイの森のトロールたちも。それに、誇り高い諸侯、威風あたりをはらう王たち、勇ましい騎士たち、美しい乙女たち、無名のステンドグラス職人たち、天才的なオルガン職人たち。それから修道士たち、十字軍の戦士たち、そして医術に長《た》けたかしこい女たち」

「僧侶たちも」

「そうだね。ノルウェイにキリスト教がやってきたのは、ようやく西暦一〇〇〇年も過ぎてからだった。だけど、ノルウェイが一挙にキリスト教の国になったというのはちょっとちがう。古い異教の信仰はキリスト教の覆いの下で脈々と生きつづけ、キリスト教以前のおびただしい要素がキリスト教のならわしと入り混ざった。たとえばノルウェイのクリスマスには、キリスト教と古代ノルウェイの習俗がなかなかよく共存している。長年つれそった夫婦は似てくると言うけれど、これもそんなぐあいだ。けれども、キリスト教はついにはただ一つの支配的な世界観になった、ということも強調しておかなければ。だから、中世文化はキリスト教単一文化だ、と言われるんだ」

「じゃあ、中世は暗闇でもなければ、悲惨でもなかったの？」

「いや、じっさい四〇〇年からの最初の百年間、文化はおとろえた。ローマ時代には、公共の下水道システムや公共浴場や公共図書館といった、堂々たる建築物をそなえた大都市の『高度文化』が栄えていた。こうした文化のすべてが、中世の最初の百年に台無しになってしまった。同じことが経済にも言える。中世は物納《ぶつのう》や物々交換に逆戻りした。いわゆる封建制度が経済を支配する。封建制度のもとでは、少数の大地主が土地を所有して、農奴はそこで働いてかつかつの暮らしをたてていた。初めの数百年のうちに、人口もガクンと減った。ローマは古代には百万都市だった。すでに七世紀には、この古代の世界都市の住民は四万人台にまで落ちこんだ。何十分の一になったということだね。わずかな住民が、この町の栄光の時代の壮大な建造物の残骸のあいだをうろついていたんだろうなあ。建物をつくる材料がほしければ、使える古代の廃墟がいくらでもあった。こんにちの考古学者は苦虫をかみつぶすだろうね。彼らとしては、中世の人びとに、古代の遺跡を手つかずにほっておいてほしかっただろうな」

「あとの祭りね」

「ローマが政治の面で偉大だった時代は、もう四世紀の終わり頃には峠を過ぎていた。でも、ほどなくローマの司教が全ローマカトリック教会の長になった。ローマ司教は『教皇』とか、ラテン語で『パーパ』、父と呼ばれて、ついには現世でのイエスの代理人と見なされるようになった。ほぼ中世をつうじて、ローマは教会の首都になったわけだ。あえてローマに反対の声をあげる人びとは少なかった。けれども王侯はだんだんと新しい国をつくって、強大な教会の力に対抗する気を起こすほど大きな力をたくわえていった。ノルウェイのスヴェレ王もその一人だ」

ソフィーは話しつづける修道士を見つめた。

「教会はプラトンのアカデメイアを消滅させたって言ったけど、そのあと、ギリシアの哲学は全部忘れられてしまったの？」

「いや、全部じゃない。ある人たちはアリストテレスの書き残したものをちょっと知っていたし、またある人たちはプラトンをちょっとかじってはいた。しかし時代をくだるにつれて、古代ローマ帝国は三つの性格のちがう文化圏へと解体してしまった。西ヨーロッパにはローマを中心とするラテン語のキリスト教文化圏が、東ヨーロッパにはコンスタンティノープルを中心とするギリシア語のキリスト教文化圏ができあがった。のちにコンスタンティノープルはビザンティウムという、もとのギリシア名で呼ばれるようになった。だから、『ローマ‐カトリック中世』と区別して、『ビザンチン中世』

と言うんだね。けれども北アフリカと中東も、かつてはローマ帝国に属していたのだった。中世、この地域にはアラビア語のイスラム文化が栄えた。六三二年にマホメットが死んだあと、中東と北アフリカはイスラム教が支配する。ほどなくスペインもイスラム文化圏に入る。イスラム教にとっては、メッカ、メジナ、エルサレム、バグダッドなどが聖なる都市だった。文化史的に見ると、アラブ人が古代ヘレニズムの都市、アレクサンドリアもひきついだことは大きな意味をもっている。つまりアラブ人は、ギリシアの自然科学の大きな遺産をひきついだのだ。中世をつうじて、アラブ人は数学、化学、天文学、医学といった学問をリードした。こんにちでもぼくたちはアラビア数字を使っている。いくつかの分野では、アラブの文化はキリスト教文化をしのいでいたんだ」

「ギリシア哲学はどうなったのかって、きいたんだけど」

「いったん三つの流れに分かれて、しばらくしてからまた合流して一つの大きな川になる、そんな川を想像してごらん」

「はい、想像したわ」

「じゃあ、ギリシア-ローマ文化が、一部は西のローマ-カトリック文化に、一部は東ローマ文化に、一部は南のアラブ文化によって後世に伝えられた、と思い描くこともむずかしくはないよね。うんと単純に言ってしまうと、新プラトン派は西に、プラトンは東に、そしてアリストテレスは南のアラブ人の間に生きのびたと言える。大切なのは、この三つの流れが中世の終わりに北イタリアで合流して、大きな川になったということだ。スペインのアラブ人はアラブの影響をもたらし、ギリシアとビザンツはギリシアの影響をもたらした。そしてルネサンスが始まった。古代文化が『再生』した。だから見ようによっては、古代の文化は長い中世を生きのびた、と言えるんだ」

「なるほどね」

「でも、なりゆきをはしょるのはよくない。まずは中世の哲学の話をしよう。もう、説教壇から話すのはやめだ。今、降りていくからね」

ソフィーは目がとろんとしてきた。ほんの数時間しか眠っていないことを思い出した。へんてこなお坊さんがマリア教会の説教壇から降りてきた時は、なんだか夢をみているような気がした。

アルベルトは祭壇のベンチに歩いていった。そしてまず、古い十字架像を祭った祭壇を見上げた。それからソフィーに向きなおって、ゆっくりと近づき、ベンチに隣り合わせに腰をおろした。

アルベルトをこんなに間近に見るなんて、おかしな気分だった。僧帽《フード》の下から茶色い目がのぞいている。目の持ち主は、とんがったあご髭をたくわえた、中年のおじさんだ。

あなたはだれ？　ソフィーは心のなかでたずねた。どうしてわたしの生活に割って入ったりしたの？

「ぼくたちは、これからもっと親しくなるんだよ」まるでソフィーの心を見すかすように、言った。

色とりどりのステンドグラスからさしこむ光がゆっくりと、でも着実に明るくなっていくなか、そうやって並んで座って、アルベルト・クノックスは中世の哲学について語りはじめた。

「中世の哲学者たちにとって、キリスト教は真理だった。それはほとんど当たり前のことだった。問題は、キリスト教の教えはひたすら信じるべきなのか、それとも理性はキリスト教の真理に近づく助けになるのか、ということだった。ギリシア哲学と聖書の教えの関係はどうなっているのだろう？　聖書と理性は矛盾していないだろうか？　信仰と知識は一つにできるだろうか？　中世の哲学はほとんどすべて、このたった一つの問題をめぐっているんだ」

ソフィーはこらえきれなくなって、こくっと居眠りをした。信仰と知識の問題なら、宗教の授業でもうレポートに書いたことがある。

「この問題を、中世の二人の重要な哲学者にそって見ていこうか。まずは、三五四年に生まれて四三〇年に死んだアウグスティヌスから。この人の生涯をたどれば、古代末期から中世初期の移り行きがよくわかる。アウグスティヌスは北アフリカのタガステという小さな町に生まれて、十七歳の時に勉強のためにカルタゴに行った。のちにローマとミラノに行き、後半生はカルタゴから西へ四〇キロほどのヒッポというところの司教として過ごした。けれどもアウグスティヌスは、生涯をつうじてキリスト教徒だったのではない。キリスト教徒になる前には、さまざまな宗教や哲学を経験している」

「たとえばどんな？」

「一時期はマニ教の信者だった。マニ教は古代末期にはかなりさかんだった宗派で、宗教と哲学を半々に混ぜあわせたような癒《いや》しの教えを説いた。マニ教は、世界を善と悪、光と闇、霊と物質というふうに、二つに分ける。霊の力が人間を物質の世界から引きあげて、魂を救済するとされていた。けれどもアウグスティヌスは、こんなふうに善と悪をきっぱりと分けるのはなんかおかしい、と思っていた。彼は悪の問題、つまり、悪の起源は何か、という問題にずいぶんこだわっていた。また一時期はストア派の哲学の影響を受けていた。ストア派は、善と悪をはっきりと区別することを否定したのだったね。でも、アウグスティヌスがいちばん傾倒したのは、古代末期の第二の重要な哲学の流派、新プラトン学派だった。この哲学でアウグスティヌスは、すべての存在は神に由来する本性というものをもっている、という考え方に出会ったんだ」

「じゃあ、アウグスティヌスは新プラトン主義の司教になったの？」

「そう言ってもいい。アウグスティヌスはまず第一にキリスト教徒ではあったけど、彼のキリスト教はだいぶプラトンの思想に影響されている。だから、いいかいソフィー、キリスト教中世になってもヨーロッパでは、ギリシアの哲学とのドラマティックな訣別なんて起こらなかったんだ。ギリシア哲学の多くはアウグスティヌスのような教父によって新しい時代にひきつがれたんだよ」

「アウグスティヌスは五〇パーセントはキリスト教徒で、五〇パーセントは新プラトン派だったわけ?」

「彼自身は、もちろん一〇〇パーセントキリスト教徒だって思ってたさ。でも、キリスト教とプラトン哲学が深刻に対立するとは見ていなかった。アウグスティヌスは、プラトンの哲学とキリスト教の教えがあまりにも一致するので、プラトンは旧約聖書を少なくとも部分的には知っていたのではないかって疑ったぐらいだ。そんなことはもちろんあるわけないよね。ぼくたちとしてはむしろ、アウグスティヌスがプラトンをキリスト教徒にしてしまった、と考えたいところだ」

「どっちにしてもアウグスティヌスは、キリスト教を信じてからも哲学で学んだことをすっかり捨ててはしまわなかったのね?」

「でも彼は、理性が信仰の問題に入りこめるにしても、限界ってものがある、とは考えていた。キリスト教は神の神秘の教えだし、神秘的なものは信じることによってしか近づけない。でもキリスト教を信じれば、神は魂を『照らして』くれる、そうすれば神について一種の超自然の知識をわがものにできる、というわけさ。アウグスティヌスは、哲学が際限なくすべてを解明できるわけではない、ということをよく知っていて、キリスト教徒になって初めて、魂の安らぎを得たんだ。『わたしたちの心は、主よ、あなたのうちに安らぐまでは安らぎを知りません』とアウグスティヌスは書いている」

「でも、どうしてプラトンのイデア説がキリスト教と一致するのか、よくわからないわ」ソフィーは反論した。「永遠のイデアはどうなっちゃうの?」

「アウグスティヌスはこう説明している。神は世界を無からつくった、これは聖書にしたがった考え方だ。ギリシア人はむしろ、世界はもとからあった、とする考え方に傾いていたものね。でも、神が世界をつくる前、神の考えのなかにはイデアがあった、とアウグスティヌスは考えたんだ。永遠のイデアを神のものにすることによって、プラトンが想定した永遠のイデアを救ったんだ」

「あったまいい!」

「このことからは、アウグスティヌスやそのほかのたくさんの教父たちが、ギリシアとユダヤの思想に折りあいをつけようとどれほど苦心したか、ということもわかるね。見方によれば、彼らは二つの文化圏の住民だったと言える。悪をどう見るかでも、アウグスティヌスは新プラトン学派を踏まえている。悪があるというのは、善なる神がそこにいない、ということだ、とアウグスティヌスは考えた。プロティノスと同じだね。悪は独立して存在するものではなくて、なんでもない何かだ。なぜなら、神の創造物は善に決まっているからだ。悪は人間の不従順から発生する、とアウグスティヌスは考えた。あるいは、彼のことばによれば、善の意志は神の業《わざ》で、悪の意志は神の業からの離反なんだ」

「アウグスティヌスも、人間は不死の魂をもっているって信じていた？」

「そうとも言えるし、そうでないとも言える。アウグスティヌスは、神と世界のあいだには越えることのできない深淵がぽっかりと口をあけている、と言っている。これは聖書を踏まえたことばだし、すべては一つだ、というプロティノスの教えをきっぱりと否定したことばでもあるね。でもアウグスティヌスは、人間は霊的な存在だ、とも力説している。人間にはこの世に属し、虫や錆《さび》にむしばまれる物質でできた肉体と、神を知ることのできる魂があるんだ」

「わたしたちが死んだら、魂はどうなるの？」

「アウグスティヌスによれば、アダムとイヴが罪をおかしたために、人類はすべて永遠にいたる罰を受けた。けれども神は、一部の人びとが永遠の罰から救われるよう、定めた」

「だれも永遠の罰なんて受けなくていいって決めたってよかったのに」ソフィーは不満だった。

「でもね、アウグスティヌスは、人間が神を批判する権利を否定しているよ。彼はパウロがローマの人びとに宛てた手紙を引用している。『よろしい、神に口論をいどむあなたはいったい何者ですか？つくられた物がつくった者に、なぜこんなふうにつくったのだ、などと言うでしょうか？　陶工には、同じ土から貴い用途の器やそうではない用途の器をつくる権利があるのではないでしょうか?』」

「神は天から、人間をおもちゃにして遊んでいるの? 自分がつくったものが気に入らなかったら、ポイと深淵に捨ててしまうの?」

「アウグスティヌスが言っているのは、神の救いに値する人なんていない、ということだ。でも神は、ある人びとを選んで永遠の罰から救うことにした。だから神にとっては、だれが救われてだれが地獄に堕《お》ちるかは、秘密でもなんでもない。それはあらかじめ決まっている。つまりだね、ぼくたちは神の手ににぎられた陶土なんだよ。ぼくたちはすっかり神の慈悲にゆだねられている」

「とすると、アウグスティヌスは大昔の運命論に逆戻りしてしまったわけね」

「きみの言うとおりかもしれない。でもアウグスティヌスは、だからといって人間には自分の人生に責任はない、とは言ってない。アウグスティヌスによれば、ぼくたちは救われる者のグループに入っているって確信できるような生き方をするべきなんだ。なぜならアウグスティヌスは、ぼくたちには自由意志があることを否定してはいないからだ。神だけが、ぼくたちがどんなふうに生きるかをあらかじめ知っているというのだ」

「それはちょっと不公平なんじゃない? ソクラテスは、すべての人間には同じ理性があるのだから同じ可能性をもっている、と信じていたでしょ。でもアウグスティヌスは人間を二つのグループに分けた。救われるグループと、地獄に堕ちるグループに」

「そうだな、アウグスティヌスの神学はアテナイの人間中心主義からはちょっと遠いね。でも、人間を二つのグループに分けたのはアウグスティヌスじゃない。アウグスティヌスは救いと罰にまつわる聖書の教えをよりどころとしているんだ。そのことは、彼の『神の国』という大きな本にくわしく書いてある」

「どんな?」

『神の国』というのは聖書やイエスの預言から取った表現だ。アウグスティヌスは、歴史とは神の国と地上の国あるいは現世の国との闘いだ、と考えていた。この二つの国は、きっちりと線を引かれた政治上の国ではなくて、一人ひとりの人間のなかで、どっちが力をにぎるか闘っているのだ。でも、どっちかというと、神の国は教会にあって、地上の国は、たとえばアウグスティヌスの生きていた頃に崩壊が進んでいたローマ帝国のような、政治上の国にあるということははっきりしている。この解釈は、中世をつうじて教会と国家が権力を争っていくなかで、だんだんと明らかになっていく。『教会の外に救いはない』というわけだ。アウグスティヌスの神の国はついには教会という組織と同じものと見なされた。十六世紀の宗教改革の時ようやく、人間は神の慈悲にあずかるためには教会に行かなければならない、とする考え方に反対の声があがった」

「そういう時代だったのね」

「アウグスティヌスは歴史を哲学と関連づけたヨーロッパの最初の哲学者だ、ということも憶えておいてほしいな。善と悪の闘いという発想はちっとも目新しくない。アウグスティヌスの新しさは、この闘いが歴史をつうじてつづくとしたことだ。この点では、アウグスティヌスにはプラトンの考え方はあんまり感じられない。アウグスティヌスは、旧約聖書の直線的な歴史観にしっかりと立脚している。アウグスティヌスは、神は全歴史を使って神の国をうちたてようとしている、と考えていた。人類が成長し、悪を絶滅させるためには歴史が必要なのだ。あるところでアウグスティヌスはこんなことを言っている。神の意志はアダムから歴史の終わりまでの人間の全歴史をコントロールしているけれど、子どもから老人までを一歩一歩あゆむ一人ひとりの人間の歴史もまたコントロールしている、とね」

「もう八時。わたし、帰らなくちゃ」

「でも、中世の二番めの大哲学者の話を聞いてからにしてほしいな。外に出ようか?」

アルベルトはベンチから立ちあがると、両方のてのひらをあわせてまんなかの通路を歩いていった。まるでお祈りをしているか、さもなければ精神にかかわる真実に思いをめぐらしてでもいるかのようだった。ソフィーはそのあとをついていった。そうするよりしかたない、と腹をくって。

外ではまだ霧が地面をうっすらとおおっていた。太陽はもう何時間も前に昇っていたが、朝霧をつき破るまでにはいたらなかった。マリア教会は旧市街のはずれにあった。アルベルトは教会の前のベンチに腰をおろした。ソフィーは、今だれかがとおりかかったらどうしよう、と思った。朝八時にこんなベンチに座っているなんて、それだけでもふつうではない。しかも中世から抜け出たようなお坊さんと並んでいるなんて、輪をかけてとんでもない。

「八時か」アルベルトは切り出した。「アウグスティヌスから四百年たったということだね。さあ、学校の一日が始まるよ。十時までは修道院が学校を独占していたけれど、十時から十一時までのあいだに聖堂付属学校がつくられ、もうすぐ十二時という頃、最初の大学があちこちで開かれた。壮大な大聖堂《カテドラル》がぞくぞくと建てられたのもこの頃だ。この教会も十二時少し前、つまり中世の盛期に建てられた。この町では大きな大聖堂を建てることはできなかったんだね」

「必要もなかったのだわ」ソフィーは口をはさんだ。「がらんどうの教会なんて、薄気味悪いだけだもの」

「でも、大きな大聖堂はたくさんの会衆を収容するためだけに建てられたんじゃないよ。大聖堂は神の栄光にささげられたもので、それ自体でもう一種の礼拝なんだ。でも、中世の全盛期にはまだもっとほかのことも起こっていた。ぼくたちのような哲学者にはとくに興味深いことがね」

「どんなこと？」

アルベルトはことばをついだ。

「ここでスペインのアラブ人の影響が大きくものを言う。アラブ人は中世をつうじて生き生きとしたアリストテレスの伝統を守ってきたけれど、一二〇〇年頃から北イタリアの諸侯がアラブの学者を招くようになった。その結果アリストテレスのたくさんの著作が知られることになって、ついにはギリシア語やアラビア語からラテン語に翻訳されるまでになった。おかげで、当時は『哲学者』といえばアリストテレスのことだというほどだった。このことが、自然科学の問題への関心を新たによみがえらせた。このほかにも、キリストの啓示とギリシアの哲学の関係についての問いも、あらためて呼び起こされた。自然科学の問題では、もうアリストテレスを避けてとおれなくなった。それにしても、どんな時には『哲学者』、つまりアリストテレスに耳を傾け、どんな時には聖書にそってものを考えたんだろうね？　まだぼくの話についてこれてる？」

ソフィーは小さくうなずいた。僧服のアルベルトは話をつづけた。

「中世まっさかりの時代のもっとも偉大な、もっとも重要な哲学者は、一二二五年に生まれて一二七四年に死んだトマス・アクィナスだ。ローマとナポリのあいだのアクィノという小さな町の出身なのでそう呼ばれるんだが、パリの大学で教えていたこともある。ぼくはさっきトマス・アクィナスのことを哲学者と言ったけど、それと同じくらい、トマス・アクィナスは神学者だった。その頃は哲学と神学ははっきりと分かれていなかった。つまりだね、トマス・アクィナスはアリストテレスを独自のやり方で『キリスト教徒にしてしまった』んだな。中世の初めにアウグスティヌスがプラトンをキリスト教徒にしたように」

「でも、ちょっとおかしくない？　この哲学者たちをキリスト教徒にしてしまうなんて。だって、この人たちはキリストよりも何百年も前に生きてたんでしょう？」

「それはもっともだ。つまり、この二人の偉大な哲学者たちを『キリスト教徒にしてしまう』っていうのは、二人がとことん読みこまれ、理解されたために、もうキリスト教の教義をおびやかすものと見なさなくてもいいと思われたってことだ。トマス・アクィナスは、『雄牛の角を素手《すで》でとらえた』と言われているよ」

「哲学が闘牛とどんな関係があるの？　ちっともわからない」

「すごくむずかしいことをやってのけたってことだよ。トマス・アクィナスはアリストテレスの哲学とキリスト教を合体させようとした、と言ってもいい。トマス・アクィナスはそれをなしとげた。それは、彼がアリストテレスの哲学に踏みこんで、そのことば質《じち》をとらえたからなんだ」

「角じゃなかった？　わたし、ほとんど寝てないの。だからちゃんと説明してくれないとよくわからない」

「トマス・アクィナスは、ぼくたちが哲学とか理性とか呼んでいるものと、キリストの啓示とか信仰と呼んでいるもののあいだにどうにもならない矛盾があるとは考えなかった。キリスト教が言うことと哲学が言うことは、しばしば重なりあう。ぼくたちは理性の助けによって、聖書に書いてあるのと同じ真理を究明できるんだ」

「どうしたらそんなことができるの？　理性は、神が七日でこの世界をつくったっていうことをわからせてくれるの？　イエスが神の子だって教えてくれるの？」

「いいや、そういう純粋な信仰上の真理には、信仰とキリストの啓示によってしか近づけない。でもトマス・アクィナスは、自然なやり方で到達できる神学上の真理というものもある、と考えた。キリストの啓示からも、またぼくたちに生まれつきの自然な理性からも到達できる真理があるってね。たとえば、ただ一人の神がいる、ということなんかがこれだ。トマス・アクィナスは、神にいたる道は二つある、と考えていたわけだ。一つの道は信仰と啓示をとおっている。もう一つの道は理性と感覚をとおっている。でも二つの道のうち、信仰と啓示の道のほうが確実だ。なぜなら、理性だけを頼りにしていると迷子になりやすいからだ。ともあれトマス・アクィナスは、キリスト教の教えとたとえばアリストテレスの哲学は矛盾しない、という立場をとっていた」

「じゃあ、聖書と同じくらいしっかりとアリストテレスを信じるってこと？」

「そうじゃない。アリストテレスはものごとのとちゅうまでしか進まなかったんだ。だって、彼はキリストの啓示を知らなかったんだから。でも、とちゅうまでしか進まないことは、迷子になることとはちがう。たとえば、アテネはヨーロッパにある、と言っても間違いではないよね。でもそれは厳密だとも言えない。もしもある本に、アテネはヨーロッパの都市だ、とだけ書いてあったら、きみは世界地図にも当たってみるべきだ。そこで初めてきみは、事実をそっくり理解するわけだ。アテネは南東ヨーロッパの小国、ギリシアの首都だ、とね。運がよければ、古代にはアテナイと呼ばれたことや、アクロポリスについての知識も手に入れるだろう。プラトンやアリストテレスとまで言わなくても」

「でも、さっきのアテネについての情報、ヨーロッパにあるっていうのも正しかったわ」

「そうさ！　トマスは、真理はたった一つだってことを言いたかったんだ。アリストテレスが理性にてらして正しいと判断するものは、キリスト教の教えとも矛盾しないんだ。真理のうちのあるものは理性と観察によって得られる。アリストテレスはそういう種類の真理を植物や動物について語ったんだ。真理のまたあるものは、神が聖書をつうじて示している。でもこの両方の真理はたくさんの重要な点で重なりあっている。聖書と理性がまったく同じ答えを出している問いもあるし……」

「神はいるかとか？」

「そのとおり。アリストテレスの哲学も、神はいるということを前提にしている。神、あるいはすべての自然過程を動かしている第一原因がね。でも、神についてくわしくは述べていない。ここからは聖書とイエスの啓示が頼りになるわけだよ」

「でも、神がいるってことはほんとにたしかなの？」

「もちろん議論の余地はあるね。でも今でもほとんどの人は、理性で神はいないということは証明できない、と認めている。トマスはもっと先まで行った。アリストテレスの哲学を踏まえて、神の存在を証明できる、と信じていた」

「悪くないわ！」

「ぼくたちが、すべてには第一原因があるはずだと認識できるのは、ぼくたちに理性があるからだ、とトマス・アクィナスは考えた。トマスによれば、神は聖書と理性をとおして人間たちの前にみずからを啓示する。だから信仰の神学と自然の神学があることになる。道徳の分野でも同じことだ。聖書は、ぼくたちは神の意志にそって生きるべきだ、という。でも神はまたぼくたちに良心もあたえて、自然の原則にしたがって善悪を区別できるようにした。だから、道徳生活にも二つの道があることになる。ぼくたちはたとえ聖書を読まなくても、ほかの人を苦しめてはいけない、ということを知っている。自分がそうしてもらいたいようにほかの人にもしてあげるべきだ、と知っている。だけどこのことについても、聖書の掟はきわめてはっきりとした基準を打ち出している」

「わかったような気がする。稲光が見えるか、雷が聞こえるかしたら、嵐になるってわかるようなものなのね」

「そうだね。たとえ目が見えなくても、雷は聞こえる。耳が聞こえなくても、稲妻は見える。もちろん、見えて、しかも聞こえるに越したことはない。でも、目に見えることと耳に聞こえることに矛盾はない。その反対だ。二つの感覚はおたがいを補いあっているんだ」

「なるほどね」

「もう一つ、たとえ話をしよう。きみがたとえばクヌート・ハムスンの『ヴィクトリア』とかの小説を読むとする」

「それ、読んだことある」

「するとだね、作家についてもなにかわかってこないかい？　だって、きみはその作家が書いたものを読んだんだから」

「とにかく、その本を書いた作家がいる、ということはわかるわ」

「作家について、もっとなにかわからない？」

「この作家は、恋愛にずいぶんとロマンティックなイメージをもっている」

「きみがこの小説、つまりハムスンが創造した作品を読んだら、ハムスンその人についても、何かはわかってくるよね。それでも、作家についてのごく個人的な情報は望むほうがむりだ。たとえば『ヴィクトリア』から、作家が何歳の時の作品かとか、書いていた時どこに住んでいたかとか、子どもは何人いたかとか、わかるかい？」

「わかるわけないわ」

「そういうことはクヌート・ハムスンの伝記を読まないとね。作家個人のことは伝記や自伝からしかわからない」

「そりゃそうよ」

「神の創造物と聖書の関係も、だいたいこれと同じだ。ぼくたちは自然のなかで、神はいる、というしるしに出会う。神は花や動物が好きなんだろう、好きでもないものをつくるわけはないのだから、とか想像したりもする。でも、神自身についての情報は聖書を見るしかない。聖書は神の自伝なのだから」

「……」

「なかなかうまいたとえね」

初めてアルベルトは考えこんでしまい、返事をしなかった。

「ヒルデのことも、そんなふうに考えられないかしら？」ソフィーはつい口を滑らせた。
「ヒルデという子がいるかどうか、はっきりしないじゃないか」
「でも、あちこちで彼女のしるしが見つかっている。はがきとか、絹のスカーフとか、緑のお財布とか、ハイソックスとか……」

アルベルトはうなずいた。

「これだけのしるしをばらまくということには、ヒルデの父親がかかわっているようだね。でも、これまでのところでは、だれかはがきを書いた人物がいる、ということしかわかってない。その人物は自分自身についても書くべきなんじゃないだろうか。でも、このことはまたあとで考えよう」
「十二時か。中世はまだ終わらないけど、わたし、帰らなくちゃ」
「じゃあ、少しつけ足して終わりにしよう。トマス・アクィナスは教会の神学とは衝突しないあらゆる分野で、アリストテレスの哲学を受けいれた。つまり、アリストテレスの論理学、認識論、そしてなによりも自然哲学をね。きみはたとえば、アリストテレスが植物から動物、そして人間というふうに登っていく生命の梯子《スカラ》について書いていたことは、まだ憶えている？」

ソフィーはうなずいた。

「アリストテレスは、この梯子は神にいたると考えた。神は最高の存在なのだから。この図式は簡単にキリスト教神学にあてはまる。トマスは、植物や動物から人間へ、人間から天使へ、天使から神へと高まっていく存在の段階がある、と考えた。人間は動物と同じように、感覚器官をそなえた肉体をもっているけれど、人間にはまた、よくよく考える理性もある。天使は肉体も感覚ももたないけれど、そのかわり直接、即座に理解する知性《インテリジエンス》をそなえている。天使たちは、人間のように論理をつみかさねる必要がない。推論する必要がない。人間が知りうることならなんでも知っているけれど、ぼくたちのように一歩一歩手探りで進む必要がない。なぜなら天使たちは肉体をもたないし、けっして死ぬこともないからだ。かといって、神のように永遠でもない。いつかある時、神によってつくられたのだから。だけど、いつかは分離される肉体がないのだから、けっして死なないんだ」

「すてきね」

「その天使たちの上に神が君臨するんだ、ソフィー。神はたった一つの、すべてをつらぬく直観《ヴィジョン》ですべてを見て、そして知ることができる」

「だったら、神は今、わたしたちのことも見ている？」

「そうだよ、きっとぼくたちのことも見ている。でも『今』じゃない。神にとって時間は、ぼくたちの時間のようには存在しない。ぼくたちの『今』は神の『今』ではない。ぼくたちにとって数週間が過ぎることは、神にとってても数週間が過ぎることを意味しない」

「なんだか気味が悪いわ！」ソフィーは思わずつぶやいた。そして、手を口元にあてた。アルベルトがソフィーを見つめた。

「またヒルデの父親からはがきがきたの。ソフィーにとっては数週間が過ぎたとしても、彼らにとってはそれと同じ時間が過ぎたってことにはならない、とかそういうことが書いてあった。アルベルトが神について言ったのと、まるで同じよ！」

茶色い僧帽《フード》につつまれた顔が引きつった。

「彼は恥を知るべきだ！」

ソフィーはアルベルトの言う意味がわからなかった。たぶん、この人はこういう言いまわしが癖なんだろう。アルベルトはつづけた。

「残念なことに、トマス・アクィナスはアリストテレスの女性観もゆずりうけたんだ。アリストテレスが女性を一種の不完全な男性と見なしていたことは、憶えているね。それだけじゃない、子どもは父親の性質だけを受けつぐとも信じていた。女性は受動的で受けいれるだけで、それにたいして男性は能動的で形をつくるのだからって。トマスは、これは聖書のことばと一致する、と考えた。たとえば、女性は男性のあばら骨からつくられた、というところなんかと」

「ばっかみたい！」

「トマスを弁護するわけじゃないけれど、女性の卵細胞が発見されたのは一八二七年だったんだ。だからアリストテレスやトマスが、生殖では男性を、命をあたえる者と考えたのも、そんなに驚くことではないかもしれない。たしかにトマスは自然的な存在としては女性を男性よりも一ランク下に置いた。でも、女性の魂には男性の魂と同じように価値があると考えていたんだ。天国では女性も男性も平等だ。理由は簡単。そこにはもう、肉体にかかわる性の違いなんてないからだ」

「そんなこと言われたってうれしくもなんともないわ。じゃあ中世には女の哲学者はいなかったの？」

「中世には、教会は男たちにがっちり占有されていた。だからって、女性の思想家がいなかったわけじゃない。ビンゲンのヒルデガルトなんかがその一人だ……」

　ソフィーの目がぱっちりした。

「その人、ヒルデとなんか関係ある？」

「おっと、なんて質問するんだ！　ヒルデガルトは一〇九八年から一一七九年まで、ドイツのラインラントで修道尼として生きた人だ。女性でありながら、説教師、著述家、医者、博物学者、作曲家としてたくさんの仕事をした。中世の女性は男性とくらべてどっちかというと実践方面に強かった、そう、ずっと科学的だったんだが、そのお手本みたいな人だ」

「わたしがきいたのは、その人がヒルデとなにか関係があるかってことよ！」

「古代キリスト教やユダヤ教には、神は一〇〇パーセント男性ではない、という考え方がある。神には女性的な面、母性がある、とする考え方だ。だって女性も神の似姿なんだから。神の女性的な面をギリシア語では『ソフィア』っていうんだ。ソフィアあるいは『ソフィー』は『知恵』という意味だ」

ソフィーはすっかり混乱して、頭をふった。どうして、今までだれもそういうことを言ってくれなかったの？ わたしだって、どうしてたずねなかったの？

アルベルトは話をつづけた。

「ユダヤ教とギリシア正教では、ソフィアあるいは神の母性は、中世をつうじてたしかな役割を演じていた。西ヨーロッパでは忘れられてしまったけどね。そこへヒルデガルトが登場した。ヒルデガルトは、ソフィアが自分の幻視《ヴィジョン》のなかに現れた、と語った。ソフィアは貴い宝石をちりばめた長い衣を着て……」

ソフィーはベンチから飛びあがった。ソフィアがヒルデガルトの幻視に現れた……。

「わたしもきっと、ヒルデに現れるんだ」

ソフィーはふたたび腰をおろした。アルベルトが三度ソフィーの肩に手を置いたあげくのことだった。

「それはこれから見ていかなくては。だけど、もうすぐ一時だよ。きみは帰らなくては。それに、ぼくたちには新しい時代がひかえている。ルネサンスについての日程を決めなくては。ヘルメスをきみのうちの庭まで迎えにやるよ」

そう言うと、この風変わりな修道士は立ちあがり、教会のほうに歩いていった。ソフィーは座ったまま、ヒルデガルトとソフィアのことをあれこれ考えていた。そしてヒルデとソフィーのことを。突然、ショックがソフィーの体を突き抜けた。ソフィーははじかれたように立ちあがって、修道士姿の哲学者の背中に叫んだ。

「中世にはアルベルトっていう人もいたの？」

アルベルトは少しだけ歩みをゆるめると、頭だけくるりとふりかえって、言った。

「トマス・アクィナスには有名な哲学の先生がいた。アルベルトゥス・マグヌスっていう名前のね！」

そう言うと、マリア教会の入口に姿を消した。

この答えにソフィーは満足しなかった。ソフィーも教会に引き返した。けれどもだれもいない。アルベルトは地面に飲みこまれてしまった？

教会をあとにする時、マリア像が目にとまった。ソフィーは近づいて、まじまじとながめた。ふいにソフィーは、マリア像の目の下に小さな水滴を見つけた。これは涙？

ソフィーは教会を飛び出して、ヨールンの家に走っていった。

ルネサンス

おお、人間の姿をした神の族《うから》よ

一時半頃、ソフィーが息せききってやってきた時、ヨールンは黄色い家の前に立っていた。

「あなたったら、十時間以上もどっかへ行ってたのよ」

ソフィーは首を横にふった。

「千年以上もどっかへ行ってたの」

「いったいどこにいたの？」

「中世のお坊さんとデートしてたの。面白い人だったわ」

「まったくどうかしてる。三十分前にあなたのママから電話があった」

「なんて言っといてくれた？」

「コンビニに行ってるって」

「ママはなんて言ってた？」

「戻ったら電話ちょうだいって。問題はうちのパパとママよ。十時ちょっと前にココアとパンをもってきてくれたの。そしたら、ベッドが片っぽ空っぽじゃない」

「なんて言ってくれたの？」

「へんなこと言っちゃった。わたしたちけんかして、あなたは帰っちゃったって」

「じゃあ、早いとこ仲直りしなくちゃね。それから、何日かはあなたのパパとママがわたしのママと話をしないようにしないと。できると思う？」

ヨールンは肩をすくめた。その時、ヨールンの父親が手押し車を押しながら庭に出てきた。つなぎの作業服を着ている。まだ去年の落葉と格闘しているらしかった。

「おやおや、もう仲直りしたのか？　もう地下室の明かり取り窓の前には葉っぱ一枚落ちてないぞ」

「すっごーい！」と、ソフィーは答えた。「だったらおじさまも、こんど夫婦げんかしたら、ベッドと地下室で別べつにココアを飲めるじゃん」

ヨールンの父はぎこちなく笑った。ヨールンはぎくっとした。

市の収入役の父親と、バービー人形みたいにいつもきれいにしている母親をもつヨールン・インゲブリットセンの家では、親に向かってこんなあけすけなことばづかいはしないのだった。

「ごめんね、ヨールン。でもわたし、ここは適当に話を合わせて早いとこ切りあげなくちゃって思ったもんだから」

「話してくれないの？」

「うちまで送ってくれたら。この話は収入役さんやおばさまバービー人形ちゃん向けじゃないのよ」

「ひどいこと言うわね！　だんなを海に追い出してるアブナイ夫婦のほうがましだって言うの？」

「もちろんちがうわ。でも、ゆうべはほとんど寝てないのよ。それにね、わたしだんだん、ヒルデはわたしたちのことが全部お見通しなんじゃないかって思うようになったの」

二人はゆっくりとクローバー通りのほうへと歩いていった。

「ヒルデが千里眼だって言うの？」

「そうかも。そうじゃないかも」

ヨールンがいろいろな謎にそんなに夢中になっていないことは明らかだった。

「でも、だからってヒルデの父親がナンセンスな絵はがきを森の空き家に送りつけたことの説明にはならないわ」

「そこが弱いところなのよね」

「どこにいたのか、教えてくれないの？」

ソフィーは話した。謎の哲学講座のことも話した。けれどもその前にヨールンから、すべてはこれまでどおり二人だけの秘密にしておく、というおごそかな約束をとりつけた。

二人は黙りこくったまま、しばらく歩いていった。

「その話、わたしはあんまり面白くない」クローバー通り三番地に近づいた時、ヨールンが言った。ソフィーの家の門の前に立ち止まったヨールンは、見るからにそのまま帰りたそうだった。

「もちろん、哲学を面白がれなんて、だれもあなたに強制しない。でもね、哲学は大切よ。哲学は、わたしたちはだれか、どこから来たのかってことを考えるの。そんなこと、学校で勉強する？」

「どっちみちそんな問題にはだれも答えられないじゃない」

「でも、こういう問いを立てるってことだって、わたしたちはまるっきり勉強してこなかったのよ」


ソフィーがキッチンに入っていくと、遅い昼食の用意ができていた。ヨールンのうちから電話を入れなかったことについては、なにも言われなかった。

食事が終わると、ソフィーは昼寝をしようと思った。ソフィーは、ヨールンのうちではほとんど眠らなかった、と白状した。でも、それはお泊まりではいつものことだった。

ベッドに入る前に、ソフィーは壁にかけた真鍮の鏡に向かった。最初のうち、見えるのはただ、くたびれて青白い自分の顔だった。けれどもほどなく、ソフィーの顔の後ろから、もう一つ別の顔のぼんやりとした輪郭が浮かびあがった。

ソフィーは二度、大きく息をついた。勝手な空想をしているばあいじゃないでしょ！　ソフィーは鏡に目をこらした。くっきりとした像はソフィーの青白い顔で、自然のままに「てれんと」させておくしかない黒い髪に囲まれている。けれどもやっぱり、その顔の後ろというか、下というか、もう一つ別の顔が浮かび出ているのだ。

突然、鏡の中の見知らぬ女の子がいせいよく両目をつぶった。まるで、わたしは本当にこの鏡の向こう側にいるのよ、と合図を送るように。ほんの数秒のことだった。そして、女の子は消えた。

ソフィーはベッドに腰かけた。鏡のなかの女の子、あれはヒルデにちがいない、とソフィーはかたく信じた。少佐の小屋で数秒間、身分証明書のヒルデの写真を見たことがある。あれはさっき、鏡に映った女の子だったにちがいない。

ぶっ倒れるほど疲れているときにかぎって、いつもなにか不思議なことが起こるというのは、へんじゃない？　だからいつも、これは幻なんじゃないかって、疑ってしまう。

ソフィーは服を脱いで椅子にかけ、ベッドにもぐりこむと、ことんと寝入ってしまった。そしてソフィーは夢をみた。あやしいほどはっきりとした夢だった。

ソフィーは広い庭にいた。庭の向こうには赤い艇庫《ボートハウス》がある。そのそばの小さな桟橋に、ブロンドの女の子がしゃがんで海をながめていた。ソフィーはその子に近づいて、並んで腰をおろした。けれども女の子はソフィーに気がつかない。「わたし、ソフィーよ」ソフィーは自分から名乗った。けれども女の子はソフィーを見もしなければ、聞こえたようすもない。「あなたはきっと、見えないし、聞こえないのね」とソフィーは言った。そのとおり、女の子はソフィーの声が聞こえないらしかった。ふいに呼び声がした。「ヒルデ！」女の子は桟橋から飛びのくと、家へと走っていった。ということは、女の子は耳も目もきくのだ。家から中年の男の人が出てきて、女の子に近づいた。制服を着て、青いベレー帽をかぶっている。見知らぬ女の子は男の人の首に抱きつき、男の人は女の子をもちあげて、ぐるぐるっと回転した。その時、ソフィーは桟橋の、女の子が座っていたあたりに、小さな黄金《きん》の十字架のついたチェーンを見つけた。ソフィーはチェーンを手に取った。そこで目が覚めた。

ソフィーは時計を見た。二時間、眠っていた。ソフィーはベッドの上に座って、おかしな夢を思い返した。夢は、まるで本当にあったことのようにはっきりとしていた。夢に出てきたあの家と桟橋はきっと本当にどこかにあるにちがいない、とソフィーは確信した。少佐の小屋にかかっていた絵が、ちょうどあんなふうじゃなかった？　いずれにしても、夢のあの女の子はヒルデ・ムーレル＝クナーグに決まっているし、男の人はレバノンから帰ってきたヒルデの父親にちがいない。夢では、ちょっとアルベルト・クノックスさんに似ていたけれど……。

ベッドを整えようと起き上がった時、枕の下から十字架のついた黄金のチェーンが出てきた。十字架の裏には、「ＨＭＫ」の三つの文字が刻んである。

夢のなかで宝物を見つけたのは、これが初めてではない。けれども、宝物を夢のなかからもってこれたことなんてなかった。

「なにこれ！　からかうのもいいかげんにしてよ！」ソフィーは大声を出した。

ソフィーは頭にきて、戸棚をあけると、絹のスカーフと白いハイソックスとレバノンからの絵はがきの入っているところに、すてきなチェーンをぽいとほうりこんだ。

日曜日の朝、ソフィーはバターロール、オレンジジュース、卵、サラダの朝食に起こされた。日曜日、母親がソフィーより早く起きることなどめったにない。母親はたまにソフィーより早起きすると、どうだと言わんばかりに豪勢な朝食を用意するのだった。

食べながら、母が言った。

「よその犬が庭に入ってきてる。朝からずっと古い生け垣のあたりをうろついてるのよ。どこの犬か、あなた心当たりない？」

「ある、ある！」ソフィーはそう言うと同時に唇を噛んだ。

「今までもしょっちゅう来てたの？」

ソフィーはもう立ちあがって、リビングの窓に駆け寄っていた。やっぱり。ヘルメスがほら穴に入る秘密の入口のところに寝そべっている。

なんて言えばいいの？　答えが思いつかないでいると、もう母親が隣に立っていた。

「あの犬、前にもしょっちゅう来てたの？」

「うちの庭に骨を埋めたの。それで、宝物を掘り出そうとしてるんでしょ。犬は記憶がいいのよ」

「なるほどね、ソフィー。わたしよりあなたのほうが動物にかけては専門家だもんね」

ソフィーは必死で頭をふりしぼった。

「飼い主のところにつれてってあげよう」

「どこだかわかってるの？」

ソフィーは肩をすくめた。

「住所なら首輪に書いてあるでしょ」

二分後にはもう、ソフィーは駆け足で庭をつっきっていた。ヘルメスはソフィーを見つけると駆け寄って、いそがしくしっぽをふりながら飛びついてきた。

「いい子ね、ヘルメス」

ソフィーは、母親が窓から見ていることを意識していた。ヘルメスがまっすぐほら穴に駆けこんだりしませんように！　ところがヘルメスは家の前の砂利道を走り抜け、門の外へと駆けていく。

ソフィーが門をしめると、ヘルメスはなおもソフィーの二メートル先を走っていく。あの道この道をたどって、長い散歩が始まった。散歩をしていたのはソフィーとヘルメスだけではなかった。そこいらじゅうを家族連れが歩いていた。ソフィーはちょっぴりうらやましかった。

ヘルメスはほかの犬や歩道の縁石をしょっちゅう鼻でかいでいたが、ソフィーが「おいで！」と命令すると、すぐにそばに戻ってきた。

ほどなく、小さく区切られた家庭菜園がかたまっているあたりにやってきた。大きな競技場と遊園地もとおりすぎた。ソフィーとヘルメスはにぎやかな地区にやってきた。丸っこい石で舗装された広い道と路面電車のレールが町の中心に向かってのびている。

町の中心までやってくると、ヘルメスはソフィーを案内して、中央広場を越え、教会通りをたどっていく。一人と一匹は、世紀末に建てられた大きなアパートの建ちならぶ旧市街にやってきた。時計はもうかれこれ一時半だ。

町の反対側のはずれまで来てしまった。このあたりにはあまり来たことがない。そこは「ニュートルゲ」といって、「新しい場所」という意味だったけれど、なにもかもが古めかしい。この街区は本当は古くて、中世につくられたものだった。

ヘルメスは「十四番」と番地を表示したアパートのアプローチに立ち止まって、ソフィーがドアをあけるのを待っていた。ソフィーは身がひきしまるのを感じた。

エントランスホールには緑色の郵便受けがずらりと並んでいた。上の列の一つに、はがきが貼りつけてある。はがきには宛先人不明の郵便局のスタンプがおしてあった。宛先は「ヒルデ・ムーレル＝クナーグ、ニュートルゲ十四番地……」消印は六月十五日だ。まだ二週間以上も先の日付。なのに配達人はそのことに気づかなかったらしい。

ソフィーははがきを郵便受けからはがして、読んだ。

《愛するヒルデ

今、ソフィーが哲学の先生の家に入る。ソフィーはもうすぐ十五だが、きみの誕生日はきのうだったのかな、それともきょうかな、ヒルデ？　きょうだったら、少なくともまにあったわけだ。でも、わたしたちの時計はいつも同じようには進まない。ある世代が成長するにつれて、ある世代は年老いていく。まあ、物語はどんどん進んでいくわけだが。ヨーロッパの歴史は一人の人間の一生のようだ、なんて考えたことがあるかな？　古代はヨーロッパの子ども時代だ。それから長い中世。これはヨーロッパの学校時代だ。今はその長い学校時代が終わって、若いヨーロッパがいよいよ人生に飛び出していく時だ。ルネサンスはヨーロッパの十五歳の誕生日と言っていい。今は六月のまっさかりだ、ヒルデ。「ここは神々《こうごう》しい。おお、人生はなんと美しいのだ！」

追伸　黄金の十字架をなくしたのは残念だったね。もっと自分の持ち物には気をつけないと。

もうすぐ帰るパパからよろしく》

ヘルメスはもう階段を昇っていた。ソフィーははがきを手に、そのあとを追った。駆けあがらなければ追いつけない。ヘルメスは盛大にしっぽをふった。二階を過ぎ、三階、四階、五階を過ぎた。狭い階段がなおも上へとつづいている。この上は屋上？　ヘルメスはどんどん昇っていく。そして小さなドアの前に立ち止まり、前肢でドアをカリカリとひっかいた。

足音がドアの向こうから近づいてきた。ドアがあくと、ソフィーの前にアルベルト・クノックスが現れた。着替えてはいたが、きょうも変装だ。白いハイソックスに赤いだぶだぶのズボンをはき、大きな肩パッドの入った黄色い上着を着ている。まるでトランプのジョーカーみたい、とソフィーは思った。思い違いでなければ、それは代表的なルネサンスのいでたちだった。

「ピエロみたい！」ソフィーは言って、アルベルトを押しのけるように住まいに入っていった。エントランスホールで見つけたはがきのおかげで、まだカッカしていたのだ。

「まあ、落ち着いたらどうだい、ソフィー」アルベルトは言って、ドアをしめた。

「はがきを見つけたわ」まるでアルベルトの責任だと言わんばかりに、ソフィーははがきをつきつけた。

アルベルトは立ったままはがきを読んで、頭をふった。

「ますますあつかましくなってくるな。娘の誕生日のお祝いにぼくたちを利用しているんだな」

そしてはがきをビリビリ破いて、ゴミ籠に捨てた。

「ヒルデが黄金の十字架をなくしたって書いてあったわ」

「そうだね」

「まさにその十字架を、わたしきょう、ベッドで見つけたの。そんなものがどうやってわたしのところにきたんだと思う？」

アルベルトはあらためてソフィーの目を見つめた。

「これはたぶん決定的な証拠だよ。でも、なんてことはない、ちょっとした手品なのさ。そんなことより、黒いシルクハットからひっぱり出された世界という巨大な兎のことに集中したほうがましだ」

二人はリビングルームに入った。ソフィーは、こんな風変わりなリビングは見たことがなかった。

アルベルトの住まいは、天井が斜めになった広い屋根裏部屋だった。天窓があって、強い陽射しがじかに空からさしこんでいる。もう一つの窓からは町がながめわたせた。たくさんの古いアパートの屋根がずっと向こうまで広がっていた。

けれどもソフィーがあきれたのは、なんといってもこのリビングのしつらえ方だった。さまざまな時代の家具や小物であふれ返っていたのだ。ソファは三〇年代のものらしい。キャビネットデスクは世紀末のものだろう。椅子の一つは何百年も昔のものにちがいない。しかも家具だけではなかった！

棚や戸棚には置物や、古い時計や水差しや、乳鉢やレトルトや、メスや人体模型や、ペンナイフやブックエンドや、八分儀や六分儀や、コンパスや気圧計が、それこそごちゃごちゃにのっている。壁の一つにはびっしりと本が並んでいたが、本屋では売っていそうにないようなものばかりだった。その集め方も、数世紀にわたって本と名のつくものをピックアップしたようなぐあいだった。そのほかの壁にはデッサンや油彩画が飾ってある。何点かはここ数十年に描かれたものだったが、ほとんどはかなり古いものらしい。壁には古い地図も何枚かかかっていた。一枚は、北の地方のソグネフィヨルドからトロンデラーグとトロンドハイムフィヨルドにかけてのものだった。

ソフィーは数分間、ものも言わずに立ちすくんでいた。そしてあたりを見まわして、この部屋をすみずみまで点検した。

「すごくたくさんのガラクタ」ようやくソフィーが口を開いた。

「おいおい。この部屋に何世紀分の歴史がつまっているか、ちょっと考えてごらんよ。ぼくにとってはガラクタなんかじゃない」

「アンティークのお店かなんか、やってるの?」

アルベルトは、ほとんど悲しそうな顔をした。

「みんながみんな、歴史の流れにひたすら身をまかせる人ばかりとはかぎらないのさ、ソフィー。なかには踏みとどまって、岸辺に打ちあげられたものを拾う人もいるだろう」

「なかなか言うわね!」

「でもこれは真実だ、ソフィー。ぼくたちはぼくたちの時代だけを生きているのではない。歴史も背負って生きているのだ。きみがここで見ているものはすべて、かつてはピカピカの新品だったってことを忘れちゃいけない。この小さな木の人形は十六世紀のものだ。たぶん、どこかの女の子のお祖父さんかだれかがその子の五歳の誕生日のためにつくったんだろう……。女の子はそれからティーンエイジャーになって、おとなになって、結婚した。そして自分も女の子を産んで、この人形をあげた。

彼女は年をとって、ある日もう存在しなくなった。長生きしたんだろう、たぶん。でも、今はもういない。二度とふたたび帰ってこない。彼女はこの世をほんのつかのま訪れただけだ。でも彼女の人形は、そう、あそこの棚にあるんだ」

「アルベルトが説明すると、なんでも悲劇的でおごそかになるわ」

「人生は悲劇的でおごそかなものさ。ぼくたちはこのすばらしい世界に招かれ、出会い、自己紹介しあい、少しのあいだいっしょに歩く。そしてたがいを見失い、どうやってここに来たのか、そのわけもわからないうちに突然いなくなる」

「質問してもいい？」

「いいよ、もう逃げもかくれもしない」

「どうして少佐の小屋に住んでたの？」

「きみと手紙だけでコンタクトしていたあいだは、近くにいたかったからだよ。あの小屋が空き家だということは知っていた」

「だからって、あそこに入りこんじゃったわけ？」

「入りこんだわけだ」

「じゃあ、アルベルトがあそこに住んでるって、ヒルデの父親がどうやって知ったかも教えて」

「ぼくの思い違いでなければ、彼はほとんどなんでも知っている」

「でもわからない。どうやって郵便配達の人に、森の奥まで配達してくれるよう頼んだのかしら？」

アルベルトはいたずらっぽくほほえんだ。

「そんなことはヒルデの父親には朝飯前なのさ。ちょっとした手品、いたずらみたいなものさ。どうやらぼくたちほど、ばっちり見張られている人間もいないようだ」

ソフィーは、体がかっと熱くなるのがわかった。

「道で会ったら、爪立てて目玉をえぐり出してやるわ」

アルベルトはソファに腰をおろした。ソフィーもそれにならって深ぶかとした肘かけ椅子に座った。

「哲学が、ヒルデの父親に近づく手がかりになるかもしれない」アルベルトが言った。「きょうはルネサンスの話をしよう」

「ええ、いいわ」

「トマス・アクィナスが死んで何年もたたないうちに、キリスト教単一文化がひび割れしだした。哲学と科学は教会の神学から少しずつ離れていき、これにあわせて宗教も理性にたいして自由な態度をとるようになっていった。こうなると思想家たちは、知性《あたま》で神に近づくことはできない、なぜなら神は思考ではどうしたって理解できないのだから、と声高《こわだか》に主張するようになった。人間にとって大切なのは、キリストの奇跡を理解することではなく、神の意志にしたがうことだとされた」

「なるほどね」

「宗教と科学の関係がゆるやかになったおかげで、新しい科学の方法と新しい信仰のあり方が生まれた。こうして十五、六世紀の二つの重要な革命、つまりルネサンスと宗教改革の基礎がかたまった」

「革命って？　一つずつ説明して」

「オーケー。ルネサンスというとぼくたちは、十四世紀の終わりに始まった、あらゆる分野の文化の花盛りを連想するね。それは北イタリアに始まって、あっというまに北へと広がった」

「前に『ルネサンス』っていうのは『再生』ってことだって言わなかった？」

「言ったさ。それでね、そのふたたび生まれ変わるとされたのは古代の芸術文化だった。だからよくルネサンス人文主義《ヒューマニズム》って言われるんだ。あらゆる生活条件が神の光のもとに置かれていた長い中世のあと、今やふたたび人間が中心にすえられたんだ。モットーは『源《みなもと》に戻れ！』だった。なによりも重要な源は古代の人間中心主義《ヒューマニズム》だった。ほとんど猫もしゃくしもという感じで、人びとは古代の彫刻や手稿本の掘りおこしに熱中した。ギリシア語を習うことも流行した。これはギリシア文化をあらためて研究することにつながった。ギリシアの人間中心主義を学ぶことには、もちろん教育上の目的があった。人文系の学科を学ぶことは、人間をもっと高級なレベルに押しあげる古典の教養《ビルドゥング》を身につけることにつながる、とされたんだ。『馬は生まれる。だが人間は生まれない。つくられる《ビルデン》のだ』ということばのとおりだ」

「わたしたちは人間にならなければならない？」

「そう、当時の人はそう考えた。でも、ルネサンス人文主義をじっくり観察する前に、まずはルネサンスの背景になった政治と文化にふれておこう」

アルベルトは立ちあがって、部屋のなかを行ったり来たりしはじめた。そして立ち止まって、棚のとても古い道具を指さした。「これは？」

「昔のコンパスみたいだけど」

「そのとおり」

つぎにアルベルトは、ソファの上の壁にかかった古い鉄砲を指さした。

「じゃあ、これは？」

「すごく古い鉄砲」

「そうだね。こんどはこれだ」

アルベルトは棚から大きな本を取り出した。

「昔の本」

「正確には古版本《インクナーベル》という」

「インクナーベル？」

「もともとは『ゆりかご』という意味だ。印刷術がまだ赤ちゃんだった頃につくられた本をそう呼んでいる。ふつうは、一五〇〇年より前のもののことだ」

「その本、ほんとにそんなに古いの？」

「そんなに古いんだ。今見せたコンパスと鉄砲と印刷物、この三つの重要な発明が、ルネサンスと呼ばれている新しい時代を用意した」

「もっとよく説明して」

「コンパスのおかげで船の位置が測定できるようになった。つまり、コンパスは大航海時代の幕開けには欠かせないものだった。火薬も同じだ。新兵器のおかげで、ヨーロッパ人はアメリカやアジアの文化よりも優位に立つことができた。でも火薬はヨーロッパでも大きな意味をもつことになる。そして印刷術はルネサンス人文主義という新しい考え方を広める上で重要だった。知識の受け渡しは昔から教会が独占してきたんだが、教会がそういう地位を失ったことにも、印刷術が果たした役割はもちろん大きい。のちには新式の器具や新しい方式がつぎつぎと出現した。たとえば望遠鏡。これも重要な器具だ。天文学にまったく新しい可能性を切り開いたんだからね」

「そしてついにはロケットや月面着陸船がつくられた？」

「それはちょっと先取りのしすぎだよ。でも、科学の歩みはルネサンスに始まって、ついには人間を月につれていくことになる。この道はヒロシマとチェルノブイリにもつうじているけれど。でも変化はまずは文化と経済の分野に現れた。半自給自足経済から貨幣経済に変わったことは、時代の大きな決め手だった。中世の終わりには都市ができあがっていた。都市では手工業がさかえ、商取引がさかんに行なわれた。貨幣経済と銀行制度が確立していた。それをバックに市民階級が成立する。ここでいう市民とは、基本的な生活条件からある程度自由になれた人びとだ。生活に必要なものはお金で買うことができた。これは個人が勉強したり、想像力や創造性をはばたかせることを後押しした。そして個人はこれまでにない要求をもつようになった」

「二千年前にギリシアの都市国家ができた時に、ちょっと似てる」

ね。ああ、そうだね。ギリシア哲学が、農民の文化である神話の世界観を脱け出たことを話したっけ「ああ、そうだね。あれと同じように、ルネサンス時代の市民も封建領主や教会権力の束縛から身をもぎ離しはじめた。同時に、スペインのアラブ人やビザンチン文化と密接に交流するなかから、ギリシアの文化が再発見された」

「古代から流れ出した三つの流れが合流して、一本の大きな川になったのね」

「さすが優等生だ。ルネサンスのバックグラウンドの説明はこれでじゅうぶんだ。つぎは新しい考え方について話をしよう」

「いいわ。でも、夕ごはんまでには帰らなくちゃ」

アルベルトはふたたびソファに腰をおろした。

「なんと言っても、ルネサンスは新しい人間観にたどりついた。ルネサンスの人文主義者《ヒューマニスト》たちは、人間とその世界についてのまったく新しい信念をつくりあげていった。人間の罪深い本性ばかり強調する中世の人間観とはとことん対照的な信念をね。今や人間はなにか無限に大きな、価値あるものと見なされるようになった。ルネサンスの中心人物はマルシリオ・フィチーノという人だが、こんなことを言ってるんだよ。『みずからに目覚めるのだ、おお、人間の姿をした神の族《うから》よ！』もう一人、ジョヴァンニ・ピコ・デラ・ミランドーラは『人間の尊厳について』という賞賛演説を書いた。こんなことは中世には想像もできなかった。中世には、なによりも神が原点とされていた。ところがルネサンスの人文主義者たちは、人間そのものを原点にしたんだ」

「でも、ギリシアの哲学者たちもそうだったわ」

「だから古代の人間中心主義の再生と言っているんだよ。そうは言っても、ルネサンスの人文主義には古代よりも個人主義の色が濃い。ぼくたちはただ人間なのではない、たった一人しかいない個人なんだ。この考え方はほとんど際限のない天才崇拝へとつながっていく。ぼくたちは生活のあらゆる分野、つまり芸術にも科学にもかかわりをもつ人のことをルネサンス的人間と呼ぶけれど、そういう人が理想とされたんだ。この新しい人間観はまた、人体の解剖への関心となって現れた。古代と同じように、人の体はどのようになっているかを解明するために、死体が解剖されるようになった。これは医学だけでなく芸術にも大きな意味をもっていた。芸術では、人間を裸の姿で表現することがふたたび当たり前になった。恥ずかしがりの千年が終わったあとにね。人間は思いきってふたたび自分自身になった。もうなんにも恥ずかしがることはなくなったんだ」

「聞いてると、なんだかくらくらしてきたわ」

ソフィーは、自分と哲学者のあいだのサイドテーブルにもたれかかった。

「たしかにね。新しい人間観からはまったく新しい人生観が出てきた。人間は神のためにだけ存在するのではない。神は人間を人間のためにも創造した。だから人間は今ここで人生を楽しんでいいんだ。そしてもしも自由に自分を発展させることができさえすれば、人間には無限の可能性がある。人間の目的はあらゆる限界を超えることにある。これも古代の人間中心主義とはちょっとちがう。古代の人間中心主義は、人間は心の平安や中庸《ちゅうよう》や自制心をたもつべきだ、と力説したのだったものね」

「ルネサンスの人間中心主義者たちには自制心がなかったの?」

「少なくともそれほど節度があるとは言えなかった。彼らは、全世界が新しく目覚めた、と感じていた。そこから、新時代という意識が生まれてくる。古代と自分たちの時代にはさまれた数世紀をひとからげに中世と呼ぶようになる。そしてあらゆる分野がほかに例を見ない花盛りの時をむかえたんだ。芸術、建築、文学、音楽、哲学そして科学。一つ具体的な例をあげよう。都市のなかの都市とか世界のへそとかの誇らかな名前で呼ばれた古代ローマのことは、前に話したね。中世、この都市は荒れ果てていた。一四一七年、かつての百万都市には一万七千人しか住んでいなかった」

「リレサンよりもそんなに多くない」

「ルネサンス人文主義は、ローマ再建を文化と政治の目標にかかげた。手始めに、使徒ペテロの墓の上にサン・ピエトロ大聖堂が建てられた。この大聖堂には、中庸も自制心もあったものではない。ルネサンスの偉大な人びとが、おおぜいこの世界的な大建築プロジェクトに参加した。工事は一五〇六年に始まって、丸まる百二十年つづいて、さらに五十年かけて壮大なサン・ピエトロ広場がつくられてようやく完成した」

「ずいぶん大きな教会なのね」

「長さが二〇〇メートル、高さが一三〇メートルだ。ルネサンス人たちの気宇壮大さがよく表れている。ルネサンスが新しい自然観をはぐくんだことも、大きな意味をもっていた。人間があるがままの自分であることを居心地よく感じ、この世の生を天国の生の準備とばかりは見なさなくなったので、自然界にたいするまったく新しい見方がつくり出された。今や自然は肯定されたんだ。多くの人は、神は被造物のなかにも現れている、と考えた。神は無限なのだから、いたるところにいるにちがいない。これも一種の汎神論だ。中世の哲学者たちは、神と被造物のあいだには越えられない深淵が口を開いている、とことあるごとに強調した。それがこんどは、自然は神々しいものとして表現されるようになった。そう、自然は『神の展開』だ、とまで言われたんだ。こういう新しい考え方に教会がいつもいい顔をするとはかぎらなかった。ジョルダーノ・ブルーノの運命はこのことをドラマティックに表している。ジョルダーノ・ブルーノは、神は自然界にいる、と主張しただけではなかった。宇宙は無限だと考えてもいた。そのためにきびしい罰を受けた」

「どんな？」

「一六〇〇年にローマのカンポ・ディ・フィオーリ広場で火あぶりになった」

「ひどい。それにばかみたい。それでも人間中心主義の時代だったって言うの？」

「いや、そうじゃないよ。ブルーノは人間中心主義者だった。そうじゃなかったのは彼を裁いたほうだ。ルネサンス期には反人文主義《アンチヒューマニズム》とでも言えるようなものも全盛だったんだ。権威づくの教会や国家の権力のことだ。この時代、魔女裁判や火刑の薪の山、魔術と迷信、血なまぐさい宗教戦争があとを絶たなかった。もちろん残酷なアメリカ大陸征服もこの時代の人間がやったことだ。どの時代もいいことばかり、悪いことばかりじゃないんだ。いいことと悪いことは二本の糸のように人類のすべての歴史をつらぬいている。二本の糸はからみあっている。これは、これから話すルネサンスが発展させた科学の新しい方法についても言える」

「初めて工場ができたの？」

「そんなにすぐにはできないよ。まずルネサンスに科学の新しい方法が確立して、そのあとにトータルな技術の進歩が始まったんだ。科学のあり方が新しくとらえなおされた、ということだよ。新しい方法が技術の面で成果を現すのは、ずっとあとになってからだ」

「新しい方法って？」

「なによりも自然を自分の感覚を使って研究するということだ。すでに十四世紀の初めから、古い権威をやみくもに信じることへの警戒の声がどんどん大きくなっていた。権威とは、教会の教義やアリストテレスの自然哲学だ。問題はひたすら頭で考えれば解ける、という確信にも警戒の声はあがっていた。そうした理性の過信が中世をつうじて支配的だった。それが今や、自然の研究は観察や経験や実験を踏まえるべきだ、とされたんだ。この方法をぼくたちは『経験的方法』と呼んでいる」

「ということは？」

「ぼくたちはものごとについての知識を経験から手に入れる、埃だらけの巻物や頭をぎゅうぎゅうしぼることからではない、それだけのことなのさ。古代にも経験的な科学はあった。アリストテレスも自然のなかに出ていって、重要な観察をいくつもしている。けれども組織だった『実験』はまったく新しいものだった」

「現代のような実験装置はなかったんでしょう?」

「もちろん、コンピュータも電子顕微鏡もなかった。でも数学と計測器具はあった。ルネサンスには、科学的な観察は精確な数学という言語で表現することが大切だ、ということが強調された。計れるものは計るべきだ、計れないものは計れるようにすべきだ、と言ったガリレオ・ガリレイは、十七世紀のもっとも重要な科学者だ。ガリレイはまた、自然という書物は数学ということばで書かれている、とも言った」

「そしていろいろ実験したり計ったりしたことから新発明の道が開けたわけ?」

「第一段階は新しい科学の方法だった。そのおかげで技術革命の道が開けて、あらゆる発明が可能になった。人間は自然の条件から身をもぎ離しにかかった、と言っていい。人間はもう自然の一部ではない。自然は利用し消費できる何かだ。『知は力だ』とイギリスの哲学者、フランシス・ベーコンが言っている。知は現実に活用すべきだ、というわけだが、これは新しい考え方だ。今や人間は自然につかみかかり、支配するようになったんだ」

「でもそれは、いいことばかりじゃなかったんじゃない?」

「そうだね、ぼくたち人間がするすべてのことにまつわりついている、あの善と悪の二本の糸がここでもからまりあっている。ルネサンスに始まった技術の進歩は紡績機械と失業につながった。医薬品と新しい病気を生み出した。農業の生産性を高めたけれど、自然をいためつけてしまった。洗濯機や冷蔵庫のようなじっさいに役に立つ新しい道具をつくったけれど、環境汚染とゴミの山もつくった。そしてこんにちぼくたちは、環境がどれほど深刻におびやかされているかを目の当たりにしている。そして技術の多くを、ぼくたちにあたえられた自然な生活条件を踏みはずした危険なものと見ている。

こうした見方からすれば、ぼくたちはもはや人間のコントロールのおよばないプロセスをスタートさせたんだ。楽観的な人びとは、ぼくたちはまだ技術の子ども時代に生きている、と考えている。今のところ技術文明は子ども特有の病気に苦しんではいるけれど、最終的には人間は、生命にやさしく自然をコントロールすることを学ぶだろう、とね」

「アルベルトはどう思う？」

「どっちの立場もそれなりに正しいんだろうな。もうこれ以上自然に手を出さないほうがいい分野もあれば、安心して手を出してもいい分野もある。はっきりしているのは、中世に逆戻りはできないということだ。ルネサンス以来、人間はもう、ただの被造物の一つではない。自然に手を出して、自分の思うようにつくりかえている。人間は、被造物は被造物でも、驚くべき被造物だということだね」

「人間はもう月にも行った。そんなこと、中世の人は夢にも思わなかったでしょうね」

「いや、まったくそのとおりだよ。そのことからぼくたちは新しい宇宙観を手に入れた。中世には人間は空をあおいで、太陽や月、恒星や惑星を見あげるばかりだった。地球が宇宙の中心だということを疑う人なんて一人もいなかった。大地は不動で天体はその周りをめぐっている、ということに疑問をつきつける観察も一つもなかった。これを天動説というのだけれど、神がすべての天体を支配しているとするキリスト教の考え方も、そういう宇宙観を支えていたわけだ」

「ものごとがそんなに単純だったら、言うことないわね」

「ところが一五四三年に『天球の回転について』という本が出た。書いたのはポーランドの天文学者、コペルニクスで、この画期的な本が出たその日に亡くなった。コペルニクスは、太陽が地球の周りをまわっているのではない、地球が太陽の周りをまわっているのだ、と考えた。当時としては可能なかぎりの天体観測を踏まえて、そう結論づけたんだ。太陽が地球の周りをまわっているように見えるのは、地球が地軸を中心に回転しているからにすぎない、とコペルニクスは考えた。天体のあらゆる観察結果は、地球やそのほかの惑星が太陽の周りをまわっている、と考えればずっとすっきりと理解できる、と言ったんだ。これが『地動説』、すべては太陽の周りをまわっている、ということだ」

「この考え方は正しいんでしょう?」

「なにからなにまで、というわけじゃない。コペルニクスのいちばん重要なポイント、つまり地球が太陽をまわっているというのはもちろん正しい。でもコペルニクスは太陽が宇宙の中心だ、と考えた。こんにちのぼくたちは、太陽が無数の恒星の一つでしかない、ということを知っている。ぼくたちの周りにあるすべての恒星は、何十億とある銀河の一つを形づくっているにすぎない、ということを知っている。コペルニクスはまた、地球もそのほかの惑星も、円軌道を描いて太陽をまわっている、とも考えていた」

「そうじゃないの?」

「そうじゃないんだ。コペルニクスが円軌道の根拠にしたのは、古くからの考え方だけだった。つまり、天体は球形で円軌道を描く、なぜなら天に属するものだから、というわけだ。すでにプラトンの時代から、球と円は幾何学的にもっとも完全な形だと考えられていた。けれども十七世紀の初めにドイツの天文学者、ヨハンネス・ケプラーは、徹底的な観察から独自の結果をみちびき出した。それは、惑星は太陽を中心に楕円軌道を描いて動いている、というものだった。ケプラーは、惑星は太陽にもっとも近づくともっとも速く動き、太陽から遠ざかるほど遅く動く、ということを証明した。ケプラーによって初めて、地球はほかの惑星と変わらないということが明らかになったんだ。ケプラーは、この物理法則は全宇宙にあてはまる、とも力説した」

「どうしてケプラーはそんなに自信満々になれたの?」

「ケプラーは、古代から言われてきたことを頭から信じるのではなくて、惑星の動きを自分自身の感覚で観察したから、確信をもてたんだね。あの有名なイタリアの科学者ガリレオ・ガリレイも、ケプラーとだいたい同じ頃の人だ。ガリレイも望遠鏡で天体を観察した。そして月のクレーターを調べて、月にも地球のような山や谷があるにちがいない、と確信した。さらに、木星という惑星には月が四つある、ということも発見した。月をしたがえた惑星はなにも地球だけではないんだ。でも、なんといっても重要なのは、ガリレイが慣性の法則を発見したことだ」

「慣性の法則って？」

「すべての物体は、その状態を変えるような力が外から加わらないかぎり、いつまでも静止状態のままだし、まっすぐの線を描いて同じように動いていく、ということだ。ガリレイがここまできちんと表現したわけじゃなくて、あとからアイザック・ニュートンが定義しなおしたんだけど」

「この際、どっちでもいいわ」

「古代以来、地球自転説へのもっとも手ごわい反論は、もしも地球がそんなに速く動いているのなら、真上に投げあげた石は何メートルかずれたところに落ちてくるはずだ、という意見だ」

「どうしてそうはならないの？」

「電車に乗っていて、リンゴを落としたと想像してごらん。リンゴは遠くには落ちない。これは、電車といっしょにリンゴも走っているからだ。リンゴはきみのすぐそばに落ちてくる。ここにはたらいているのが慣性の法則だ。リンゴはきみが落とす前からもっていた速度をそのままもちこしているんだ」

「なんとなくわかったような……」

「ガリレイの時代には電車はなかった。でもボールを床の上に転がしたら……」

「転がっていっちゃう」

「ボールはきみからもらった速度を保っているからだ」

「でも、どんなに広い部屋でも、最後には止まってしまうわ」

「それはね、ほかのいろいろなものが速度にブレーキをかけたからなんだ。たとえば床がブレーキをかける。むき出しの木の床ならなおのことだ。それには重力も関係しているんだ。あ、ちょっと待って。いいものを見せよう」

アルベルト・クノックスは立ちあがって、時代物のライティングビュローのほうに行った。そして抽斗から何かを出してサイドテーブルに置いた。それはただの板で、一方は厚さが数ミリ、もう一方はごく薄い。ほとんどテーブルいっぱいを占めた板のそばに、アルベルトは緑色のビー玉を一つ置いた。

「これは『斜面』だ。このビー玉、板がいちばん厚いところで手を離したらどうなると思う?」

ソフィーはため息をついた。「十クローネ賭けてもいいけど、テーブルに転げ落ちて、それから床に落っこちるわ」

「やってみよう」

アルベルトはビー玉から手を離した。ビー玉は、ソフィーが言ったとおりになった。板の上をコロコロ転がって、テーブルを転がって、コツッと小さな音をたてて床に落ち、ドアのしきいにぶつかって止まった。

「なかなかの見物《みもの》だわ」

「だろう? ガリレイもこれと同じ実験をした」

「彼ってそんなに鈍い人だったの?」

「まあ、まあ。ガリレイはなにもかも自分の感覚で見きわめようとしたんだ。面白いのはこれからだ。さて、どうしてビー玉は斜面を転がり落ちたのかな?」

「重さがあるからよ」

「よろしい。では、重さってなんだい?」

「なんてくだらない質問をするの？」

「きみが答えられないんなら、くだらない質問じゃないさ。どうしてビー玉は床に落ちたのかな？」

「重力があるからよ」

「そうだね、重力だ。重さは重力と関係があるというわけだ。この力がビー玉を動かした」

アルベルトは床からビー玉を拾いあげた。そして斜面にかがみこんだ。

「こんどはビー玉を斜面に水平に転がしてみるよ。どんなふうに動くか、よく見てて」

アルベルトはぐっとかがんで狙いをさだめた。そしてビー玉を斜面に水平に転がそうとした。ビー玉がすぐにカーブして斜面を転がり落ちていくさまに、ソフィーは目をこらした。

「どうなった？」

「斜めに転がった。だってこれは斜面だもの」

「じゃあ、フェルトペンでビー玉に色をつけてみよう……そうすればきみが『斜め』と言ったことがもっとはっきりするから」

アルベルトはフェルトペンでビー玉を黒く塗った。そしてもう一度、転がした。ソフィーが見ていると、ビー玉が斜面に描いた軌跡が黒い線になってはっきりと残った。

「このビー玉の動き方はなんて言ったらいいかな？」

「弓形……円の一部みたい」

「そのとおり！」

アルベルトはソフィーを見つめて眉をつりあげた。

「完全な円じゃないけどね。この形は放物線という」

「どうでもいいじゃない」

「でも、どうしてビー玉はこういうふうに動くんだろう？」

ソフィーはしばらく考えこんだ。

「それは、面が傾いているから、ビー玉が重力で床のほうにひっぱられたんだわ」

「そう、そうだよね？　これは驚いた。ぼくがこの屋根裏部屋にお招きした女の子は、たった一回実験をしただけでもう、ガリレイと同じ認識にたっしたわけだ」

アルベルトは手を打った。一瞬ソフィーは、相手がどうかしてしまったのでは、と心配になった。

「きみは今、慣性で動いているものに重力がはたらいたらどうなるかを見たわけだ。ガリレイは斜面での実験が、たとえば大砲の弾にもあてはまる、ということを発見した。弾は空中に発射されて遠くまで飛んでいって、最後には地面に落ちる。ある軌跡を描くわけだけど、それはぼくたちのビー玉が斜面に描いたのと同じなんだ。これはガリレイの時代にはまったく新しい発見だった。アリストテレスは、空中に発射された物は初めゆるやかな弓形を描き、それから一直線に地面に落っこちる、と考えていた。でも、そうじゃない。アリストテレスはまちがっていたということは、実際にやってみて初めてわかったんだ」

「どうでもいいと思うけどな。それって、そんなに重大なことなの？」

「重大かだって？　宇宙規模の意味があるんだよ。人類の歴史のあらゆる科学的発見のうちでも、いちばん重大な発見なんだよ」

「それはなぜなのか、説明してくれなくちゃ」

「あとでイギリスの物理学者、アイザック・ニュートンの話をする。一六四二年から一七二七年に生きた人だ。太陽系と惑星の動きを最終的に解き明かしたのは、この人のお手柄だ。ニュートンは、惑星は太陽の周りをどのように動くのか、ということを記述しただけではなかった。なぜそんなふうに動くのか、ということまできちんと説明したんだ。ヒントはいろいろあったが、そのなかでもガリレイの慣性の法則がものを言った。ニュートンは慣性の法則を数式に表したんだそうだよ」

「惑星っていうビー玉は斜めの板にのっているの？」

「まあ、だいたいはね。でも、もうちょっと待って」

「わたしとしては待つしかないじゃない」

「すでにケプラーが、天体たちをたがいにひっぱりあわせている力があるはずだ、と言っていた。たとえば太陽からは惑星たちをそれぞれの軌道に固定する力が出ているはずだ、と。そういう力はそのほかにも、なぜ惑星は太陽の遠くよりも近くでは速く動くのか、ということも説明してくれる。ケプラーは、引き潮と満ち潮も月の力と関係がある、と考えた」

「彼は正しかったわ」

「そう、正しかった。でもガリレイは認めなかった。ケプラーを茶化《ちゃか》して、お月さまが水を支配しているとでもいうのかね、と言っている。そんなものはケプラーの固定観念だ、とね。ガリレイはそんな力がそんなにはるかかなたまで、つまり天体同士のあいだにまではたらいている、ということを認めなかったわけだ」

「ガリレイのほうがまちがってる」

「そう、これについてはガリレイはまちがっていた。地球の重力と物体の落下という問題にあんなに熱心にとりくんでいたのに、なんだかおかしな話だね。なにが物体の動きを決めているか、教えてくれた人だけにね」

「でも、ニュートンの話じゃなかった？」

「そうだ、ここでニュートンが出てくる。ニュートンは万有《ユニバーサル》引力の法則を発見した。すべての物体はほかのすべての物体と引きあう、引きあう力は物体が大きいほど大きく、物体間の距離が大きいほど小さい、というものだ」

「わかったような気がする。たとえばこういうことかしら。二頭の象のあいだにはたらく引力は、二匹の鼠のあいだにはたらく引力よりも大きい。同じ動物園の二頭の象のあいだにはたらく引力は、インドにいるインド象とアフリカにいるアフリカ象のあいだにはたらく引力よりも大きい」

「それでいい、きみの理解は完璧だ。さあ、ここからがいちばん重要なポイントだよ。ニュートンは、この引力は普遍的《ユニバーサル》だ、と言ったんだ。引力の法則はどこにでもあてはまる、宇宙空間の天体と天体のあいだにもあてはまる、ということだよ。ニュートンはこれをリンゴの木の下で思いついたということになっている。まあ、通説だけどね。ニュートンはリンゴが木から落ちるのを見て考えた、というんだ。月はこれと同じ力で地球に引きつけられているのではないか、だから永遠に地球の周りをまわりつづけているのではないかって」

「頭いい。でも、それほどよくはないわ」

「どうして、ソフィー?」

「リンゴを落とすのと同じ力で月が地球に引きつけられているんだったら、いつかは地球に落っこちてくるんじゃない? 熱い餌をもらった猫みたいに、いつまでも周りをぐるぐるまわっていないで」

「さあ、いよいよ惑星の運動についてのニュートンの法則に近づいたぞ。今きみが言った、地球の重力が月を引きつけているということは、半分正しい。なぜ月は地球に落ちてこないんだと思う? ソフィー。じっさい、地球はものすごい力で月をひっぱっているんだものね。海面を一、二メートルも持ちあげるにはどんなすごい力がいると思う?」

「わからないわ」

「ガリレイの斜面を思い出してごらんよ。ビー玉を傾いた面に転がしたらどうなったっけ?」

「月の動きを決めているのは、引力だけじゃないわけ?」

「そのとおり。太陽系ができた時、月はものすごい勢いで地球から投げ飛ばされたんだそうだ。この運動は永久につづく。月は真空の空間を抵抗を受けずに動いているんだからね」

「でも、地球の重力でひっぱられてもいるんでしょう?」

「そう。月の動きにも慣性と万有引力の二つの法則があてはまる。だから地球の周りをまわりつづけるんだ」

「そんなに単純なことなの?」

「そんなに単純なことなんだ。まさにこの『単純さ』がニュートンにとってはなによりも重要だった。ニュートンは、慣性の法則のようなほんのいくつかの法則が全宇宙をすみずみまで支配している、とも言っている。惑星の運動もニュートンは、ガリレイが発見したたった二つの自然界の法則をあてはめて考えた。一つは慣性の法則。もう一つは、ガリレイが球を使って斜面で示して見せた、あれだ。ニュートンは、この二つの法則によって、物体は楕円軌道を描いて動く、と考えたんだ」

「その二つの法則を使って、ニュートンは、なぜ惑星はみんな太陽の周りをまわるかっていうことを説明できちゃったのね」

「そのとおり。すべての惑星は楕円軌道を描いて太陽の周りをまわる、そこには二つの別べつの運動がはたらいている。一つは、太陽系ができた時に加わった一直線の運動。もう一つは、太陽の重力からくる運動だ」

「すごく頭いいわ」

「ほんとだね。ニュートンは、この同じ法則が全宇宙の天体の運動にあてはまる、と言った。そして、『天』にはこの地上とは別の法則が支配している、という中世の古めかしい考え方をお払い箱にしてしまった。地動説が確かめられ、最終的に証明されたんだ」

アルベルトは立ちあがって、傾斜のついた板をもとの抽斗にしまった。そしてかがんで床からビー玉を拾いあげると、自分とソフィーのあいだのテーブルに置いた。

一枚の板と一つのビー玉がどれほどたくさんのことを教えてくれたか、ソフィーは信じられない思いだった。黒いインクがまだ少しついている緑色のビー玉を見つめていると、どうしても地球が連想される。ソフィーはたずねた。

「人間は、大きな宇宙のたまたまある惑星に生きているってことを、しかたないと思わなければならないの？」

「そうだね、この新しい宇宙観はいろんな意味で当時の人びとに重くのしかかった。たぶんダーウィンが、人間は動物から進化した、と言った時の状況と似ているかな。どちらのばあいにも、人間は被造物のなかの特別な地位を少しばかり失った。どちらのばあいにも、教会ははげしく抵抗した」

「よくわかる。そうすると神はいったいどうなっちゃうの？　地球が中心で、神と天体全部は一段高いところにあるっていうのよりも、なにもかもが、なんて言うか、白けちゃう」

「でもこれはそんなに深刻な脅威ではなかったんだよ。ニュートンが、同一の物理法則が全宇宙を支配している、と言った時、当時の人は、ニュートンは全能の神への信仰を捨てた、と思っただろうね。ところがニュートンの信仰はびくともしなかった。ニュートンは自然の法則を、神の偉大さと全能の証《あかし》だと考えていた。深刻なのは、人間が自分たちに抱くイメージのほうだったんじゃないかな」

「どういうこと？」

「ルネサンス以来人間は、広大な宇宙のたまたまある惑星に生きている、という考えに慣れなければならなかった。でも、それほどしっくりと慣れたかどうか、ぼくはあやしいものだと思うね。それどころかすでにルネサンス期に、人間は以前よりも中心へと押し出された、と考えた人びとがいた」

「よくわからない」

「それまでは地球が世界の中心だった。ところが天文学は、宇宙には絶対的な中心なんかない、ということを実証した。するとたくさんの中心があることになった。人間の数ほどにね」

「わかるわ」

「ルネサンスは新しい神観ももたらした。哲学と科学が神学から分かれた時、新しいキリスト教の信仰もだんだんと形をなしてきた。そこへルネサンスが新しい人間像をもたらした。それは信仰生活にも影響した。組織としての教会とのかかわりよりも、神と一人ひとりの個人的なかかわりのほうが重要になったんだ」

「一人で夕べの祈りをあげることとか？」

「それも一つだね。中世のカトリック教会では、教会でラテン語であげられるミサと儀式ばった祈りが、本来もっとも大切な、神への勤めだった。聖職者と修道士だけが聖書を読んだ。ラテン語の聖書しかなかったからね。ところがルネサンスのあいだに聖書が、ヘブライ語やギリシア語から、当時の民衆が使っていた各国のことばに訳された。これが宗教改革に大きな意味をもっていて……」

「マルティン・ルター……」

「そう、ルターは重要人物だ。でも宗教改革をしたのはルターだけじゃない。教会のなかにも宗教改革者はいた。もっともその人たちは、ローマ-カトリック教会の内部でなにかしようと思ったのだけどね。そんな人たちのなかにロッテルダムのエラスムスもいた」

「ルターは免罪符《めんざいふ》のお金を払わなかったから、カトリック教会から破門されたんでしょう？」

「それもそうだけど、もっと重大なことがある。ルターによれば、神の赦《ゆる》しを得るために、教会とかお坊さんとかの回り道をする必要はない。神の赦しが教会に支払われる免罪符料に左右されるなんて、もってのほかだ。免罪符売買は十六世紀のなかば頃にはカトリック教会でも禁止されたけどね」

「神さまだってよろこんだでしょうね」

「ルターは、教会が中世につくりあげた数かずの宗教的なしきたりや信仰箇条を否定した。そして新約聖書にあるような、本来のキリスト教に戻ろうとした。『聖書がすべてだ』とルターは言った。このモットーで、ルターはキリスト教の原点へ戻ろうとした。ちょうどルネサンスの人間中心主義者たちが文化と文明の古代という原点に戻ろうとしたようにね。ルターは聖書をドイツ語に翻訳したけれど、それはドイツ語の共通の書きことばをつくることにもつながった。人はそれぞれ聖書を読み、そうすることによって、いわば自分自身の牧師になれるはずなんだ」

「自分自身の牧師？　それはちょっとたいへんじゃない？」

「ルターは、聖職者は神と特別の関係なんか結んでいない、と考えたんだ。ルター派の人びとも実際的な理由から、礼拝をとりおこない、毎日の教会の仕事を果たす牧師を立てはした。でもルターは、人間は教会での礼拝によって神の赦しを得たり罪から解放されたりするのではない、と考えていた。解放は信仰によってのみ、無償であたえられる、と言った。聖書を研究して、そういう考えに行きついたんだ」

「ルターもいかにもルネサンスらしい人だったわけ？」

「そうとも言えるし、そうでないとも言える。ルネサンス人らしさは、ルターが個人と、その個人と神との関係に重きを置いていたことにある。ルターは三十五歳でギリシア語を学んで、聖書をドイツ語に訳すというたいへんな仕事にとりかかった。ラテン語にかわって民衆のことばを採用したことも、いかにもルネサンス人らしい。けれどもルターは、フィチーノやレオナルド・ダ・ヴィンチのような人文主義者ではなかった。エラスムスのような人文主義者たちはルターのことを、人間をあまりにも否定的に見ている、と言って批判している。つまりルターは、人間はアダムとイヴが犯した原罪によってとことんだめになっている、そして罪の報いは死だ、と強調したんだね。だけど、神の恵みによってかろうじて『義と認められる』と考えたわけだ」

「そう聞くとなんだか暗いわ、ほんとに」

アルベルト・クノックスは立ちあがった。そして緑と黒のビー玉をテーブルから取りあげて、胸のポケットに入れた。

「もうすぐ四時じゃない！」ソフィーが叫んだ。

「つぎにくる人類の歴史の偉大な時代はバロックだ。でもこれはまたこんどにしようね、ヒルデ」

「今なんて言った？」

ソフィーは飛びあがった。

「アルベルト、あなた今、ヒルデって言ったわ」

「とんだ言い間違いをしたもんだ」

「でも人はまるで理由もないのに言い間違いはしないわ」

「たぶん、きみは正しいんだろうな。いよいよヒルデの父親がぼくたちの口を借りておしゃべりしはじめたらしいよ。ぼくたちが疲れきっていることを利用したんだと思う。そんな時は、抵抗力が弱くなっているからね」

「アルベルトはヒルデの父親じゃないってことね？　それは本当だって、誓ってくれる？」

アルベルトはうなずいた。

「でも、わたしはヒルデ？」

「ぼくは疲れたよ、ソフィー。わかるだろう？　ぼくたちはもう二時間もこうしているんだよ。しかもほとんどぼくがしゃべりまくっていた。食事に帰らなくちゃならないんじゃなかった？」

アルベルトは帰ってもらいたがっている、とソフィーは感じた。ドアに向かいながら、ソフィーは、なぜアルベルトは言いまちがえたんだろう、としきりに頭を悩ませていた。アルベルトがあとからついてきた。

まるで芝居の衣裳のような、風変わりな服がいっぱいかかった洋服掛けの下で、ヘルメスが眠っていた。アルベルトは犬のほうに目をやって、言った。

「また、あれを迎えにやらせるよ」

「きょうのお話、ありがとう」

ソフィーはぴょんと飛びあがって、アルベルトに抱きついた。

「アルベルトはわたしが知ってるなかで世界一すごい哲学の先生。そして、世界一大好きな先生」

ソフィーは住まいのドアをあけた。

ドアがしまる前に、アルベルトが言った。

「またじきに会おうね、ヒルデ」

そう言うと、ソフィーを残してドアをしめた。

アルベルトはまた言いまちがえた、ひどい人。ソフィーはよっぽどもう一度ドアをノックしようとしたが、何かがソフィーをおしとどめた。

道に出てから、お金をもっていないことに気がついた。ということは、家まで遠い道を歩いていかなければならない。もう、やんなっちゃう！　六時になってもソフィーが帰ってこなければ、ママはきっとかんかんになって怒るだろうし、心配もするだろう。

ところが、数メートルも行かないうちに歩道に十クローネ玉が落ちていた。バスに乗るのにきっかりの金額だ。

ソフィーはバス停で中央広場行きのバスを待った。そこで乗り継げば、家のすぐ前まで行ける。

中央広場まで来てから、ソフィーはつくづくと考えた。よりによってどうしても必要なちょうどその時に十クローネ拾うなんて、わたしはついてる。

ひょっとして、ヒルデの父親があれをあそこに置いておいた？　だってあの人は、何かをとんでもないところに置いておくことにかけては、超一流なのだから。

でも、どうやって？　レバノンのどこかにいるのではなかった？

それから、どうしてアルベルトは言い間違いなんかしたんだろう？　一度だけじゃない、同じ間違いを二度も。
ソフィーの背中を冷たいものが走りおりた。

バロック

数かずの夢を生む素材

翌日、アルベルトはなにも言ってこなかったが、ソフィーはヘルメスが来てないかと、何度も庭に出てみた。母親には、あの犬は帰り道を知っていた、飼い主はお年寄りの物理の先生で、コーヒーをごちそうしてくれて、太陽系と、十六世紀の新しい科学の話をしてくれた、と報告しておいた。ヨールンにはもっとくわしく説明した。アルベルトの家に行ったことも、エントランスホールの絵はがきと、帰り道で拾った十クローネのことも。もちろん、ヒルデの夢と黄金の十字架のことは、自分一人の胸にしまっておいた。

五月二十九日火曜日、ソフィーはキッチンでお皿をふいていた。母親はリビングでニュースを見ている。テーマ音楽につづいて、ニュースは、国連軍に参加していたノルウェイの少佐が手榴弾《しゅりゅうだん》で死亡した、と報じた。

ソフィーはふきんを流しに投げ捨てて、リビングに飛んでいった。数秒間、国連軍兵士たちがスクリーンに映っていたが、すぐにつぎのニュースになった。

「ひどいわ！」ソフィーが叫んだ。

母がふりむいた。

「ほんとに戦争っていやね」

なぜか涙がわいてきた。

「あら、ソフィー。そんなに悲しむなんて」

「名前は言ってた？」

「ええ……よく憶えてないけど。グリムスタの人だったわ」

「リレサンとかじゃないのね？」

「ちがうわ」

「でも、グリムスタに住んでてもリレサンの学校に通うことだってあるわ」

ソフィーはもう泣いていなかった。母は立ってテレビを消した。

「なにわけのわからないことを言ってるの？　ソフィー」

「あ、べつになにも……」

「いいえ、なにかあるわ！　あなた、ボーイフレンドがいるんでしょ。うすうすわかってきたけど、あなたよりもずっと年上ね。さあ、言いなさい。レバノンに知ってる男の人がいるの？」

「ちがうわ、ぜんぜんそんなんじゃ……」

「レバノンにいる人の息子とつきあってるわけ？」

「ちがうったら！　聞いて。わたし、彼の娘のことなんか、ぜんぜん知らないのよ」

「彼っていったいだれのこと？」

「ママには関係ない」

「まあ、関係ないですって？」

「ききたいのはこっちよ。どうしてパパはいつも家にいないの？　ママと離婚する踏ん切りがつかないからじゃないの？　ママには、パパもわたしも知らない男の友だちがいるんじゃないの？　ききたいことはまだまだあるわ。ママには。おたがいさまじゃない」

「そうね、とにかくあなたとはじっくり話をする必要があるわね」

「そうかもね。でも、きょうはすごくつかれてるから、早く寝たいの。それに、生理が始まったし」

ソフィーは部屋を走り出た。また泣きそうになっていた。

顔を洗ってベッドにもぐりこんだとたんに、母が入ってきた。

ソフィーは寝たふりをしたけれど、まさか母が真《ま》に受けるとは思っていなかった。なのに母は、ソフィーが本当にもう眠っているかのようにふるまった。ベッドの縁に座って、ソフィーのうなじを撫でたのだ。

ソフィーは、隠しごとをしながら暮らすのはなんてむずかしいのだろう、とつくづく考えた。哲学講座が早く終わればいいのに、という思いがうっすらと兆した。たぶん、ソフィーの誕生日には終わるだろう。さもなければ、遅くともヒルデの父親がレバノンから帰ってくる夏至《げし》の前日には……。

「わたしのお誕生日にはパーティをやりたいな」

ソフィーが口を開いた。

「いいわね。だれに来てもらう?」

「おおぜい……かまわない?」

「もちろん。うちの庭は広いわ。その頃はきっとお天気もいいでしょうし」

「でもわたし、どっちかっていうと夏至の前夜《イヴ》祭がしたいな」

「いいわよ。じゃあ、そうしましょう」

「昔から大切な日だもの」そう言いながら、ソフィーは自分の誕生日のことはすっかり忘れていた。

「そうよね」

「わたし、この頃ずいぶんおとなになったなって思う」

「そうね。すてきなことじゃない?」

「わからない」

母親と話しているあいだずっと、ソフィーは枕に顔をうずめていた。母が言った。

「でもソフィー、教えて。どうしてそんなに……どうしてこの頃ピリピリしてるの？」

「ママが十五の時はピリピリしてなかった？」

「たしかにわたしもピリピリしてた。でも、わたしが何を心配してるか、わかってるでしょう？」

ソフィーは寝返りを打って母親のほうを向いた。

「あの犬はヘルメスっていうの」ソフィーは言った。

「ええ？」

「アルベルトっていう男の人の犬よ」

「はは あ」

「旧市街に住んでる」

「そんな遠くまで、犬について行ったの？」

「べつにどうってことないわ」

「あなた、あの犬今までにもよく来てたって言ったわね？」

「え、そんなこと言った？」

ソフィーは考えこんだ。できるだけ話しておこう。でも、全部はとても無理だ。

「ママはぜんぜんうちにいないじゃない」

「そうよ。仕事が忙しいの」

「アルベルトとヘルメスは何度もこのへんに来たことがあるわ」

「いったいどうして？　家にも入ってもらったの？」

「頼むから、質問は一つずつにしてくれない？　家には入ってもらってない。でも、よく森を散歩してるわ。これってすごく不思議？」

「ううん、ちっとも不思議じゃない」

「ほかの人たちと同じように、アルベルトとヘルメスも、ごくふつうに散歩でうちの前をとおるの。いつかわたしが学校から帰ってきた時、ヘルメスがそのへんをかぎまわっていた。それがきっかけで、アルベルトとお友だちになったの」

「白兎とかの話、あれはなんなの？」

「アルベルトが言ったのよ。彼は本物の哲学者よ。哲学者たちのことを話してくれるの」

「垣根越しに？」

「ううん、そのへんに腰かけて。でもお手紙もくれる。それもけっこう長いのをね。郵便でくることもあるし、散歩のついでにうちの郵便箱に入れてってくれることもある」

「それが、いつかのラブレター？」

「ラブレターではないけどね」

「お手紙は哲学のことばっかりなの？」

「そうよ、すごいでしょう！　もうアルベルトからは、学校で八年習ったよりもたくさんのことを教わったわ。たとえば、ママはジョルダーノ・ブルーノのことは聞いたことある？　一六〇〇年に火あぶりになった人よ。ニュートンの万有引力の法則は？」

「いいえ、ママはなにも知らない」

「ママはきっと、どうして地球が太陽の周りをまわっているのか、どうしてその逆じゃないのかも知らないでしょう？」

「彼はいくつぐらいなの？」

「知らない。五十はいってる」

「レバノンとはどういう関係があるの？」

これはむずかしい質問だ。ソフィーはいっぺんに十通りも答えをひねり出した。そこからたった一つ、なんとか使えそうな答えを選んだ。

「アルベルトのお兄さんは国連軍の少佐なの。リレサンの出身よ。以前、少佐の小屋に住んでいたことがあるのよ」

「でもアルベルトなんて、ちょっと変わった名前じゃない？」

「そうかもね」

「イタリア人みたい」

「そうね。重要なことはほとんどなにもかも、ギリシアかイタリアからくるの」

「でもノルウェイ語を話すんでしょう？」

「もちろんよ」

「わたしが何考えてるか、わかる？　その、あなたのアルベルトさんを一度お招きするべきだって考えたの。本物の哲学者に会うのは初めてだわ」

「いつかね」

「あなたの大パーティにお招きしたらいいじゃない。いろんな世代の人がいるっていうのは、きっと面白いわ。わたしも参加していいわね？　お給仕してあげられるし。いいアイディアだと思わない？」

「いいわ、彼さえよければ。彼と話してるほうが、クラスの男の子たちとおしゃべりするよりよっぽど楽しいし。でも……みんながアルベルトのことをママのボーイフレンドだって思うわ」

「あなたが、ちがうって言えばいいじゃない」

「そうね」

「そうよ。ねえ、ソフィー……あなたの勘、当たってるのよね、パパとわたしはそんなにうまくいってない……」

「わたし、もう寝る。すごくお腹が痛いの」

「アスピリン飲む？」

「うん」

母が薬とコップの水をもって戻ってきた時、ソフィーはもう眠っていた。

五月三十一日は木曜日だった。ソフィーは学校の勉強にうんざりしていた。哲学講座が始まってから、成績の上がった課目もあった。たいていの課目はいつだって「良」か「優」だったけれど、この一カ月のうちに、社会科のテストと宿題のレポートで「優」をガッポリ稼いだ。でも数学の見通しは暗い……。

その日の最後の授業の時、作文を返してもらった。ソフィーが選んだテーマは「人間と技術」だった。ソフィーは、ルネサンスと科学の大進歩について、新しい自然観について、「知は力だ」と言ったフランシス・ベーコンについて、科学の新しい方法について書いた。それから、技術の欠点と思うことを書いた。そして最後に、人間がすることはすべて、いいことにも悪いことにもなる、と書いた。善と悪は、からまりあう黒い糸と白い糸のようです。かたくからまりあって、解きほぐせないこともあるほどです、とも。

作文を書いたノートを渡すとき、先生はソフィーにいたずらっぽいまなざしをちらと走らせた。点数は最高の〈5プラス〉だった。先生は「何で読んだのかな？」とコメントに書いていた。

ソフィーはフェルトペンでノートに大きく、「わたしは哲学を勉強しています」と書いた。

ノートを閉じようとした時、まんなかあたりから何かが落ちた。レバノンからの絵はがきだった。

ソフィーは机にかがみこむようにして、読んだ。

《愛するヒルデ
きみがこれを読むのは、ここ南の国で起こった悲しい死亡事故のことを電話で話したあとだろう。いつも疑問に思うのだが、人間がほんのもう少しものごとをよく考えることができれば、戦争も暴力も避けられるのではないだろうか。戦争と暴力に対抗するためのいちばんいい方法は、ささやかな哲学講座かもしれない。『国連版　哲学小冊子』なんていうのがあって、若い世界市民はみんな母国語のこの本をもらうんだ。事務総長に進言してみようかな。
電話で、この頃はしっかりしてきた、と言っていたね。それはよかった。だってきみは、わたしが知っているいちばんのそそっかし屋だからだ。でも最近は十クローネ玉一枚しかなくしてないんだってね。いっしょに探してあげようか。わたしは家を離れているけれど、なつかしいふるさとの町に一人や二人の助っ人はいるから。（もしも見つけたら、誕生日のプレゼントといっしょに渡してあげよう。）
帰心矢のごとしのパパよりよろしく》

ちょうど読み終わった時、授業も終わった。ソフィーの頭のなかはまたしても、いろいろな考えの大嵐に見舞われていた。

いつものようにヨールンが校庭で待っていた。帰り道で、ソフィーは通学バッグからあの絵はがきを出して、友だちに見せた。

「消印はいつ？」ヨールンがたずねた。

「たぶん六月十五日じゃ……」

「ちがうわ、ちょっと待って……これは『30／05／90』ってなってる」

「きのうじゃない……ってことは、レバノンでノルウェイ人が死んだつぎの日よ」

「レバノンからノルウェイまで一日ではがきが届くなんて、信じられない」ヨールンは考えこんでしまった。

「とにかく住所は『フルリア中学　ソフィー・アムンセン様方　ヒルデ・ムーレル＝クナーグ様』よ」

「これ、郵便できたと思う？　それを先生がノートにはさんだだけなんだって？」

「わからない。どうやって届いたのかなんて、考えるのも怖い……」

二人はそれ以上、はがきの話はしなかった。

「夏至の前の日にガーデンパーティをやるんだ」とソフィーは打ち明けた。

「男の子たちも呼ぶ？」

ソフィーは肩をすくめた。

「あんなつまんない子たち、呼ぶことないでしょ」

「でもヨルゲンは呼ぶでしょ？」

「あなたがそう言うんなら。ガーデンパーティだもの、頭空っぽのりすが一匹いたっていいわよね。アルベルト・クノックスさんを招待するかも」

「あなた完全にどうかしてる」

「わかってる」

そんな話をして、二人はスーパーのところで別れた。

家につくとソフィーはまず、ヘルメスが来ていないかどうか、庭に目を走らせた。するとこの日は本当に、ヘルメスがリンゴの木のあたりをうろついていた。

「ヘルメス！」

犬は一瞬、立ち止まった。犬がこれからどうするか、ソフィーにははっきりと予測できた。犬はソフィーの呼び声を聞きわけた。そして声がしたほうをふり向いて、ソフィーを見つけると、ソフィーめがけてダッシュした。四本の肢を、まるでドラムの早打ちのようにめまぐるしく動かして。

それはあっという間だった。

駆けつけたヘルメスはしっぽをしきりにふりながら、ソフィーに飛びついた。

「よしよし、ヘルメス！　や、やめてよ……。なめちゃだめ！　わかった？　そう、お座り……。そうね、おりこうさん」

ソフィーは玄関をあけた。シェレカンも藪《やぶ》から姿を現した。見なれない犬に、シェレカンはちょっと警戒した。ソフィーは猫に餌をやり、小鳥たちの餌皿に餌を入れ、亀にサラダ菜をやって、母親に伝言を書いた。

伝言には、ヘルメスを家まで送ってくる、もしも七時までに帰れそうになかったら電話する、と書いた。

そして、一人と一匹は町をつっきっていった。ソフィーはこんどはお金をもって出た。ヘルメスといっしょにバスに乗ろうか、とも考えたけれど、飼い主のアルベルトがなんと言うかわからない、と思いとどまった。

ヘルメスについていきながら、ソフィーは、動物ってなんだろう、と考えていた。犬と人間の違いは？　アリストテレスが言ったことは憶えている。アリストテレスは、人間と動物は自然の生物で、重要な共通点をたくさんもっている、と言ったのだった。でも、人間と動物には根本的な違いもある、それが理性だって。

でも、そういう違いがあるって、どうしてアリストテレスは自信満々で言えたのかしら？

デモクリトスは、どちらも原子が集まってできているのだから、人間も動物もたいした違いはない、と見ていた。それに人間にも動物にも、不死の魂があるなんて信じてはいなかった。デモクリトスは、魂も小さな魂の原子でできていて、死んだら四方八方に飛び散るんだと信じていたっけ。ということはデモクリトスは、人間の魂は脳と切っても切れないって考えていたわけね。

でも、魂が原子でできているなんて、そんなことあるかしら？　魂はとらえようがない。身体のほかの部分のようにはいかない。魂は霊的な何かだもの。

ソフィーとヘルメスは中央広場を横切って、旧市街に近づいた。このあいだ十クローネを拾ったところに来ると、ソフィーは思わず足元に目を落とした。すると、以前ソフィーが十クローネにかがみこんだちょうどその場所に、こんどは絵はがきが、写真を上にして落ちていた。棕櫚《しゅろ》とオレンジの木のある庭の写真だった。

ソフィーはかがんではがきを拾った。とたんにヘルメスがうなり出した。ソフィーがはがきを手にしたのが、気に入らないようだった。

はがきには、こう書いてあった。

《愛するヒルデ
人生は一つながりの偶然の鎖だ。だから、きみがなくした十クローネがちょうどここに現れたことも、ありえなくはない。たぶん、クリスティアンサン行きのバスを待っていたどこかのおばあさんが、リレサンの中央広場で拾ったのだろう。おばあさんは孫の顔を見に、クリスティアンサンから電車に乗って、それから何時間もあとにここでその十クローネを落としたのだ。そしてその日のうちに、一人の女の子に拾われた。その子は、バスで家に帰るにはどうしても十クローネが必要だった。結局わからないことだが、ヒルデ、もしも実際にそうだとしたら、あらゆるものの背後には神の摂理《せつり》のようなものがはたらいている、と考えなければならなくなるね。
心はもうリレサンの桟橋に飛んでいるパパよりよろしく

追伸　十クローネ捜索に協力するとは、前の手紙に書いたよね》

宛先は「たまたまとおりかかった少女様方　ヒルデ・ムーレル＝クナーグ様」。はがきには六月十五日の消印がおしてあった。

ソフィーはヘルメスのあとから階段を駆けあがった。アルベルトがドアをあけたとたん、ソフィーは言った。

「どいて、おじさん、はがきがきてたわ！」

ソフィーは、今は八つ当たりしたっていい、と思ったのだ。

アルベルトはソフィーをなかに入れた。ヘルメスはこのあいだのように洋服掛けの下に寝そべった。

「少佐がまた新しい名刺をくれたのか？　ソフィー」

ソフィーはアルベルトを見あげた。そして、相手が新しい衣裳を着ていることに初めて気がついた。

まず目に飛びこんだのは、長い巻き毛のかつらだった。着ているのはたっぷりとしたレースのついただぶだぶの上着。首の周りにはきざな絹のマフラーを巻いて、さらに上着の上から赤いケープをはおっている。そして白いストッキングと、リボンのついたきゃしゃなエナメル靴で足元をかためている。こんな衣裳をルイ十四世の宮廷の絵で見たことがある、とソフィーは思った。

「ばっかみたい」ソフィーは言って、はがきを差し出した。

「フム……で、きょうこのはがきが落ちてたところで、本当に十クローネを拾ったのかい？」

「ちょうどそこだった」

「どこまでもつけあがるんだな。でもたぶんこれは、こっちの思う壺だ」

「どうして？」

「相手のしっぽがつかまえやすくなるからさ。でもこのやり口は本当にあつかましい。頭にくるなあ。安香水の匂いがぷんぷんする」

「安香水？」

「いくらエレガントな匂いをまねしても、しょせんはまがい物なのさ。だってほら、自分のケチなシナリオを、とぼけて神の摂理に見せかけようだなんて」

アルベルトは、はがきをつっついた。そしてこのあいだと同じように、ビリビリ引き裂いてしまった。ソフィーはアルベルトの剣幕《けんまく》に押されて、学校で宿題のノートのあいだに見つけたはがきのことは言いそびれた。

「リビングに行こうか、ソフィー。今、何時？」

「四時だわ」

「じゃあ、きょうは十七世紀の話だ」


二人は斜め天井と天窓の部屋に移った。ソフィーは、部屋の品じなが以前来た時と少し入れ替わっていることに気がついた。

テーブルには、ちょっとしたレンズのコレクションをおさめた小箱がのっている。その隣には一冊の本が開いてある。とても古い本だった。

「これは？」ソフィーがたずねた。

「ルネ・デカルトの有名な『方法序説』の初版本だ。発行は一六三七年、ぼくの愛蔵品ナンバーワンなんだよ」

「この小箱は？」

「レンズのコレクションだ。レンズじゃなくて光学ガラスと言ったほうがいいかな。十七世紀の中頃にオランダの哲学者、スピノザが磨いたものだ。ぼくにはものすごく高かったけど、これもぼくの宝物ナンバーワンだ」

「デカルトとスピノザがどういう人だったのかわかれば、わたしにもこの本と小箱の値打がわかると思うんだけど」

「ごもっとも。でも、まずは彼らが生きた時代をちょっとおさらいしておこう。座ろうか」

このあいだのように、本と小箱をのせたテーブルをはさんで、ソフィーは深ぶかとした肘かけ椅子に、アルベルトはソファに腰をおろした。アルベルトはかつらを脱いでキャビネットデスクに置いた。

「これから話すのは十七世紀、『バロック』と呼ばれる時代だ」

「バロックってよく聞くけど、どういう意味？」

「バロックというのは、もともと『いびつな真珠』という意味だ。バロック芸術はいびつなのが特徴だ。思いきり装飾したり、コントラストを強調したりね。すっきりと調和のとれたルネサンスの芸術とは大違いだ。十七世紀は、にっちもさっちもいかない矛盾に引き裂かれていた。いっぽうにはルネサンスから受けついだ人生を肯定する世界観があって、もういっぽうには信仰のために俗世間を否定して隠遁生活を送ろうという極端な傾向があった。芸術を見ても現実の生活を見ても、これ見よがしの誇張が目につくかと思えば、現世に背を向けた修道院運動が起こったのもこの時代だ」

「ごてごてしたお城とひっそりとした修道院が建てられた時代なのね」

「うまいこと言うね。バロックのあいことばはラテン語で『カルペ・ディエム』、『今を楽しめ』だ。もう一つ、よく引用されるラテン語の格言は『メメント・モリ』、『死を忘れるな』という意味だ。

享楽的な生を描いた画面の下の隅っこに骸骨が描きこまれた絵なんかがある。いろんな点で、バロックの特徴は『つかのまの華やかさ』だ。でもこうしたコインの裏側にかかわっていた人たちもたくさんいて、あらゆるものの『うつろいやすさ』が彼らの心を占めていた。つまり、ぼくたちをとりまく美しいものはすべていつか死に、朽ち果てる、ということだ」

「そのとおりだわ。なに一ついつまでもそのままではないって考えると、悲しくなる」

「じゃあ、きみは十七世紀の人間と同じ考えなんだ。政治でもバロックは大きな対立の時代だった。ヨーロッパは戦乱のために荒廃した。一六一八年から一六四八年までヨーロッパに荒れ狂った三十年戦争は最悪だった。おびただしい小さな戦闘をまとめてこう呼ぶんだけど、なかでもドイツが大きな傷手《いたで》をこうむった。フランスがだんだんとヨーロッパの一大勢力にのしあがってきたことも、三十年戦争の見逃せない結果だ」

「戦争のもとは？」

「まずは宗教、プロテスタントとカトリックの闘いだ。でも、政治権力もからんでいた」

「レバノンとちょっと似ている」

「そのほか十七世紀は、階級の違いがけたはずれに大きかった時代でもある。フランスの貴族とヴェルサイユ宮殿のことは聞いたことがあるね？　でも、貧しい人びとのことも同じくらいちゃんと勉強したかな？　支配者たちは権力を固持してぜいたくを誇示していた。バロックの政治状況は、この時代の美術や建築とそっくりだ。バロックの建造物はすみずみまで装飾であふれ返っていた。そして政治は暗殺や陰謀や策略であふれ返っていた」

「この時代のスウェーデンの王様のだれかが、劇場で射殺されなかった？」

「グスタフ三世のことだね。うん、今ぼくが言ったことのいい例だ。グスタフ三世殺害はずっとあとの一七九二年のことだけど、とてもバロック的な事件だった。王は大がかりな仮面舞踏会で暗殺されたんだ」

「それも劇場で」

「仮面舞踏会はオペラ劇場で開かれた。スウェーデンのバロック時代はグスタフ三世の暗殺で終わった。この王のもとでは『啓蒙主義的絶対主義』がさかえていた。百年近く前のルイ十四世の治世のようにね。グスタフ三世はまた、たいへん派手好きで、フランス風の儀式や宮廷ことばを愛した。そしてきみの言うように、演劇を愛した」

「それが命取りになったけど」

「バロック時代には、演劇は芸術の一ジャンルなんてもんじゃなかった。第一級の象徴だったんだ」

「何を象徴したの？」

「人生だ、ソフィー。十七世紀には、『人生は劇場』とどれほどくりかえされたことだろう。そしてまさにバロック時代に、舞台装置や器械《からくり》が出そろって、現代の演劇につながる演劇ができあがった。演劇は舞台に幻想的なシーンをくりひろげておいて、それがただの幻想だということを同じ舞台の上であばいた。だから演劇は人生そのものの象徴だと言うんだ。劇場は、おごれる者ひさしからず、ということを表した。人間のみじめさを容赦なく表現した」

「ウィリアム・シェークスピアもバロックの人？」

「シェークスピアが偉大な作品を書いたのは一六〇〇年前後だ。だからシェークスピアは片方の足でルネサンスを、もう片方の足でバロックを踏まえて立っていたんだね。シェークスピアの作品にも、人生は劇場ということばがちりばめられている。例を聞きたい？」

「聞きたい」

「『お気に召すまま』という作品では、こう言っている。

世界は劇場
女も男もみんな役者
登場しては、退場し
一生、さまざまな役で七幕を演じきる

『マクベス』ではこうだ。

人生はうつろう影絵芝居
あわれな役者風情《ふぜい》がふんぞり返り、歯噛《はが》みする
ほんのいっとき舞台をつとめ
ぱたっと音沙汰なくなる。どんちゃん騒ぎの
うつけのしゃべるおとぎ話
意味などありはしない」

「暗すぎる」

「でも、人生は短いということが、シェークスピアの心をとらえていたんだ。きみは、シェークスピアのいちばん有名なセリフを知っているね？」

「存在するかしないか、それが問題だ」

「そう、ハムレットが言ったんだったね。ある日、ぼくたちはこの世をさまよい、つぎの日には消えている」

「もういいったら。そんなこと、わかってる」

「演劇人たちは人生を劇場に見立てたけど、バロックの詩人たちは夢にたとえた。たとえばシェークスピアも言っている。『わたしたちは数かずの夢を生む素材、この短い生をとりまくのはたった一つの眠り……』」

「すてき」

「一六〇〇年に生まれたスペインの作家カルデロンは、『人生は夢』という芝居を書いた。そのなかで、こう言っている。『人生だと？　狂乱だ！　人生だと？　空っぽのしゃぼん玉だ！　作りごとだ！　影だ！　幸福がなんになる。人生はすべて夢、あまたの夢は一つの夢なのだから……』」

「そのとおりなんでしょうね。『山のイェッペ』っていうのを学校で読んだことがあるわ」

「ルートヴィヒ・ホルベアの作品だね。バロックから啓蒙主義への橋渡しをした、北欧の文豪だ」

「イェッペは道ばたの溝のなかで眠ってしまって……目が覚めたら男爵のベッドにいた。それで、貧しい田舎者になった夢をみてたんだと思った。そして、眠っているあいだにまた道ばたの溝につれていかれて、また目が覚めた。で、こんどは、男爵のベッドで寝ていた夢をみたんだと思った」

「ホルベアはこのモティーフをカルデロンから借りてきた。そしてカルデロンはアラブの『千一夜物語』からとったんだ。でも、人生を夢になぞらえるモティーフは、時代をもっともっとさかのぼれる。大昔のインドや中国にまでね。昔の中国の賢者、荘子が蝶になった夢をみて、目が覚めてから考えた。わたしは蝶になった夢をみた人間だろうか、それとも今人間になっている夢をみている蝶なんだろうかって」

「どっちにしても、何が正しいか、証明はできないわ」

「ノルウェイには本物のバロック詩人がいる。ペッテル・ダスだ。一六四七年から一七〇七年に生きた人で、今ここにある生を描いたけれど、そのいっぽうで神だけが永遠不変だ、とも言った」

「『ものみな枯れ果てようとも神は神、ものみな死に絶えようとも神は神』でしょ？」

「その同じ頌歌《しょうか》のなかに、ダスは北ノルウェイの暮らしぶりも書きこんでいる。シマドジョウや鮭や鱈《たら》について書いている。こういうところがいかにもバロックらしい。同じ一つのテクストに現世の下世話《げせわ》なことが書いてあるいっぽうで、彼岸の天上的なことも書いてある。ダスとは反対に、現実の感覚界と不変のイデア界をきっぱりと分けたプラトンを思い出すね」

「哲学はどうなったの？」

「哲学でも、対立する考え方がはげしく闘っていたのがこの時代の特徴だ。多くの哲学者たちは、存在はつきつめれば精神的な、霊的なものだと見なしていた。こういう立場を『観念論《アイデアリズム》』という。その反対の立場が『唯物論《マテリアリズム》』、すべての現象を具体的な、物質的なものに引きおろそうとする哲学だ。唯物論を支持する哲学者も、十七世紀にはたくさんいた。なかでも影響力が大きかったのは、イギリスの哲学者、トマス・ホッブスだろうな。ホッブスは、すべての現象は、ということは人間も動物も、物質でできた部品のよせあつめだ、と考えた。人間の意識、つまりは魂だって、脳のなかのちっぽけな部品が動くことによってできている、とね」

「それじゃあ、ホッブスは二千年も前のデモクリトスと同じことを考えたのね」

「観念論と唯物論は、哲学史の全体をつらぬいている。バロック時代は、この二つの見解がめったにないほどはっきりと打ち出されたってだけのことだ。唯物論は、新しい自然科学によって着々と補強されていった。ニュートンは、運動についての法則は宇宙全体にあてはまる、と言ったんだったね。重力の法則と物体の運動法則が、地上だろうが宇宙だろうが、自然のあらゆる変化の鍵をにぎっている、と。すべては同じ法則性、同じ機械論《メカニズム》に支配されているのだから、原則的には、自然界のあらゆる変化は数学的な厳密さで予測することができる、とね。ニュートンはいわゆる機械論的《メカニカル》な世界観の総仕上げをした人だ」

「ニュートンは世界を大きな機械だと考えたわけ？」

「そのとおりだよ。『メカニカル』の語源はギリシア語の『メーカネー』、機械という意味だ。でも、気をつけなくちゃならないけど、ホッブスもニュートンも、機械論的世界観と神への信仰が矛盾しないと考えたんだ。ところが、十八、九世紀の唯物論者はみんながそうとは限らない。たとえば、フランスの、医者で哲学者のラ・メトリーは十八世紀の中頃に『人間機械論』という本を書いた。そこには、足に歩くための筋肉があるように、脳には考えるための筋肉がある、と書いてある。それよりあとにフランスの数学者ラプラスは、極端な機械論をこう表現した。もしもある知性がある時点であたえられた物質をそのもっとも小さな部分まで知りつくしてしまえば、『わからないことはなに一つなくなり、未来も過去も手にとるようにわかるだろう』ってね。つぎにどんなカードが出るかは、もう決まっているんだ。こういう世界観を『決定論』という」

「そうすると、人間には自由な意志なんてないってことね」

「そうだね、すべては機械的なプロセスの産物ってことになる。ぼくたちの思考も夢もだよ。十九世紀のドイツの唯物論者たちは、思考のプロセスと脳の関係は、尿と腎臓の関係や胆汁と肝臓の関係みたいなものだ、と考えた」

「尿や胆汁は物質よ。でも思考はそうじゃない」

「今きみは重要なことを言ったよ。同じことをよく言い表しているたとえ話をしよう。ある時、ロシアの宇宙飛行士と脳外科の専門家が信仰について話をした。脳外科医はキリスト教徒で、宇宙飛行士は無宗教だ。『もう何度も宇宙に行ってきたけれど』と宇宙飛行士がひけらかした、『神も天使も見かけなかったぞ』。『もういくつも優秀な脳を手術したけれど』と脳外科医が言い返した、『思考のかけらなんてどこにも見かけなかった』」

「でも、思考がないってことではないわ」

「そうだよ。脳外科医は、思考はどんどん小さく切り刻めるようなものとはまったく別物だ、ということを言っただけだ。たとえば妄想を手術でとりのぞくのはむずかしい。妄想は手術の手には届かないところに巣くっている。ライプニッツという十七世紀の重要な哲学者は、物質でできているすべてのものと精神に発するすべてのものの違いは、物質的なものはどこまでも小さな部分に分けることができる、というところにある、と言った。でも、魂はばらばらに切り分けられないものね」

「当たり前よ、どんなメスを使えばいいのよ?」

アルベルトは首を横にふっただけだった。そして、二人のあいだのテーブルを指さして、言った。

「十七世紀のもっとも重要な二人の哲学者が、デカルトとスピノザなんだ。この二人も、魂と肉体の関係はどうなっているか、という問いにとりくんだ。この二人の哲学者を少しくわしく見ていこう」

「いいわ。でも、七時までに終わらなかったら、わたし、ママに電話しなくちゃ」

デカルト　工事現場から古い資材をすっかりどけようとした人

アルベルトは立ちあがって、赤いケープを脱いだ。それをそのへんの椅子の背にかけて、ソファにゆったりと座りなおした。

「ルネ・デカルトは一五九六年に生まれて、生涯、ヨーロッパをあちこち旅してまわった。すでに若い頃から、人間と宇宙の本当の姿を知りたいという願いに燃えていた。でも当時の哲学を学んだあとで痛切に感じたのは、自分があいかわらずなにも知らないということだった」

「ソクラテスと同じように？」

「そうだね。ソクラテスのようにデカルトは、ぼくたちにたしかな知識をあたえるのは理性しかない、と固く信じていた。昔の本に書いてあることを頼りにするわけにはいかないし、感覚が語ることを信じてもいけない、とね」

「プラトンもそう考えた。理性だけがたしかな知をもたらすんだって」

「そのとおり。ソクラテスとプラトンからは、アウグスティヌスをとおってまっすぐの線がデカルトまで伸びている。この人たちはみんな合理主義者だ。理性は知識のたった一つの源だ、と考えていた。デカルトはいろいろ研究したすえに、中世から伝えられている知識はかならずしも当てにはならない、と見きわめをつけた。アテナイの市場で、みんなが頭から信じている通念に出くわして、それをうのみにしなかったソクラテスに似ているね。それからソクラテスやプラトンはどうしたんだっけ？　ソフィー。言ってみてくれる？」

「自分で哲学しはじめた」

「そうだね。ソクラテスはアテナイの人びとと話をすることに一生を費やしたけど、デカルトはヨーロッパを旅することにした。デカルト自身が書いているんだが、彼は自分自身のなかか、さもなければ『世界という大きな本』に見つかる知だけを追い求めようと思った。そこでまずは軍隊に入った。おかげで中央ヨーロッパのいろんな土地を体験できた。のちにはパリに数年住んだ。それから一六二九年五月、オランダに行って、そこに二十年近くとどまって哲学の本を書いた。一六四九年、クリスティナ女王がスウェーデンに招いてくれた。ところがスウェーデンにいたあいだに肺炎を起こして、一六五〇年の冬に亡くなった」

「じゃあ、まだ五十四歳だったのね！」

「でもデカルトは死んでからも哲学に大きな影響をあたえることになる。デカルトは近代哲学の基礎を固めた、と言っても大げさではない。ルネサンス時代に人間と自然が再発見されて、人びとは興奮状態にあったけど、それがおさまると、同時代に考えられたことを一貫した『哲学体系』にまとめる必要が出てきた。その体系をつくった偉大な人物の第一号がデカルトなんだよ。そのあとにスピノザ、ライプニッツ、ロック、バークリ、ヒューム、カントがつづく」

「『哲学体系』ってなんのこと？」

「哲学のあらゆる重要な問いに首尾一貫した答えを見つけようとして、土台からつくられる哲学っていう意味だ。古代にはプラトンやアリストテレスのような偉大な哲学者たちが体系をつくった。中世には、アリストテレス哲学とキリスト教神学に橋をかけようとしたトマス・アクィナスがいた。そしてルネサンスになると、自然と科学、神と人間についての古い考えと新しい考えが入り乱れて、それこそ収拾のつかないことになった。十七世紀になってようやく、哲学者たちは新しい考えを新しい哲学体系につくりあげようとした。この試みに最初に手をつけたのがデカルトだったのさ。デカルトは、つづく世代がまず第一にとりくんでいかなければならない哲学の研究テーマにスタートの号令をかけたのだ。デカルトがまず取りあげたのは、ぼくたちは何を知ることができるのか、ということだ。『ぼくたちの認識のたしかさ』の問題だね。デカルトの心にかかっていたつぎに大きな問題は、『身体と心の関係』だ。この二つの問題が、つづく百五十年の哲学のテーマになったんだ」

「デカルトは進んでたってことね」

「いや、この時代、二つともごくありふれた問題だった。ぼくたちはたしかな認識を手に入れることができるのか、と問う人はたくさんいた。そういう問いを投げかけるのは、徹底した懐疑主義を主張するためだった。つまり答えは決まっていて、人間はなにも知らないということをあきらめて受けいれなければならない、というものだった。けれどデカルトはあきらめなかった。ここであきらめたら真の哲学者とはいえない。このことでもデカルトは、ソフィストの懐疑に満足しなかったソクラテスと似ていた。まさにデカルトが生きていた時代、自然過程を正確に記述する新しい自然科学の方法がつくられていた。だからデカルトは、哲学にも正確な方法はないだろうか、と考えたんだ」

「なるほど」

「問題はもう一つあったね。新しい自然科学は、物質の本性とは何かを追究していた。つまり、何が自然の物理的な過程を決定づけるのか、ということだ。唯物論で自然を理解する人がどんどん増えていた。でも、機械論で自然を解釈すればするほど、身体と心の関係の問題はぬきさしならないものになってくる。十七世紀までは、魂はふつう、生きているすべてのものを生かしている生命の息吹のようなものとされていた。ついでに言っておくと、『魂』や『精神』のもともとの意味も、『息』とか『呼吸』だった。それは、ほとんどすべてのインド－ヨーロッパ語に共通している。アリストテレスは魂を、一つの有機体のすみずみにまでいきわたった生命原理、したがって肉体から切り離すことなど考えられない何か、ととらえていた。だからアリストテレスは、植物の魂や動物の魂なんて言えたんだ。十七世紀になって初めて、哲学者たちは心と身体をすっぱりと切り離した。動物や人間の身体をふくめて、すべての物質的なものは機械的な過程で説明される、というわけだ。でも、人間の心はこの身体という機械のどこにも属さないということになるのだろうか？　だとすれば心とはなんだろう？　それよりなにより、精神的なものはどうやって機械的な過程を動かせるのだろう？　そういうことを解明しなくてはならなくなったんだ」

「その考え方、ちょっと変わってる」

「どうして？」

「だって、心と身体はつながっているはずよ。わたしが腕をあげることにするでしょ、そうしたら、ほら、腕はあがる。それとか、バスを追いかけることにするでしょ、そしたらつぎの瞬間、わたしの足は猛烈にダッシュしている。なにか悲しいことを考えれば、すぐに涙が浮かんでくる。だからね、身体と意識にはなにか秘密の関係があるのよ」

「デカルトはまさにその問題を考えたんだよ。プラトンと同じようにデカルトも、精神と物質のあいだにははっきりとした境界があると考えた。でも、だったら精神は、あるいは魂はどのようにして肉体に影響をおよぼすんだろう？　プラトンはこの問いには答えていない」

「うーん、わたしもわからない。デカルトはなんて言ったの？」

「デカルトのことばを聞いてみよう」

アルベルトは、二人のあいだのテーブルの本を示した。

「デカルトは『方法序説』というこの小さな本のなかで、哲学者はどのような哲学的方法で哲学の問題を解くべきか、と問いかけている。自然科学はすでに新しい方法を発展させていた……」

「さっき言ったわ」

「デカルトはまず、それが真実だということが『はっきりと精確に』認識できないうちは、なにも真実と見なしてはならない、と言っている。はっきりとした精確な認識にいたるには、まず、こみいった問題をできるだけたくさんの部分にばらすことだ。そうすれば、いちばん単純な観念から出発できる。一つひとつの観念が『秤《はかり》にかけられたり物差しをあてられたり』すると言ってもいい。ガリレイがすべてを計ろうとした、計れないものは計れるようにしようとした、あれとだいたい同じだね。哲学者は単純なものから始めれば複雑なものへと進んでいける、とデカルトは考えた。そんなふうにすれば、新しい認識をつくっていける。でもなに一つもらさないために、最後の最後まで何度も検算し、チェックしなければならない。そういうふうにして初めて、哲学の結論を出せるのだ、とね」

「計算問題みたい」

「そうだよ、デカルトは『数学の方法』を哲学に応用しようとしたんだ。言ってみればデカルトは、哲学上の真理を数学の定理のようにきちんと示そうとしたんだ。デカルトは僕たちが計算する時に使う道具、つまり『理性』を用いようとしたんだね。なぜなら、理性だけがたしかな認識をもたらしてくれるからだ。感覚に頼ったものは、ぜんぜんたしかではない。デカルトとプラトンは似ているってさっき言ったけど、プラトンも、数学と数比は感覚よりもたしかな認識をもたらす、と言っていた」

「でも、さっきみたいにすれば、ほんとに哲学の問いに答えが出るの?」

「デカルトの論の進め方に戻ろうか。デカルトが目指したのは、本当の意味で存在するのは何か、ということについて、たしかな認識にいたることだった。デカルトは、ぼくたちはまずはすべてを疑わなくてはならない、ということをはっきりと打ち出した最初の人だ。デカルトは哲学体系を砂の上には建てたくなかった」

「基礎がいいかげんだったら、家全体がたおれてしまうものね」

「助け舟ありがとう、ソフィー。デカルトによれば、すべてを疑うことが適切だというわけではないけれど、原則としてすべてを疑わしいと思うことはできる。まず第一に、プラトンやアリストテレスの本に書いてあったことを頼りに哲学の探究を進めるのは、確実とはいえない。歴史についての知識は広がるかもしれないが、世界を知るということにはならない。デカルトは、自分自身の哲学を打ち立てるには、まず古い知的遺産は捨ててしまうことが大切だと考えた」

「デカルトは、新しい家を建てる前に、工事現場から古い資材をすっかりどけようとした人なのね?」

「そう、新しい思考という建物を長持ちさせるために、デカルトは新しい、しっかりした建築資材だけを使いたかったんだ。デカルトはとことん疑った。感覚が語ることはけっして信頼できない、と考えた。感覚はぼくたちをたぶらかすかもしれないからね」

「どういうこと?」

「夢をみている時、ぼくたちは本当になにかを体験してると思いこんでいるじゃないか。覚めている時の感覚と夢をみている時の感覚と、どこがちがう? 『よく考えてみると、覚醒状態と夢をたしかに区別する特徴などない』とデカルトは書いている。さらにつづけて、『二つはたいへんよく似ていて、まったく驚いてしまうほどだ。人生のすべてが夢ではないと、どうして確信できるだろうか?』」

「山のイェッペも、男爵のベッドにいた夢をみただけなんだと思いこんでた」

「そして男爵のベッドに横になっていた時は、自分が貧しい農民だということを夢だと思ったんだったね。まあ、とにかくデカルトは、すべてを疑ってみたんだ。デカルトより前のたくさんの哲学者たちは、ここで考察を終わりにした」

「だったらその人たちは、たいして先には進まなかったのね」

「でもデカルトはちがった。なにもかも疑わしいというこのゼロ点から、さらに先へ進んだ。デカルトはすべてを疑ったけど、たった一つ信じていいことがある、と思いついた。それは、彼がすべてを疑っているということだ。疑っているということは、疑わしいと考えているということだ。だから、疑わしいと考えているならば、そう考えている自分がたしかに存在するのだ。これをデカルトのことばで言えば、『コギト・エルゴ・スム』」

「それ、どうせラテン語ね？　どういう意味？」

「わたしは考える、だからわたしは存在する」

「べつにびっくりするような結論じゃないわ」

「そうだね。でもデカルトが、自分は考える『わたし』だと突然理解した時の、直観の確実さとリアリティに注意してほしい。プラトンは、ぼくたちが理性でとらえるものは感覚でとらえるものよりもリアルだ、と考えたんだったね。デカルトもまるで同じだ。デカルトは、わたしとは考える『わたし』だ、と認識しただけではなくて、この考える『わたし』は、わたしが感覚でとらえる物質世界よりもリアルだ、ということも認識したんだ。そしてデカルトはここからもっと先に進んだ、ソフィー。デカルトの哲学の探究はまだまだ終わらない」

「つづけて」

「デカルトは、考える『わたし』と同じくらい直観的に確実なものがほかにもないだろうか、と考えて、心のなかにあるいろいろな観念をこの基準で吟味してみた。すると『完全なもの』、つまり神という観念が見つかった。この観念は気づいた時にはすでにもうあった、だから彼が自分でつくりだしたものではない。だいいち、彼という不完全なものが完全なものという観念をつくりだせたはずがない。完全なものという観念は完全なものそのものから、つまり神から出ているにちがいない。だからデカルトは、神が存在するということは、考える『わたし』が存在するということとまったく同じくらいはっきりしている、と認識したんだ」

「デカルトはちょっといそぎすぎてると思う。初めはあんなに慎重だったのに！」

「そうだね、それがデカルトの最大の弱点だ、と言う人は多い。たしかにこれは、推論を重ねた証明とは言えないよね。デカルトはただ、ぼくたちはみんな完全なものという観念をもっている、そしてこの観念には、完全なものは存在しないわけにはいかない、ということがふくまれる、と言っただけだ。なぜなら、完全なものは存在しなければ完全ではないからだ。それに、もしもそういうものがなかったら、ぼくたちは完全なものという観念をもってなかっただろう。なぜなら完全という観念は、不完全なぼくたちがいくらつくろうと思ってもつくれないのだから、とね。デカルトによれば神という観念は、『芸術家が作品に刻みこむしるしのように』、ぼくたちが生まれた時から植えつけられている、生まれつきの観念なんだ」

「でも、たとえわたしがゾニ、ほらあれ、プラトンのイデアのところで出てきたワニでもゾウでもないもの、あれのイメージをもっていたとしたって、ゾニがいるってことにはならないわ」

「デカルトなら、ゾニが存在するということは『ゾニ』という概念にはふくまれない、と言うだろうね。でも、完全なものが存在するということは、完全なものという概念に初めからふくまれる。デカルトにとってはそれは、円という概念には、円周上のすべての点は円の中心から等距離にある、ということがふくまれるのと同じくらいたしかなことだった。円についてなら、この必要条件をみたしていなければ円とは言えない。だから完全なものについても、いちばん重要な特性、つまり存在するということを欠いていたら、完全なものとは言えないんだ」

「すごくへんな考え方」

「これは極端に合理主義的な考え方だ。デカルトはソクラテスやプラトンのように、思考することと存在することはつながっていると考えた。考えて納得のいくものほどたしかに存在する、とね」

「デカルトは、自分が考える人だってことと、完全なものは存在するってことを認識したわけね」

「そう、デカルトはここから出発して先へと進んだ。ぼくたちが感覚をとおして外の現実から受けとるすべて、たとえば太陽や月なんかもふくめた、なにもかもはただの夢かもしれない。色とか匂いとか味のような『質的特性』はぼくたちのあいまいな感覚器官に結びついていて、外の現実なんか表していないんだ。でも外の現実にも、ぼくたちが理性で認識できる特性はある。それは数学にかかわるもの、つまり長さとか幅とか高さとかの、計ることのできる特性だ。理性にとってこの『量的特性』は、わたしは考える存在だ、ということと同じくらいはっきりしている」

「だとすると、自然は夢なんかじゃないのね?」

「そうだね。それを言うために、デカルトはもう一度完全なものという観念を出してくる。もしもぼくたちの理性が何かを、つまり外の現実のうちの数学にかかわることをはっきりと認識したならば、事実そのような状態が存在するはずだ。だって完全な神がぼくたちをだますはずはないんだから。デカルトは、ぼくたちが理性で、つまり数学で認識することが現実と一致することには『神の保証』がある、と言っている」

「なるほどね。デカルトは、自分が考える存在だということと、神はいるということと、それから外の現実もあるということをつきとめたわけね」

「でも外に存在する現実と思考のなかに存在する現実は、まったくちがった性質をもつ。そこでデカルトは、二つの異なった形の現実、『実体《スブスタンティア》』がある、ということを主張しはじめる。一つは『思惟するもの』あるいは精神、もう一つは『延長《ひろがり》』あるいは物体だ。精神は意識するだけで、空間のなかに場所をとらない、だからもっと小さな部分に分割されもしない。いっぽう物体はただ広がっているだけで、空間に場所をとり、だからどんどん小さな部分に分割される。でも何かを意識することはない。デカルトは、両方の実体は神から出ている、なぜなら神だけがほかの何かに頼らないで存在するからだ、と言った。でもたとえ思惟するものと延長が神に由来するとしても、二つの実体はたがいに独立している。思考は物質から自由だし、その逆も言える。だって物質の過程は思惟するものに関係なく進んでいくのだから」

「神の創造物は二つに分けられるということね」

「そのとおり。デカルトは二元論者と呼ばれるけれど、それはデカルトが精神の世界と延長の現実のあいだにくっきりと境界線を引いたからだ。たとえば、人間だけが精神をもっている。動物はそっくり延長の世界に属するだけだ。だから動物の生命と動きはどこまでも機械的だ。デカルトは動物を一種の複雑な自動人形《オートマトン》と見ていた。デカルトは延長の世界をとことん機械のようにとらえている。まるで唯物論者だ」

「わたしはヘルメスが機械か自動人形だなんて、ぜったい信じられない。デカルトは一度も動物を好きになったことなんてなかったのよ。でも、わたしたちはどうなの？　わたしたちも自動人形？」

「そうだとも言えるし、そうでないとも言える。デカルトがたどりついた結論は、人間は考えもすれば、空間に場所をとりもする二重の存在だ、ということだ。だから人間には精神と空間的な身体があるんだ。これとちょっと似たことは、アウグスティヌスとトマス・アクィナスが言っていたね。この人たちは、人間は動物のように肉体をもち、だけど天使のように魂ももっている、という言い方をしたのだった。デカルトは人間の身体を精密機械と見ていた。でも人間には精神もあって、精神は身体とは別にはたらく。私たちが理性で考えるということは身体での出来事ではなくて、延長するものに縛られない精神での出来事だ。いっぽう身体の過程には精神のような自由はなくて、身体の法則にしたがっている。それからついでに言っとくと、デカルトは、動物も考えることができるかもしれない、ということを否定してはいない。でも、もしも動物にそういう能力があるとしたら、動物も人間と同じように思惟する部分と延長する部分の二つからできていることになるね」

「それはさっきも話に出たわね。わたしがバスを追いかけることにしたら、わたしという『自動人形』はいっせいに動き出す。そしてバスに乗り遅れたら、わたしは涙を浮かべる」

「そういう相互作用が精神と身体にしょっちゅうくりかえされるということを、デカルトはどうしても無視できなかった。精神は身体のどこかにあって、特別な脳組織によって身体とつながっている、とデカルトは考えた。そして、松果腺《しょうかせん》がその脳組織にちがいない、と。この組織で精神と身体はたえずはたらきかけあっているのだ。デカルトによれば、そのため精神は、身体の欲求に結びついた感覚や感情にたえずかき乱されることになる。目指すは精神が主導権を握ることだ。だって、どんなにぼくのお腹が痛くても、三角形の内角の和は一八〇度だ。そんなふうに、思考は身体の欲求を超えて『知的に』ふるまうことができる。つまり、精神は身体から完全に独立しているんだ。ぼくたちが年をとると、足は弱くなる。腰はまがる。歯は抜ける。でも、ぼくたちに理性があるかぎり、二たす二はいつまでも四だ。身体は老いても、理性は年をとらないし、よぼよぼにもならないからだ。デカルトにとっては理性的であることが、ほかでもない、精神的だということだった。欲望や憎しみのような下等な感情は身体の機能に、つまり延長するものの世界にかたく縛りつけられている」

「デカルトが身体を機械か自動人形みたいに考えていたことが、どうしても引っかかるなあ」

「このたとえはね、デカルトの時代の人びとが、ひとりでに動くように見える器械《からくり》や時計じかけに、すっかり夢中になっていたことからきてるんだ。自動人形は、まさにひとりでに動くしかけだ。自動人形がひとりでに動くように見えるのは、もちろんただの惑わしだ。当時、たとえば精巧な天文時計が人間の手によって組み立てられ、ねじを巻かれた。そこでデカルトはこう言った。そういう人工的な装置は、人間や動物の身体をつくっているたくさんの骨や筋肉や神経や動脈や静脈にくらべれば、ほんのわずかな部分からごく単純に組み立てられている。だったら、神ならばこういう機械の法則を踏まえて、人間や動物の身体をつくれないはずはないじゃないか、とね」

「今はよく人工知脳って聞くけど」

「現代の自動人形だね。ぼくたちは、本当に思考しているんじゃないかと思うような機械をつくった。もしもデカルトが見たら、きっとパニックを起こしただろうな。人間の理性は彼が考えたほどに自由で独立しているんだろうか、と考えこんだにちがいない。事実、人間の精神生活は身体の活動からちっとも自由なんかではない、とする哲学者たちもいるしね。もちろん人間の精神はコンピュータのプログラムなんかよりもずっと複雑だけれど、ぼくたちは原則としてそうしたプログラムと同じで自由なんかもたないと考える人も多いんだ。でもまあ、ちょっといいものを見せよう、ソフィー」

アルベルトは部屋の反対側の隅に置かれた大きなライティングデスクを示した。小型のディスプレイがのっている。アルベルトは立ちあがってそちらに移動した。ソフィーもついていった。

アルベルトがコンピュータを立ちあげると、ほどなくスクリーンの左上の隅に「c:」という文字が浮かびあがった。アルベルトは「laila」と書きこんだ。

「これは最新の対話プログラムなんだよ」

スクリーンに文が現れた。

「ハロー、ライラです。リラックスしてますか?」

ソフィーがキーをたたいた。

「はい」

ソフィーはまだ立ったままだった。アルベルトが椅子をもってきてくれた。

「お名前は?」と、スクリーンに出た。

「ソフィー・アムンセン」ソフィーが打つと、コンピュータが答えた。

「クローバー通り三番地。はじめまして、ソフィー。十五の誕生日は楽しみですか?」

ソフィーはぎくっとして肩をすくめた。アルベルトはソフィーの肩に手を置いた。

「ライラには、きみの名前と住所と誕生日だけをインプットしておいた。だれかを紹介する時のようにね。あらかじめだれかについて少し知っておいてもらうのはいいことだ」

「まあね」と、ソフィーは打った。

「まあね、ですか、ソフィー。きちんとした文で話すようにしてください」

「わかりました、わたしは誕生日が楽しみです。少し質問していいですか？」

「それはよかった。どうぞ、質問してください」

「あなたはいくつですか？」

「わたしは一九八八年八月八日にアトランタで組み立てられ、一九九〇年三月二十八日にノルウェイ工科大学でノルウェイ語に翻訳されました」

「バリバリね！」

「きちんとした文で話すようにと言ったはずです」

「わたしは、バリバリですね、と言いました」

「俗語はわかりません。わたしには十万語以上登録されていますが、『バリバリ』はなにか硬いものをくだく音としてしか登録されていません」

「バリバリというのは、すごいということです」

「そうですか。ではソフィー、あなたはバリバリですか？」

「そんなこと知りません」

「知らないというのは、新しい認識にいたるステップです」

「同じことをソクラテスが言いました。デカルトも言ったと思います」

「ソクラテスはギリシアの哲学者で、紀元前四七〇年から三九九年の人です。もっと知りたければ、f7のキーを押してください。デカルトはフランスの哲学者で、一五九六年から一六五〇年の人です。もっと知りたければ、f8のキーを押してください」

「ありがとう、けっこうです。ほかの質問をしていいですか？」

「どうぞ、けっこうです。ほかの質問をしてください」

アルベルトはにっこりした。ソフィーは書いた。

「ヒルデ・ムーレル＝クナーグとはだれですか？」

「ヒルデ・ムーレル＝クナーグはリレサンに住んでいて、ソフィー・アムンセンと同い年です」

「なぜ知っているのですか？」

「なぜかはわかりませんが、わたしのハードディスクにそうありました」

ソフィーの肩に手がのせられた。

「ぼくたちがヒルデについて知っている、少しばかりのことをインプットしておいた」

「ヒルデについて、もっと知りませんか？」とソフィーは打った。

「ヒルデの父親はレバノンの国連監視団にいます。彼は少佐で、娘に絵はがきを送っています」

「彼を検索してください」

「できません。彼のデータはわたしの記憶装置に見当たりませんし、わたしはほかの端末と接続していません」

「彼を検索してください！！！！！」

「怒ったのですか？　ソフィー。そんなにたくさんエクスクラメーションマークを打つというのは、激しい感情の表れです」

「ヒルデの父親と話がしたいのです！」

「あなたは意志をコントロールする能力に問題があります。あなたの人格形成期について話したければ、ｆ９のキーを押してください」

またアルベルトがソフィーの肩に手を置いた。

「ライラの言うとおりだ。これは占いの水晶玉じゃないんだよ。ライラはただのコンピュータプログラムだ」

「そんなこと話したくない！」とソフィーは書いた。

「あなたがお望みなら、ソフィー。わたしたちの対話は十三分五十二秒でした。わたしはこの会話をすべて記憶します。ここでプログラムを終わります」

スクリーンにふたたび「c:」という文字が浮かんだ。

「さて、話を再開しようか」とアルベルトが言った。

けれどもソフィーはもう、新たにいくつかの文字を打っていた。「knag」とソフィーは打った。

つぎの瞬間、スクリーンにメッセージが現れた。

「呼んだかな？」

驚いたのはアルベルトだ。

「あなたはだれですか？」とソフィーは書いた。

「アルベルト・クナーグ少佐、もっか軍務についている。わたしは直接レバノンからアクセスしています。みなさん、何がご要望ですか？」

「なんてことだ」アルベルトがうめくように言った。「こいつ、ぼくのハードディスクにしのびこんだな」

アルベルトはソフィーを椅子から押し退けて、キーボードの前に座った。

「どうやってぼくのコンピュータに侵入したんだ？」とアルベルトは打った。

「ちょっとしたことですよ、アルベルト。わたしは現れたいと思うところに現れるのです」

「コンピュータウイルスめ！」

「まあまあ、わたしは、言ってみれば誕生日おめでとうウイルスです。娘へのメッセージを伝えていいですか？」

「いや、けっこう。もういいかげんうんざりだ」

「でもすぐすみます。ヒルデ、十五歳の誕生日、心からおめでとう。こんななりゆきになってしまって、ごめん。でも、きみが行くところすべてに、わたしの祝福の気持をばらまきたいのだ。きみをこの腕にだきしめたいパパより　よろしく」

アルベルトが何か書くより早く、スクリーンにはまた「c:」が現れた。

アルベルトが「dir knag ＊.＊」と打つと、データが現れた。

knag. lib 147, 643　15/06-90　12 : 47
knag. lil　326, 439　23/06-90　22 : 34

アルベルトは「erase knag ＊.＊」と打ってデータを消去してから、コンピュータを終了させた。

「さあ、消してやったぞ。でも、またどこから現れるか、わかったもんじゃない」

アルベルトはスクリーンをにらんだ。

「なんといっても、あの名前はひどい、ひどすぎる。アルベルト・クナーグとは」

ソフィーはやっと気がついた。アルベルト・クナーグとアルベルト・クノックス。どこか似ている。けれどもアルベルトのあまりの剣幕に、口を開く勇気をなくした。二人はテーブルに戻った。

スピノザ

神は人形使いではない

二人は長いこと黙りこんでいた。ついにソフィーが口を開いた。ただもうアルベルトの気分を変えたかったのだ。

「デカルトは変わった人だったのね。有名だったの?」

アルベルトは二度、重いため息をついてから言った。

「じわじわと、だけど最後にはとてつもなく大きな影響をおよぼした。いちばん重要なのは、デカルトの哲学がもう一人の偉大な哲学者にしっかりと受けとめられたことだろうな。一六三二年に生まれて一六七七年に死んだオランダの哲学者、バルフ・スピノザだ」

「その人のことも教えてくれる?」

「ああ、そのつもりだよ。軍人の挑発なんか、ほっとこうね」

「わたし、耳をダンボにして聞くわ」

「ユダヤ人のスピノザは、最初はアムステルダムのユダヤ教団に属していたんだが、無神論者として破門された。近代の哲学者で、スピノザのように思想のためにこっぴどく非難されたり迫害されたりした人もめずらしい。スピノザ暗殺計画すらあったらしい。本当かどうかわからないけどね。スピノザはみんなが認める宗教を批判した。キリスト教もユダヤ教も、コチコチの教義と空《むな》しい儀礼によって生きのびているだけだ、と考えたんだ。スピノザは歴史批判的方法を最初に聖書にあてはめた人だ」

「なに、それ？」

「スピノザは、聖書は一字一句まで神の霊感に満ちている、ということを否定したんだ。聖書を読む時は、それがどんな時代に書かれたのか、しっかりと見きわめなくてはならない、とスピノザは考えた。この批判的な読み方をすると、聖書のいろんな書や福音書のあいだに矛盾がぼろぼろ出てくる。しかしそれでもなお新約聖書のテクストを深くさぐれば、神の代弁人としてのイエスに出会う。イエスのメッセージはまさに、コチコチになってしまったユダヤ教からの解放を告げていた。イエスは、愛がなによりも貴いという、理性にもとづく宗教を説いた。スピノザはこの愛を、神への愛であり、ぼくたち人間同胞への愛だ、と考えた。でも、キリスト教もまたたくまにコチコチの教義と空しい儀礼にこり固まってしまった」

「なるほど、教会やシナゴーグとしてはそんなこと言われたら、すなおに、そうですか、なんて言えないわね」

「状況がむずかしくなってくると、スピノザは家族からも見離された。異端を理由に勘当《かんどう》しようとしたんだ。スピノザほど言論思想の自由と信仰の寛容を擁護した人はいないんだから、なんとも納得のいかないことだ。スピノザはたくさんの人びとを敵にまわしたおかげと言ってはおかしいけれど、最後には哲学に没頭できる静かな生活を手に入れた。光学研究のために、自分でもレンズを磨いた。そういうレンズのいくつかが、今ぼくの手元にあるんだよ、さっき見せただろ？」

「感動的」

「スピノザがレンズを磨いたということは象徴的だ。哲学者の仕事は、人びとが存在を新しい視点から見る手助けをすることだからね。スピノザの哲学の根本にあったのは、ものごとを『永遠の相のもとに』見たいという願いだった」

「永遠の相のもとに?」

「そうだよ、ソフィー。きみはきみの生を宇宙全体のなかに置いて見ることができる? しかもそうしながら、きみときみの人生は今ここにあるんだということを、いわば一瞬横目でちらっと見るんだ」

「うーん……簡単じゃないなあ」

「きみはただ一つの自然という大きな生命のほんのちっぽけな部分なんだって考えてごらん。きみはとほうもなく大きな一つのつらなりのなかにいるんだ」

「アルベルトの言うこと、わかったような気がする」

「それを身をもって体験もできるかな? 自然の全体を、そう、全宇宙を一瞬のうちにとらえることができるかな?」

「どうかな。あ、そうだ、望遠鏡を逆さにのぞけば……」

「今ぼくは、無限の宇宙のことだけを考えてるんじゃないんだ。無限の時間のことも言ってるんだよ。三万年前、一人の男の子がドイツのラインラントに住んでいた。男の子は自然全体のちっぽけな一部分だ。無限の海の小波《さざなみ》だ。ソフィー、きみもそんなふうに自然の生のちっぽけな一部分を生きている。きみと三万年前の男の子には違いなどない」

「でも、なんたってわたしは今生きているわ」

「そうだね、でもだからこそ、きみはきみを一瞬横目で見てみなければならないんだ。今のきみは三万年後、だれなんだろう?」

「そういう考え方が異端だったの?」

「まあね……スピノザは、存在するものはすべて自然だと言っただけではない。神と自然をイコールで結びもした。だから『神すなわち自然』という言い方をしている。スピノザは存在するすべてのなかに神を見た。そして、存在するすべてを神のなかにあるものとして見た」

「だったらスピノザは汎神論者だったのね」

「そのとおり。スピノザにとって神とは、かつてある時この世界をつくって、それからは自分の創造した世界をただ傍観している者ではなかった。ちがうんだ、神は世界であるのだ。スピノザはちょっとちがう言い方もしている。世界は神のなかにある、と言ったんだ。スピノザはアレオパゴスでのパウロの話を引用している。パウロは、『なぜならわたしたちは神のうちに生き、動き、存在しているからです』と言った。だけど、スピノザ自身の考えの道筋をたどってみよう。彼のいちばん重要な本は『幾何学的方法で証明された倫理学《エチカ》』」

「幾何学的……倫理学？」

「ぼくたちにはちょっとヘンテコに聞こえるね。ふつう哲学で倫理学というのは、幸せでいい人生を送るにはどうしたらいいか、という教えのことだ。そういう意味で、たとえばソクラテスの倫理とか、アリストテレスの倫理と言うんだ。ぼくたちの時代には倫理というと、人間同士が足を踏んづけあわないで生きるためのルールみたいな、せちがらい意味になってしまったけどね」

「自分だけの幸せを考えたらエゴイストだと思われるからでしょう？」

「だいたいそうだね。スピノザの倫理学ということばは、生き方とかモラルと訳してもいいだろう」

「でも、そうすると……『幾何学的方法で証明された生き方』？」

「幾何学的方法と聞けば、スピノザが使った用語や表現がどんなものだったのか、だいたい察しがつくだろう？　デカルトは数学の方法を哲学に応用したんだったね？　デカルトは、哲学が厳密な推論によって成り立てばいいと思った。スピノザも同じ合理主義の伝統に立っている。スピノザが『倫理学』で明らかにしたのはまず、人間は自然法則のもとに生きている、ということだった。だからぼくたちは感覚や感情から自由になって自然法則を知らなければならない、それでこそ初めてぼくたちは安らぎを得て、幸せになれる、とスピノザは考えたんだ」

「でも、わたしたちは自然法則に左右されるだけじゃないんじゃないの？」

「まあ、スピノザを理解するのはそう簡単じゃないな。きみはデカルトが、現実は二つのまったく別べつの実体、思惟と延長《ひろがり》でできていると考えたことは、憶えているね？」

「忘れてなんかないわ」

「実体は、何かを成り立たせているもの、何かの根本にあって支えている土台のようなもの、あるいはいろいろに変化するものの正体、というふうに言いかえることができるだろう。デカルトが考えた実体は二つだった。すべては思惟か延長のどちらかだ」

「もう一度言わなくても大丈夫よ」

「でもスピノザはこの分け方を受けいれなかった。スピノザは、あるのはたった一つの実体だ、と考えた。存在するすべては、もとをたどれば一つのものだ、と考えたんだ。そしてこの一つのものをズバリ『実体』と名づけた。ほかのところでは『神すなわち自然』とも呼んでいる。スピノザはデカルトのような二元論で現実をとらえなかったわけだ。だからスピノザは一元論者と呼ばれている。全自然とすべての生命をたった一つの実体へとさかのぼらせた、ということだ」

「じゃあ、二人は一致するところがまるでなかったのね」

「ところが、デカルトとスピノザの違いは、それほどでもないんだ。デカルトも、自分の力で存在するのは神だけだ、と言っていた。ただしスピノザが神と自然を、あるいは神と世界を同じものと見た時、デカルトからぐんと離れてしまったし、キリスト教やユダヤ教の考え方とも離れてしまった」

「だって、そうだとすると自然が神であるってことになってしまうものね。これは破門されるわ」

「スピノザが自然と言った時、彼の頭にあったのは空間に広がる自然だけじゃなかった。スピノザは実体とか、『神すなわち自然』ということばで、精神的なものまでふくめておよそ存在するすべてのものを考えていた」

「じゃあ、思惟も延長も？」

「そう、そうなんだよ。スピノザによるとぼくたち人間は神の二つの特性、あるいは二つの現れ方しか知ることができない。スピノザはこの特性を『属性』と呼んでいるけれど、スピノザの二つの属性はデカルトの思惟と延長そのものなんだよ。神すなわち自然はぼくたち人間には思惟として現れるか、延長として現れるかのどちらかだ。神は思惟や延長のほかにも無限に多くの属性をもつけれど、人間はこの二つの属性しか知ることができない、ということだ」

「もういいわ。スピノザのことばって、すごくこんぐらがっているのね」

「ほんとだね、スピノザのことばと格闘しようと思ったら、鎚《つち》と鑿《のみ》がいるね。ぼくたちとしては、すきとおるダイヤモンドのような考えを一つだけ掘り起こして満足することにしよう」

「どんな考え？　早く聞きたいわ」

「自然界にあるものはすべて、思惟か延長のどちらかだったよね？　ぼくたちがごくふつうに生活しているなかで出会う一つひとつの現象、たとえば一本の木とかヘンリック・ヴェルゲランの詩とかは、延長と思惟という属性の数かずの『様態《モードウス》』なんだ。だから一つひとつの様態は、神すなわち自然という実体の特定の現れ方なんだ。一輪の花は延長という属性の一つの様態だし、その花をうたった詩は思惟という属性の一つの様態なんだ。でも、根本においては二つの現れは同じ一つのもの、つまり神すなわち自然という実体を表現しているんだよ」

「うわあ、まわりくどい！」

「でもスピノザは、ことばがこみいっているだけだよ。彼のかっちりとした定義には、すばらしい認識が隠れている。ただ、あんまり単純すぎて日常のことばでは追いつけないだけなんだ」

「でも、わたしは日常のことばのほうがいいわ」

「まあ、いいだろう。じゃあ、きみをたとえに使ってみよう。きみのお腹が痛いとすると、その痛みはだれのもの？」

「決まってるじゃない。わたしよ」

「そうだね。だったらきみが、さっきはお腹が痛かった、とあとから考えたなら、それはだれが考えてるの？」

「それもわたしよ」

「きみは、きょうはお腹が痛くて、あしたは何か別の気分に染まるかもしれない。でもきみは、きょうもあしたも同じ一人のソフィーだね？　スピノザも同じように考えたんだ。ぼくたちをとりまいているものや、ぼくたちの周りで起こっているあらゆる物質的な現象は、神すなわち自然を現している、とね。人の心に思い浮かぶすべての考えも、神すなわち自然の考えなんだ。なぜならすべては一つだからさ。あるのはただ一つの神、あるいは一つの自然、ただ一つの実体なんだよ」

「でも、もしもわたしが何かを思ったんだったら、そう思っているのはやっぱりわたしよ。わたしが動いたんなら、動いたのはわたしだわ。どうしてそこに神をもってくるの？」

「きみも言うね、じつにけっこうだよ。でも、きみはだれ？　きみはソフィー・アムンセンだ。でもきみはもっともっと無限に大きな何かの現れでもあるんだ。きみは、きみが思うとか、きみが動くと言ったっていいけれど、同時に自然がきみの思いを思っている、自然《ネイチャー》がきみのなかで動いている、というふうに考えてもいいんじゃないか？　これはもう、きみがどちらのレンズをとおしてものごとを見ようとするか、という問題だけど」

「わたしは自分で自分のことを決めてるんじゃないっていうこと？」

「そうだねえ……。きみにはたぶん、親指を思うように動かすとかの、ある種の自由がある。でも親指は親指にそなわった本性《ネイチャー》にしたがって動けるだけだ。親指には、きみの手からぴょんと離れて部屋じゅうを飛びまわるなんてことはできない。きみもこの親指のように、全体のなかにきみの場所をもっているんだ、ソフィー。きみはソフィーだ、でも神の体の一本の指でもあるんだよ」

「わたしがすることはなにもかも、神が決めてるわけ？」

「神か、それとも自然がね。あるいは自然法則が、と言ってもいいかな。スピノザは神がすべての出来事の『内なる原因』だと考えた。神は外にある原因ではない。神は自然法則をとおしてしか、語ったり現れたりしないんだ」

「その区別がわからないわ」

「神は人形使いではないってことだよ。糸を引いて何がどうなるかを決めるのではないんだ。人形使いは外から人形をあやつるから、彼は『外なる原因』だ。でも神はそういうふうに世界をあやつらない。神は自然の法則をつうじて世界をあやつる。だから神すなわち自然は、この世に生じてくるすべてのものの『内なる原因』なんだよ。ということは、自然界のすべては必然的に起こっているということだね。スピノザは決定論的な自然のイメージをもっていたんだ」

「前にも同じようなことを言わなかったっけ？」

「たぶんストア派のことだろう？　ストア派も、すべては必然的に起こると言っていた。だから、すべての出来事を『ストイックな落ち着き』でむかえることが大切だと考えたんだ。人間は感情に引きずられてはいけない。スピノザの倫理学も、うんと短く言ってしまえばそういうことなんだよ」

「スピノザが考えていたこと、なんとなくわかったような気がする。でも、わたしがわたしのことを決められないっていう考え方は、やっぱり気に入らないわ」

「もう一度、三万年前に生きていた石器時代の少年に戻ってみようか。彼は大きくなると、動物に槍《やり》を投げた。一人の女性を愛した。彼女は彼の子どもの母親になった。それから、部族の神々に祈りを捧げたりもしたんだろうね。こういうことを全部、彼が自分で決めたと思う？」

「わからない」

「じゃあこんどはアフリカのライオンを想像してごらん。猛獣として生きようって、ライオンが自分で決めたと思う？　自分で決めたから、か弱いカモシカに襲いかかるんだと思う？　ライオンは草食動物として生きる道を選ぶべきだった？」

「ううん、ライオンは本性《ネイチャー》に応じて生きてるのよ」

「それは自然法則と言いかえてもいいよね。きみもそうなんだよ、ソフィー。だってきみも自然の一部なんだから。もちろんデカルトに応援してもらって、ライオンは動物で、自由意志をもった人間じゃない、と反論したっていい。でも、生まれたばかりの赤ちゃんを考えてごらん。赤ちゃんは声をあげたり、泣きべそをかいたり、おっぱいが足りないと指をしゃぶったりする。こういう赤ちゃんに自由意志はあるかな？」

「ないわ」

「じゃあ、赤ちゃんはいつ自由意志をもつんだろう？　二歳になればそのへんを歩きまわって、目に入るものをなんでもかんでも指さす。三つになればだだをこねる。四つになると、暗いところを怖がるようになる。どこに自由意志がある？　ソフィー」

「わからない」

「十五になると鏡に向かって、お化粧してみたりする。この時はもう、個人の選択にしたがって、やりたいことをやっているのかな？」

「わかってきた」

「彼女はソフィー・アムンセン、それはたしかだ。でも彼女は自然法則にしたがって生きてもいる。大切なのは、彼女はそれに気づいていないということだ。なぜなら、彼女のすることなすことの裏には、とほうもなくたくさんの、とほうもなくこみいった原因が隠れているからだ」

「もう聞きたくないわ」

「だけど、最後にもう一つ、答えてもらうよ。同じ年輪を重ねた二本の木が広い庭にはえていた。一本は日当たりのいい場所にあって、栄養たっぷりの土と水にも恵まれていた。もう一本は地味《ちみ》の悪い、日もよく射さないところにはえていた。どっちの木にたくさん実がなる？」

「もちろん、成長に絶好の条件を満たしているほうよ」

「スピノザによると、この木は自由だ。本来もっている可能性をはばたかせる完全な自由をもっていたんだ。ところで、これがリンゴの木だとしよう。するとこのリンゴの木は、リンゴの実をつけるかプラムの実をつけるか、決める可能性をもっていない。ぼくたち人間も同じことだ。たとえば政治の状況が、ぼくたちの成長や人格の形成をさまたげることもありうる。外からの強制がぼくたちを制限する、ということも。それでもなお、ぼくたちは本来もっている可能性をはばたかせることができて初めて、自由な人間として生きるんだ。ぼくたちは内なる素質と外からあたえられる条件に左右されている。石器時代のライン地方の少年や、アフリカのライオンや、庭のリンゴの木とまるで同じだ」

「ああ、もうだめ。くたびれちゃった」

「スピノザは、自分で自分をひきおこす原因になれるものだけが自由だ、と考えた。そして『自分自身の原因』であり、完全な自由をほしいままにできるのは神だけだ、と言った。神すなわち自然だけが自由に、偶然にふりまわされずに自分を実現する、とね。人間は、外からの強制を受けずに生きるよう努力することはできる。でもけっして自由意志をものにすることはできない。ぼくたちは、ぼくたちの身体に起こることをすべて決めているのではない。だって身体は延長という属性の様態なんだから。ぼくたちはぼくたちの考えを選ぶこともできない。人間には自由な精神はない。精神は機械のような身体にとらわれているんだから」

「それもちょっと納得できないわ」

「スピノザは、野心とか欲望のような人間の感情は、ぼくたちが本当の幸せや調和を手に入れるのをさまたげている、と考えた。でもぼくたちが、すべては必然として起こるのだということを知れば、自然をまるごと直観的に認識できる。すべてはつながりあっている、それどころか、すべては一つだという、クリスタルのようにすきとおる体験にいたることができる。ぼくたちの目的は、存在全体を落ち着いて見おろしてとらえることだ。スピノザはこれを、すべてを『スプ・スペキエ・アエテルニタティス』に見る、と言い表している」

「またラテン語だ。どういう意味？」

「すべてを『永遠の相のもとに』見る、ということだ。ほら、最初に言ったよね？」

「じゃあ、最初に戻ったところで終わりにしない？　なんたって、もう帰らなくちゃ」

アルベルトは棚から大きな果物籠をもってきて、テーブルに置いた。

「帰る前に、少し何か食べていかないかい？」

ソフィーはバナナを取った。アルベルトは青リンゴにした。

ソフィーはバナナの皮をむきはじめた。

「ここになんかある」ふいにソフィーが言った。

「どこ？」

「ほらここ、バナナの皮の裏側。黒いフェルトペンで書いてあるみたい」

ソフィーは身を乗り出して、アルベルトにバナナを見せた。アルベルトは読みあげた。

『またわたしだよ、ヒルデ。わたしはどこにでもいるんだ。お誕生日、おめでとう』

「へんなの！」ソフィーが言った。

「ますます手がこんでくる」

「でもこんなの……ありっこないわ。レバノンにバナナははえているのかしら？」

アルベルトは首を横にふった。

「どうでもいいけど、こんなの食べたくない」

「置いときなさい。バナナの皮の裏に娘の誕生日へのメッセージを書くなんて、どうかしているよ。しかし巧妙なやつだなあ」

「ほんとね」

「なにしろばかではないな」

「わたし、そう言ったじゃない。それに、こないだアルベルトに突然わたしのことをヒルデって呼ばせることだってできた。彼は、わたしたちがしゃべっていることばのなかにだっているのかもしれない」

「否定はできないね。とにかく、これからはすべてを疑ってかかる必要があるな」

「だって、世界はすべて夢まぼろしかもしれないものね」

「早合点は禁物だ。最後にはすっきりした説明がつくだろうよ」

「でもうわたし、帰らなくちゃ。ママが待ってるわ」

アルベルトはソフィーを戸口まで送りに出た。ソフィーが行こうとすると、アルベルトが言った。

「じゃあまたこんど、ヒルデ」

つぎの瞬間、ドアが閉まった。

ロック　先生が来る前の黒板のようにまっさら

ソフィーが家に帰ったのは八時半だった。約束より一時間半の遅刻だ。でも、あれは約束とは言えない。ソフィーはただ、夕食は抜くことにして、母には七時までに帰る、と書き置いただけだった。

「もういいかげんにしなさいよ、ソフィー。番号案内に電話して、旧市街にアルベルトという人が住んでいるかどうか、問い合わせちゃったじゃないのよ。名字がわからなければだめですって、笑われちゃったわ」

「帰るわけにいかなかったのよ。もうちょっとで偉大な神秘に突破口が開けるところなんだもの」

「ばかみたい」

「ほんとなんだから！」

「ガーデンパーティにお招きした？」

「あ、忘れた」

「とにかく、ママはアルベルトさんと会います。それもあした。若い女の子がこんなにちょくちょくおじさんと会ってるなんて、ふつうじゃないわ」

「アルベルトなら、心配はいらないったら。ヒルデの父親なら、ちょっとアブナイかもしれないけど」

「ヒルデって？」

「レバノンにいる人の娘。そのレバノンにいる人が悪だくみしてるみたいなの。なんか、世界をあやつっているみたいな……」

「すぐにアルベルトさんをママに紹介しなければ、もう会っちゃいけません」

ソフィーはいいことを思いついて、自分の部屋に走っていった。

「どうしたのよ？」母が後ろからどなった。

ソフィーはすぐにリビングに戻ってきた。

「彼がどんな人か、百聞は一見にしかずよ。これ見たらもう、口出ししないでね」

ソフィーはビデオカセットをひらひらさせながら、ビデオデッキに近づいた。

「彼、あなたにビデオをくれたの？」

「アテネで写したの」

ほどなくアルベルトがスクリーンに現れた。アルベルトが進み出てソフィーにじかに話しかけると、母親はびっくりしてものも言わずに腰をおろした。

ソフィーは、最初に見た時に気づきながら、そのまま忘れてしまったことにあらためて気がついた。アクロポリスの場面で、団体ツアーのまん中に小さなプラカードがかかげられていたのだった。そこには「ヒルデ」の文字が……。

アルベルトはアクロポリスを歩きまわる。こんどはアレオパゴスに現れた。使徒パウロがアテネ市民に話をしたところだ。さらに古代の広場からソフィーに語りかける。

母親はとぎれとぎれに感想をもらした。「信じられない……。これがアルベルトさん？　あら、兎のこと言ってる……。でも……この人ほんとにあなたに話しかけてるのね、ソフィー。パウロがアテネに行ったなんて、ちっとも知らなかった……」

ビデオは、廃墟から古代アテナイが立ちあがるクライマックスに近づいた。その直前で、ソフィーはすばやくビデオを止めた。これでもう、ママにアルベルトを見せた、プラトンまで紹介することはない。いっぺんに部屋は静かになった。

「どう？　けっこうかっこいいと思わない？」ソフィーがゆかいそうに言った。

「でも、ぜんぜん知らない女の子にプレゼントするために、わざわざアテネまで行ってビデオを撮るなんて、よっぽど変わった人ね。いつ行ったのかしら？」

「そんなこと知らないわ」

「でも、まだひっかかるのよね」

「何が？」

「何年かあの森の小屋に住んでいた少佐と、どこか似ているのよねえ」

「きっと彼だったのよ、ママ」

「ふうん……でも二十年以上も彼を見かけた人はいない」

「あっちこっちに行ってたんじゃない？　アテネとか」

母親は首を横にふった。

「七〇年代にどこかで見かけた時、きょうのビデオのアルベルトさんと年かっこうがちっとも変わらなかった。名字は外国風だった……」

「クノックス？」

「たぶんそんな名前よ、ソフィー。そうだわ、クノックスだったわ」

「クナーグではなかったのね？」

「ちがうわ、でもはっきり言ってよくわからない……。クノックスはともかく、クナーグってなんのこと？」

「一人はアルベルトで、もう一人はヒルデの父親」

「頭が混乱してきた」

「なんか食べるものある？」

「ハンバーグを温めて」


それからちょうど二週間、アルベルトからはなんの連絡もなかった。ヒルデ宛ての誕生日カードが一通きたが、ソフィーの誕生日ももうすぐだというのに、ソフィーには一通もこなかった。

そんなある日の午後、ソフィーは旧市街まで出かけていって、アルベルトの部屋のドアをノックしたことがあった。その時はアルベルトは留守で、ドアに小さな紙切れが貼ってあった。


《ヒルデ、誕生日おめでとう！

今、大きなターニングポイントが戸口まで迫っている。真実の瞬間がね。そのことを思うたびに大笑いがこみあげそうになる。これにはもちろんバークリがからんでいる。がんばって！》

ソフィーはメモをはがして、アパートを出る前にアルベルトの郵便箱につっこんだ。

頭にくる！　またアテネに行っちゃったのかしら？　わたし一人を難問のなかに置き去りにするなんて！

そして六月十四日、ソフィーが学校から帰ってくると、ヘルメスが庭をうろついていた。ソフィーが駆けよると、ヘルメスも飛びついてきた。まるでヘルメスがすべての謎を解く鍵をもっているかのように、ソフィーは両手で抱きしめた。

ソフィーはまた母親にメモを残した。こんどはアルベルトの住所も書いておいた。

ヘルメスと町を歩きながら、ソフィーはあしたのことを考えていた。自分の誕生日のことはあまり考えなかった。ちゃんとしたお祝いは夏至の前夜《イヴ》にすることになっていたし。でも、あしたはヒルデの誕生日だ。きっとなにかとてつもないことが起きる、とソフィーは思った。いずれにしても、レバノンからどしどし押し寄せていた誕生日のメッセージはこなくなるはずだ。

中央広場を横切って旧市街が近づいたところで、遊び場のある公園をとおりかかった。ヘルメスがベンチの前で立ち止まった。きっとソフィーに、ここに座れ、と言っているのだ。

ソフィーはベンチに腰をおろして、ヘルメスの目をのぞきこみながら、茶色い背中を撫でた。突然ヘルメスが、がばとはね起きた。吠えるつもりだ、とソフィーは思った。

ヘルメスの顎が小刻みに動いた。けれどもヘルメスはウーともワンとも言わなかった。口を開いて、こう言った。

「ヒルデ、お誕生日おめでとう」

ソフィーは心臓が止まりそうになった。今、この犬が話しかけた？

そら耳よ。ずっとヒルデのことを考えていたから、そんな気がしただけよ。けれどもソフィーは心の奥深くで認めていたのだ。ヘルメスは深い、よくとおる低い声であのとおりに言ったのだ、と。

つぎの瞬間、なにごともなかったように、ヘルメスははっきりと二声吠えた。まるで、人間の声でしゃべったことをごまかそうとするみたいだった。そして、アルベルトのアパートを目指して歩いていった。アパートに入る前に、ソフィーは空を見上げた。その日は一日いい天気だったが、今、遠くの空に大きな雲のかたまりができていた。

アルベルトがドアをあけると、ソフィーは言った。

「まわりくどいごあいさつは抜きよ。アルベルトって、ほんとにうっかり屋さんね、わかってると思うけど」

「どうしたんだい？　ソフィー」

「少佐はヘルメスにことばを吹きこんだわ」

「なんてことだ！　事態はそこまで進んでいるのか」

「そうよ！　とんでもないでしょ！」

「ヘルメスはなんて言ったんだい？」

「きまってるじゃない」

「『お誕生日おめでとう』とかなんとか？」

「当たり」

アルベルトはソフィーをなかに入れた。きょうも仮装をこらしている。このあいだとそれほどちがわなかったが、モールやリボンやレースがほとんどついていなかった。

「それだけじゃないわ」ソフィーが言った。

「なんのこと？」

「郵便箱に紙切れが入ってなかった？」

「ああ、あれね、すぐに捨てた」

「バークリのことを考えるたびに大笑いしてるらしいわ。でもこの哲学者のどこがそんなに面白いのかしら？」

「じゃあ、それを見ていこう」

「きょうはバークリの話？」

「そうだよ」

アルベルトはゆったりと腰をおろした。

「こないだ会った時は、デカルトとスピノザの話をしたんだったね。そして、二人には重要な共通点がある、ということを確認した。つまり、二人とも筋金入りの合理主義者だってことだ」

「合理主義者っていうのは、理性が大切だと考える人のことね?」

「そう、合理主義者は、理性が知の源だとして信頼をよせる。人間には生まれつきそなわった観念がある、と考えているばあいも多い。生得《せいとく》観念《かんねん》っていうんだけど、そういう観念が経験とは関係なく、人間のなかにあるとされるんだ。そして観念が明らかであればあるほど、現実のものとますますぴったり一致する、とね。デカルトが『完全なもの』のはっきりとした観念を認めていたこと、憶えているね? デカルトはこの観念から出発して、神は本当に存在すると結論した」

「わたし、そんなに忘れっぽいほうじゃないわよ」

「こういう合理主義的な考え方が十七世紀の哲学の主流だった。中世にもあったし、プラトンとソクラテスにもあったけど。ところが十八世紀になると、この合理主義に批判が出てきた。批判はするどくなるいっぽうだった。多くの哲学者たちは、感覚的経験をしないうちはぼくたちは意識の内容なんかもっていない、とする立場をとった。そういう見方が『経験主義』だ」

「きょうは経験主義者の話なのね?」

「うん、そのつもりだ。おもだった経験主義の哲学者は、ロックとバークリとヒューム。三人ともイギリス人だ。十七世紀の合理主義を最初にとなえたのはフランス人のデカルトと、オランダ人のスピノザと、ドイツ人のライプニッツだった。それでよく、『イギリス経験主義』と『大陸合理主義』という分け方をする」

「ちょっと待って、早すぎる。経験主義ってなんのことか、もう一度説明して」

「経験主義者は、感覚がぼくたちに語ることから世界についてのすべての知をみちびき出す。経験主義的態度の古典的な定義はアリストテレスがしている。アリストテレスは、まず先に感覚のなかに存在しなかったものは意識のなかには存在しない、と言った。人間はイデア界から生まれながらのイデアをもってくる、と考えたプラトンへのはっきりとした批判だね。ロックはこの、アリストテレスと同じことばを使って、デカルトを批判したんだ」

「まず感覚のなかに存在しなかったものは、意識のなかに存在しないって？」

「ぼくたちは世界について、生得観念《イデア・インナータ》なんかもってない。生み落とされたこの世界について、『知覚』しないうちはなにも知らない。だから、経験された事実とつながらない観念があるとしたら、それはまちがった観念なんだ。

たとえば神とか永遠とか実体とかいうことばを使うのは、理性を空回りさせることなんだ。だってだれも神や永遠や、哲学者たちが実体と呼んでいるものを経験したことがないのだから。こうしたことばを使えば、いくらでも学術論文を書くことはできるけど、そこには本当に新しい認識なんか一つもないんだ。そういう、ぎゅうぎゅう考えぬかれた哲学は、すごいなあ、と思わせるだろう。でも、ただの思考のたわむれなんだ。
十七、八世紀の合理主義の哲学者たちは、そういう学術論文を前の世代からどっさりとひきついでいた。そこで今や、そういう論文をルーペ片手に点検しはじめた。空疎な思考の産物は洗い流してしまわなければならなかった。これは黄金《きん》の洗鉱《せんこう》作業に似ているかもしれない。ほとんどが砂と土だ。でもそのなかに時おり砂金がきらりと光る」
「砂金って、本物の認識のこと？」

「少なくとも人間の経験とむすびつく思考ではあるね。イギリスの経験主義者たちは、人間のあらゆる観念を洗いなおして、現実の経験に裏打ちされているかどうか見きわめなくてはならない、と考えた。そんな哲学者を一人ずつ見ていくことにしよう」

「はい、スタンバイオーケーよ」

「最初はジョン・ロック、生まれは一六三二年、亡くなったのは一七〇四年だ。ロックのいちばん重要な著作は『人間知性論』、一六九〇年に刊行された。この本でロックは、二つの問題を解明しようとした。第一の問題は、人間はどこから観念を手に入れるのか。第二の問題は、感覚が語るものを信頼していいか」

「いいところに目をつけたのね！」

「一つずつ見ていこう。ロックは、ぼくたちの思考内容と観念はすべて、ぼくたちがかつて感覚したことのあるものの反映にすぎない、と考えた。ぼくたちが何かを感じるまで、ぼくたちの意識は『タブラ・ラサ』、つまりなにも書かれていない板のようなものだ、とね」

「わかりやすい」

「何かを感じる前のぼくたちの意識は、だから先生が来る前の黒板のようにまっさらなのだ。ロックは意識を、家具のない部屋にもたとえている。けれどもやがて、ぼくたちの感覚がはたらきはじめる。ぼくたちは周りの世界を見る。匂いをかぐ、味わう、さわる、そして聞く。小さな子どもほど熱心にそういうことをするよね。こうして感覚の単純な観念ができあがる。けれども意識は外からの印象に受け身なだけじゃない。意識のなかでも何かが起こる。感覚の単純な観念は、考えたり理由づけされたり、信じたり疑ったりされながら加工される。こうして、ロックが反省の観念と名づけたものができてくる。つまりロックは観念を『感覚』と『反省』に区別したんだ。意識は受け身なだけの受けとり手ではない。外から押し寄せる感覚を整理し、加工するのだ。ここで、ちょっと要注意」

「要注意？」

「ロックは、ぼくたちが感覚器官をとおして受けとめるのは単純な感覚だけだ、と言っている。たとえばぼくがリンゴを食べたとする。するとぼくは、リンゴをたった一つの単純な感覚で感じるのではない。本当はいくつもの単純な感覚をつぎつぎと受けとめるんだ。ちょっと青いとか、新鮮な香りがするとか、汁気が多いとか、すっぱいとかね。何度もリンゴを食べて初めて、今ぼくはリンゴというものを食べている、と考えるようになる。ロックによれば、リンゴの『複合観念』がつくられたということだ。ぼくたちが幼い頃、初めてリンゴを食べた時、そんな複合観念はもっていなかった。それでもぼくたちは青い何かを見た。新鮮で汁気たっぷりの何かを味わった。ガリガリ……あれ、なんだかちょっとすっぱいぞ、と感じた。でもこれはまだリンゴではないんだ。ぼくたちは、それからもっとたくさんの経験を重ね、似たような感覚を束ねていって、ようやくリンゴとかナシとかオレンジとかの概念をつくったんだ。こんなふうにぼくたちは、世界についての知を形づくる素材を、すべて感覚器官から手に入れている。だから、もとをたどっていっても単純な知覚が見当たらない知は偽物《にせもの》の知なんだから、捨てなくてはならない」

「わたしたちは、見たり聞いたり、かいだり味わったりするものが、感じるとおりに存在することを信頼していいってことね」

「そうでもあるし、そうでなくもある。それが、ロックが二番めに解こうとした問題だ。ロックはまず、ぼくたちはどこから観念を手に入れるか、ということを解明したね。そしてそのつぎに、では世界はぼくたちが感じるとおりのものだろうか、と問うたんだ。当然そうだ、とはもちろん言えないよね、ソフィー。早合点は禁物だ。これはたった一つ、本物の哲学者がしてはいけないことだ」

「お魚のように黙ることにするわ」

「ロックは感覚の性質を、彼の呼び方によると『第一性質』と『第二性質』に分けた。そしてここのところで、たとえばデカルトのような哲学者たちと仲直りしたんだ」

「どういうこと?」

「ロックは第一性質ということで延長、つまりものの重さ、形、動き、数のことを考えている。こういう特性については、感覚がものの本当の特性を再現していると、信じていい。でも、ぼくたちがものから受ける特性はまだある。ほら、ぼくたちは甘いとかすっぱいとか、青いとか赤いとか、温かいとか冷たいとか言うじゃないか。こういうことをロックは第二性質と呼んだ。色や匂いや味や響きのような知覚は、物体そのものにそなわっている本当の特性を再現してはいない。こういうものは物体の外的な特性がぼくたちの感覚にあたえた結果を再現するだけなんだ」

「たしかに感じ方って人によってちがうわ」

「そのとおり。大きさや重さといった第一性質についてなら、ぼくたちはみんな意見が一致する。それは、この性質がもの自体にそなわっているからだ。でも色や味のような第二性質は、それぞれの個体の感覚器官のつくりに応じて、動物それぞれ、また人それぞれでちがってくるんだ」

「ヨールンがオレンジを食べると、レモンを食べたみたいな顔をする。いつも、ちょっぴりしか食べない。『すっぱい』って言うのよ。わたしは同じオレンジをとても甘くておいしいと思うのに」

「それは、きみたちのうち、どっちが正しいとかまちがっているとかの問題じゃないね。きみたちは、オレンジが感覚にはたらきかけたありさまを言い表しただけだ。色についても同じことだ。きみはある赤が好きじゃなかったりする。その色の服をヨールンが買っても、きみがどう感じたかは言わないほうがいいだろうね。きみたちはその色合いをちがったふうに受けとめているだけで、その洋服そのものがすてきか、かっこ悪いかということじゃないんだから」

「でも、オレンジは丸いってことでは、みんな意見が一致する」

「そう、きみは丸いオレンジをサイコロのような形に感じることはできない。きみはオレンジを甘いとか酸っぱいとか感じることはできるけれど、たった二〇〇グラムのオレンジを八キロだと『感じる』ことはできない。オレンジが何キロもあると『思いこんだ』ら、きみはとんでもない思い違いをおかしているんだ。何人かで何かの重さを当てても、みんなだいたい似たりよったりのことを言う。ものの数も同じことだ。ビンに入っているグリンピースは、九百八十六粒なら九百八十六粒だ。動きについても同じことだ。あの自動車は走っているか、それとも止まっているかだ」

「そうね」

「『延長の世界』については、だからロックは、デカルトと同じように考えているわけだ。それは、人間が知性でとらえることができる特性を示しているんだ、とね」

「それはすんなり賛成できるわ」

「ほかのところでもロックは、直観的知や論証的知と呼ぶものを認めている。たとえばロックは、同じ倫理的な原則をだれもがもっている、と考えた。つまりこれは自然法の考え方で、ロックにはこういう合理主義的なところもあるんだね。もう一つ合理主義的なところをあげると、ロックは、神が存在するという認識は人間の理性にそなわっている、と信じていた」

「たぶんそのとおりよ」

「何がそのとおりなの？」

「神がいるってこと」

「もちろん、そうかもしれない。でもロックにとっては、これはただ信じればいいという問題ではなかった。ロックは、神の観念は人間の理性から生まれた、と考えたんだ。ここが合理主義的なところなんだよ。それから、ロックが思想の自由と寛容を擁護したことも言っておかなければ。男女同権もとなえた。女性を下に置いている状況は、ロックによれば、人間がつくりだしたものだ。だから変えることができるんだ、とね」

「全面的に賛成」

「ロックは、性役割の問題について考えた、近代の最初の哲学者の一人だ。男女同権問題の大立者、ジョン・スチュアート・ミルはロックから大きな影響を受けている。ロックはさまざまな自由思想の先駆者で、それは十八世紀のフランスの啓蒙主義の時代に一気に花開いた。たとえば権力分立の原則を初めてとなえたのはロックだった」

「国家権力をいくつかの機関に分けるってことね」

「どんな機関かも知っている?」

「立法府が議会でしょ。司法府が裁判所、それから行政府が政府」

「その三権はフランス啓蒙主義の哲学者、モンテスキューが言い出したものだよ。ロックは、専制政治をふせぐには、なによりもまず立法府と行政府を分けるべきだ、と主張した。ロックは、すべての権力を握ったルイ十四世の同時代人だった。ルイ十四世は『余は国家なり』なんて言った。ルイ十四世は絶対君主と呼ばれるけれど、今から見るとルイ十四世の国は法治国家なんかではなかったわけだ。これにたいしてロックは、法治国家をしっかりと基礎づけるには、人びとの代表が法律をつくって、それを王や政府が実行しなければならない、と言ったんだ」

ヒューム

さあ、その本を火に投げこめ

二人のあいだのテーブルを見つめていたアルベルトは、窓のほうをふりむいた。

「曇ってきた」ソフィーが言った。

「ああ、蒸《む》すね」

「つぎはバークリでしょう?」

「三人のイギリスの経験主義者の二人めだ。でも彼はいろんな点でちょっと特別なので、まずはディヴィッド・ヒュームからいこう。一七一一年に生まれて一七七六年に亡くなった人だ。経験主義の哲学者のなかでも、ヒュームはもっとも重視されている。偉大な哲学者、インマヌエル・カントの哲学に影響をあたえたことでも、ヒュームの意味は大きい」

「わたしはバークリの哲学のほうに興味があるのに、無視する気?」

「ああ、無視するよ。ヒュームはスコットランドのエディンバラの近くで育った。家族は彼に法律家になってほしかったのに、ヒュームは『哲学と学問一般以外のすべてに、どうしようもない反発』を感じていた。ヒュームはフランスの偉大な思想家、ヴォルテールやルソーと同じように、啓蒙主義の時代のまっただなかに生きた。ヨーロッパじゅうを旅して、最後にエディンバラに落ち着いた。主著は『人間本性論』、ヒュームが二十八歳の時に出した本だ。ヒュームは、この本のアイディアはわずか十五歳の時にひらめいた、と豪語しているよ」

「わたしもおちおちしていられない」

「きみだってもう始めてるじゃないか」

「でも、もしもわたしが自分で哲学をつくるとしたら、おおごとなの。だって、今までに聞いたどの哲学ともちがっているんだもの」

「ここまでの話になにか足りないものがあった？」

「あったわよ。まず第一に、今まで出てきた哲学者はみんな男だった。男の人たちは自分たち男だけの世界で生きてるみたい。わたしは現実の世界に興味がある。現実の世界では、花や生き物や子どもが生まれて成長していく。アルベルトの哲学者たちは人間のことばかり話している。今もまた『人間本性論』、人間の本性についての本でしょ？　でもこの人間って、どれもみんな中年のおじさんみたいな感じなの。だけど命は妊娠と出産から始まるんだわ。ここまでの話には、おむつや赤ちゃんの泣き声がちっとも出てこなかった。それから愛や友情なんかもあまり出てこなかった」

「そのとおりだよ、きみはなにからなにまで正しい。でもヒュームは、これまでの人たちとはちょっとちがう考え方をした哲学者だったんだ。ヒュームは日常生活から出発した。それにヒュームは子どもたち、つまり新しい世界市民だね、彼らがどんなふうに世界を体験するかってことに、とってもいい勘をもっていた人だと思うんだ」

「じゃあ、ちゃんと聞くわ」

「経験主義者ヒュームは、きみの言う男たちがそれまでに考え出したあいまいな概念や思考の産物をすべて打ち消すことが自分の務めだと思っていた。当時は書かれるものにも話されることばにも、中世と十七世紀の合理主義哲学の残骸がはばをきかせていた。ヒュームは世界をういしく、人間らしく感じとることからやりなおそうと思った。ヒュームによれば、どんな哲学も『わたしたちに日常の経験を超えさせることはできないし、日常生活の反省から得られるのとは別の生き方の指針をあたえることもできない』」

「ここまでのところ、期待がもてるわ。でも、なにか例をあげてくれる？」

「ヒュームの時代、人びとは天使を信じていた。ほら、翼のはえた人間みたいな形の。ソフィーはそんなものを見たことがある？」

「ないわ」

「でも人間は見たことあるだろう？」

「当たり前でしょう」

「翼も見たことあるね？」

「そりゃそうよ。でも人間の背中にはえてるのは見たことないわ」

「ヒュームによると、天使という観念は複合観念なんだ。二つの別べつの経験からできていて、その二つの経験は現実に組みあわさっていることはなくて、人間の想像力のなかで初めていっしょにされたものなんだ。つまりこの観念は嘘っぱちだってことだから、捨ててしまわなければならないんだ。そうやってぼくたちは、思考や観念をすっかり大掃除しなければならない。本棚も大掃除が必要だ。ヒュームはこう言っている。『神学の本でも学校の形而上学の本でも、なにかの本を手にとったら、そこには大きさや数についての抽象的な思考過程が書いてあるだろうか、と問うてみるべきだ。書いてない。事実や現実についての、経験に支えられた推論が書いてあるだろうか？　書いてない。だったら、さあ、その本を火に投げこめ。なぜならその本には、まやかしとペテンしか書いてないのだから』」

「大胆！」

「本は燃えても世界は無傷だよ、ソフィー。むしろ以前よりもくっきりと、ういういしくなっている。ヒュームは、子どもの心を思考や反省が占める前に子どもが世界を体験する状態に戻ろうとしたんだ。きみは、これまで話に出てきた哲学者たちは自分たちだけの世界に生きているって言わなかった？　きみには現実の世界のほうが興味があるって？」

「そんなようなことを言ったわ」

「ヒュームはきっと同じことを言ったと思うよ。彼の考えの道筋を少しきちんとたどってみよう」

「ええ」

「ヒュームはまず、人間は印象と観念をもっている、と考えた。ヒュームによると、印象というのは、外の現実から直接感じとったことだ。観念というのは、そういう印象の記憶だ」

「たとえば？」

「きみが熱いストーブで火傷《やけど》をしたら、その時きみは直接の印象を受けたことになる。きみは、火傷したことをあとで思い出す。それがヒュームの言う観念だ。この二つの違いは、印象は、時間を置いた印象の記憶よりも強烈でなまなましい、ということだけだ。知覚をオリジナル、観念や記憶をかすれたコピーと言ってもいい。結局は印象が、心のなかに保存される観念の直接の原因なんだからね」

「ここまでのところ、オーケーよ」

「それからヒュームは、印象にも観念にも、単純なのと、複合されたのとがある、と言った。ロックのところでリンゴの話をしたことは憶えているね？　一つのリンゴの直接の体験は複合された印象だ。だからリンゴの観念も複合された観念なんだ」

「お話ちゅうすみませんけど、それってそんなに重要なことなの？」

「重要かどうかだって？　たとえ哲学者たちが山ほどの偽《にせ》の問題にかかずらっていたからといって、順序だてて考えていくことにしり込みしちゃいけない。ヒュームは、デカルトが思考過程を根本から築きあげなければならないと考えたのは正しかった、と言うだろうよ」

「失礼しました」

「ヒュームが問題にしたのは、ぼくたちは現実とは一致しない観念を複合によってでっちあげることがあるってことだ。自然界にはないものの偽の観念は、そうやってできあがる。天使のことはさっき言ったね。それから、ゾニのことも前に話に出た。もっと例をあげれば、ペガサス、翼のはえた馬がそうだ。こういうものはみんな、ぼくたちの心がでっちあげたものだ。ぼくたちの心がある印象からは翼を、ある印象からは馬をもってきたのだ。それぞれの部分はかつてじっさいに受けとめられたもので、本物の印象として心という劇場に入ってきた。なに一つ、心が発明したものはない。心は鋏《はさみ》と糊《のり》で偽の観念を組み立てる」

「なるほどね。さっきのことが重要なんだってわかったわ」

「それならけっこう。ヒュームは、現実にあてはまらない仕方で観念が複合されていないかどうかを見きわめるために、観念を一つひとつ検査しようと思った。ある観念がどんな印象からできあがったのか、とヒュームは問う。まずつきとめなければならないのは、どんな単純な観念から複合観念が組み立てられているのか、ということだ。そうやっていって、ヒュームは人間の観念を分析する批判的な方法を手に入れた。そしてヒュームは、ぼくたちの思考や観念の大掃除にとりかかる」

「一つか二つ、たとえをあげてくれる？」

「ヒュームの時代、たくさんの人びとが天国についてのはっきりとした観念をもっていた。デカルトが、観念がはっきりしていることは、その観念にあたるものが現実に存在することを裏づけている、と言ったのは憶えてるね？」

「わたしは忘れっぽいほうじゃないって、言ったでしょ？」

「すぐに気づくことだけど、天国はいろんな要素を複合したものだ。天国には真珠の門や黄金《きん》の道なんかがあって、天使たちがいる。でも、真珠の門や黄金の道や天使たちにしても、それぞれが複合観念なのだから、これではまだ一つひとつの要素にばらしたことにはならない。天国という複合観念は、真珠や門や黄金や道や白い衣を着た者や翼といった単純な観念からできている、ということをまずはっきりさせてから、つぎに、ぼくたちはかつてそういう単純な印象を本当にもったことがあるか、と問えるんだ」

「わたしたちはそういう印象をもったことがある。そして全部の単純な印象を、一つの夢のようなイメージにつなぎあわせた」

「そのとおり。ぼくたち人間は夢をみるときも、いわば鋏と糊を使うんだからね。でもヒュームが強調しているのは、ぼくたちが夢のイメージや複合観念を組み立てる材料はすべて、かつて単純な印象としてぼくたちの心に入ってきたものだ、ということだ。黄金を見たことがない人に、黄金の道は思い描けない」

「ヒュームはほんとに冴えてる。じゃあデカルトの、神というはっきりとした観念はどうなの？」

「そのことにもヒュームは答えている。ぼくたちは神を、無限に聡明で無限に善の存在だ、と想像する。全知全能最善の神って言うじゃないか。ほらね、ぼくたちは無限に聡明な何かと、無限に善な何かという観念からできあがっている、神という複合観念をもっているんだ。もしも一度もだれか聡明な人やなにか善いものに出会ったことがなかったら、ぼくたちはそういう神の観念ももてないだろう。ぼくたちの神の観念には、神はきびしく公正な父だ、という要素もある。でもこれも、きびしさと公正さと父の組みあわせだ。多くの宗教批判者はヒュームにならって、そういう神の観念はぼくたちが子どもの頃に体験した父親がもとになっている、と言う。父親の観念が天にまします父の観念になったんだ、とね」

「きっとそうなんでしょうね。でもわたしは、神は男じゃなきゃならないってことには、どうしても抵抗がある。ママは釣りあいをとるために、時どきは『女神さま、ありがとう』とか言ってるわ」

「ヒュームは、ちゃんとした感覚にさかのぼれない思考や観念を片っぱしから槍玉にあげたわけだ。

ヒュームは、『長いこと形而上学的思考を牛耳《ぎゅうじ》って、すっかり形而上学の評判を落としてしまった、中味のないチンプンカンプンなことばをお払い箱にする』つもりだ、と言っている。でもぼくたちは日常の生活でも、適切かどうか考えもしないで複合観念を使っている。たとえば『わたし』や変わらない『自我』という観念なんかがそれだ。まさにデカルトの哲学の基礎になっていた観念だね。デカルトは、自我ははっきりとした観念だとして、自分の哲学すべての礎《いしずえ》にしたのだった」

「ヒュームは、わたしはわたしだってことまで否定しようとはしなかったんでしょうね？　だとしたら、ヒュームってただのトンチンカンよ」

「ソフィー、この哲学講座からたった一つきみに学んでほしいことがあるとすれば、それは早合点をしないということだよ」

「ごめんなさい、つづけて」

「いや、こんどはきみの番だ。ヒュームの方法で、きみが『わたし』と言っているものを分析してごらん」

「ではまず、わたしという観念は単純観念か、それとも複合観念か、と考えてみるわ」

「で、結論は？」

「どっちかって言うとわたしはそうとう複雑だと思うわ。ほんとにそう思う。たとえばわたしはけっこうお天気屋さん。それから、どっちつかず。ある人を好きになったり嫌いになったりする」

「じゃあ、『わたし』は複合観念だってことだ」

「オーケー。さて、わたしはこういう『わたし』とぴったり重なりあう複合された印象をもっているか。もっている。いつももっている」

「そんなこと言っちゃっていいのかなあ？」

「わたしはくるくる変わる人なの。きょうのわたしは四歳の時のわたしじゃない。自分にたいする気分は一分ごとに変わる。突然、自分が別人になったような気がすることだってあるわ」

「だったら、変わらない自我っていうきみの感情は偽の観念なんだね。『わたし』という観念は、本当はけっして同時には体験できない一つひとつの印象の長い鎖みたいなものだ。ヒュームは『目にもとまらない速さで連続し、つねに流れ動いているさまざまな知覚の束』と言っている。ぼくたちの心は『劇場のようなものだ。さまざまな知覚がつぎつぎと登場しては去り、消えてはまた浮かびながら、際限なくいろいろなシーンをくりひろげている』と。だからヒュームによれば、ぼくたちは入れ替わり立ち替わり交代する知覚や気分の背後にも下にも、変わらない基本的な人格なんてもっていない。人格はスクリーンに映る動く映像のようなものだ。フィルムのコマは目まぐるしい速さで入れ替わるから、映像は一コマ一コマのフィルムの『合成だ』ということがわからない。映像は本当はつながってはいない。瞬間を無数に継ぎ足したものなんだ」

「降参するわ」

「わたしはわたしで変わらないという観念を放棄するってこと？」

「そう、そういう意味」

「ついさっきはぜんぜんちがう意見だったのに。でもね、ヒュームがやった人間の心の分析と不変の自我の否定を、とっくの昔、二千五百年も前に地球の裏側でやった人がいるんだよ」

「いったいだれ？」

「ブッダだ。この二人のことばは、気味が悪いほどそっくりだ。ブッダは、人間の一生とはとぎれのない一つながりの精神的、肉体的な過程だ、と言った。人は瞬間ごとに変わっていく。赤ちゃんはそのままおとなにはならない。きょうのわたしはきのうのわたしではない。『これはわたしのものだ』と言えるものはなにもない、『これがわたしだ』と言えるものもない、とブッダは言った。だから『わたし』もなければ変わらない人格もない、とね」

「ほんと、ヒュームとそっくり」

「変わらない『わたし』の観念の延長線上に、多くの合理主義者は、人間には不死の魂があるということも当然だと考えていたね」

「それも偽の観念なの?」

「ヒュームとブッダはそう言ってるね。ブッダが死ぬ直前に弟子たちになんて言ったか、知ってる?」

「ううん、知ってるわけがないでしょう?」

「『諸行無常《しょぎょうむじょう》』、組み立てられたすべてのものはいつかは解体するって言ったんだ。ヒュームも同じことを言ったかもしれないよ。デモクリトスも言ったかもしれない。とにかくヒュームは、魂の不死や神の存在を証明しようとする試みを否定した。これは、ヒュームが両方ともありっこないと考えたということではない。信仰の問題を人間の理性で証明しようとするのは、合理主義のはったりだと考えていた、ということだ。ヒュームはキリスト教徒ではなかったけれど、おおっぴらな無神論者でもなかった。ヒュームみたいな人を不可知論者という」

「どういう意味?」

「神は存在するかどうかわからない、とする人のことだ。死の床のヒュームを見舞った友だちが、死後の生はあると思うか、とたずねた。ヒュームは、火にくべても燃えつかない石炭もある、と答えたそうだよ」

「まあ……」

「よくわからないことには決着をつけないってことだね。どこまでも先入見にとらわれないヒュームの態度を、よく言い表している答えだ。ヒュームは、たしかな感覚で体験したものだけを認めた。そのほかの可能性はすべて未解決のままにしておいた。ヒュームはキリストへの信仰も奇跡も否定してはいない。ただ、どちらも信仰の問題で、理性の問題ではない、と言ったんだ。信仰と知の最後のきずなはヒュームの哲学によってたち切られた、と言っていい」

「ヒュームは奇跡を全面否定はしなかったわけね？」

「でもそれは、ヒュームが奇跡を信じていた、ということではないよ。ヒュームは、人間には、こんにち超常現象と呼ばれているようなことを信じたいという、強烈な欲求があるらしい、と言っている。でも、きみも聞いたことのある奇跡はみんな、ずっと遠い場所や大昔に起こっているよね？　ヒュームは、自分が経験しなかったから奇跡を受けいれなかっただけだ。でも、奇跡はありえない、ということも経験しなかった」

「もっとよく説明して」

「ヒュームによれば、奇跡とは自然の法則に反することだ。でもぼくたちは、自然法則を経験した、とも主張できない。ぼくたちは、投げた石が地面に落ちることを経験する。そして、もし落ちてこなかったら、そのこともまた、ぼくたちは自然現象として経験するだろう」

「それが奇跡なのよ。それとも超常現象かな」

「ということは、きみは自然と超自然の、二つの自然を信じているわけだ。合理主義のおしゃべりに逆戻りかい？」

「でも、石は投げたら地面に落ちてくるって思うけど」

「それはなぜ？」

「アルベルトって、ほんとにいや味ね」

「ぼくはいや味でもなんでもないよ、ソフィー。哲学者にとって、問いをたてることはまっとうなことなんだ。ぼくたちは、ヒュームの哲学の山場にさしかかったらしいぞ。さあ、答えて。石はかならず落ちると、きみはどうして確信できるの？」

「それがたしかだってことを、なんべんも見たことがあるからよ」

「ヒュームなら、きみは石が地面に落ちることを何度も経験したことがある、でもつねに落ちるということは経験したことがない、と言うだろう。ふつうは、石は重力の法則で落ちる、と言うよね？でもぼくたちはそういう法則を経験したことがない。ぼくたちはただ、ものが落ちるのを経験したことがあるだけだ」

「同じことじゃないの？」

「まるっきり同じではない。きみは、何度も見たことがあるから石は地面に落ちると信じる、と言った。ヒュームはそこを衝《つ》いてくるよ。きみはつぎつぎと起こることに慣れて、しまいには、石を投げれば同じことがまた起きる、と予測するようになる。ぼくたちが不変の自然法則と呼んでいる観念は、そんなふうにできあがっていくんだ」

「ヒュームは本当に、石が地面に落ちてこないってことも考えられると思っていたの？」

「ヒュームはきみと同じくらいたしかに、石は何度投げても地面に落ちてくると信じていたさ。でも、なぜそうなのかは経験できない、と言ったんだ」

「わたしたち、子どもや花からずいぶん離れちゃったんじゃない？」

「そんなことはない、その逆だよ。子どもはヒュームの考え方を理解するのに絶好の例だ。石が一時間か二時間、空中に浮いていたとしたら、きみと一歳の赤ん坊と、どっちがよけいに驚く？」

「わたしのほうが驚くでしょうね」

「それはなぜ？　ソフィー」

「それがどんなに自然に逆らったことか、赤ちゃんよりもわたしのほうがよくわかっているからよ」

「じゃあ、なぜ赤ん坊はわかってないの？」

「自然がどういうものか、まだ学んでないからよ」

「言い方を変えれば、自然にまだなれっこになっていないからだ」

「アルベルトの言いたいこと、わかってきた。その赤ちゃん、トーマスっていうんじゃない？　トーマスのパパは空を飛べるのよ。ヒュームは、人びとにもっと注意深くなってほしかったのね」

「じゃあ、問題を出すよ。きみと赤ん坊がいっしょにすごい手品を見たとする。たとえば、そうだな、何かを空中に浮かばせるとか。きみたちのうちどっちがこの手品をよけいに楽しむだろう？」

「そりゃ、わたしよ」

「どうして？」

「それがどんなにありえないことか、わかっているからよ」

「そうだね。赤ん坊はまだ自然法則を学んでいないから、自然法則がひっくり返っても面白くもなんともない」

「そういうこと」

「ヒュームの経験哲学の山場はまだ終わってないよ。ヒュームなら、赤ん坊はまだ習慣からくる予断の奴隷になっていない、と言うだろう。きみと赤ん坊の二人のうち、赤ん坊のほうが心が開かれている。赤ん坊は偉大な哲学者だ、というのはそこなんだよ。赤ん坊には先入観がない。そしてそれが、ねえソフィー、哲学者のいちばんいいところなんだ。赤ん坊は世界をあるがままに受けとめる。経験に尾ひれをつけたりしない」

「わたしも、先入観のとりこになってるって気づくたびに、いやになるわ」

「ヒュームは習慣の威力について考えていくなかで、因果律の問題に的《まと》をしぼった。すべての出来事には原因があるはずだ、とするのが因果律だね。ヒュームは二つのビリヤードの球を例にとる。黒い球を静止している白い球に向けて転がしたら、白い球はどうなると思う？」

「黒い球が当たったら、白い球は動き出すわ」

「そうだね、でもどうしてそうなるの？」

「黒い球にぶつかられたからよ」

「このばあい、ぼくたちは黒い球の衝突を白い球が動き出したことの原因としたんだね。でもぼくたちは、なにかを経験して初めて、確信をもってものを言ってもいいんだ、ということを忘れてはいけない」

「ビリヤードなら何度も見たことがあるもの。ヨールンちの地下室にはビリヤード台があるのよ」

「ヒュームなら、きみが経験したのは黒いのが白いのにぶつかったこと、それから白いのが台の上を転がったことだけだ、と言うよ。きみは白い球が転がった原因は経験していない。きみは二つの出来事を時間の流れにそって体験したかもしれないけれど、第二の出来事が第一の出来事にもとづいて起こったことを体験したのではない」

「それはちょっと屁理屈じゃない？」

「とんでもない。とても重要なことだよ。ヒュームによれば、何かが何かの結果起こるというのは予断なんだ。そして予断とは、対象そのものには関係ない、ぼくたちの心の出来事なんだ。その証拠に、予断をもたない赤ん坊は、球が別の球にぶつかって二つともじっと動かなくなっても、びっくりして目を丸くすることもないじゃないか。いっぽうでぼくたちは自然法則とか、原因と結果とか言うけれど、それは予断、つまり人間の習慣にもとづいて話しているので、理性にもとづく話ではないんだ。自然法則は、理性が推論すれば明らかにできるって代物じゃない。黒い球がぶつかったら白い球が動き出すってことは、ぼくたちに生まれつきそなわっている理性から出てくるものじゃないのさ。ぼくたちは、世界のものごとはどうなっているかという予断をもたずに生まれてくる。世界がどういうものか、ぼくたちはだんだんと経験して知っていくんだ」

「なんか、どうでもいいことみたいな気がするけどなあ」

「もしもぼくたちが予断のために早合点してしまうとしたら、重要かもしれないよ。ヒュームは、不変の自然法則があるということは否定しなかった。でも、ぼくたちは自然法則そのものは経験できないんだから、へたをするとまちがった推論をしかねないんだ」

「例をあげてくれる？」

「ぼくが黒馬の群れを見たからといって、すべての馬が黒いわけではない」

「もちろん、そのとおりだわ」

「ぼくがたとえ一生のうちに黒いカラスしか見たことがなくても、白いカラスがいないということにはならない。哲学者にとっても科学者にとっても、白いカラスがいるかもしれないってことが大切なばあいもあるんだ。白いカラスを探求することは、学問のもっとも重要な課題だ、と言うことだってできるのさ」

「なるほどね」

「原因と結果の話に戻ると、稲妻を雷鳴の原因だと思っている人は多い。なぜなら、雷鳴はいつも稲妻のあとに聞こえるからね。この例は、ビリヤードの例とそんなに変わらない。でも稲妻は本当に雷鳴の原因なんだろうか？」

「そうじゃないわ。本当は同時にピカッときてゴロゴロッと鳴るのよ」

「だって稲妻と雷鳴は両方とも、放電の結果なんだからね。たとえぼくたちがいつも雷鳴は稲妻につづいて起こるというふうに体験するとしても、稲妻は雷鳴の原因ではない。第三のファクターが両方をひきおこす、というのが事実だ」

「そうね」

「二十世紀の経験主義者、バートランド・ラッセルは、ちょっとグロテスクな例をあげている。雛鳥《ひなどり》は、飼い主が中庭を横切ってきたら餌がもらえる、ということを毎日経験している。それで雛鳥は、飼い主が中庭を横切ることと餌鉢のなかの餌には関係がある、と結論する」

「でもある日、餌をもらえないの?」

「ある日、飼い主は中庭をやってきて、雛鳥をしめる」

「うわあ、残酷!」

「時間を追って起こる出来事は、だからかならずしも原因と結果の関係にはないのさ。人びとに早合点をいましめるのは、哲学のとても重要な使命だ。早合点はいろんな迷信のもとにもなる」

「というと?」

「きみが道で黒猫を見る。同じ日のしばらくあとにきみは転んで手を怪我する。でも、この二つの出来事に因果関係なんてない。科学の分野で因果関係を考える時も、早合点は禁物だ。ある薬を飲んで病気が治る人がたくさんいたって、これはその薬がその人たちを健康にしたってことではない。たくさんの人びとに薬だと言って本当は小麦粉を飲ませる実験が必要だ。この人たちも健康になったとしたら、彼らを健康にした第三のファクターがあるはずだ。たとえば、この薬の効き目への信仰とか」

「経験主義ってどういうことか、だんだんわかってきた」

「倫理と道徳についても、ヒュームは合理主義の考えに反対している。合理主義者は、正しいことと正しくないことを見分ける力は人間の理性に宿っていると考えた。これは自然法の考え方だけど、ソクラテスからロックまで、たくさんの哲学者たちがこの考えに立っていたね。でもヒュームは、ぼくたちが言ったりしたりすることを理性が決定するとは考えなかった」

「じゃあ、何が決定するの?」

「ぼくたちの感情だよ。きみが困っている人を助けようと決めたら、それはきみの感情がそうさせたんだ。理性じゃない」

「助ける気が起こらなかったら?」

「それも感情がそうさせたんだ。困っている人を助けないのは、理性的なことでも非理性的なことでもない。あさましいことではあるかもしれないけど」

「でも、これはぜったいっていうことはあるはずよ。ほかの人を殺してはいけないってことは、みんなが知ってるわ」

「ヒュームによれば、すべての人間はほかの人間の幸不幸にたいする感情をもっている。つまりぼくたちには共感する能力があるってことだ。でも、このことと理性はまるで関係ない」

「まだ納得できないなあ」

「だれかを抹殺することは、かならずしも非理性的とはかぎらないよ、ソフィー。何かを実現しようとする人にとって、それは合理的な手段だってこともある」

「そんな！　わたし、厳重抗議するわ！」

「だったら説明してよ。なぜ邪魔者を消してはいけない？」

「ほかの人だって命を愛しているからよ。だから殺しちゃいけないんだわ」

「それは論理的な説明？」

「さあ……」

「きみは、『ほかの人も命を愛している』という『事実を記述する文』から『だから殺してはいけない』という『行動方針を命じる文、あるいは規範を示す文』を引き出した。つまり事実判断をそのまま価値判断にしてしまったんだ。よく考えてみると、これはばかげている。だったらまったく同じように、税金をごまかす人がたくさんいるという事実から、きみもそうするべきだ、と結論することだってできる。ヒュームは、けっして『である文』から『べきだ文』は結論できない、と言っている。でも、そういうことがあまりにも目につくよね。とくに新聞記事とか、政党の綱領とか、議会での演説とか。いくつか例をあげようか？」

「ええ、そうして」

「『旅行は飛行機で、と考える人が増えている。だからもっと飛行機をつくるべきだ』――この推論、なるほどと思う？」

「ううん、おかしいわ。環境のことも考えなくちゃ。それより新しい鉄道をつくるべきだと、わたしは思うな」

「こんなのはどうかな？『油田を一基つくれば国民の生活水準は一〇パーセント上昇する。だからできるだけ早く新しい油田を開発すべきだ』」

「ちがうわ。やっぱり環境についても考えなくちゃ。それに、ノルウェイの生活水準は今でもじゅうぶん高いわ」

「『この法律は議会で可決された、だからすべての国民はこれにしたがうべきだ』なんていうこともよく聞くね。でも、時にはどうかと思うような法律もあるよ」

「そうね」

「さっき、ぼくたちはどうふるまうべきかを理性で測ることはできない、と確認したね。責任ある行動は、ぼくたちの理性がたしかであることと同じではない。むしろ、他人の幸不幸にたいするぼくたちの感情のたしかさにかかわっている。自分の指にひっかき傷をつけるくらいなら全世界を破壊したほうがましだ、という考え方は理性に反してはいない、とヒュームは考えた」

「ひどい考え方！」

「もっとひどい話をするよ。ナチが何百万人ものユダヤ人を殺したことは知っているね？　ナチの人たちの何が狂っていたんだろう？　理性かな、それとも感情かな？」

「なんたって、感情がどうかしちゃってたんだわ」

「頭はとことん正常だった人はいくらでもいる。冷酷きわまりない決定には、氷のように冷たい計算がはたらいているものだ。戦後、たくさんのナチ党員が処刑されたけど、それは彼らが非理性的だったからではない。また反対に、精神が完全には正常ではない人が、犯罪を犯しても無罪になることがある。そういう人たちは『犯行の時点での責任能力を問えない』と言われる。でも、理性《あたま》は正常なのに感情が抜け落ちていたからって無罪になった人はいない」

「いたらたいへんよ！」

「グロテスクな例ばかりあげる必要もないか。でも、災害でたくさんの人びとが生命の危機にさらされているとして、救援ボランティアに参加するかどうか決めるのは感情だ。もしもぼくたちに感情が欠落していたら、決定は計算高い冷たい理性にゆだねられる。するとぼくたちはたぶん、こう考えるだろう。どうせ世界は人口過剰なんだ、何百万人か死ぬのはけっこうなことじゃないかって」

「だれかがそんなこと言ったら、わたし、カッカしちゃう」

「ほらごらん、カッカするのはきみの理性じゃないよ」

「そうね、そのとおりね」

バークリ　燃える太陽をめぐる惑星

　アルベルトは窓辺に立った。ソフィーもその隣に立った。しばらくすると、セスナ機が家々の屋根の上に姿を見せた。長い幟《のぼり》を引いている。

　まるで長いしっぽのように、セスナ機の後ろにひらひらとたなびいているその布には、大がかりなコンサートの予告か何かが書いてあるのだろう、とソフィーは思った。ところが飛行機が近づくと、ぜんぜんちがうことが書いてあった。

十五歳の誕生日おめでとう、ヒルデ

「しつこいなあ」それがアルベルトのたった一つのコメントだった。

　黒い雲が南の丘から町のほうへと広がっていた。セスナ機は分厚い雲のなかに消えた。

「一荒《ひとあ》れくるかな?」アルベルトが言った。

「だったら、バスで帰るわ」

「この春の嵐も、少佐が陰で糸を引いているのでないといいんだが」

「彼ってそんなにオールマイティなのかしら?」

　アルベルトは答えなかった。小さなテーブルに戻って、ソファに腰をおろした。

「バークリの話をしなければ」

ソフィーはもう座っていた。気がつくと、ソフィーは爪を噛みはじめていた。

「ジョージ・バークリはアイルランドの主教で、一六八五年に生まれて一七五三年に亡くなった」

そう口火を切ったきり、アルベルトはしばらくなにも言わなかった。

「バークリはアイルランドの主教だったのね?」ソフィーは先をうながした。

「でも哲学者でもあった……」

「それで?」

「バークリは、彼の同時代の哲学と科学はキリスト教の世界観をおびやかしている、と考えた。なによりも、ますます猛威をふるっていた唯物論は、神が自然界のすべてをつくり、生かしているとするキリスト教の信仰をおびやかすものだと……」

「それで?」

「同時にバークリは筋金入りの経験主義者でもあった」

「わたしたちは感覚をとおしてしか世界を知ることはできないって、バークリは考えていたわけね?」

「それだけじゃない。バークリは、外界はぼくたちが経験するとおりのものだが、でも『物』ではないと考えた」

「わかりやすく説明して」

「きみはロックが、物質には『第二性質』を押しつけることはできない、と言ったことを憶えているね? つまりぼくたちは、あるリンゴそのものが青さやすっぱさをもつとは主張できないんだ。ぼくたちがリンゴをただそんなふうに感じるだけだ。でもロックは、硬さや重さのような『第一性質』は本当にぼくたちをとりまく現実に属するものだ、とも言っていた。つまり、外の現実には物質的な

『実体』があるのだと」

「よく憶えてるわ。あの時わたしは、ロックは大切な区別をしたんだなって思った」

「そうだね、ソフィー、話がそれだけだったら楽なんだけど」

「つづけて」

「ロックはデカルトやスピノザと同じように、物質の世界は本当に存在すると考えたわけだ」

「それで？」

「バークリはまさにそこのところを疑った。しかも経験主義の論理を使ってね。バークリは、存在するのはぼくたちが知覚するものだけだ、と言った。でもぼくたちは『物質』や『物体』は知覚しない。ぼくたちはものを手ごたえのある『物』としては知覚しない。ぼくたちが知覚するものには背後に隠れた実体がある、と仮定するなら、ぼくたちは論理の飛躍をおかしたことになる。ぼくたちはそんな主張を裏づけるような、経験できる証拠などもってない」

「うそよ！　ちょっと見て」

ソフィーはげんこつを固めて、したたかにテーブルをたたいた。

「痛い！　これは、このテーブルはほんもののテーブルで、物体だってことの証拠じゃないの？」

「どんな感じのものだった？」

「硬いものだった」

「きみは硬い何かというたしかな知覚を得た。でもテーブルの物質を感じたわけじゃない。同じように、きみは硬い何かにぶつかる夢をみることはあっても、きみの夢そのものが硬い物なんかではないだろう？」

「夢は硬くはないわよ」

「催眠術をかけられて、暖かさや寒さや、やさしい愛撫やげんこつパンチを『感じる』こともある」

「でもさっきの硬いものがテーブルそのものではないとしたら、わたしに硬いって感じさせたのは何だったの?」

「バークリは、それは『意志あるいは精神』だと考えた。ぼくたちのすべての観念の原因はぼくたちの意識の外にある。しかしそれは物質という本性をもたない、とも考えていた。バークリによれば、それが精神だ」

ソフィーはまた爪を噛んだ。

「バークリによれば、ぼくの精神はぼくの観念の原因になりうる。たとえばぼくが夢をみるようなばあいがそうだ。でもぼくたちの物質の世界をつくっている観念の原因になることができるのは、もう一つの別の意志あるいは精神だけだ。すべてはこの精神から出ている。この精神は『すべてのなかにはたらいてすべてを行ない、すべてはこれによって存在する』とバークリは言っている」

「で、その精神ってなあに?」

「バークリの念頭にあったのはもちろん神だ。『神が実在することは、だれか一人の人間が存在することよりもはっきりと感じられる、と主張してもいいくらいだ』とバークリは言っている」

「わたしたちが存在することだって、たしかなんじゃないの?」

「まあね……ぼくたちが見たり感じたりするものはすべて、バークリによれば、神の力の結果なんだ。なぜなら神は『わたしたちの意識に親しく存在し、わたしたちがつねに周りから受けいれているさまざまな観念や知覚を、わたしたちの意識へ呼びこんでいる』からだ。ぼくたちをとりまくすべての自然とぼくたちの全存在は、だから神の心のうちにある。神は存在するすべてのもののたった一つの原因なんだよ」

「ひかえめに言って、ぶったまげたわ」

「『存在するかしないか』は、だから問題のすべてではない。ぼくたちは何なのか、ということも問題なのだ。ぼくたちは本当に、肉と血からなる人間なんだろうか？　ぼくたちの世界は現実だろうか、それともぼくたちは神の意識に取りこまれているだけなんだろうか?」

ソフィーはまたしても爪を嚙みはじめた。

「バークリは、物質のリアリティを疑っただけではない。時間と空間は絶対的な存在か、つまり精神から独立した存在をもつか、ということも疑った。つまりぼくたちの時間体験や空間体験も、神の心のなかにしかないかもしれないんだ。ぼくたちにとっての一、二週間が、神にとっての一、二週間である必要はない」

「バークリにとっては、すべてがそこに存在するこの精神っていうのはキリスト教の神なのね?」

「そうだよ。でもぼくたちにとっては……」

「わたしたちにとっては?」

「『すべてのなかにはたらいてすべてを行なう』この『意志あるいは精神』は、ぼくたちにとってはヒルデの父親かもしれない」

ソフィーは、はっと息をのんだ。顔がそっくり大きなクエスチョンマークになってしまった。そして同時に、本当にそうかもしれない、という思いが兆《きざ》してきた。

「そう思う?」ソフィーはたずねた。

「ほかに可能性は考えられない。たぶんそう考えなければ、ぼくたちが体験してきたすべてに説明がつかないだろう。あちこちに現れたあのはがきとメッセージ、ヘルメスが突然ことばをしゃべったこと、それからぼく自身の思ってもみない言い間違い」

「わたし……」

「ぼくはきみをソフィーと呼んでいる、ヒルデ! ぼくはずっと、きみの名前がソフィーじゃないと知っていたんだ」

「なに言ってるの？　アルベルト、どうかしちゃってるわよ！」

「ああ、なにもかもがどうかしてしまったよ。まるで燃える太陽をめぐる惑星になったような気分だ」

「で、その太陽がヒルデの父親？」

「そう言っていいかもしれない」

「ヒルデの父親は、わたしたちにとっては神みたいなものだって、言いたいわけ？」

「はっきり言って、そうだ。でも、彼は恥を知るべきだ！」

「ヒルデは？」

「彼女は天使さ、ソフィー」

「天使？」

「ヒルデはこの『精神』が向かう先だ」

「アルベルト・クナーグがヒルデにわたしたちのことを話しているって思うの？」

「あるいは書いているかだ。ここまでに学んだことによれば、なにしろぼくたちは、ぼくたちの現実をつくっている素材を知覚できないんだからね。ぼくたちは、外の現実が音波でできているのか、紙と文字でできているのか、知りえない。バークリによれば、ぼくたちは精神だということしか知りえない」

「そしてヒルデは天使……」

「そう、彼女は天使だ。きょうはここまでにしておこう。誕生日おめでとう、ヒルデ」

突然、部屋に青い光が広がった。数秒後、雷鳴がとどろいて、アパートにズシンとひびいた。

アルベルトは放心したような目をしている。

「帰らなきゃ」ソフィーが言った。そしてはじかれたように立ちあがって、戸口にいそいだ。ドアをあけた時、洋服掛けの下で眠っていたヘルメスが目を覚ました。ソフィーが出て行こうとすると、ヘルメスが口をきいたようだった。

「さようなら、ヒルデ」

ソフィーは階段を駆けおり、通りを走っていった。人っ子一人見当たらない。ほどなく、たらいをぶちまけたような土砂降りになった。

車が二台、水びたしのアスファルトをしぶきをあげて走り去った。けれども見わたすかぎり、バスは来ない。ソフィーは中央広場をつっきり、さらに町をつっきって行った。走っていくソフィーの頭のなかでは、たった一つの考えがぐるぐると渦を巻いていた。

あしたはわたしの誕生日。十五になる一日前に、人生はただの夢だと思い知らなければならないなんて、こんなにむごいことがある？　百万クローネの賞金を当てた夢をみて、もらおうとしたとたんに目が覚めるようなものよ。ううん、それどころじゃないわ。

ソフィーはびしょ濡れのグランドを走っていった。だれかがソフィーめがけて走ってくる。母だった。何度も稲妻が走って、荒あらしく空を切り裂いた。

母親はソフィーを抱きしめた。

「わたしたち、どうしちゃったの？　ソフィー！」

「わからない」ソフィーは泣いていた。「悪い夢でもみているみたい」

著　者　ヨースタイン・ゴルデル (Jostein Gaarder)

1952年ノルウェイのオスロに生まれる。高校で哲学を教えるかたわら、児童・青少年向けの作品を書きつづけた。本書は5作目にあたり、1991年の出版以来、世界各国で驚異的なベストセラーとなっている。現在は作家活動に専念している。夫人のシーリ・ダンネヴィクとともに環境と持続可能な開発に貢献した人や組織に授与する「ソフィー賞」(www.sophieprize.org) を設立。

監修者　須田 朗 (すだ　あきら)

1947年千葉県生まれ。中央大学文学部教授。哲学専攻。おもな著書に『もう少し知りたい人のための「ソフィーの世界」哲学ガイド』(NHK出版)、編著書に『哲学の探究』(中央大学出版部)、訳書にヘンリッヒ『神の存在論的証明』、ガダマー『理論を讃えて』(共に法政大学出版局、共訳)、カッシーラー『認識問題』(みすず書房、共訳)、アドルノ『否定弁証法』(作品社、共訳) などがある。

訳　者　池田 香代子 (いけだ　かよこ)

1948年東京都生まれ。ドイツ文学者。口承文芸研究家。おもな著書に『哲学のしずく』(河出書房新社)、『世界がもし100人の村だったら』シリーズ (マガジンハウス)、訳書にフランクル『夜と霧　新版』(みすず書房)、『グリム童話 (1〜4)』(講談社)、ベラ・シャガール『空飛ぶベラ』(柏書房)、共著書に、『黙っていられない』(マガジンハウス)、『ドイツ文学史』(放送大学教育振興会)、『ウィーン大研究』(春秋社) などがある。

編集協力

ノルウェー王国大使館広報部
榊　直子
神力　由紀子

本書は、小社発行の『ソフィーの世界〜哲学者からの不思議な手紙』(1995年6月第1刷刊) を上下巻に分けて刊行した普及版に、著者 (上巻) および監修者・訳者 (下巻) の書き下ろし原稿を付加して、新装丁で刊行したものです。

新装版　ソフィーの世界～哲学者からの不思議な手紙 (上)

2011年5月30日　第1刷発行
2024年7月15日　第17刷発行

著　者　ヨースタイン・ゴルデル
監修者　須田　朗
訳　者　池田　香代子
発行者　江口　貴之
発行所　NHK出版
〒150-0042　東京都渋谷区宇田川町10-3
電話　0570-009-321(問い合わせ)
0570-000-321(注文)
ホームページ　https://www.nhk-book.co.jp
印　刷　亨有堂印刷所/大熊整美堂
製　本　ブックアート

乱丁・落丁本はお取り替えいたします。定価はカバーに表示してあります。
Japanese translation copyright ©1995 Suda Akira/Ikeda Kayoko
Printed in Japan
ISBN978-4-14-081478-9 C0097
本書の無断複写（コピー、スキャン、デジタル化など）は、著作権法上の例外を除き、著作権侵害となります。

もう少し知りたい人のための
「ソフィーの世界」哲学ガイド
須田　朗

物語に仕掛けられたトリックを謎解きしながら、西洋哲学史をさらに詳しく平易に解説したガイド。

ソフィーの世界
哲学者からの不思議な手紙
ヨースタイン・ゴルデル
須田　朗　監修
池田香代子　訳

「あなたはだれ？」一通の手紙が少女の世界を変えた。世界的ミリオンセラーの哲学ファンタジー。

〔普及版〕
モリー先生との火曜日
ミッチ・アルボム
別宮貞徳　訳

16年ぶりの恩師との再会。しかし先生は死の床にいた。全米で100万部突破の感動ノンフィクション。

〔愛蔵版〕
モリー先生との火曜日
ミッチ・アルボム
別宮貞徳　訳

世界1600万部超の名著に、新たなあとがきを加えた「愛蔵版」。上製・函入りで文字も大きく読みやすく！

インナーチャイルド
本当のあなたを取り戻す方法［改訂版］

ジョン・ブラッドショー
新里里春　監訳

心の中に住む子ども時代の自分自身に焦点をあて、現代人の心の悩みを解決するワークブック。

ものすごくうるさくて、ありえないほど近い

ジョナサン・サフラン・フォア
近藤隆文　訳

死んだ父の鍵に合う錠前を求めて、ニューヨーク中を探し回る9歳のオスカー。突然の悲劇からの再生の物語。

こどもサピエンス史
生命の始まりからＡＩまで

ベングト＝エリック・エングホルム　著
ヨンナ・ビョルンシェーナ　絵
久山葉子　訳

教育大国スウェーデン発、こどもにもわかる『サピエンス全史』と話題のベストセラー。朗読にも最適！

4歳の僕はこうしてアウシュヴィッツから生還した

マイケル・ボーンスタイン／デビー・ボーンスタイン・ホリンスタート
森内薫　訳

最年少のアウシュヴィッツ生還者が、少年時代のホロコースト体験をつづった感動のノンフィクション。